W0331973

Als die Schwalben heimwärts zogen

HANS BOHN

Als die Schwalben heimwärts zogen

Jahre der Erinnerung

Langen Müller

© 1999 by Langen Müller
in der F. A. Herbig Verlagsbuchhandlung GmbH, München
Alle Rechte vorbehalten
Schutzumschlag: Wolfgang Heinzel, München
Schutzumschlagmotiv: Ziehbrunnen um 1941, AKG Berlin
Herstellung und Satz: VerlagsService Dr. Helmut Neuberger
& Karl Schaumann GmbH, Heimstetten
Gesetzt aus der 10,5/13 Punkt Stempel Garamond
Druck und Binden: Wiener Verlag, Himberg
Printed in Austria
ISBN 3-7844-2719-7

Inhalt

Am Wendekreis der Hoffnung

Sie waren beide jung und hatten ihre Träume. Als Resi Wagner am Morgen des Mariä-Verkündigungstages auf dem Hausflur in ihrem Kirchgangskleid auf Mutter Anna wartete, kam ihr unwillkürlich der Gedanke an die Offenbarung, die Großvater ihr erst vor einigen Tagen gemacht hatte: »Wenn du erst heiraten wirst, liebe Resi, so baue ich dir ein schönes, neues Haus!« Er hatte es ihr hoch und heilig versprochen und was der gute, alte Dreyer-Großvater einmal versprach, hielt er auch!

Als nun Resi dastand und das zwitschernde Schwalbenpaar beim Nestbau am Gangbalken beobachtete, sah sie Toni Wanninger in Gedanken schon den Richtbaum am First des Neubaues erheben und ihr strahlend zuwinken. Die heraustretende Mutter Anna jedoch unterbrach mit einem prosaischen: »Laß uns gehn, mein Kind!« die Zukunftsträume ihres Töchterchens.

Über den Dächern von Wiesenbrunn lag herrlicher Sonnenschein. Kaum daß die beiden Kirchgängerinnen jedoch die Straßenecke erreicht hatten, als Mutter Anna stehenblieb und ihre Blicke dem Dorfende zuwandte, von wo sie das dumpfe Grollen vernahm: »Da steigt wieder ein dunkler Märzschauer auf, und wir haben die Regenschirme daheim gelassen!« Jetzt sah auch Resi die grauschwarzen Haufenwolken am Horizont hochkommen, als ein erstes kühles Lüftchen die ungewöhnliche Morgenschwüle durchbrach. Dem jungen Bauernmädchen erschien dieses bedrohliche Himmelspanorama auf einmal wie ein düsteres, zeitbewegtes Zeichengeben, das ihr Stimmungsbild zutiefst beeinträchtigte, als beide jetzt mit schnelleren Schritten ihren Weg zur Kirche fortsetzten.

»Was sind schon Träume und Versprechen, wenn der Herrgott es nicht will?« Resi schwor, die Gottesmutter an ihrem Festtag anzurufen und innig dafür zu beten, auf daß kein wilder Sturm die Richt- und Maienbäume in ihrem geliebten Wiesenbrunn

niederreißen und ihre Zukunftsträume zerstören würde. Die Zeit nahm jedoch unaufhaltsam ihren Lauf.
Im Frühherbst des Jahres 1939 hatte ein rauher Wind über die Stoppelfelder des Schwabendorfes Wiesenbrunn im gottgesegneten Banat zu wehen begonnen. Die Tage waren unruhiger geworden, die Weltnachrichten verbreiteten wenig Gutes.
Am 4. September 1939 rief der Postträger Nikolaus Wanninger beim Austragen der »Neuesten Nachrichten« in die Wiesenbrunner Bauernhöfe: »Gestern haben England und Frankreich Deutschland den Krieg erklärt!«
Niemand unter den Zeitungslesern in Wiesenbrunn ahnte damals auch nur, daß damit auch die Schicksalswürfel für das Banater Schwabentum gefallen waren!
Nachrichten und Meinungen häuften sich täglich nun auch in diesem Dorf im Torontaler Flachland zu einem Durcheinander, das jeder wie er es wollte und verstand, zu deuten versuchte. Schon sehr bald jedoch konturierte sich eines immer deutlicher heraus: Das Bewußtsein, Deutscher zu sein, sollte unbedingt aufgemöbelt werden!
Am »Großen Eck«, wo sich die Dorfburschen von Wiesenbrunn allabendlich einfanden, ging es letzthin hoch her. Jakob Wirth sprach von einem Überfall auf den deutschen Radiosender Gleiwitz und einem furchtbaren Gemetzel an unschuldigen deutschen Menschen in Polen. Die Schwabenburschen wußten sehr wohl, wovon sie sprachen! Polen war schließlich ihr Nachbarland, und sie waren ebenfalls Volksdeutsche. Sollten auch sie vielleicht bald schon wie Freiwild gehetzt und von Haus und Hof vertrieben werden?
»Werds schun sega, was da noch allös kumma werd!« hatte der siebzehnjährige Traugott Isert seinen Befürchtungen den Wiesenbrunner Burschen gegenüber an diesem Abend Ausdruck verliehen. Der junge Bessarabier hatte dabei seine großen, blauwäßrigen Augen aufgerissen, als sähe er die sowjetrussischen Kommissare bereits an der Spitze der Roten Armee heranmarschieren! Auch Traugott Isert wußte, wovon er sprach.
Der aus dem bessarabischen Freidorf mit seiner Mutter und einigen wenigen Landsleuten nach Wiesenbrunn gelangte Trau-

gott war alles andere als ein dummer Kerl. Sein persönliches Schicksal und alles, was er und seine Landsleute bereits durchgemacht hatten, ließen den schlaksigen Burschen aus Bessarabien weit vorsichtiger und bedächtiger erscheinen, als es diese Banater Bauernburschen waren.
War es nicht die Hungersnot, die ihn und die Seinen ins Banat verschlagen hatte, als es im dürregeplagten Bessarabien nichts mehr zum Reißen und Beißen gegeben hatte? Traugott war mit Toni Wanninger, dem um einige Jahre älteren Sohn des Briefträgers, befreundet. Wie dankbar zeigte sich Traugott demgemäß auch seinem Brotgeber Krohn Jani gegenüber, der ihm und Mutter Lisa für die Zeit ihres Bleibens Unterschlupf und Verdienst gegeben hatte! Dabei hatte der junge Wanninger schon frühzeitig das Leben von seiner rücksichtslosen und ernsten Seite kennengelernt. Bereits als Schulbub sah sich Toni genötigt, den Greinerts um eine Mittagssuppe den Hof zu kehren oder den Pferdestall zu säubern. Auch hätte es der tüchtige Bursche als Kleinhäuslerkind niemals gewagt, unter seinen Altersgenossen den Ton anzugeben, obwohl er bei weitem nicht mit allem einverstanden sein konnte, was abends am großen Dorfplatz, dem Sammelpunkt der Dorfburschen, von dem vorlauten Jakob Wirth und seinen Kumpanen so alles verzapft wurde. Oft schwieg Toni dabei, obwohl er sich dessen bewußt sein mußte, daß sein Schweigen einer halben Zustimmung gleichkam.
So dachte Toni Wanninger denn auch keinen Augenblick daran, sich dem Wehrdienst zu entziehen, als er seine Einberufung zum rumänischen Militär im Frühjahr 1940 in Händen hielt. Er war somit einer der ersten Wiesenbrunner Burschen, die zur »Armata« eingezogen wurden. Seinen Vater, den alten Wanninger Vetter Niklos, plagte das Rheuma, das er sich beim Hanfeinlegen zugezogen hatte, in letzter Zeit besonders arg. Der Alte konnte, seit Toni das Haus verlassen hatte, kaum noch richtig schlafen. Nikolaus Wanninger versah seit Jahren schon das Amt des Kleinrichters und Briefträgers in Wiesenbrunn. Er tat seinen Dienst mit aller Gewissenhaftigkeit. So blieben dem schweigsamen Vetter Niklos denn auch die heimlichen Sorgen und Nöte manch einer Familie nicht unbekannt.

Toni Wanninger war also am 29. April 1940 zur rumänischen Armee eingerückt. Sein Herzmädel Resi – sie hatten sich am Abend vor Tonis Abgang einander heimlich »versprochen« – brachte ihm bei, daß sie ihn nicht in die Garnisonsstadt Temeswar begleiten wolle, um nicht am folgenden Tag schon im Dorf als seine Verlobte angesprochen zu werden. Es gab an diesem Abend einen mehr als innigen, wenn auch verweinten Abschied Resi Wagners von dem geliebten Burschen.
Erst nach Tagen erfuhr Resi von ihrer Freundin Susi, die den Gärtner Franz begleitet hatte, daß dieser zusammen mit Toni Wanninger wahrscheinlich nach Botosani, eine der größten moldauischen Garnisonstädte, gebracht worden sei. Das Mädchen zeigte sich merklich niedergeschlagen. Sie ging durch Hof und Scheune, als habe sie etwas verloren und suchte ihren Herzgram durch fleißige Arbeit zu verdrängen. Bereits am nächstfolgenden Donnerstag überreichte der Postbote – kein anderer als Tonis Vater – dem Mädchen aus der Langen Gasse einen Brief, dessen Schriftzüge dem alten Wanninger wohlbekannt vorkamen. Resi hatte bereits ungeduldig darauf gewartet.

*

Auf dem riesigen Kasernenhof von Botosani herrschte heilloses Durcheinander: Gruppen junger Zivilisten warteten auf ihre Einkleidung, Unteroffiziere schrien in der Gegend herum und trieben die neuangekommenen Rekruten in einer Hofecke zusammen, andere traten in Reih und Glied, wobei ein putziger Leutnant ihre Namen lautstark herausschrie. Soeben kamen ganze Gruppen von Rekruten durch die Tür der großen Seitenbaracke. Mit Uniformstücken auf dem Arm schritten die Grünlinge auf das breit angelegte Kasernengebäude zu. Toni Wanninger wartete inmitten einer Gruppe junger Rekruten, die aus Temeswar eingetroffen war, ebenfalls auf seine Soldatenuniform. Man brauchte Geduld hier, dies war Tonis erste Feststellung in bezug auf die rumänische »Armata«.
Dem jungen Manne aus Wiesenbrunn schien hier alles verlorene Zeit zu sein. Er hatte sich auf seinem Holzkoffer niederge-

lassen, seine Gedanken waren plötzlich weitab von diesem moldauischen Kasernenhof.
Nach einigem Hin und Her hatten die Kameraden aus dem Landkreis Temesch endlich ihre khakigrünen Monturen, Nagelbokantschen, Fußlappen, ja sogar ein Paar weiße Baumwollstrümpfe, ein Soldatenkäppi und – nebst stupiden Bemerkungen – dann auch jeder seinen Eßnapf, die sogenannte »Tschaika« mit Alu-Besteck in den Händen. Wanninger bemerkte, daß er zwar eine neue Uniformjacke erhalten hatte, die khakigrüne Hose jedoch abgetragen und fleckig war. Jedenfalls schien sie wenigstens ein bißchen Wasser gesehen zu haben!
In den folgenden Tagen begann die militärische »Instruktion«, nachdem jeder Infanterist feldmarschmäßig ausgerüstet worden war. Schritt für Schritt brachten die Sergeanten und Wachtmeister den Rekruten den Umgang mit den alten Skoda-Gewehren bei. Der tägliche Drill auf dem Übungsgelände erschien Wanninger alles andere als manövermäßige Kampftaktik. Toni und seine Kameraden sahen die blödsinnigen Schikanen ihrer Vorgesetzten vielmehr als Menschenschinderei. Dabei zweifelte kaum einer daran, daß dies hier eine Frontausbildung sein sollte.
Das nicht gerade saubere Moldaustädtchen Botosani lag inmitten von welligem Hügelgelände, zwischen den beiden Schwesterflüssen Sireth und Pruth, welche die Moldau auf ganzer Länge von Norden nach Süden durchflossen und von der Donau am großen Knie, vor dem Einfluß in das Schwarze Meer, aufgenommen wurden.
Als Toni an diesem Morgen im Kasernenhof zum Appell angetreten war, und der diensthabende Unteroffizier sein forsches »Drepti!« kommandierte, da kamen dem Jungschwaben unwillkürlich die Worte seines Vaters in den Sinn: »Jeder Tag beginnt mit einem Drill, darauf kannst du dich gefaßt machen! Blödsinn muß eben eingedrillt werden, zumal ihn sowieso niemand versteht!«
»Stillgestanden, hat es geheißen!« grollte Plutonier Nastase. »Wer bewegt sich noch?«

»Die Erde!« Die rauhe Soldatenstimme kam aus der Tiefe der Formation.
»Verdammt – wer hat das gesagt?«
»Galileo!« kam die gleiche Stimme zurück und ließ einige der Rekruten in Reih und Glied aufkichern.
»Heraustreten, Galileo!« Die Soldaten des zweiten Plutons grölten auf, doch niemand, der aus der Reihe trat. Zugführer Nastase geriet in Wut: »Du hast wohl Dreck in den Ohren, Galileo – heraustreten, hab' ich gesagt!« Die Lage wurde rettungslos peinlich, als der Plutonier nunmehr in seiner Höllenwut damit drohte, den ganzen Zug vor der Schießübung durch den Dreck zu wälzen.
Es war Schellinger, der seine Rechte zum Käppi hob und mitten in die Hilflosigkeit seines Zugführers rapportierte: »Melde gehorsamst, Herr Plutonier – Gewehrverschluß abhanden gekommen!« Alles horchte auf.
»Den Teufel glaub' ich dir!« Zugführer Nastase schien momentan wie ausgewechselt: »Vor dem Zapfenstreich mit blankem Gewehr bei mir melden, Soldat. Verstanden?«
»Verstanden, Herr Zugführer!«
»Da stinkt doch etwas zum Himmel!« zischte Wanninger erbost. »Zum dritten Male Gewehrverschluß gestohlen!? Dieser Schweinehund von einem Zugführer stiehlt sie selber und läßt sich darauf von den Betroffenen einen saftigen Finderlohn bezahlen! Tausendzweihundert Lei hat Koller dafür blechen müssen, daß Nastase ihm seinen Verschluß ausfindig gemacht hat!«
»Was gibt es dort?« Der Plutonier überblickte den Zug, als suche er jemanden: »Kein Spaß mit den Waffen! Sobald das Ding innerhalb von zwölf Stunden nicht präsentiert wird, frißt dich das Militärgefängnis, Schellinger! Truppe abtreten!«
Toni Wanninger wandte sich an seine Kameraden: »Wenn mich nicht alles täuscht, legt dieser Höllenhund uns der Reihe nach herein! Methode Angelescu, Kameraden! Wir machen's mit Nastase, wie die von der zweiten Kompanie mit ihrem Unterleutnant, der ihnen die Rationen ›frisiert‹ hat: Abpassen am Abend, die Decke über den Kopf und nichts als draufhauen ...«

Kaum eine Stunde später versuchte der verängstigte Schellinger seine Kameraden der Reihe nach um Geld anzupumpen. Zahlen oder »brummen«, hatte der Zugführer gesagt. Und Schellinger bezahlte. Keiner der Schwabenburschen wagte es schließlich, die »Methode Angelescu« anzuwenden und dem Plutonier den Verschluß »aus dem Buckel« zu schlagen.

Wanninger hatte so seine Erinnerungen an die Zustände in der rumänischen Armee.

Vor Jahren schon war auch Wiesenbrunn von den Militärmanövern empfindlich in Mitleidenschaft gezogen worden. Toni hatte damals – im September 1938 – irgendwie mitbekommen, was der Armeedienst für den einfachen Soldaten so mit sich brachte, als die brühetriefenden Gulaschkanonen ihren säuerlichen Krautgestank durch ganz Wiesenbrunn streuten und die Heustapel in den Scheunen den laufenden Requirierungen zum Opfer fielen. Die Wiesenbrunner Burschen fanden damals großes Interesse an den Kanonen und Lafetten, besonders jedoch an den Reitpferden der Offiziere, von Putzern und Ordonnanzen gestriegelt, geputzt und vorgeführt, sobald die Herren Capitan und Maior in ihren sauberen Uniformen mit goldenen Tressen und schwarzglänzenden Stiefeln heraustraten. Das alles stand so sehr im Widerspruch zur verdreckten und mitgenommenen Montur des armen Ion, die den sauren Schweiß und Staub der sich aneinanderreihenden Manövertage ausstank. Dieser unausstehliche und widerliche Geruch von Schweiß, Leder und Zwiebeln hatte sich für alle Zeit in die Soldatenmonturen seiner Majestät eingesogen und konnte zudem nur noch moleküleweise von den Läusen gesäubert werden!

Immer wieder erinnerte sich Wanninger in diesen ersten Tagen seiner Dienstzeit in der rumänischen Armee eben an diesen armen Ion, aus dem Bihorer Land, woher in jedem Herbst die »Äppelmois« nach Wiesenbrunn kamen. Der gute Ion hatte mit seinem Regiment damals volle drei Wochen lang in Wiesenbrunn »campiert«. Keiner hatte es wie er verstanden, den Schwabenburschen ein Stückchen Räucherschinken oder Speck, ja manchmal sogar ein Fläschchen Pflaumenschnaps zu entlocken und dies mit einem Stück Kommißbrot oder einigen

Rotzwiebeln zu quittieren. Gott gnade dem guten Ion, der damals seinen Dienst in der dritten Kompanie des Artillerieregiments schob. Er wollte sich sein dreckiges Soldatenleben doch nur erleichtern, der bauernschlaue Bursche! Und natürlich benötigte Ion auch hin und wieder mal neue Fußfetzen, um seine von den klobigen, völlig unpassenden Militärbokantschen wunden Füße damit zu umwickeln. Strümpfe – nein, die hatte er auch zu Hause nicht gehabt.
Nun aber war Toni Wanninger mit seinen Kameraden selber dran: mit dem Schlinger Sepp, Ehling Klaus und wie sie noch alle hießen, er führte – genau wie Ion in diesem Herbst – in der rumänischen Armata ein wahres Hundeleben.
Diesmal jedoch konnte alles für sie weit schlimmer werden – es war Krieg! Es galt, Tankfallen auszubuddeln, Laufgräben auszuheben und wieder zuzuschütten, alle nur möglichen Drecksarbeiten zu verrichten, die den Unteroffizieren in ihren unterentwickelten Gehirnen einfielen. War nichts anderes vorgesehen, so wurden die Rekruten von den blödsinnigen Plutoniers im Landregen durch die Ackerfelder gejagt, mußten robben und kriechen, bis die khakigrüne Farbe ihrer »Pantalons« mit schmierigem Lehm überzogen war.
Die Rumänen hatten einen verdammten Schiß vor den Sowjetrussen, die ihnen am 27. Juni das fruchtbare Bessarabien und ihre »süße Bukowina« entrissen hatten! Somit versuchte Rumänien die Anlehnung an Hitlers Großdeutsches Reich, welches die »Armata« durch Schulungstruppen neu organisieren und reformieren sollte. Hinter alledem stand zweifelsohne die Hoffnung der rumänischen Politiker und Militärs, das verlorene Land an der Seite der deutschen Wehrmacht wieder zurückzuerobern. Man sah die Deutschen eben als die unangefochtenen Meister der Kriegskunst und des militärischen Drills an und versuchte es ihnen gleichzutun.
Wanninger und seine Kameraden hatten jedoch bereits in der ersten Woche die Nase gestrichen voll davon! Die Schwabenburschen schielten vielmehr mit einem Auge hinüber zu der deutschen Militäreinheit, die auf einer Anhöhe in der Nähe des Pruthufers Position bezogen hatte. Toni hatte die gepflegten

und gestriegelten deutschen Soldaten bereits einige Male beim Morgenturnen im Temeswarer Militärpark beobachtet, wohnte doch seine Tante in der anliegenden Toma-Gasse. Die feldgrauen Burschen erschienen ihm gegenüber gleich »Herren in Gala«, sie strahlten in ihrer soldatischen Haltung und vor allem in ihrem Gebaren eine gewisse Lust am Soldatenleben aus! Wenigstens ihnen, den rumänischen Soldaten gegenüber, die sie in dieser »Paie-fin-Einheit« – wie die verlausten Infanteristen nach ihrem flauen Marschschritt bezeichnet wurden – Tag für Tag ausweglos und nach allen Regeln der balkanischen Militärkunst geschunden wurden.

Im letzten Brief von daheim konnte Toni von einer angeblichen »Tausend-Mann-Aktion« lesen, wonach viele Schwabenburschen aus den Heidedörfern zur Waffen-SS eingerückt seien! Resi Wagner schrieb, daß nächstens eine weitere Aktion dieser Art stattfinden solle.

Hundemüde auf seiner Pritsche ausgestreckt, erinnerte sich Wanninger wieder einmal an seinen Soldatenfreund Ion. Dieser war damals am späten Nachmittag bis über die Ohren verschmutzt und schweißgebadet beim Brunnentrog im Hof erschienen und hatte ihn ersucht, ihm doch langsam einen Eimer mit Wasser über Kopf und Oberkörper zu gießen. Auch hatte er damals für den kranken Ion einige Messingmünzen mit dem aufgeprägten Konterfei des Hohenzollernkönigs aus dem Sparstrumpf von Großmutter »entliehen«, um damit aus der Dorfapotheke Karmol und Pyramidon zu beschaffen. Der Monatssold des armen Ion reichte nämlich gerade mal für zehn Schachteln Zündhölzer und einige Päckchen der scheußlichgelben Plugar-Zigaretten, die seine Majestät in viel zu geringer Menge an die feldmarschmäßigen rumänischen Infanteristen verteilen ließ!

Der gute Ion war schließlich sein Freund, sollte er den Burschen weiterhin mit dieser ekelhaften Hypermanganlösung gurgeln lassen, durch die er sich regelmäßig »die Seele aus dem Leib kotzte«? Auf diese erbärmliche Weise hatte Toni Wanninger also von der Not des gemeinen rumänischen Soldaten erfahren und brachte daher auch keinerlei Verständnis mehr für die F der drangsalierenden Unteroffiziere auf. Geschweige denn für die Schikanen und mittelalterlichen Prügelstrafen, die immer noch zu den Selbstverständlichkeiten des Militärlebens zählten! Kein Herrgott konnte dem einfachen Soldaten beistehen, wenn diese Wachhunde der Gehorsamkeit auf ihn einprügelten und ihn darauf auch noch in den »Stehkarzer« verfrachteten – einfach weil das Gesicht des Burschen ihnen nicht gefiel.

Allzuviel hatte sich in der rumänischen Armee seither nicht geändert. Auch hier in der Moldau lag man in den feuchten, uralten Kasernenräumen immer noch auf Strohsäcken, auf welchen die Flöhe nachts ihre Hora tanzten, und die Luft zum Atmen zu dick geworden war. Beim Öffnen der großen Ausgangstür schlug dem Eintretenden ein undefinierbar-süßlicher Gestank nach Mottenpulver, Schweißfüßen und faulem Holz entgegen, der die Nasenschleimhäute reizte und die Nächte zur Hölle werden ließ. Am Pritschennagel hing neben der Tschaika allerhand Zeug herum, die ewig nassen Bokantschen standen auf dem Holzkoffer unter der Pritsche und warteten vergeblich darauf, geflickt und getrocknet zu werden. Die mit blauem Packpapier bis zur Hälfte verhängten Kasernenfenster hüllten den geräumigen Schlafsaal auch tagsüber in ein Halbdunkel, das die Soldaten schläfrig werden ließ, noch bevor sie sich gewaschen hatten.

Am schlimmsten waren die Kasernennächte für Toni: Nach dem ersten »Flohappell«, der den Soldaten im Halbschlaf jede Menge Flüche entlockte, begann – gegen Mitternacht – das allgemeine »Concerto grosso« der zweiten Kompanie, deren fürchterliche Schnarchserenaden lediglich von donnernden Korporalfürzen sekundiert wurden. Denn Bohnen und Kraut – füll'n dem Soldaten die Haut!

Anfangs mußte Toni darüber schmunzeln, doch langsam war auch ihm der Spaß vergangen, nachdem er erst gegen drei Uhr morgens zum Schlafen gekommen war! Wie hatte sein Freund Otto doch damals gesagt: »In dieser Armee möchte ich um Gottes willen nicht stecken!«

*

Was ging nicht alles innerhalb weniger Monate in diesem bislang so ruhigen Banater Heidedorf Wiesenbrunn vor? Selbst die jungen Mädchen und Frauen hatte es erwischt – sie fanden sich in den Nachbarschaften zusammen, ließen die Bratpfannen brutzeln und backten zu halber Nacht noch Mehlspeise und Kranzkuchen für die strammen deutschen Soldaten, die über das Wochenende nach Wiesenbrunn kommen sollten.
Als Leutnant Hans Peter, ein Coburger Franke, darauf mit seinen zwanzig Mann in Wiesenbrunn eintraf, wollte jeder einen Gast bewirten dürfen. Die Truppe war von ihrem Standquartier, dem »Ungarischen Haus« in Temeswar, zum Landausflug gekommen. Ihre Gastgeber waren darum bemüht, den deutschen Soldaten das Beste aufzutischen.
Die strohblonde Frank Liesl, eine BDM-Schönheit, hatte sich vorneweg den langen Leutnant »ausgeguckt« und wich keine Minute von seiner Seite. Dem deutschen Leutnant schien diese handgreifliche Gastfreundschaft des »blonden Engels«, wie er sie freiweg liebkoste, mehr als gelegen zu kommen. Er drückte Liesl vor aller Leute Augen an seine stolze Soldatenbrust, so daß den übrigen Dorfmädels die Röte in die hübschen Wangen stieg. Bei einigen der Schönen kam in ihrer ländlichen Keuschheit ein Kichern auf, das die Soldaten vor so viel Jungfräulichkeit die Zungen schnalzen ließ.
Nach der Abreise des feldgrauen Trupps wußten böse Zungen zu berichten, die liebestolle Liesl sei in der ersten Nacht mit dem deutschen Leutnant von neugierigen Dorfburschen vom Gartenfenster aus mit einer Taschenlampe im Evaskostüm angestrahlt worden! Was wurde jedoch nicht alles in einem Dorf wie Wiesenbrunn erzählt, in welchem Dinge und Begebenheiten manchmal erfunden werden mußten, um die Langeweile zu vertreiben?
Auf jeden Fall versandte die Postfrau aus Wiesenbrunn noch über Monate hinaus Briefe von der Liesl an »ihren« Leutnant. Die Dorfleute glaubten, daß es dafür einen guten Grund geben mußte.

Es war Anfang Mai 1942, als Sepp Altenbach am frühen Nachmittag mit lodernder Begeisterung durch die Lange Gasse kam und in die Höfe rief, daß für heute nachmittag eine großangelegte und überaus bedeutsame Rede des deutschen Führers und Reichskanzlers Adolf Hitler angekündigt worden sei! Die Leute sollten um 16 Uhr ihre Volksempfänger einschalten. Andreas Dreyer war gerade am Hofbrunnen beschäftigt, als Altenbach mit seiner Ankündigung vorbeikam und ihm zurief: »Schon gehört, Alter? Eine große Führerrede heute! Nichts als den Soldatensender Belgrad einschalten, alter Kanonier! Also, Heil Hitler!« Und vorbei war der vorlaute Kerl.

Der Alte schien darüber maßlos verärgert, trat zum Gassentor und rief dem Dorfpropagandisten mit erregter Stimme nach: »Nichtstuer, verdammter! Dir wird hoffentlich doch auch noch jemand das Maul stopfen!«

Tochter Anna hatte die Szene beobachtet. Sie versuchte ihren Vater davon abzuhalten, der Sache weitere Beachtung zu schenken: »Laß sein, Vater – ich möchte keine weiteren Unannehmlichkeiten durch dieserart Leute!«

Gleich dem alten Dreyer waren die meisten erfahrenen Leute in Wiesenbrunn von den nahezu täglichen »Sondermeldungen« bereits übersättigt: Allzuviel ist ungesund! Viele Männer waren von den häufigen OKW-Berichten über neue »strategische Rückzüge« hellhörig geworden. Sie wollten es einfach nicht mehr glauben, daß diese hochgespielte Sieg-Heil-Zeit, in der nur noch die Gesinnung zählte, ein gutes Ende finden sollte!

»Hast eigentlich recht, Anna!« gab Großvater Dreyer klein bei. »Für uns Schwaben hieß es auch zur ungarischen Zeit schon immer: Maulhalten und ›Eljen!‹ schreien. Wie sollte das heute anders sein?« Damit sollte der Alte recht behalten.

Es schlug Punkt vier Uhr nachmittags vom Wiesenbrunner Kirchturm, als das laute »Hurra« aus dem Radioapparat des Nachbarn durch das offene Fenster erscholl. Wieder war eine Sondermeldung über die Versenkung englischer Geleitschiffe bekanntgegeben worden, bevor noch die Stimme des »Gefreiten« durch den Äther kam: »Mein deutsches Volk! Wie soeben vernommen, haben unsere heldenhaft kämpfenden Seestreitkräfte wieder einmal zugeschlagen und dem Erzfeind ...«

»Wieder mal ein Propagandatrick! Die halten uns scheinbar für saudumm!« Andreas Dreyer schob den Laib knusprigen Hausbrotes, den Anna erst am späten Vormittag aus dem Backofen genommen hatte, zur Seite und erhob sich von seinem Stuhl. Die Tiraden des Braunauer Gefreiten gingen dem Alten gänzlich gegen den Strich, kaum noch ein paar Sätze, die er sich aus dem Radio anhörte, als der Schaltknopf des kleinen schwarzen Volksempfängers auf der Küchenkredenz auch schon klickte. »Die werden sich noch totsiegen!« murrte der rechtschaffene Mann und mußte im gleichen Augenblick an das unbestimmte Schicksal seines Sohnes denken ...

Es gab zweifelsohne kaum jemanden in Wiesenbrunn, der gefühlsmäßig seinem Deutschtum nicht verbunden gewesen wäre und somit den opferbereiten und schwer kämpfenden Frontsoldaten nicht den Sieg gewünscht hätte! Was die Propagandamaschine der Nazis jedoch letzthin verzapfte, ging auf keine Kuhhaut mehr! Die Schwabenleute sammelten eifrig warme Sachen für die kämpfende Front, lieferten jede Menge Getreide und Lebensmittel, obwohl die Rumänen dabei immer wieder die Bremse zogen. Sie spendeten sowohl an den Eintopf-Sonntagen und für das deutsche Winterhilfswerk als auch bei anderen Gemeinschaftsaktionen freigebig beachtliche Geldsummen. Dies alles mit einer überzeugenden Bereitschaft und Selbstverständlichkeit, wie sie kaum jemals vorhanden war.
Da war jedoch etwas anderes, das die Leute stutzig machte und zum Nachdenken bewog – einfach weil es nach politischer Hysterie stank und Gehässigkeit gegen alle Andersdenkenden und Andersnationalen schürte!
Wie sollte Andreas Engbert nun auf einmal begreifen, daß sein langjähriger Nachbar Nicolescu, ein vorzüglicher Maschinenschlosser, der ihm oftmals ausgeholfen hatte, als »Walach«, zu dem ihn die Ortsnazis stempelten, überhaupt nichts an seinem Biertisch zu suchen habe? Was seit Urgroßvaters Zeiten in diesem Dorf mit gemischtnationaler Bevölkerung als selbstverständlich galt, sollte in der »deutschen Zeit« einfach abgeschafft werden! Wer einem mit »Grüß Gott« begegnete, wurde von den

Bonzen schief angesehn. Kinder und Jugendliche wurden von Kirche und Religionsunterricht ferngehalten – ein Zwiespalt, der sich zwischen Schule und Elternhaus drängte und sich in Wiesenbrunn immer mehr bemerkbar machte. Für die Leute hier bestand kein Zweifel mehr: Die Politik war dabei, das gesamte Dorfleben zu versauen. Für den Einsatz-Jaksch, für Ortsleiter Helmer, die Parteigenossen Albrecht, Lorenz und wie sie alle auch hießen, gab es nur noch gute und schlechte Deutsche, »Verräter der deutschen Sache« und ehrbare Volks- und Parteigenossen. Freunde von gestern gingen einander aus dem Weg, Nachbarn begannen sich zu entfremden, weil der eine oder andere keinen entsprechenden »Eintopf-Beitrag« leistete, ja selbst zwischen Brüder drängte sich der Keil der Dorfpolitik auf unglaublich bösartige Weise.

Erst in der vergangenen Woche waren übereifrige Staffel-Männer darangegangen, den Ehlingschen Hausgiebel bis unter die Gassenfenster mit Kuhmist zu beschmieren. Wer diese Schandtat wirklich vollbracht hatte, erfuhr keiner so richtig! Warum man eine solche »Aktion« organisiert hatte? Einfach weil der Urlauber Ehling Klaus es gewagt hatte, in seiner rumänischen Sergeanten-Uniform im Dorf »herumzustolzieren«!

»Mein Gott, wo ist unseren Schwaben bloß der Verstand geblieben?« Der alte Hufschmied schüttelte seinen ergrauten Kopf, doch die Verhältnisse in Wiesenbrunn radikalisierten sich von Monat zu Monat weiter.

Der Riß zwischen Volkstum und Heimat klaffte immer weiter auseinander, nachdem der Einklang von Pflicht und Loyalität dem Vaterlande gegenüber immer mehr in Frage gestellt wurde. Der Volksgruppenführer hatte noch im Februar 1941 verkündet: »Jeder waffenfähige Mann dient auf Befehl des Führers in der rumänischen Wehrmacht!« Was jedoch zählten schon Worte in dieser bewegten Zeit? Die Banater Schwaben waren nie besonders gut auf diesen Andreas Schmidt zu sprechen – er war eben ein Sachse und dazu noch ein »Zutreiber«, wie sie meinten. »Einer von denen, mit welchen man die anderen fängt!«

Kaum einen Monat danach – im April 1941 – schlossen sich einige Schwabenburschen aus Wiesenbrunn den deutschen Heereseinheiten an, die durch das Banat gegen das aufrührerische Belgrad vorstießen. Gewiß eine gewagte und abgesprochene Sache, jedoch – die Würfel waren gefallen!

So war es denn auch gekommen, daß sich zwischen Dorfburschen und Schulkameraden wie Toni Wanninger und Jakob Wirth zwei verschiedene Welten auftaten! Jakob Wirth, in Wiesenbrunn ob seines Übereifers für die nationalsozialistische Sache »Einsatz-Jaksch« genannt, war einer der wohlhabendsten Bauernburschen. Das wog schwer, sagten die Mütter der heiratsfähigen Mädchen doch immer: »Was man sich erheiratet – braucht man sich nicht zu erwirtschaften!«

Von Natur aus war Jaksch überaus geltungsbedürftig und eigenwillig. Diese Unart seiner aufstrebenden Persönlichkeit entwuchs – so meinten die Leute – der Unausgeglichenheit seines 60-Joch-Vermögens und seines entgegen gewisser intellektueller Mängel hartnäckig behaupteten Führungsanspruches im Leben der Dorfjugend. Seinem cholerischen Temperament entsprechend, das leider allzuoft überschäumte, hatte sich Jaksch aus der Reihe der »besseren« Dorfburschen eine Art Gefolgschaft ausgesucht, zu der freilich auch so unberechenbare Gesellen wie Horst Rieger und der dorfbekannte Raufbold Ballinger Joschka zählen mußten, offenbarten sie Jaksch gegenüber doch eine untrübliche »Wesensverwandschaft«.

Wer sich diesem »Verein« nicht freiwillig unterwarf oder einfach nicht parierte, wurde rücksichtslos in die Mangel genommen und konnte letztendlich froh sein, mit einem blauen Auge davonzukommen.

So war denn auch der Stoßtrupp des Einsatz-Jaksch sehr bald berühmt-berüchtigt unter den Jugendlichen der näheren Umgebung geworden. Keine Frage, wer allabendlich am Versammlungsort der Burschenschaft das Sagen hatte. Seit der letzten großen Schlägerei im Dorfwirtshaus, als die zerschlagenen Stühle nur so durch die Gassenfenster segelten und der neue Billardtisch in Brüche gegangen war, schien jeder Widerstand gegen den Stoßtrupp gebrochen. Auf diese Art konnte es jedoch auch in Wiesenbrunn freilich nicht weitergehen! Unwille und

Ärger machten sich selbst in Männerkreisen gegen die wüsten Machenschaften des Schlägertrupps bemerkbar. Ortsleiter Helmer und seine Blockleiter stützten ihre Köpfe in die Hände: Soviel Überschuß an Energie und Kampfesmut mußte in nützlichere Bahnen gelenkt werden! Keiner von ihnen wußte jedoch, wie dies zu bewerkstelligen sei. So verbürgte sich Helmer dafür, das Problem bei der Kreisleitung zur Sprache zu bringen.

Mit den Augen der Jugend

Im geräumigen Hof des Wiesenbrunner Jugendheimes, das im Gebäude des alten Gemeindehauses von anno 1884 untergebracht war, gab es an diesem Maiabend 1942 jede Menge Bewegung. Dabei war es vielmehr die gespannte Erwartung, mit der die strammen DJ-Burschen und schicken BDM-Mädchen in ihren festlichen Uniformen der kommenden Stunde entgegensahen: Georg Beck, der mit seinem Regiment »Großdeutschland« am Jelnja-Bogen vor Moskau sechs Tage lang die deutschen Stellungen unter rollendem Artilleriefeuer und den darauf folgenden Dauerangriffen zweier Timoschenko-Divisionen gehalten hatte, sollte an diesem Abend in Wiesenbrunn eintreffen.

Die Kreisleitung aus Temeswar hatte bereits am Vormittag bei der Ortsleitung Wiesenbrunn telefonisch einen entsprechenden Empfang angeordnet. So waren denn auch DJ-Albrecht, Einsatz-Jaksch und alle anderen Amtswalter und Blockleiter den ganzen Tag über mit ihren Vorbereitungen für diesen großartigen Empfang nicht mehr zur Ruhe gekommen!

Nun war es endlich soweit. BDM-Führerin Liesl Frank sprach aufgeregt auf die Mädchen in den blendend weißen Blusen ein. Kaum hatte sie zu sprechen aufgehört, als das plätschernde Mädchengeplauder schlagartig einsetzte. Junglehrer Wickert hatte seine liebe Mühe, Einhalt zu gebieten, und stimmte zur letzten Liedprobe ein.

Rosl Ringer und die neben ihr stehende Anneliese Reinert hielten den Bänderkranz im leuchtenden Maiengrün in Brusthöhe; man hatte ihn eigens zur Ehrung des jungen Fronthelden bestellt. Vor allem Rosl hegte dabei ein besonderes Gefühl. Der Mann, den man hier erwartete, war ihr alles andere als gleichgültig!

Lehrer Wickert gab erneut den Ton an: »Wir sind die Panzersoldaten ...!« Der schwungvolle Rhythmus des Soldatenliedes erfüllte die abendliche Dorfrunde. Die Melodie kam feierlich, mit jugendlicher Begeisterung aus den Kehlen der Sänger, ganz so, als zöge Generaloberst Guderian, der bewährte Befehlshaber der Heeresgruppe Mitte, zu dieser Stunde höchst persönlich in Wiesenbrunn ein. Keine Frage: Ruhm und Heldenmut des deutschen Soldaten waren längst auch in diesem Schwabendorf bekanntgeworden und hatten in den Reihen der Jugend bislang unbekannte Ideale ausgelöst! Wer auch hätte damals in Wiesenbrunn danach fragen sollen, ob es auch die richtigen Ideale waren?

Im Dorf hatte es sich längst herumgesprochen, daß der junge Georg Beck mit seiner zweiten Kompanie schwere Kämpfe bei ununterbrochenen Gegenangriffen der Timoschenko-Regimenter vor Moskau durchzustehen hatte. Seine Kompanie war am Jelnja-Bogen innerhalb weniger Tage von einhundertfünfzig Mann auf sechzig Panzergrenadiere zusammengeschmolzen. Und dies bevor noch der alte Frontfuchs Guderian zum Würgeangriff auf Moskau und zum Sturm auf die alte Silberstadt und Waffenschmiede Tula angesetzt hatte. Woher diese Nachrichten stammten, ob jemand darüber in seinem Feldpostbrief berichtet hatte, war nicht zu erfahren. In letzter Zeit hatten in Wiesenbrunn immer wieder beklemmende Frontnachrichten die Runde gemacht.
Rosl sang die folgende Strophe des Soldatenliedes mit mechanischen Lippenbewegungen, ihre Gedanken entrückten in die Vergangenheit, unter die alte Linde am Dorfplatz, wo Georg Beck sie erstmals in seine starken Arme genommen hatte. Sie erinnerte sich so lebhaft an diese glücklichen Stunden, als sei alles erst gestern gewesen. Doch bald war gekommen, was in dieser schlimmen Zeit für junge Leute kommen mußte: Spät am Abend noch hatte jemand heftig an ihr Fenster geklopft. Es war Georg. Der erregte junge Mann teilte ihr mit, daß er noch in dieser Nacht fortmußte! Rosl hatte die Nacht hindurch nicht mehr schlafen können – es war ein Abschied wie ein Fadenriß, der in seiner Zeitnot jeder zärtlichen Regung den Atem nahm.
Das Lied der Panzergrenadiere war indessen verklungen, doch

die Gedanken an ein Glück mit Georg wollten nicht weichen. Warum nur hatte gerade er schon in den Krieg ziehen müssen? Wäre er damals daheim geblieben – es wäre alles sicherlich anders gekommen! Was zählte schon der Stolz einer Kriegsauszeichnung gegen den Verlust einmalig glücklicher Stunden der Jugendzeit?
Seither war Rosl aktiv geworden, was hätte sie auch anderes tun können, um Georg wenigstens auf diese Weise zur Seite zu stehen? Zweimal in der Woche kam sie zur Ortsdienststelle, richtete Paketsendungen für die Frontsoldaten her und sortierte die eingetroffene Feldpost.
Die Kriegsereignisse hatten auch die Menschen in Wiesenbrunn sehr bald schon das Zittern gelehrt! Immer wieder schrieb einer der Frontsoldaten, daß ein guter Kamerad den Heldentod für »Führer, Volk und Vaterland« gefunden habe! Aus manchem dieser Briefe ging hervor, daß Banater Schwabenburschen von den Reichsdeutschen unkameradschaftlich behandelt oder gar als »Balkanesen« und »Kriegsverlängerer« betrachtet worden waren. Besonders in der letzten Zeit. Sicherlich handelte es sich dabei um Einzelfälle – sie waren jedoch bezeichnend für Stimmung und Lage an der weiten Ostfront, an der die Siegesaussichten von Tag zu Tag immer mehr verblaßten.

»Sie sind soeben angekommen!« Der Ruf des NSV-Walters Lorenz, der mit dem Fahrrad an der Hand in den Hof trat, hatte Rosl aus ihren Gedanken gerissen. Aus mit jedem Sinnen und Träumen – die Gegenwart hatte sie eingeholt, und die Wahrheit kam zum Tore herein!
Panzergrenadier Georg Beck war genauso plötzlich wieder hier, als er sie damals verlassen hatte! Und er trug sicherlich mehr Wahrheit unter seinem Waffenrock als hundert Sondermeldungen Tag für Tag in sein geliebtes Dorf posaunten!
Von der Kirchengasse her schmetterte Blasmusik.
»Alles fertig!« schrie der Gefolgschaftsführer mit schneidiger Stimme, der Lärm von Kraftfahrzeugen rückte immer näher. Minuten, und schon betraten sie den großen Hof: Voran die Vertreter der Kreisleitung mit wichtigtuerischem Gesichtern,

den jungen Panzergrenadier in ihrer Mitte. An Georgs Brust glänzte das Eiserne Kreuz. Ihm folgten die örtlichen Amtswalter mit Ortsleiter Helmer an der Spitze:
»Aach-tuung, stillgestanden!« Der gedrungene Einsatz-Jaksch erstattete mit zackigem Hackenschlag seine Meldung und hieß die Gäste auf das herzlichste willkommen in Wiesenbrunn! Auf ein Zeichen von Lehrer Wickert stimmte der Jugendchor erneut ein schwungvolles Soldatenlied an.
Rosl Ringers Blicke hingen am Antlitz des jungen Grenadiers – soeben hatte auch Georg in ihre Richtung geschaut: Ob er mich wohl erkannt hat?
Georg schien sichtlich gerührt, als er nach dem Vertreter der Kreisleitung das Wort ergriff. Das Reden – dachte Rosl – war noch nie seine starke Seite gewesen!
Der in seinem Wesen aufrichtige und bescheidene Bursche hatte in der Zeit seines Fernseins genügend Lebenserfahrung gesammelt, als daß er sich von seinen Landsleuten hier protzig feiern lassen wollte. Doch was konnte dieser hochanständige Bursche schon tun, um sich vom Propagandakarren der NSDAP auszuspannen? Nichts, rein gar nichts.
Schon allein der Umstand, daß er sofort in sein Dorfschwäbisch fiel, um seiner Verblüffung – wie er betonte – über soviel Aufgebot Ausdruck zu verleihen, ließ das ganze Tamtam ohne Umschweife vernünftiger erscheinen. Es brachte dem jungen Panzergrenadier auf Anhieb die Sympathie seiner Wiesenbrunner ein, die sich – teils aus Neugierde, teils aus ehrlichem Empfinden – in großer Anzahl eingefunden hatten.
Er sei glücklich darüber – sagte Georg – seine kurzen Urlaubstage daheim, bei seinen Leuten verbringen zu können. Für ihn sei es zudem eine große Ehre, von Oberscharführer Merling nach Temeschburg zur Kreisleitung begleitet worden zu sein!
Während Georg sprach, war es Rosl nicht entgangen, daß der Vertreter eben dieser Kreisleitung bei diesen honorigen Worten sich eines Schmunzelns nicht erwehren konnte.
Der sichtlich gerührte Panzersoldat sprach in kurzen Worten vom schwierigen Fronteinsatz seiner Kampfgruppe und begrüßte seine Jugendfreunde und Dorfmädchen, die sich so

zahlreich versammelt hatten, mit besonderer Herzlichkeit: »Die Front steht für die Heimat!« rief Georg seinen Landsleuten zu,wobei sich gerade diese letzten Worte wie eingepaukt anhörten.

Der hochgewachsene Mann in der Uniform der Einsatzstaffel war aus Temeschburg gekommen. Als er das Wort ergriff, steckten einige Leute ihre Köpfe zusammen – der Mann schien ihnen irgendwie bekannt. Es dauerte nicht lange, bis auch der Letzte hier im Hofe wußte, wohin der Hase laufen sollte: Der wortgewandte Redner hielt eine flammende Eloge über den Aufbruch des großen deutschen Volkes zur Neugestaltung der Welt und der ihnen allen daraus erwachsenden Verpflichtungen!

Nun gäbe es endlich – wie er meinte – für die Auslandsdeutschen die reelle Möglichkeit, sich aus dem Wirrwarr von Zweitrangigkeit als Untertanen herauszuschälen und sich entschlossen, bis zur letzten Folgerung, unter das Banner der Bewegung bis zum Endsieg einzureihen! Die schwülstige Phrasendrescherei des Amtsträgers erreichte ihren Höhepunkt, als er sich mit erhobener Stimme an die Bauersleute von Wiesenbrunn wandte: »Wenn nun mit einem Male, ohne irgendwelche Zugeständnisse unser Wille zur Gestaltung Großdeutschlands zur Forderung derjenigen geworden ist, denen die Vorsehung die Führung des deutschen Volkes anvertraut hat, dann wird auch für uns als Volksdeutsche ein neues, schöneres Zeitalter anbrechen!«

Der Mann von der Kreisleitung steigerte sich in seiner fanatischen Begeisterung, die den Banatia-Schüler Eberle, der in der hinteren Chorreihe stand, sofort an das Narbengesicht seines Anstaltsleiters erinnerte: »Laßt uns den heroischen Kampf für die Durchsetzung der genialen Ideen Adolf Hitlers und des Nationalsozialismus in Europa und in der Welt von morgen mit allen Kräften unterstützen!«

Wie auf Kommando spendeten die Staffelmänner in den schwarzen Uniformen dem Sprecher ihren Beifall. Er fiel jedoch kurz und abgehackt aus, ganz so, als wären sie vor der eigenen Courage erschrocken, nachdem sich keine Hand und keine Stimme in der Menge rührte!

Rosl Ringer sah, wie der alte Wanninger seinen grauen Kopf schüttelte und Vetter Sepp Rosner vom katholischen Männergesangsverein sich bedächtig hinter dem rechten Ohr kratzte. Endlich schien sich der Redner erschöpft zu haben, als eine hübsche Vertreterin des »Bundes Deutscher Mädchen« entschlossen einen Schritt vor die Reihe trat und mit glasklarer Stimme ein Gedicht von der hehren deutschen Zukunft vortrug, in der die Jugend glühend unter Fahnen schreiten und alles aus der morschen Enge brechen werde. Der stolze Blondschopf war keine andere als Liesl Frank!

Dem auf diese Weise gefeierten Frontsoldaten Georg Beck, der die ganze Prozedur mit merklicher Ungeduld über sich ergehen ließ, war dies alles mehr als peinlich, zumal – wie er glaubte – schließlich alles nur auf seine Rechnung ging! Was sollten da manche der Leute, die freundlicherweise zu seiner Begrüßung erschienen waren, über ihn denken?

In halber Körperdrehung wandte sich der Panzergrenadier einer Gruppe von Landsleuten zu, in deren Mitte sein eigener Vater stand. Es war offensichtlich: Der Soldat schien es kaum zu erwarten, daß dieses Palaver sein Ende fand!

*

Um neun Uhr abends war der große Saal des Jugendheimes mit Menschen vollbesetzt, selbst zwischen den Fenstern und an den Seitenwänden standen Jugendliche, die es sich nicht entgehen lassen wollten, aus zuverlässiger Quelle den Verlauf der harten Kämpfe an der Ostfront geschildert zu bekommen.

Der Uhrzeiger der Wanduhr stand auf Punkt neun, als der lautstarke Ruf den Saal durchdrang: »Ruhe, ich bitte um absolute Ruhe!« Aus dem voll aufgedrehten Radiolautsprecher auf dem langen Tisch, an welchem auch Georg Platz genommen hatte, erklang das Sendezeichen »Lilli Marlen« des Belgrader Wachpostens. Das Oberkommando der Wehrmacht ließ bekanntgeben, daß die Zweite Sowjetische Stoßarmee unter General Wlassow in den Wäldern am Wolchow von den Truppen General Lindemanns eingekesselt worden sei! Die Mitteilung ließ

spontane Hurra-Rufe aus den Reihen der Jugendlichen aufkommen, angeregtes Wortgefecht setzte ein.
Jakob Wirth, der sich erhoben hatte, sah sich gezwungen, seine ersten Worte mit einem beachtlichen Stimmaufwand zu wiederholen: »Wir sind hierher gekommen, um von unserem tapferen Landsmann Näheres vom Heldenkampf der deutschen Truppeneinheiten an der Tausende von Kilometern langen Ostfront gegen den Bolschewismus Stalins zu erfahren! Ich bitte um Ihre besondere Aufmerksamkeit, zumal Georg Beck sicherlich auch über seine eigenen Fronterlebnisse berichten wird!«
»Jawohl, Einsatz-Jaksch!« brüllten plötzlich kräftige Burschenstimmen aus der Stehreihe, so daß Jaksch wiederholt zur Ruhe mahnen mußte.
»Wieso Einsatz-Jaksch?« Der Fronturlauber hatte sich mit dieser Frage erstaunt an seinen Tischnachbarn gewandt: »Ist doch etwa kein Dienstgrad in der Heimatfront?«
»Nee, nee ... ist vielmehr eine Spuckmedaille für diesen Maulhelden!«
Der Zuruf eines der Burschen aus dem Saal ging im hellen Gelächter unter, das sofort abbrach, als der Panzergrenadier sich erhoben hatte. Die Burschen schwiegen, sie wollten Georg auf keinen Fall hinderlich sein. Aller Augen richteten sich auf ihn, als er zu sprechen begann:
»Wir standen vor Jelnja, einem trostlosen, zerschossenen Nest an der Djesna. Das Höhengelände ringsumher beherrschte die Gegend und war somit für das Vorrücken in Richtung Moskau von großer strategischer Bedeutung. Dies wußten natürlich auch die Sowjets, die den Djesna-Abschnitt, vor allem südlich von Jelnja, stark ausgebaut hatten. Unser Regiment war sozusagen Angriffsspitze der Panzerarmee Guderians an diesem am weitesten nach Osten vorgetriebenen Frontbogen und somit Ausgangsbasis für jede neue Offensive. Timoschenkos Truppen versuchten unter Nutzung ihrer großen Übermacht, den Jelnja-Bogen einzudrücken. Neun Schützendivisionen und drei Panzerverbände hatte der Sowjetmarschall gegen unsere, aus Teilen von vier Divisionen zusammengesetzten Kampfgruppen anstürmen lassen. Wir wurden von den Sowjets arg bedrängt, doch

hatten wir eine bessere Kampferfahrung und eine gediegene Standfestigkeit.
Wir Panzergrenadiere der zweiten Kompanie schossen aus unseren Erdlöchern, in denen wir uns gegen die angreifende Übermacht verschanzt hatten, was die Rohre hergaben. Es waren Hunderte von Rotarmisten, die mit ihrem markerweichenden ›Urrääh!‹ über den Bahndamm von Kruglovka auf unseren Verteidigungsabschnitt stürmten. Ich spürte, wie mir das Blut in den Adern steif und zum Glück auch kalt wurde! Die erdbraunen Uniformen hatten unsere Stellungen bis auf wenige Meter erreicht, als unser Kampfgruppenführer endlich losschrie: ›Feuer frei!‹
Mitten in das Gehämmer der Infanteriewaffen fielen die furchtbaren Aufschreie, die Getroffenen fielen überhauf. Die erste Welle der Angreifer ging zu Boden, dahinter schob sich eine zweite heran. Die Rotarmisten feuerten und sprangen vorwärts. Wir konnten unsere Köpfe nur mit äußerster Vorsicht aus den Erdlöchern heben. Am nahen Waldrand lauerten sowjetische Scharfschützen mit aufgesetztem Zielfernrohr. Sie hatten bereits einige unserer MGs zum Schweigen gebracht.
Die geballten sowjetischen Angriffswellen schafften die letzten Meter bis zu unseren Linien nicht mehr – die zweite Welle war bereits beim Anlauf in das Dauerfeuer unserer Artillerie geraten. Doch wir mußten äußerst vorsichtig bleiben: Die Angreifer lagen keine fünfzig Meter hinter der Böschung auf der Lauer und warteten die anbrechende Dämmerung ab. Spannungsgeladene Stunden vergingen, ohne daß etwas geschah, sieht man von einigem Täuschungsgeplänkel der Russen ab. Kurz vor Einbruch der Dunkelheit setzte der Feuerüberfall der Sowjetartillerie ein; ihre Salven jedoch lagen diesmal zu kurz: Sie schossen die letzten noch am Leben gebliebenen Angreifer der ersten Welle über den Haufen. Die zweite Angriffswelle blieb wie vom Boden verschluckt, die Sowjets mußten sich im Schutze der Dunkelheit wieder zurückgezogen haben! Als die russische Artillerie schwieg, stiegen auch wir aus den Erdlöchern, um unsere Gefallenen und vor allem die Verwundeten raschestens zu bergen. Es waren viele, sehr viele, die um Hilfe wimmerten.

Am kommenden Morgen ging es in aller Herrgottsfrühe von neuem los. Jedes einzelne unserer Schützenlöcher war zu einer Zweimann-Festung geworden. Von rechts neben mir kam plötzlich ein Aufschrei: der letzte der beiden Verteidiger war getroffen worden! Ich sah eben noch, wie der Gefreite seine Handgranaten über den Rand seines Schützenloches schob, als sich zwei erdbraune Uniformträger in das Erdloch nebenan schwangen. Der deutsche Gefreite richtete sich auf und warf kurz nacheinander. Eine seiner Handgranaten kullerte in das von den Sowjets soeben besetzte Schützenloch. Sekunden ... und schon stieg eine Stichflamme hoch, die Detonation erfolgte im Augenblick! Totenstille. Den beiden Rotarmisten war es in der Enge nicht gelungen, die Granate herauszufischen – es kostete sie das Leben!
In der sechsten Nacht, es ging auf den 27. Juli, mußten auch wir die Stellung am Bahndamm räumen. Unsere Kundschafter hatten die Umgehungsaktion der Sowjets rechtzeitig bemerkt. Meine zweite Kompanie zog sich auf das etwa einen Kilometer hinter uns liegende Ufergestrüpp des Baches zurück. Ganz in der Nähe verlief der Waldrand.
Unsere Kompanie blutete aus allen Wunden. Die Sowjets rückten sofort nach. Erneut begann alles wieder von vorne. Wir hatten in knappen zehn Tagen siebenunddreißig russische Infanterieangriffe zurückgeschlagen. Am 25. September trat unser aufgefrischtes Panzergrenadierregiment zum Gegenangriff an. Drei Tage später erfuhren wir es: Drei Divisionen des Sowjetmarschalls Timoschenko waren hier, am Jelnja-Abschnitt verblutet.
Die Generalstabsoffiziere steckten indessen ihre Fähnchen weiter auf ihren Lagekarten aus. Es ging um Höhenrücken, um Linien und Flußläufe – die menschlichen Tragödien wurden dabei nicht verzeichnet!«
Panzergrenadier Georg Beck hatte seinen Wiesenbrunnern freiheraus erzählt und dabei jedes Wort aufgewogen. Es hatte dabei auch keiner mehr um Ruhe im Saal bitten müssen! Georgs Blicke gingen in die Runde: Besonders die jungen Leute waren enttäuscht, ja verunsichert über das Gehörte – man konnte es

aus ihren Gesichtern ablesen! Keine Frage – sie hatten anderes erwartet! Als sich Gemurmel und Raunen im Saal bemerkbar machten, ließ der Panzergrenadier erneut seine Stimme vernehmen: »Jawohl, liebe Freunde, dies ist das wahre Gesicht der Ostfront!«

Rosl Ringer hatte dem Freund mit wachsender Spannung zugehört. Sie wußte es nun: Dies war nicht mehr ihr Georg von damals! Beim Gedanken, daß Georg bereits in wenigen Tagen wieder zurück an die Front mußte, krampfte sich Rosls Herz zusammen.

Die bislang gutgläubigen Heidebauern waren auf jeden Fall hellhöriger geworden und ließen sich so leicht nichts mehr vorgeigen. Zudem nagte die Unzufriedenheit vor allem an den Gemütern jener, deren Angehörige an der deutschen Front oder gar in den rumänischen Regimentern der Südfront gegen eine gewaltige sowjetische Übermacht zu kämpfen hatten. Immer größere Verluste wurden gemeldet. Diese Leute bangten vor dem Postboten und starrten tagsüber gespannt zu dem kleinen schwarzen Volksempfänger, sobald sich die Stunde der Nachrichtendurchsage näherte.

Vorzeichen des Unabwendbaren

Die Politik hatte sich in den letzten Jahren wie ein böses Krebsgeschwür in das Alltagsleben der Menschen in Wiesenbrunn eingefressen. So hatte man selbst dem Kleinhäusler Michael Holzinger einen Spottnamen angehängt, der ihm einiges zu schaffen machen und ihn an den Rand der Dorfgemeinschaft stellen sollte. Jene, die das Sagen hatten und den Taglohn bestimmten, dirigierten freilich auch die Dorfpolitik. Sie bezeichneten einen so rechtschaffenen Mann wie den Michael Holzinger als »Rode-Michl«, weil dieser bei einer Diskussion im Wirtshaus bemerkt hatte: »Das riesige Rußland kann die deutschen Divisionen bei Stalingrad letztendlich erdrücken, wenn Paulus seine 6. Armee nicht vor Wintereinbruch auf gut befestigte Stellungen zurücknimmt!« Der »Rode-Michl« hatte das Wort »Kommunismus« erstmals 1937, bei einer Theatervorstellung der Dorfjugend zu hören bekommen. Da wurde im Bühnendialog die Frage aufgeworfen: »Was ist Kommunismus?«

Hierauf gab es eine sehr illustrative Antwort: »Wo alle schreien und keiner hört! Wo alle ernten und keiner sät.«

Es war schon sonderbar, daß man damals schon, als keiner auch nur ahnen konnte, in absehbarer Zeit als Grubensklave in die Fänge des Kommunismus zu geraten, einen Stürmer-Mann wie Lorenz und den angeblichen »Kommunisten« Holzinger mit dem gleichen Attribut als »Rode« bezeichnete.

Die Banater Dorfpolitik strickte eben ihre eigenen, leicht zerreißbaren Fäden, wobei die Muster freilich der großen Politik abgeguckt worden waren. Diese jedoch lobte den Nationalsozialismus Adolf Hitlers und die von ihm angestrebte Neuordnung Europas über den grünen Klee. Wer aber sollte sich darüber schon den Kopf zerbrechen, zumal es solche »Neuordnungen« auch schon durch die »Heilige Allianz« und durch den Frieden von Versailles gegeben hatte? Doch was hatten sie anderes gebracht, als neue Revolutionen und Kriege!

Mit siebzehn hatte sich Resi Wagner zu einer Dorfschönheit herausgemausert. Es gab kaum eine zweite im Dorf, die dem gertenschlanken Mädchen aus der Langen Gasse mit den kastanienbraunen Augen und dem sonnigen Gemüt an Anmut und Klugheit gleichgekommen wäre. Selbst der stolzeste Bursche aus Wiesenbrunn drehte seinen Kopf nach ihr um, sobald er vorbeikam. Allein Resi gab sich unbekümmert und ließ sich von einem Verliebtsein nicht das Geringste anmerken. Auch lag es der jungen Wagnerin fern, sich etwa wie eine Seibert Leni oder sonst eines der wohlbetuchten Bauernmädchen aufzudonnern und ein »fräuleinmäßiges Herrisch« anzulegen. Resi wußte sehr wohl – der schwäbische Steckkamm stand ihr wie eine Krone im lockigen Haar! Sie war zudem auch viel zu klug, um nicht zu wissen, daß Reichtum nicht unbedingt ein Segen sein mußte und schon gar nicht dazu angetan war, Menschenherzen wärmer und glücklicher schlagen zu lassen!
Zwischen der jungen Wagnerin und Toni Wanninger – er wohnte im anliegenden Gäßchen – hatte sich bis zu dessen Abgang in die Armata ein zärtliches Verhältnis entfacht. Das Mädchen merkte es erst richtig, als Toni plötzlich fortziehen mußte: Es war mehr als nur Freundschaft, es war dies ihre erste heimliche Liebe!
Nicht allein die zarte Schönheit und lebensbejahende Wesensart waren es, die dem aufrechten Burschen an der jungen Wagnerin so gut gefielen. Toni empfand die zurückhaltende Zuneigung des Mädchens, die ihm nicht lange verborgen geblieben war, als liebsames Bekenntnis zu ihm. Jede seiner Begegnungen mit Resi war letzthin zu einem Erlebnis geworden. Die junge Wagnerin sonnte sich an der Freundschaft des stattlichen Burschen wie das Kätzchen an der sonnenwarmen Hauswand, ohne auch nur kleinste Hintergründigkeiten aufkommen zu lassen. Dabei wußte Wanninger, daß Resi an Schmeicheleien der Dorfburschen gewohnt war.

*

Kürzlich war es sogar der Herr Pfarrer Palmer, welcher die Artigkeit der jungen Wagnerin vor dem versammelten katholischen Mädchenkranz besonders hervorgehoben hatte. Und was der Herr Pfarrer einmal sagte – das fiel ins Gewicht in Wiesenbrunn, darüber wurde die ganze Woche hindurch gesprochen. Besonders unter Nachbarinnen und Hausfrauen und nicht weniger beim Rosenkranzverein.

Die Bauernfamilien wußten übrigens sehr genau, was sie ihren Dorfhonoratioren schuldeten. So gab es denn auch keine Schweineschlacht im Spätherbst, ohne daß der hochwürdige Herr Pfarrer oder der Herr Direktorlehrer mit den »ihnen zustehenden« bratwarmen Grieben, einer dicken Leberwurst und der längsten Bratwurst honoriert worden wären. Diese Schuldigkeit erbot sich für jeden, der etwas auf sich hielt und sich um den schulischen Fortschritt seiner Sprößlinge Sorgen machte. Diese Gepflogenheit hielt die Dorfleute sozusagen bis in die Kriegsjahre in der Pflicht, doch dann begannen die Zeiten sich auch diesbezüglich zu ändern.

Resi Wagner betrat an einem Dienstag, kurz nach dem Mittagläuten, das Pfarrhaus, ein Körbchen mit warmem Kürbisstrudel in der Hand. Kürbisstrudel – das wußte Rosenkranzmutter Sophie nur allzugut –, den genoß der hochwürdige Herr fürs Leben gern!

Sie sollte damit recht behalten: Die Augen des Herrn Pfarrers leuchteten buchstäblich auf, als das hübsche Mädchen aus der Langen Gasse, dem ein einladender Duft vorauseilte, den Flur des Pfarrhauses betrat. Die rundliche Pfarrköchin Dora fand sogleich himmelhoch lobende Worte und raunte etwas wie »Gott erhalte eure Gewohnheit!« vor sich hin, als sie die Eingangstür zum Speisezimmer weit auftat.

Pfarrer Palmer kam händereibend hinterher geschritten und blieb ergötzt vor dem Tisch stehen, als Köchin Dora mit einem langen »Aaah!« behutsam die Kuchenplatte aus dem Weidenkörbchen heraushob: »Welch leckerer Kürbisstrudel!« Frau Dora schnalzte entzückt vom braunbackenen Fettglanz des köstlichen Strudels, als Pfarrer Palmer auch schon nach dem Serviettenhalter griff, der mitten auf dem Tisch stand und dabei wie entschuldigend bemerkte: »Nicht wahr, liebe Resi – Strudel schmeckt am besten, so lange er noch backwarm ist?«

Das genüßliche »Hmm ...« des hochwürdigen Herrn, das bereits beim ersten Zubiß aufkam, ließ den jugendlichen Gast seiner ablaßwürdigen Wohltat sicher sein, wie dies Rosenkranzmutter Sophie wahrscheinlich auch in Rechnung gestellt haben könnte.
»Einfach meine Leibspeise!« tat Pfarrer Palmer genüßlich und strich Resi nahezu »firmungsmäßig« über die leicht geröteten Wangen, als er mit der anderen Hand gleich schon nach einem zweiten Stück Strudel griff.
Frau Dora kam die Sache unschicklich vor, sie hielt jede Äußerung zurück, doch ihr Blick sprach Bände. Ungehalten wurde die mollige Köchin erst, als der hochwürdige Herr Pfarrer den Vorgang nun auch noch mit der peinlichen Bemerkung quittierte: »Wer solch guten Strudel backen kann, darf wohl auch schon ans Heiraten denken!«
Mitten in die aufkommende Verlegenheit des jungen Mädchens fiel auch schon die prompte Bemerkung der Pfarrköchin: »Aber Herr Pfarrer, das darf doch nicht wirklich ihre Meinung sein! Resi ist doch erst ...!«
»Ja, mein Gott ... achtzehn wird unsere Resi schon bald! Und hübsche Mädchen sind nun mal wie schöne Blumen – sie werden eben frühzeitig gepflückt!«
Die Pfarrköchin blieb ob einer solchen Bemerkung ihres Untadeligen einfach sprachlos. Das blutjunge Geschöpf, dem die Röte bis in die kleinen Ohren gestiegen war, tat ihr einfach leid. Dessen ungeachtet genoß der Herr Pfarrer seinen Kürbisstrudel in aller Seelenruhe. Leicht schmatzend griff er dabei nach der Serviette, die ihm seine Köchin entgegenhielt. Dieser Kürbisstrudel war für Palmer ein offensichtlicher Wohlgenuß. Nahezu gönnerhaft, sich dabei das fettglänzende Kinn abstreichend, meinte der Herr in Schwarz mit lukullischer Gebärde: »Dora, liebe! Jeden Tag zweimal würd' ich einen solchen Kürbisstrudel genießen! Und mit dem Heiraten – na ja, man meint halt nur ... Sollte es aber mal soweit sein, daß auch du zum Altar schreiten wirst, liebe Resi – dann soll der beste Wein aus dem Pfarrgarten auf deinen Hochzeitstisch gelangen!«

*

So schwer ihr diesmal der Gang auch fiel, Resi war zu einem kurzen Beileidsbesuch in das trauerbewegte Nachbarhaus der Feils gekommen. Das Mädchen stand an der Eingangstür zur Küche und hielt den Feldpostbrief immer noch in der Hand, obwohl sie ihn schon zweimal gelesen hatte. Es war nicht zu fassen: Ihr Nachbarsbub und Schulkamerad Mischi war in Rußland gefallen! Die junge Wagnerin hob ihren Blick ins Ziellose. Welch ein Gegensatz von Natur und Zeit gegenüber menschlichem Empfinden. Im Hofgärtchen vor der Tür ließ der junge Mai seine schönsten Blumen blühen – für wen wohl noch in diesem Hause?
Resi hatte Mischi Feil wie einen Bruder geliebt und mit ihm die schönsten Stunden ihrer Kindheit verbracht. Der junge Mann war knappe drei Jahre älter und genauso lebensfreudig wie sie.
Mutter Maria saß zu einem Haufen Unglück zusammengesunken auf dem alten Stuhl, dessen Sitzfläche Altvater Feil an langen Winterabenden einmal geflochten hatte. Die vergrämte Mutter kauerte an ihrer Nähmaschine und fand keinen Ausweg aus der Trübseligkeit. Nicht einmal durch die Arbeit! Das angefangene Hemd lag auf der Platte, genäht hatte sie nichts mehr – die Zeit war für sie stehengeblieben.
Vor einem Jahr erst war ihr Bub zum rumänischen Militär eingerückt, wie jeder andere brave und loyale Staatsbürger dieses Landes auch. Es hatte nicht lange gedauert, die Ausbildung verlief – wie er einmal schrieb – recht oberflächlich, und Mischi sah sich nach zwei Monaten Pflichtdienstzeit beim Militär bereits an der Ostfront. Die Nachricht von seinem Heldentod hatte die Eltern entsetzlich getroffen – er war ihr Einziger.
Ein unbekannter rumänischer Frontsoldat hatte den Unglücksbrief an Mischis Eltern geschrieben. Es war ein Schreiben voll menschlichen Mitempfindens, das an Ausführlichkeit wenig übrigließ:

»Es fällt mir und meinen Kameraden nicht leicht« – hieß es einleitend rumänisch – »Ihnen, den Eltern unseres guten Freundes,

diese Zeilen schreiben zu müssen! Ihr Sohn Mischi ist nicht mehr am Leben – er starb den Heldentod für unser Vaterland! Es tut uns allen weh.
Noch vor wenigen Tagen war alles anders, wir scherzten im Unterstand und erzählten von schönen Tagen daheim – er von seinem Dorf im Banat, und wir von unseren südmoldauischen Weinbergen. Jetzt ist alles auch für uns unfaßbar geworden!
Unsere Einheit war nach starken Angriffen der Russen zersprengt worden, wir hatten uns tagelang in heftigen Gefechten vom Feind abgesetzt und waren froh, an einer neuen Verteidigungslinie Halt gefunden zu haben.
Am frühen Nachmittag des 8. April kam es plötzlich zu einem Artillerieüberfall. Mischi wurde von einem Granatsplitter am Kopf tödlich verwundet. Er war sofort tot. Wir begruben unseren besten Freund Mischi am gleichen Abend noch an einem Weidenbusch, am Ufer des Karpovka-Flüßchens« (die Bezeichnung war von der Zensur überstrichen und konnte nur undeutlich freigelegt werden!). »Der Boden war hier nicht mehr gefroren.
Wir, seine drei Kameraden, wissen, daß es für Sie kaum ein Trost sein kann, wenn wir Ihnen schreiben, daß wir Ihren Sohn ordentlich, bei einem stillen Vaterunser, beerdigt haben. Seine letzte Habe, die Brusttasche mit einigen Fotos, Geld und Briefen, sowie seine silberne Taschenuhr wurden ordnungsgemäß der Einheit übergeben! Wir können nur noch schreiben, wie sehr wir alle drei Ihr tiefes Leid mitempfinden! Gott schütze Sie und helfe Ihnen, diesen großen und schmerzlichen Verlust leichter zu überstehen! Wir möchten gerne auch weiter mit Ihnen in Verbindung bleiben, soweit Gott uns helfen wird: Radu, Costea und Adrian.«

Den blaugrauen Brief mit der Anschrift der rumänischen Einheit und dem Namen des Absenders in den Händen, stand Resi Wagner wie gebannt da und starrte ratlos vor sich hin.
»Anständige, gottgläubige Burschen, seine rumänischen Kameraden!« wandte das Mädchen sich an die leidgebeugte Mutter. Sie hatte den Brief absichtlich nicht laut vorgelesen, um nicht

weiter am Herzweh der armen Frau zu rühren. Es war Resi klargeworden – alles, was sie jetzt noch sagen konnte, wäre aufrüttelnd und überflüssig, wie ein Steinwurf in klares Wasser gewesen. Hier konnten nur noch Zeit und Arbeit helfen, die Fäden an den Fortgang des Lebens zu knüpfen!
Die junge Wagnerin faltete die beiden Briefblätter zusammen und schob sie behutsam in den Umschlag zurück, den sie wortlos neben die Vase mit dem weißen Flieder legte. Die Hände im Schoß, wie zum Gebet gefaltet, saß Mischis Mutter immer noch unbewegt da. Das Mädchen suchte nach Worten, sie mußte gehen – helfen konnte sich ein Mensch in dieser Lage sowieso nur selber!
»Es ist mehr als ein Brief, Tante Marie!« Resi sprach leise, mit angeschlagener Stimme: »Jeder einzelne Satz liest sich wie ein brüderliches Bekenntnis über den Tod hinaus. Wie schön von seinen Kameraden, daß sie Ihnen auch weiter schreiben werden, Tante Marie!«
Die Frau an der Nähmaschine hob langsam ihren Blick zu dem Mädchen auf, das vor ihr stand.
»Ich war vorhin in unserem Hausgarten«, sagte Resi und versuchte dabei eine Gedankenbrücke aufzubauen, »da ist alles schon grün, selbst das Wurzelgemüse zeigt schon kräftige Spitzen! Habt Ihr die Tomatenpflänzchen auch schon ausgebracht?«
Ein Seufzer entrang sich der Frau, als sie entgegnete: »Das war schon immer die liebste Arbeit von Vetter Franz – er wird sie auch weiter tun, vor allem jetzt! Mir selber sind die Hände schwer wie Blei geworden, ich empfinde keinerlei Lust, etwas richtig anzufassen!«
Auf den Hausgang getreten, holte Resi ein in Zeitungspapier gehülltes Päckchen aus der Schürzentasche: »Fast hätte ich darauf vergessen! Das hier sind Dahlienknollen zum Aussetzen, ich habe sie auf unserer Kellertreppe gefunden, wohin Mutter sie zur Überwinterung gelegt hat. Zwar schon ein bißchen spät, aber ich habe am Morgen eine ganze Reihe davon in unser Hausgärtchen gesetzt! Mischi hat sie immer so bewundert, wenn er sie bei uns blühen sah! Da hab' ich mir

gedacht, Ihnen diese dunkelrote Sorte zum Anpflanzen zu bringen!«
Kaum merkliches Aufleuchten belebte für den Augenblick das Gesicht der Frau: »Oh, wie ich dir dafür danke, mein Kind!«

Vor Stalingrad

Ein eisiger Nordost peitschte die leichten Schneeflocken über das wellige Gelände. Stellenweise ragten starre Pferdeläufe und andere Relikte des grausamen Krieges aus den weißen Wehen der Schlachtfelder von gestern hervor. Die vier Männer des rumänischen Sicherungstrupps schritten im Gänsemarsch hintereinanderher. Sie hielten die khakigrünen Kragen ihrer Mäntel hochgeschlagen, die Blicke immer wieder spähend in die Runde gerichtet. Der kleine Trupp hatte den Gefechtsstand des Bataillons vor einer guten halben Stunde erst verlassen, er sollte mögliche Bewegungen der Sowjets an diesem Frontstreifen bei Kletskaja, am westlichen Donknie, zur Absicherung auskundschaften. Das Kalenderblatt aus Toni Wanningers Brusttasche zeigte den 19. November 1942. Irgendwie hatte Wanninger sich in den letzten Wochen verändert – eine Art von Gleichgültigkeit hatte sich ihm in nahezu unbewußter Manier aufgezwungen, die alles leichter ertragen ließ. Die Gedanken hingegen wollten immer wieder daraus ausbrechen. Die Urlaubstage vom Frühjahr mit Resi in Wiesenbrunn waren in traumhafte Ferne gerückt, allein die Erinnerung daran blieb unverrückbar – sie bedeutete Toni das wirkliche Leben.
Da stand er nun im Schneegestöber zwischen Tschir und Don mit seiner Einheit, die zum rumänischen V. Armeekorps gehörte, um die Nordflanke der 6. Armee unter Generaloberst Paulus abzusichern. Er, Anton Wanninger, der Banater Schwabe in der rumänischen Armee – im großen deutschen Krieg! Aber was sollten die Rumänen sagen?
Sergeant Oprescu betonte gelegentlich immer wieder, daß selbst der Generaloberst Friedrich Wilhelm Ernst Paulus, der die 6. Armee bei Stalingrad führte, eigentlich ein halber Rumäne sei! Immerhin gehöre seine Frau Constance Rosetti-Solescu einer der berühmtesten rumänischen Adelsfamilien an. Paulus hatte sie als junger Fähnrich des Dritten Badischen Infanterie-

regiments in Rastatt durch ihre beiden Brüder kennengelernt, die im gleichen Regiment mit Paulus dienten. Geheiratet hatten die beiden im Sommer 1912. Die Zwillingssöhne der Paulus – Friedrich und Ernst – waren beide Offiziere geworden. Also bestand Oprescu auf seiner Behauptung: Stolze deutsche Offiziere – aber halbe Rumänen!

Irgendwie war schließlich die gesamte rumänische III. Armee in ihrem 150 Kilometer langen Kampfbereich auf sich alleine gestellt, so wollte es Marschall Antonescu: Als eigenständige Großeinheit kämpfen und siegen!

Seit mehr als einer Woche war es ruhig geblieben an diesem Kampfabschnitt. Die Sowjets lagen jenseits des Don, das flache Gelände ließ sich von der Uferhöhe zum Teil ganz gut übersehen. Wer aber konnte den Russen schon trauen, sie blieben Meister des Tarnens, der Gelände- und Wetterausnützung. Sicherlich fehlte es auch ihnen an Munition und Verpflegung, vermieden sie doch jegliche Konfrontation. Zudem gab es auf dem großen Fluß zur Zeit einen starken Eisgang. Oder aber braute sich in aller Stille etwas Schlimmes zusammen, war dieses Hinhalten vielleicht doch etwas zu auffällig!

Wie aber sah es bei ihnen, den rumänischen Einheiten, wirklich aus? War ihre Kampfausrüstung gegenüber jener der Deutschen nicht einfach miserabel? Kaum eine Panzerabwehr, veraltete Gewehre und Infanteriewaffen und eine Versorgung, daß Gott sich erbarme! Daher waren Toni und seine Frontkameraden Oprescu, Becker und Lung alles andere als beruhigt.

Der kleine Spähtrupp war indessen durch die breite Talmulde vorangekommen, als Wanninger plötzlich stutzte und seinen Schritt anhielt. Jetzt vernahmen auch seine drei Kameraden das leichte Dröhnen von Panzerfahrzeugen. Ganz plötzlich gelangten Panzer in ihr Blickfeld: vier, fünf Skoda-38-Kampfwagen schoben sich aus nördlicher Richtung auf die vereiste Straße zu!

»Das sind unsere, sie gehören sicher zur Panzerdivision Radu!« Sergeant Oprescu schrie es fast freudig aus sich heraus. Erst seit einigen Tagen waren leichte rumänische Panzer in diesem Frontabschnitt aufgetaucht. Ein weiteres Zeichen, daß etwas bevorstand? Die Kampfwagen schienen sich ebenfalls in Richtung

Donufer zu bewegen – doch nein, sie bogen wieder von der Straße ab.
»Weiter!« befahl der Sergeant. »Wir müssen die Uferböschung schneller erreichen, um bessere Aussicht zu gewinnen!« Es ging nur langsam vorwärts auf dem scholligen, hart gefrorenen Fahrweg, der vom Schnee nicht ganz überdeckt worden war. Eisiger Wind peitschte den Schnee, schnitt den Männern von seitwärts ins Gesicht. Wanninger, welcher seinen weißen Überhang hochzog, wußte genau, daß dieser Weg direkt zum Flußufer führte. Sie durften keinesfalls davon abkommen! Irgendwo in der Nähe mußte es vor kurzem noch eine Überfahrt gegeben haben, vielleicht eine Fähre? Sergeant Oprescu war stehengeblieben und hatte seinen Kameraden ein Handzeichen gemacht: Da war es wieder, dieses seltsame Rumoren, das sie bereits vorher schon einmal gehört hatten! Es hörte sich wie eine leichte Erderschütterung an und erforderte erhöhte Aufmerksamkeit. Das kahle Schlehdorngestrüpp, das sich entlang eines zugefrorenen Bachgrabens bis zur Anhöhe dahinzog, war erreicht, als ein markerschütterndes Getöse losbrach. Die Männer warfen sich reflexmäßig in den Schnee. Mit ohrenbetäubendem Fauchen und Zischen ergoß sich der Feuerhagel über sie hinweg! Von der anderen Seite des Don hatte Artilleriefeuer aus ungezählten Rohren eingesetzt. Die vier Männer sahen einander unschlüssig an – weg, nichts wie weg von hier! Dies hier war kein Spaß, die gefürchteten Stalinorgeln fauchten einen Höllengesang über sie hinweg!
In gebeugter Haltung hatte der kleine Trupp kehrtgemacht und lief in Richtung Bataillonsstellung zurück. Jedem von ihnen war klargeworden – der Russe setzte über den Fluß! Kaum, daß sie die kleine Anhöhe wieder erreicht hatten, als die orangegelben Einschläge sichtbar wurden – sie lagen zum Glück hinter den eigenen Linien. Kurz darauf jedoch wurde die Feuerwalze leicht zurückgezogen und mußte jetzt über den rumänischen Stellungen liegen!
»Das wird hart!« knurrte sich der Sergeant im Vorwärtsdrängen in den Bart, wußte er doch, dies war das Vorbereitungsfeuer. Die schwach besetzten rumänischen Linien würden einem mas-

siven Angriff der Sowjets kaum standhalten können. Keine Frage: das dumpfe Rumoren von vorhin – es mußte von schweren Panzern herrühren. Schon allein der Gedanke an die feuerspeienden Ungeheuer der T-34-Kampfwagen ließ Oprescu den Schreck in die Glieder fahren! »Schneller!« befahl er im Laufen. Mehr als anderthalb Kilometer konnte es nicht mehr sein bis zu den eigenen Linien! Das kleine Dorf hinter den rumänischen Stellungen brannte lichterloh, nach den Erdfontänen der Einschläge mußte die Feuerwalze der Sowjets aber immer noch hinter den rumänischen Linien liegen. Kaum hatte der kleine Trupp den niedrigen Fahrdamm an der Anhöhe erreicht, als Lung auch schon losschrie: »Da drüben!«

Mit schreckgeweiteten Augen wies der blutjunge Infanterist auf den Talabschnitt beim Schlehgraben: Panzer um Panzer rollte in scheinbarem Schneckentempo um die weite Biegung, die ihr Trupp vor etwa dreißig Minuten verlassen hatte!

»Wollt ihr euch den Hintern verbrennen lassen? Los!« schrie der Sergeant wie besessen und rannte in wilder Flucht davon. Lung und die beiden Deutschen setzten ihm nach. Da ballerte es plötzlich auch schon bei den Rumänen drüben los. Die ersten Salven krepierten als Feuersperre vor der anrollenden Panzerkette, die sich nun breit zu entfalten begann und das Feuer aus ihren Bordkanonen erwiderte.

Lung lief keuchend neben Wanninger, eine panische Angst hatte den Jungen ergriffen. Er hatte alles fallen gelassen, allein den Karabiner hielt er noch in der Hand.

»Nach links schwenken, mir nach!« schrie Wanninger seinen Kameraden zu und schlug einen leichten Bogen. Oprescu und Becker folgten ohne Widerspruch. »Wir müssen den Tschir erreichen, unsere Linien scheinen ins Wanken zu geraten!« Dies war mehr ein Wunschtraum Wanningers, der mit ausgestrecktem Arm auf die scheinbar in Bewegung geratene rumänische Frontlinie hinwies. Bis zum Ufer des Tschir war es noch eine weite Strecke.

Hinter dem Rücken der Männer schien der Teufel los zu sein: Von der Waldecke her tauchten auf einmal deutsche Panzer auf, es mußte ein halbes Dutzend sein, das aus allen Rohren feuerte.

Die schweren sowjetischen Kampfwagen machten sofort Front, doch hatte eines der Spitzenfahrzeuge trotz seiner Beweglichkeit einen Treffer erhalten und war lohbrennend liegengeblieben. Wanninger sah es deutlich: Auch ein zweiter T-34 war in Brand geraten. Sein Turm hob sich auf einmal wie ein Spielball mit mächtigem Knall in die Höhe und sackte ab. Die Männer um Wanninger und Oprescu hatten keine Zeit, das furchtbare Schauspiel zu beobachten, sie rannten weiter, ihr Atem hing steif in der frostigen Winterluft.

Sergeant Oprescu war stehengeblieben und beobachtete. Seine drei Begleiter ließen die Arme hängen, als sie die Talmulde hochgekommen waren. Oprescu hatte sich am Rande eines halb abgebrannten Laubhaufens niedergelassen und winkte seine Kameraden – das Fernglas absetzend – zu sich heran: »Vorsicht, wir dürfen hier nicht bemerkt werden!«
Lung und Becker schlichen sich geduckt herbei, Wanninger hatte sich bereits auf das verschneite Laub fallen gelassen. Oprescu hielt Wanninger das Glas entgegen, nachdem er es bereits ein zweites Mal angesetzt hatte. Seine Gesichtszüge verrieten Ratlosigkeit: »Sieh dir das hier an!« Was der Gefreite in den nächsten Sekunden sah, ließ auch ihm den hellen Schreck in die Glieder fahren! Ein großer Truppenverband wälzte sich aus nordöstlicher Richtung auf die rumänischen Kampflinien zu, die Panzergruppe vorne schien die Abwehrfront der Rumänen bereits aufgerissen zu haben, obwohl zwei oder gar drei der großen sowjetischen Kampfwagen bereits lichterloh brannten. Allem Anschein nach waren die unverkennbaren T-34-Kampfwagen von einer Flakabteilung unter direkten Beschuß genommen worden.
»Sie sind durchgebrochen!« rief Wanninger seinen Kameraden zu. Er hatte erkannt, daß die ins Wanken geratene Abwehrlinie in heftigen Absetzungskämpfen zurückwich.
Vom Donufer her rollten ununterbrochen neue Infanterieabteilungen der Angreifer heran, die von den schwachen rumänischen Einheiten mit ihren kleinen Skoda-Panzern nicht aufzuhalten waren. Wanninger, der das Fernglas erneut angesetzt

hatte, konnte das Gewehrfeuer der voranstürmenden Schützenlinien klar erkennen, die Sowjets mußten zumindest in Divisionsstärke über den Don gesetzt haben! Die anrollenden Wellen der Angreifer hatten einen tiefen Fronteinbruch in Richtung Tschirfluß erzielt und bedrohten die gesamte Frontlinie der Rumänen mit einer Umfassung.
Weit dahinter, vom Tschir her, kam ebenfalls heftiger Kampflärm. Oprescu hatte sein Glas wieder an den Augen. Es sah aus, als habe hier ein deutscher Panzerverband in die Kämpfe eingegriffen, die immer heftiger entbrannten.
»Los, mir nach!« kommandierte der Sergeant, und der kleine Trupp setzte im Laufschritt über das verschneite Gelände auf die immerhin noch etwa fünfhundert Meter entfernten eigenen Linien zu. Oprescu lief direkt auf die links liegende Bodenwelle zu. Ungefähr dort mußte auch der Unterstand sein, den sie vor mehr als drei Stunden verlassen hatten! Es war höchste Eisenbahn, entlang des engen Frontabschnitts schoß die Artillerie heftiges Sperrfeuer. Die Granateinschläge wirbelten Erdfontänen auf und rissen schwarze Löcher in die ununterbrochen anstürmenden Wellen der sowjetischen Infanterie. Das wilde »Urrääh!« der Sturmlinien überlagerte selbst den dumpfen Paukenschlag der berstenden Granaten.
Die Russen hatten die dichten Nebelschwaden im breiten Flußtal des Don genutzt und waren über den großen Strom gelangt, ohne daß Richthofens vierte Luftflotte überhaupt noch eingreifen konnte. Zwar setzten die tapferen rumänischen Einheiten der Sechsten Division General Lascars der russischen Übermacht erbitterten Widerstand entgegen, doch mußten sie schließlich unter großen Verlusten den immer wieder anstürmenden Einheiten der Sowjetinfanterie weichen. Wanninger hatte dabei den Eindruck gewonnen, als zählten bei den Russen keinerlei Verluste – das heisere »Urrääh!« aus Hunderten von blindlings voranstürmenden Soldatenkehlen war einfach zermürbend, es kannte nur eines – das Ziel!
Nicht einmal die Verwundeten konnten aus diesem Kampfgetümmel geborgen werden. So mancher wurde zertrampelt und verblutete, ohne daß ihm Hilfe zuteil geworden war.

Die eigenen Linien waren erreicht, ohne daß es noch genauer auszumachen war, wie sie zur Stunde verliefen. Von seinem Schützenloch aus konnte Wanninger auch einige der wendigen Panzer der rumänischen Division beobachten, die ihre gesamte Feuerkraft aufboten und einer nach dem anderen ausfielen. Ihre Panzerung war selbst den mittleren sowjetischen Kampftanks weit unterlegen.
Die Abwehrfront zwischen Don und Tschir geriet immer mehr ins Wanken. Die Rumänen mußten auf breiter Front weichen, ihre Kampflinien wurden zum Teil völlig aufgerollt. Angesichts der Unübersichtlichkeit der Frontbewegung hatte auch das Abwehrfeuer der eigenen Artillerie eingestellt werden müssen. Zudem war man genötigt, diese Batterien zurückzuverlegen.
Toni Wanninger war mit seinen drei Kameraden bisher wie durch ein Wunder unverletzt geblieben. Aus ihren vor einer Woche ausgehobenen Schützenlöchern hatten sie freilich auch die Übersicht über den Verlauf der Kämpfe verloren – man stand plötzlich mitten drin! Vom linken Flügel her kam die größte Gefahr, es war wie ein Lauffeuer, das sich heranwälzte. Schießen, nichts als schießen, was die Rohre hergaben, bis die Munition zu Ende gegangen war. Was nachher kommen mußte, daran durfte im Augenblick keiner denken!
Sergeant Oprescu bediente ein leichtes Maschinengewehr, dessen Rattern urplötzlich aussetzte – Ladehemmung! Die zweite Welle der Angreifer schickte sich zu einer erneuten Attacke an, nachdem der erste Ansturm im konzentrierten Feuer in die Knie gegangen war. Die Reihen der Rotarmisten schoben sich bücklings auf die Abwehrlinie zu, feuerten und sprangen vorwärts. »Feuer!« schrie auch Leutnant Andreescu, dem das Aussetzen des leichten MGs aufgefallen war, aus Leibeskräften und fiel im gleichen Augenblick zurück. Keine zweihundert Meter weiter oben tobte bereits ein erbitterter Kampf Mann gegen Mann – der Feind war in die dünnbesetzten rumänischen Linien eingebrochen, die vorhin bereits ins Wanken geraten waren. Von Panik ergriffen suchten die Rumänen das Weite, jeder auf sich gestellt und wie er konnte.

Gleich links, neben Wanningers Schützenloch, gab es einen schrillen Aufschrei: Andrei Lung, der junge Kamerad aus Karansebesch, war zusammengebrochen. Tödlich getroffen sank er seinem Sergeanten in die Arme. Oprescu schob seine beiden Handgranaten an den Rand des Schützenloches, entsicherte sie und warf.

»Raus!« schrie Wanninger jetzt auf rumänisch und sprang zusammen mit Becker aus seiner Stellung. Es war höchste Zeit! Die beiden Schwabenburschen kamen davon, es gelang ihnen unter Ausnutzung des welligen, mit niedrigem Gestrüpp bestandenen Geländes diesem Hexentanzplatz in Richtung Tschirufer zu entkommen. Anton Wanninger ahnte nicht einmal, daß die Sowjets mit diesem Frontdurchbruch bei Kletskaja die Umfassungsoperation zum Kessel von Stalingrad eingeleitet und damit eine Wende des Kriegsverlaufs herbeigeführt hatten!

Auch Oprescu hatte seinen beiden Kameraden aus dem Banat unverletzt nachsetzen können. Am jenseitigen Ufer des Tschir wurde gesammelt und umgruppiert. An dieser neuen Abwehrlinie stellten sich die Reste abgesprengter rumänischer Einheiten freiwillig unter deutsches Kommando. Was wäre den braven Soldaten auch anderes übriggeblieben, als sich tapfer weiter zu schlagen! Einige von ihnen, darunter auch Wanninger und Oprescu, sollten in den schweren Abwehrkämpfen der folgenden Wochen für ihren Kampfesmut ausgezeichnet werden. Die leblosen Körper der meisten Gefallenen jedoch wurden von den Schneemassen des russischen Winters überdeckt. Ungezählte der insgesamt etwa 13 000 rumänischen Soldaten, die sich im Dezember 1942 im Kessel der Südfront befanden, fielen im unerbittlichen Häuserkampf von Stalingrad.

Oft genug wurde auf die manchmal tendenziös gestellte Frage, weswegen Sowjetmarschall Tschuikow seine Großoffensive ausgerechnet in den Verteidigungsabschnitten der rumänischen III. Armee am großen Donknie bei Kletskaja, sowie weiter im Süden, in den Verteidigungsabschnitten des rumänischen VI. und VII. Armeekorps ansetzte und hier auch durchbrechen konnte, eine unzutreffende Antwort erteilt.

Was der Gefreite Anton Wanninger aus Wiesenbrunn aus der Sicht des kämpfenden Soldaten in diesem Hexenkessel am Donbogen sozusagen »im Kleinen« erlebte, veranlaßte den bekannten Chronisten des Rußlandfeldzuges, Paul Carell, in seinem Buch »Unternehmen Barbarossa« zu folgenden Ausführungen: »Die Rumänen waren tapfere Soldaten, aber jeder wußte, daß ihre Ausrüstung veraltet und miserabel und ihre Frontversorgung völlig unzureichend waren. Die rumänischen Einheiten besaßen keine ausreichende Panzerabwehr, zudem verteidigte allein die rumänische III. Armee , auf sich allein gestellt, einen viel zu breiten Frontabschnitt von 150 Kilometern Länge. Leider hat die deutsche Führung auch nach der Feststellung großer sowjetischer Truppenkonzentrationen jenseits des Don einer von General Dumitrescu dringlichst geforderten Frontverkürzung nicht zugestimmt. Hitler, dieser ›genialste Feldherr aller Zeiten‹ war vielmehr darüber entrüstet, Boden preisgeben zu sollen! Er wollte alles verteidigen und vergaß dabei den Wahlspruch des Preußenkönigs Friedrich: Wer alles defendieren will, defendiert gar nichts!«

Akazien blühen auch im Krieg ...

Der Märzanfang hatte sich in Wiesenbrunn mit einer milden Witterung eingestellt. Die von der Schneeschmelze aufgelockerte Erde vor den Häuserreihen belebte sich mit jungem Gras, und in den Gärten quoll und schwoll es an Rebstöcken und Bäumen. Allein unter den Menschen blieb die Stimmung gedrückt: Das Drama von Stalingrad zeitigte auch in diesem Schwabendorf, weitab von allen Frontlinien gelegen, spürbare Auswirkungen auf die Gemüter der Leute, gab es doch kaum eine Familie hier, die nicht entweder den Vater oder den Bruder an der Front stehen hatte, um dessen Leben man bangen mußte. Anton Wanninger war Ende April für ganze zwei Wochen wieder daheim. Der Gefreite war wegen einer leichten Verletzung zu einem Genesungsurlaub gekommen und vorgestern abend erst in Wiesenbrunn eingetroffen. Den verletzten Oberarm hatte man ihm im Feldlazarett von Melitopol wieder völlig in Ordnung gebracht, allein das gesunde Gefühl war noch nicht richtig da. Tonis Regiment, welches im Laufe der harten Winterkämpfe arg in Mitleidenschaft gezogen und sozusagen »im Marsch« neu formiert worden war, stand bereits wieder im Fronteinsatz.

Toni wollte seinen Eltern in den wenigen Tagen, die er daheim war, nützlich sein und ihnen, so weit es ihm nur möglich war, bei den Frühjahrsarbeiten in Haus und Garten zur Hand gehen. Vater war immer noch vollauf mit der Post beschäftigt. So freute sich besonders seine Mutter auf die Mithilfe ihres großen Jungen beim Herrichten der Gartenbeete und beim Anpflanzen. Auch das altersgraue Rohrdach mußte ausgebessert werden, doch fühlte sich Toni zu dieser Arbeit noch nicht stark genug.

Der junge Fronturlauber war gestern abend erst spät zur Ruhe gekommen, nachdem sich eine ganze Gesellschaft von Verwandten, Freunden und Nachbarn die Tür in die Hand gegeben hatten. Jeder wollte aus erster Hand etwas über den Rückzug der Deutschen, den man immer wieder als »siegreich« bezeichnete und über das Schicksal eines seiner Angehörigen erfahren! Tonis Gedanken waren auch tagsüber nicht so ganz bei der Gartenarbeit, das hatte seine Mutter sehr bald schon bemerkt, doch wollte sie ihren Sohn nicht direkt nach dem Grund seiner Nachdenklichkeit befragen. Frauen und vielmehr noch Mütter haben nun mal einen sechsten Sinn, besonders dann, wenn es sich um Sorgen von Nahestehenden handelt.

Die Sehnsucht nach dem Mädchen aus der Langen Gasse, dessen Konterfei er in dem kleinen Silberamulett über viele Monate hinaus durch ganz Südrußland am Herzen getragen hatte, ließ ihn die Stunde des Wiedersehens kaum noch erwarten! Diesmal würde er erst gar nicht bis zum Abend warten, bis die Leute wiederkamen! Mutter würde ihn schon verstehen, und auch sein Vater würde sicherlich nichts dagegen einzuwenden haben, obwohl er sich mit ihm noch am wenigsten ausgesprochen hatte.

Die Turmuhr schlug die siebente Abendstunde, als Toni sich vom Abendbrot erhob und anschickte, das Haus zu verlassen. Keiner der beiden Alten fragte, wohin er ging, Vater sah mit verschmitztem Lächeln zu ihm auf und meinte so nebenbei: »Bleib nur nicht gar so spät weg, Toni!«

Am kleinen Eck vor der Einbiegung in die Lange Gasse hielt Toni den Schritt an. Alles war hier so viel ruhiger geworden. Vor einem Jahr noch eilten weit mehr Leute mit ihren Milchkannen um diese Zeit zur Molkerei, ratterten Wagen heimwärts durch die Gassen, sammelten sich die ersten Burschen am Kircheck. Und jetzt – kaum, daß man jemanden begegnete!

Durch das Untergäßchen kam der starke Ruch des Frühlingswachstums vom nahen Wiesengrund, und in der langen Baumreihe waren die ersten Akazien schneeweiß aufgeblüht. Ein sonderbares Empfinden machte sich in Tonis Gemüt breit, das sich in wenige Worte fassen ließ: Akazien blühen auch im Krieg …

Eine leichte Unruhe überkam ihn jedoch, als er jetzt den Weg in die Lange Gasse einschlug. Sie spannte seine Erwartung und ließ seine Blicke Baumreihen und Haustore absuchen. Wie ein weicher, trittempfindlicher Teppich breitete sich die frühlingszarte Grasfläche vom Pflaster zum Graben hin. Vor jedem Hause führten speckig geschnittene Wagenspuren von der Torausfahrt über das kleine Grabenbrücklein. Freilich – keine so tiefen und unübersichtlichen wie auf den schlammigen Straßen der Ukraine. Es war alles so neu, so anders, als habe er nicht schon hier gespielt, sich in den Grabenpfützen getummelt und alle Freuden seiner Jugendjahre hier geteilt. Die schlimmen Monate an der Front waren es wohl, die ihn der engen, heimatlichen Welt entfremdet hatten.

Das dritte Haus vom Eck, das mit dem hellgelben Giebel und den hohen Akazienbäumen auf der anderen Seite, unter welchen er vor Jahren oft mit den Gassenjungen gerauft hatte, war es jetzt, das sein Interesse vollends auf sich zog: Hier wohnte Resi Wagner.

»Resi!« Der Name des Mädchens löste sich weich und liebevoll von seinen Lippen, hatte er ihn doch unzählige Male in den eisigen Schützengräben und matschigen Aufmarschstraßen der Ostfront wie im Zwiegespräch vor sich her geraunt.

War da nicht eine Bewegung in der Toreinfahrt? Kein Zweifel – die gertenschlanke Gestalt hatte sich soeben leicht vorgeneigt und war sofort auch wieder verschwunden! Nein Resi, nur jetzt nicht weglaufen!

Doch da sah er sie wieder – im gleichen Augenblick, als ein herankommender Bauernwagen sein Blickfeld durchschnitt. Es war Vetter Hans Kolmer, der sicherlich von seinem Rechfeld herkam und heimwärts fuhr. Der alte Freund seines Vaters hatte ihn sofort erkannt: »Hallo, Toni Wanninger!« kam es über den Fahrweg, als dieser ihm erfreut entgegensah.

Es ging nicht anders – Toni mußte den Mann begrüßen und ihm die Hand reichen, als dieser jetzt die Zügel zog und seinen Wagen anhielt. Minuten nur dauerte das Gespräch mit dem Altbauer, der den jungen Soldaten einlud, auch bei ihm hereinzuschauen.

Als der Wagen wieder anfuhr, trat Wanninger auf die andere Straßenseite. Resi Wagner mußte ihn längst bemerkt haben. Das schlanke Mädchen war ihm bereits ein paar Häuser entgegen-

gekommen: »Du bist es also doch, Toni! Wie ich mich freue, dich endlich wiederzusehen! Wußte ich doch, daß du auch zu uns kommen wirst!«
Das kleine Wörtchen »endlich«, das von der jungen Wagnerin mit soviel Pathos ausgesprochen worden war, verfehlte seine Wirkung nicht, Tonis Herz jubelte auf: »Sie hat auf mich gewartet!«
Die Augen des Mädchens strahlten auf, sie hielt ihm beide Hände entgegen, als Toni sie auch schon in seine Arme nahm. Mein Gott – wer hat solches nicht erlebt?
Allein der knorrige Stamm der alten Kastanie vor dem Sandner-Haus behütete die jungen Leute vor der Neugierde der Langen Gasse. Toni schien in seiner Freude irgendwie gehemmt zu sein – der Brief, den er vor kurzem erhalten hatte, erweckte in ihm Fragen, die sich aufdrängten und eine unsichtbare Mauer zu errichten drohten. Es konnte einfach nicht wahr sein, daß dieses Mädchen, das ihm so ans Herz gewachsen war, sich mit einem anderen verlobt haben sollte? Dazu auch noch mit einem so üblen Burschen, wie Jakob Wirth es war! Oder aber hatte er sich getäuscht, und vor ihm stand eine andere Resi, geprägt von den Umständen des Geschehens und den Notwendigkeiten während seiner Abwesenheit? Wer wagt – gewinnt, so ist es nun einmal im Leben. Dieser Einsatz-Jaksch schien vielleicht alles gewagt zu haben!
Resi war die Bedachtsamkeit des ihr so vertrauten jungen Mannes aufgefallen, dessen Blicke sich seit einigen Minuten in ihren kastanienbraunen Augen verfangen hatten. Sie verstand es nicht: Toni war auf einmal so schweigsam geworden – was hatte er nur? »Laß uns gehen!« bewog sie ihn und schritt neben Toni auf ihr Haus zu.
Verdammt noch mal – trug er selber mit seiner ewigen Zurückhaltung nicht auch Schuld daran, wenn es so weit gekommen sein sollte zwischen den beiden?
Er hatte damals dem Einberufungsbefehl zu den Rumänen Folge geleistet. Sollte er deswegen um die Hoffnung seines Lebens gekommen sein? Keinesfalls. Da mußte etwas anderes dazwischengekommen sein!

»Was ist nur los mit dir, Toni – du sprichst kein einziges Wort?« Das Mädchen war stehengeblieben und hatte ihn damit aus seinen Gedanken gerissen. Resis Blick war eine einzige Frage, der bärenstarke Bursche wußte einfach nicht, was er erwidern sollte. Eines hatte Toni Wanninger sofort erkannt: Die Frage des Mädchens war aus der Tiefe eines ehrlichen und bewegten Herzens gekommen! Immer noch lag ihm die Verlegenheit wie ein Stein auf der Brust, doch ließ sich die Erwartung nicht weiter unterdrücken – alles in ihm drängte nach Klarheit!

Tonis Worte kamen verunsichert, als er das zarte Mädchen an den Schultern faßte, ohne daß Resi seinem Blick auszuweichen versuchte: »Ist es wahr, Resi, daß du dich mit Jakob Wirth verlobt hast?«

Auf dem bildhübschen Mädchengesicht zeichnete sich pures Unverständnis ab, es war als nehme sie Toni eine solche Frage übel. Vorerst breiteten sich zwei Falten von den Wangengrübchen über ihr Gesicht, als ein helles Auflachen plötzlich ihren Mund umspielte: »Ich und verlobt, dazu auch noch mit dem lieben Einsatz-Jaksch? Du bist wohl nicht bei Trost, Toni? Wer hat dir denn dieses Schauermärchen erzählt?«

Die junge Wagnerin hob seine Hand von der Schulter und schien sich über die Hilflosigkeit seines Gebarens zu amüsieren. Toni mußte einfach erkennen – er stand wie der leichtgläubige Thomas vor dem Mädchen, das er liebte.

»Komm schon, Toni, sonst lachen uns die Hühner aus!« Resi Wagner ergriff seine Hand und zog ihn mit sich fort! Diese offene Geste schien alle seine Zweifel verjagt zu haben.

Der Verdacht, welcher beim Lesen des Briefes aufgekommen war, schien sich plötzlich zu verhärten: »Vielleicht hat Jaksch diese Nachricht von sich aus zu verbreiten versucht? Der Brief war von einem seiner Freunde aus dem Nachbardorf gekommen!«

»Hätte ich mir vorstellen müssen – so ganz aus der Luft gegriffen ist die Sache nun doch nicht!«

Toni war es, als habe ihm bei diesen Worten jemand hinterrücks auf den Kopf geschlagen.

Resi Wagner sah zu ihm auf und begann zu erzählen: »Man hat

zwar versucht mich mit diesem Rohling zu verheiraten, jedoch ohne den geringsten Erfolg! Ich fand nicht einmal den Gedanken daran erwägenswert! Tante Erna wollte Altmutter Sophie beibringen, daß wir schwierigen Zeiten entgegengehen und eine Einheirat bei den Wirths uns somit eine gewisse Sicherheit gewähren müßte, nachdem Jaksch so etwas wie eine ›führende Persönlichkeit‹ geworden war! Ich hätte vorerst gar nichts davon erfahren sollen – man traute sich damit nicht an mich heran. Als sie jedoch sahen, daß ich einem solchen ›Geschäft‹ niemals zustimmen würde, und auch Mutter sich dagegen aussprach, schien der Spuk vorbei zu sein. Allein Tante Erna meinte, man solle die Wirth-Familie wenigstens mit einem Versprechen hinhalten. Aus Jaksch und mir könnte nach Kriegsende vielleicht doch noch ein Paar werden! Bereits bei der ersten Begegnung mit Jaksch habe ich meinem Freier jedoch verraten, daß er mich vielleicht als siebzigjährige Witwe einmal heiraten könne!«

Wie erlöst kam Tonis Gegenfrage: »Du hast dich also wirklich nicht …!« Resi fiel ihm ins Wort: »Nein, hab' ich nicht. Nicht einmal in Gedanken hätte ich mich mit diesem Einsatz-Jaksch verloben können, obwohl man mir die Chance meines Lebens an den Himmel schrieb! Ich wollte, du hättest es endlich verstanden, mein Lieber!«

Toni Wanninger zeigte sich bewegt, seine Rechte umschlang die Schulter des geliebten Mädchens. Unwillkürlich mußte der Bursche an jenen lauen Sommerabend denken, als Altmutter Sophie ihn dabei ertappte, als er Resi einen herrlichen Rosenstrauß unter das Fenster geschoben hatte. Was soll's, mußte Toni sich gestehen: Verliebte sind meist unvorsichtig, doch war die Welt damals noch in Ordnung gewesen! Seit er die junge Wagnerin liebte, hatte alles, was er unternahm, einen höheren Sinn erhalten.

Die beiden jungen Menschen plauderten eine ganze Weile auf der Bank unter dem Kirschbaum im Hof. Der Ruf von der Gangtreppe kam plötzlich und unerwartet: »Resi, so komm doch schon mal herein!«

Da hatte die Bäuerin auch den jungen Mann neben ihr bemerkt

und schien alles andere als ungehalten darüber zu sein: »Mein Gott, Toni Wanninger – das ist aber eine Überraschung! Kommt doch beide herein, ich möchte Toni doch auch begrüßen!« Kein Zweifel für Wanninger – diese Einladung war herzlich und ehrlich gemeint.
Der Frontsoldat mußte der Bäuerin viel darüber erzählen, wie es in Wirklichkeit an dieser fürchterlichen Ostfront aussah, an der auch das Regiment lag, das ihren Mann als vermißt gemeldet hatte. Anna Wagner konnte nicht schlafen gehen, ohne von Toni gehört zu haben, wie lange – seiner Meinung nach – der verdammte Krieg noch dauern könnte und ob die Russen ihre Kriegsgefangenen menschlich behandeln und nach Kriegsende auch wirklich freilassen würden?
Resis Mutter – das hatte Wanninger sehr schnell bemerkt – war ihm gewogen, diese Frau würde ihn als Schwiegersohn akzeptieren und ihm sicherlich keinen Stein in den Weg legen. So begegnete er Anna denn auch mit jener Herzlichkeit, hinter der sich ein Gefühl des Dankes dafür verbarg, ihre Tochter davor bewahrt zu haben, die Verlobte des Einsatz-Jaksch geworden zu sein.
Der Stundenzeiger der alten Wanduhr war bereits auf zehn gerückt, als die Frau sich zur Ruhe begab. Bevor sie jedoch die Tür hinter sich schloß, warf die Bäuerin den beiden jungen Leuten noch einen mahnenden Blick zu: »Schaut mal ihr beiden, daß ihr nicht zu lange sitzen bleibt – morgen ist noch ein Tag!« Tochter Resi quittierte die Bemerkung ihrer Mutter mit verschmitztem Lächeln, war sie doch gerade heute alles andere als schläfrig! Die junge Wagnerin wandte sich ungeziert ihrem Gast zu, der sie in die Arme schloß und ihr einen innigen Kuß auf die weichen Lippen drückte. Wer auch wollte es den beiden jungen Menschen in dieser glücklosen Zeit verleiden, sich an diesem kurzen Abend ihres Beisammenseins zu liebkosen und ihrer gemeinsamen Zukunft glückliche Jahre zu versprechen? Auch Resi Wagner hatte eine lieblose Zeit durchgestanden, in der es außer Hoffnung nur wenig Tröstliches für sie gab. Wanninger, dem die angebliche Verlobung mehr zu schaffen gemacht hatte, als er sich eingestehen wollte, suchte an diesem Abend die Welt

seiner Sorgen zu vergessen. Er sah nur noch Resis warmherzige Blicke auf sich gerichtet und konnte sich nicht an der blühenden Schönheit der jungen Wagnerin satt sehen. Immer wieder nahm er sie in den Arm und versprach ihr alles, was Resi in diesen glücklichsten Stunden von ihm hören wollte. Toni wußte einfach – dies war seine Stunde – und er wollte sie nicht ungenutzt verstreichen lassen!

Kurz vor Mitternacht – die beiden saßen aneinandergeschmiegt immer noch Hand in Hand auf dem Sofa, als sich mit leichtem Quietschen die Schlafzimmertür auftat und Mutter Annas Kopf mit aufgelassenem Haar in der Türspalte erschien. Die Ermahnung kam mit gelassener Stimme: »Es ist schon sehr spät, Kinder, vor allem für Resi! Ihr solltet Schluß machen, denn morgen gibt es wieder einiges für sie zu tun!«

Noch als sie gesprochen hatte, war Toni aufgestanden: »Unglaublich, wie rasch die Zeit hier vergeht! Ich mach' mich gleich auf und wünsche eine gute Nacht!«

»Werden dich wohl noch zu Gesicht bekommen, bevor du wieder zurück nach Rußland mußt, du armer Bub? Und grüß mir morgen deine Leut!«

Resi begleitete ihren Toni zum Tor. Dieser raunte dem geliebten Mädchen nach einem ganz langen Kuß unmißverständlich ins Ohr, als könne es sonst noch jemand hören: »Du schläfst in der vorderen Stube, Resi? Schlaf bloß nicht gleich ein, ich klopfe in einer Weile an dein Fenster. Du kannst mich doch nicht wieder fortziehen lassen, ohne mir deine Liebe zu schenken?«

Erschrocken suchte das Mädchen abzuwehren: »Nicht jetzt, Toni! Wir wollen doch erst mal unsere Verlobung feiern!«

Das Schicksal der beiden jungen Leute nahm jedoch natürlicherweise seinen Lauf. Diese laue Frühlingsnacht sollte für die junge Wagnerin zur ersten Liebesnacht ihres Lebens werden.

Die glücklichen Tage der beiden Liebenden gingen im Flug vorüber. Toni Wanninger verließ Wiesenbrunn mit wundem Herzen und kehrte ins Feld zurück.

*

Seit dem Sommer 1941 standen annähernd 240 Wiesenbrunner Burschen und Familienväter in den Einheiten der rumänischen Armee an der Ostfront. Bis zum Frühsommer 1943 gab es bereits dreiundvierzig Gefallene, vierzehn davon bei Stalingrad.

Unruhe durchwob das Dorf. Seit Ende Mai die Nachricht vom Heldentod des Nachbarburschen Feil Mischi eingetroffen war, war Großvater Dreyer schweigsamer geworden. Der Alte starrte manchmal minutenlang vor sich hin, ohne auch nur ein einziges Wort zu verlieren. Für Resi Wagner war es nicht schwer zu erraten, was den alten Mann dabei bewegte: Großvater machte sich furchtbare Sorgen um ihren Vater, der vor einem halben Jahr vermißt gemeldet worden war. Wie sollte er nicht, nachdem sein eigener Sohn als einer der ersten den Heldentod an der Ostfront gefunden hatte!

Wieder lag das alte Diktandoheft mit den vergilbten Blättern an diesem Abend auf dem Tisch. Darin hatte Großvater Dreyer alles vermerkt, was seinen Wiesenbrunner Landsleuten im Laufe der Jahre widerfahren war. Das Heft umfaßte die Namenslisten der Eingerückten, verzeichnete die Gefallenen und deren Kampffronten und nicht zuletzt auch eine ganze Reihe bedeutsamer Begebenheiten und Ereignisse. Der letzte Heftteil hatte sich mit Großvaters Aufzeichnungen angefüllt. Als Resi dem guten Alten ihre leichte Hand auflegte, um ihn zum Abendbrot zu bitten, konnte sie über seine Schultern hinweg gerade noch den letzten Satz lesen: »Mit ihm hat unser Dorf einen seiner tüchtigsten Burschen verloren!«

In der zweiten Maihälfte 1943 machte eine aufregende Nachricht die Runde in Wiesenbrunn. Es war bekanntgeworden, daß die Reichsregierung mit den Rumänen ein Übereinkommen unterzeichnet hatte, demgemäß die Banater Schwaben und Siebenbürger Sachsen in die deutsche Armee eingegliedert, bzw. aus den rumänischen Armee-Einheiten übergeleitet werden sollten! Das Abkommen war angeblich bereits auch vom rumänischen Regierungsbevollmächtigten General Steflea unterzeichnet worden.

Die Nachricht kam wie ein Frühlingssturm: Die Leute hofften, daß man ihre Angehörigen nun aus den rumänischen Fronteinheiten entlassen würde, andere waren heilfroh darüber, aufgrund dieses Abkommens nun nicht mehr in die Armata einrücken zu müssen, nachdem die dort herrschenden Zustände allzu bekannt geworden waren. Dieser Übereinkunft entsprechend mußten sich die wehrpflichtigen Deutschen freiwillig einer Musterung zum Eintritt in die deutsche Armee stellen, ohne dadurch ihre rumänischen Staatsbürgerrechte zu verlieren. Die Rumänen behielten es sich jedoch vor, diejenigen Volksdeutschen, welche eine Spezialausbildung erhalten hatten, aus militärtechnischen Gründen in ihren Militäreinheiten zurückzubehalten. Wo aber gab es schon in der rumänischen Armee einen Schwaben oder Sachsen, der es, allein schon vertrauensmäßig, zum Offizier gebracht hätte?
Keine Frage: Die Nachricht hatte auch in Wiesenbrunn wie eine Bombe eingeschlagen. Ortsleiter Helmer, NSV-Walter Lorenz, DJ-Albrecht und all die anderen Amtswalter bis zum Blockleiter hin, hatten nunmehr alle Hände voll zu tun. Nahezu tagtäglich kamen neue Anleitungen und Verfügungen von der Kreisleitung. Überzeugungsarbeit mußte geleistet, eine Vielfalt von Vordrucken ausgefüllt und Statistiken angelegt werden, um auch den letzten wehrfähigen Burschen und Familienvater erfassen zu können und zu bewegen, sich der bevorstehenden Musterung für die Waffen-SS – wie es nun auf einmal hieß – zu stellen. Dabei fiel zum ersten Male der Begriff »Heimatfront« im engeren Sinne seiner Bezeichnung!
Schon bei der ersten, im Jugendheim von Wiesenbrunn seitens der Ortsleitung veranstalteten Werbeaktion, wurde die große Anzahl der Versammelten, die zweifelsohne eher aus Neugier und eigenstem Interesse denn aus Begeisterung gekommen waren, von einem höheren Amtsträger der Kreisleitung zu einer begeisterten Stellungnahme angesichts dieses großartigen Vertragswerkes der Reichsregierung aufgerufen. So sehr die im Saal befindlichen Amtswalter auch darum bemüht waren, eine richtige Hochstimmung aufkommen zu lassen, die meisten der Leute, die das Wort ergriffen, kamen dabei über ein »Wenn«

und »Aber« nicht hinaus. Es mutete schon etwas sonderbar an, wenn unter den Zauderern wie Willi Sattler, Peter Antoni, Adam Fendler und einigen anderen, die sich zu Wort gemeldet hatten, auf einmal auch der Name des Draufgängers Ballinger auftauchte. Als zur Stimmungsmache nun auch Einsatz-Jaksch seiner Überzeugung von der Notwendigkeit einer »vortrefflichen Organisierung der Heimatfront« zur Erringung des Endsieges Ausdruck verlieh und daherredete, als wolle er persönlich das Großdeutsche Reich vor dem Untergang retten, da stießen sich die Leute einander in die Rippen. Vielen war dabei sofort der Verdacht gekommen, daß es dem guten Jaksch weniger um den Beweis seiner eigenen Wehrfähigkeit ging, als daß er sich persönlich von vornherein zu den so »vortrefflichen Organisatoren der Heimatfront« zählte, um gemeinsam mit seinem Busenfreund DJ-Albrecht daheimbleiben und die Röcke der jungen Weiber hüten zu können!

Eines war seitdem in Wiesenbrunn auch dem letzten Zweifler klargeworden: Der rumänische Staat hatte das Sagen in bezug auf seine volksdeutschen Bürger an die Deutsche Volksgruppe in Rumänien abgegeben, die so etwas wie ein »Staat im Staate« geworden war!

*

Juli 1943. Es gärte und brodelte an allen Ecken und Enden dieses großen Heidedorfes im Banat, und daran war beileibe nicht nur der heiße Sommer schuld. Das Mißtrauen lauerte selbst im kleinsten Gäßchen, genährt von den Befürchtungen der Kleinhäusler und Mittelbauern, den eigenen Sohn und Familienvater in den aussichtslos gewordenen Krieg schicken zu müssen, während die Vermögenden, die das Maul am weitesten aufrissen, neben ihrer Tabak- und Sojabauerei auch immer wieder Auswege fanden, sich vor dem Fronteinsatz zu drücken.

Es gab in diesem Sommer in Wiesenbrunn nicht mehr viele Schwabenleute, die ein »Haustor vor der Stirne« trugen, um überhaupt noch an den blinderhofften Endsieg zu glauben. Besonders die älteren und erfahrenen Leute waren sich dessen

bewußt, daß ihre Söhne nur noch als Kanonenfutter gebraucht wurden.
Hatte nicht auch die Taugnerin nach dem sonntäglichen Kirchgang mit vorgehaltener Hand von allerlei Machenschaften bei der Zusammenstellung der sogenannten »Freiwilligenlisten« für die Waffen-SS gesprochen? Als Nachbarin des NSV-Walters Lorenz mußte sie es ja schließlich wissen, war es doch bekannt, daß sie Tag für Tag die gelbbraune Farbe ihres Leinenrockes an der Küchentür von Lissi Lorenz abwetzte. »Ein Schwätzchen in Ehren – kann Gott nicht verwehren« hieß der Wahlspruch der Taugner Wawi, vor allem jetzt – wo es doch immer so viele Neuigkeiten im Dorf breitzutreten gab!
»Du kannst wohl recht haben, Wawi – wo kein Feuer brennt, da steigt auch kein Rauch hoch!« meinte Lindner Lissi dazu und sah sich in Sachen »Freiwilligenliste« durchaus betrogen, wo sie doch überhaupt nicht einmal daran gedacht hatte, ihren Franz aus freier Seele fortziehen zu lassen!
Die Geheimniskrämerei wühlte in diesen Tagen selbst in den Reihen der wackeren Parteigenossen und Staffelleute. Einer traute dem anderen nicht mehr, denn schließlich konnten sie ja nicht alle nur die Heimatfront verteidigen! Jeder versuchte daher, durch gespielten Übereifer seine Unersetzlichkeit für das reibungslose Funktionieren eben dieser Heimatfront herauszustellen. Selbst Elbinger Franz, der sich bislang als Parteigenosse nicht allzusehr hervorgetan hatte, war in den beiden letzten Wochen öfter nach Temeswar gefahren als in den vorausgegangenen fünf Jahren, obwohl weder er selber noch seine Eva jemals etwas mit der Fratschlerei zu tun, oder an irgendeinem Prozeß teilzunehmen hatten.
Amtswalter, Block- und Organisationsleiter hatten in diesen Tagen ihre liebe Not in Wiesenbrunn: Das Dorf sollte als Mustergemeinde in Sachen Pflichterfüllung hingestellt werden! Laut Anweisung höherer Dienststellen sollten sich hier alle Wehrfähigen »wie ein Mann« zur Musterung für die Waffen-SS stellen, keiner durfte zurückstehen! Eine solche Überzeugungskampagne erforderte freilich auch die Anwesenheit von Beratern bei der Ortsleitung, waren doch gerade in der letzten

Woche zahlreiche, aus der rumänischen Armata entlassene, Soldaten heimgekehrt, durchwegs Leute mit gediegener Fronterfahrung. Das waren freilich harte Nüsse, die sich nicht so mir nichts, dir nichts etwas vormachen ließen. Von Begeisterung konnte bei diesen Leuten keine Rede sein!

Der bauernschlaue Einsatz-Jaksch, emsig darum bemüht, sich bei den Amtsträgern der Kreisleitung Geltung zu verschaffen, vertrat hartnäckig die Meinung, daß bei einer so bedeutsamen Aktion auf alle Fälle Druck ausgeübt und verdeckte Karten ausgespielt werden müßten. Dabei dachte Jaksch vor allem daran, seine Beziehungen ausspielen zu können.

Auf die löbliche Bemerkung von Amtsleiter Schallner, daß er, Jakob Wirth, ein richtiger Diplomat sei, dem man sehr viel mehr Aufmerksamkeit zollen sollte, gab sich der gute Jaksch sehr überzeugend. Er betonte lautstark, daß es schließlich um Sein oder Nichtsein gehe und der »Zweck somit alle Mittel heiligen müsse!«

Als der Vertreter der Kreisleitung darauf die vorzügliche Orientierung und Aktionsbereitschaft der örtlichen Parteispitze sowie deren diplomatisches Geschick in Kenntnis der örtlichen Verhältnisse unterstrich, konnte Jaksch sein Grinsen nicht verheimlichen, wußte er doch sehr wohl um seine diesbezüglichen »Kapazitäten«!

Somit war Jakob Wirth letzthin in Wiesenbrunn zur treibenden Kraft der Erfassungsaktion für die Waffen-SS geworden. Abend für Abend gab er sich bei der Lagebesprechung und Aufgabenverteilung im Dienstzimmer der Ortsleitung wie ein Generalstäbler unter den örtlichen Blockleitern und Amtswaltern. Als man dabei war, Blockleiter Wilhelm aus der oberen Kreuzgasse nach dem letzten Stand in Sachen »Musterung« zu befragen, griff NSV-Walter Lorenz nach den Listen mit dem Vermerk »Streng geheim!«, welche die bisherigen Erfassungsergebnisse enthielten.

»Laß das sein!« konterte Jaksch prompt und drückte seine fette Pranke auf die Papiere, deren unterstes die »Schwarze Liste« mit den Namen der Verweigerer und angeblichen Drückeberger enthielt. Selbst Ortsleiter Helmer schien die überhebliche

Geste des Einsatz-Jaksch hinzunehmen und gab sich gelassen. Wie sollte er schließlich den schier unüberwindlichen Aufgaben gerecht werden, ohne Mitarbeiter vom Schlage eines Jaksch, Rieger oder Albrecht, die jede noch so miese und bedenkliche Aufgabe rücksichtslos durchführten, die der Ortsleitung in dieser schlimmen Zeit gestellt wurde.
Ortsleiter Helmer war kein dummer Mann. Er hatte sich das letzte bißchen Ehrgefühl und Charakter – allem zum Trotz – immer noch bewahren können. Die Frage blieb: wie lange noch, bedingte die sich immer weiter radikalisierende Lage schließlich ein eindeutiges Farbebekennen! Längst schon hätte er abtreten müssen – jetzt war alles zu spät, zu riskant geworden. Zudem war da auch noch sein Schwiegersohn Herbert, den er vor dem Schlimmsten zu bewahren hatte! Der kränkliche Helmer war ein vorsichtiger Mensch und seinem Beruf als Buchhalter entsprechend, nahezu ein Paragraphenreiter geblieben. Die gesamte »Vorkämpferei« mit all ihren Anordnungen und rücksichtslosem Durchführungszwang war ihm arg zuwider gelaufen. Helmer überließ das gerne diesen Starrköpfen, die sich in ihrem Geltungsbedürfnis einander den Rang abliefen und immer wieder Leute »aufboten«, um irgendwelche Kastanien für sie aus dem Feuer zu holen. Anfangs sah Helmer dieses eigenmächtige Auftreten der Scharfmacher als eine unerhörte Frechheit an – jetzt hatte der alte Ortsleiter sich daran gewöhnt, und es konnte ihm nur recht sein, nachdem jeder im Dorf wußte, daß in Wiesenbrunn nichts mehr nach seinem Willen geschah!
Dem war jedoch nicht ganz so!
Als lebenserfahrener Mann verfügte Andreas Helmer über ein gesundes Gespür, ließ sich kaum eine Falle stellen und konnte bislang allen Unvorsichtigkeiten vorbauen. Auch witterte der alte Fuchs das drohende Unheil, das sich immer gefährlicher über seinem geliebten Wiesenbrunn und seinen Menschen zusammenbraute. Heute oder morgen mußte jemand geradestehen für alles, was veranlaßt worden war!
Der Ortsleiter hatte letzthin schwere Bedenken, die ihn nicht schlafen ließen. Zum Beispiel diese Geheimsache mit den »ein-

zusetzenden Rollkommandos«, die jeden Verweigerer weichklopfen und vor die Musterungskommission schleppen sollten! Freilich war dies nicht direkte Sache der Ortsleitung, aber immerhin ...

Man schrieb den 4. Juli 1943. Die Musterungskommission sollte in wenigen Tagen in Wiesenbrunn mit ihrer Arbeit beginnen. Zurücktreten durfte Helmer auf keinen Fall – es wäre ein lebensgefährlicher Präzedenzfall geworden!

Ortsleiter Helmer hatte in diesen Tagen Riesenprobleme zu bewältigen. Freund Willmer von der Kreisleitung hatte ihn mit dem Militärarzt Dr. Freund von der Musterungskommission in Verbindung gebracht. »Mal sehn!« hatte der Mann ihn beschwichtigt, ohne ihm jedoch auch nur im geringsten zu versichern, Schwiegersohn Herbert ausmustern zu können. Helmer kannte seine Wiesenbrunner allzugut: Das Zurückhalten seines Schwiegersohnes für den Dienst in der Heimatfront würde jede Menge Unmut und Ärger nach sich ziehen!

Wie hatte der Führer jedoch gesagt: »Widerstände sind nicht da, damit man vor ihnen kapituliert – sondern sie bricht!« Verdammt noch mal – wieso besaß er wenigstens diesmal nicht die Unverfrorenheit eines Einsatz-Jaksch?

Doch gerade solche Draufgänger-Losungen gefielen ihm am allerwenigsten. Helmer war vielmehr ein bäuerlicher »Philosoph«, der sehr wohl wußte, daß jede Handlung im Leben ihre Konsequenzen nach sich zieht: »Unsere Situation bleibt im Verhältnis von Ursache und Wirkung: Was immer man tut – es kommt auf die eigene Person zurück!« Dieser Leitspruch Helmers konnte sicherlich nicht der eines Nationalsozialisten sein!

»Lach nur, lach!« hatte er dem Einsatz-Jaksch erst vor einigen Tagen gesagt, als dieser wieder einmal übers Ziel hinausschießen wollte: »Du wirst es selber noch erleben!«

Auf dem Waldpfad lauerte der Tod

Genau ein Monat war vergangen, seitdem Toni Wanninger von seinem Heimaturlaub zurückgekehrt war. Die Frontlinie war indessen hinter den Donez zurückgefallen, obwohl die Heeresgruppe Don um die Märzmitte die strategisch überaus wichtige Großstadt Charkow wieder zurückerobert hatte. Hier, an der Südfront, war der Teufel los. Die Sowjets setzten alles daran, das volkswirtschaftlich unentbehrliche Donezbecken schnellstens wieder in ihre Hände zu bekommen. Ihre Flieger warfen täglich Unmengen von Flugblättern über Front und Etappe ab, um die Kampfmoral der Feindsoldaten zu zermürben. Einen solchen Zettel, in deutscher Sprache abgefaßt, hatte Toni Wanninger gestern vormittag zu Gesicht bekommen.
Toni las ihn insgeheim, wollte er doch keinerlei Schwierigkeiten mit seinen Vorgesetzten bekommen. Ein richtiger antikapitalistischer Slogan stand darauf zu lesen: »Die einen liegen im Blut und Dreck – die anderen sitzen im Fett und Speck!«

Volnovacha hieß die in welliges Hügelland gebettete, stark zerschossene Ortschaft an der Hauptstraße, die vom Regionsvorort Stalino schnurgerade zum Asowschen Meer führte. Die höchsten Erhebungen des bewaldeten Hügellandes erreichten etwa hundertdreißig Meter.
Der immer noch eisige Nordost blies den Männern der kleinen rumänischen Kampfgruppe an diesem Morgen des 28. April schneidend ins Gesicht. Wanninger schritt mit weiteren vierzehn Kameraden im Gänsemarsch auf die vorderste Linie zu. Bis zur Grabenstellung, die von den zurückflutenden Rumänen erst vorgestern ausgehoben worden war, gab es noch ein gutes Wegstück zu marschieren. Der Wind hatte den Männern den letzten Schleier Schlaf aus den Augen getrieben. Der junge Unterleutnant an der Spitze mahnte zur Vorsicht. Beklemmung

stieg in Wanninger hoch, je mehr sich der kleine Trupp der dunklen Waldecke näherte. Noch war die Grabenlinie in der Morgendämmerung nicht auszumachen. Die Gruppe sollte an der linken Flanke der zweiten Kompanie Stellung beziehen und gleich auch Anschluß an die stark mitgenommene vierte Kompanie suchen, die sich gestern abend noch in Nähe der Waldecke eingebuddelt hatte.

Seit Stalingrad wurden immer wieder Frontverkürzungen vorgenommen, die freilich den allgemeinen Rückzug auch nicht mehr verschleiern konnten. Der deutsche Major, welcher die Koordinierung der Operationen mit den Rumänen vornahm und Toni gestern eine Tafel Schokolade zugesteckt hatte, sprach immer nur von einem »strategischen Rückzug«. Toni hatte versucht, über diesen Major Riedler einiges mehr über die gegenwärtige Frontlage und Aussicht zu erfahren, doch hatte der Mann mit den angegrauten Schläfen kaum mehr als »beschissene Lage« oder »aussichtslose Sache« von sich gegeben, sobald er wußte, daß sich niemand anderer in ihrer Nähe befand.

Bei den ohnehin wenig kampfeslustigen Rumänen war die Moral auf den Tiefpunkt gesunken. Die Verpflegung schon seit Monaten miserabel, die Bokantschen kamen vom täglichen Schlamm und Dreck nicht mehr zum Trocknen und die Feldpost war seit etwa zwei Wochen ausgeblieben. Allein schon der Gedanke an sein Urlaubserlebnis mit Resi Wagner ließ Wanninger unruhig werden – das war gefährlich hier in der ersten Linie, weil es ablenkte. Toni hatte zudem auch durch die fortwährenden Umgruppierungen von Kampfeinheiten beim Rückzug seine letzten beiden Landsleute aus den Augen verloren. Peter Hahn, den munteren Heckenschwaben, mit dem er von Botosani bis Stalingrad und wieder zurück zum Don zusammen war, hatte man zusammen mit einem Temeswarer Feldarzt abkommandiert, während sein Jugendfreund Klaus Ehling aus Wiesenbrunn nach seiner Verwundung einer anderen Einheit zugeordnet worden war. Angeblich war Klaus zum »Etappenhasen« geworden, das konnte er dem Freund nur wünschen!

Und nun lag er seit Stunden wieder an diesem verdammt unheimlichen Waldrand im Grabendreck. Die Gefahr lauerte von allen Seiten, keiner hatte eine Ahnung, wie weit die Russen bereits nachgerückt waren und wo sich ihre Vorhut zur Zeit befand. Wo gab es das noch bei dieser modernen Kriegführung – bei den Deutschen da drüben in Novoselka sicherlich nicht! Diese Brüder waren auf der Hut! Lange würde man die flüchtig aufgeworfene Grabenlinie gewiß nicht gegen die ungestüm vordringenden Sowjets halten können, das war jedem von ihnen klargeworden. Und schon gar nicht gegen Panzerverbände.
Drüben von den Höhenzügen, wo die Deutschen sich festgesetzt hatten, kam plötzlich wieder das dumpfe Dröhnen von Einschlägen. Es wurde von Minute zu Minute heftiger. Sollten die Sowjets bei Tagesanbruch wieder angreifen? Wanninger kauerte am Grabenrand, sein Blick richtete sich angestrengt gegen das etwa zweihundert Meter entfernte Waldgestrüpp, das sich mit lebendigem Grün zu beleben schien. Der in südöstlicher Richtung verlaufende Waldpfad lag ruhig da, nichts rührte sich. Es mußte ein Holzweg sein, auf dem die Bewohner der umliegenden Dörfer ihr Brennzeug für den Winter aus dem Wald schleppten. Ein breiter Einschnitt in das bewaldete Gelände gewährte Einblick in die Talsenke: Der dunkle Streifen, der sich weit hinabschlängelte, war sicherlich ein von Radspuren durchschnittener Fahrweg. In einiger Entfernung – vielleicht waren es drei Kilometer – ließen sich im Grau des anbrechenden Morgens zerschossene Dächer und Mauerwerke eines ukrainischen Nestes ausmachen. Der kleine Ort schien verlassen zu sein.
Doch nein – da rührte sich etwas: Irgendwo, hinter dem östlichen Dorfrand, stieg ein zerrissener, bläulicher Rauchschwaden in die starke Aprilluft! Die dünnen Rauchfäden verrieten, daß es sich wahrscheinlich um eine verlöschende Feuerstelle handelte, die immer noch schwelte. Ein großer Brandherd war das sicher nicht. Vielleicht hatte gestern noch eine zurückflutende Kompanie unserer Armata dort haltgemacht, wer konnte es wissen? Unwillkürlich spürte Wanninger bei diesem Anblick den Geschmack frischer Bratkartoffeln auf der entbehrungsrei-

chen Soldatenzunge: mehr als ein Monat war seither vergangen, das war verdammt lange her. Es war am Tag vor seiner Abreise, als er bei den Wagners eine deftige Portion Bratkartoffeln mit Speck verdrückt hatte. Resi saß damals dicht neben ihm, und es war ihm, als spüre Toni ihre Körperwärme immer noch beim Gedanken an das geliebte Mädchen: Herrgott, laß mich wieder zu ihr heimfinden!

Mitten in die Gedankengänge des Gefreiten Wanninger auf Vorposten platzte der Anruf von Leutnant Dumitrescu. Der Offizier stand keine zwanzig Meter hinter ihm in der Kaulmulde, genau da, wo die kleine Kampfgruppe am linken Flügel ihr Maschinengewehr aufgebaut hatte. Der Anruf des Leutnants kam wie ein Stakkato: »Oprescu, Becker, Wanninger: la mine!«

Die aufgerufenen Männer erhoben sich und stiegen über den Grabenrand. Wanninger robbte als letzter über das Wiesengelände zum Befehlsempfang. Leutnant Dumitrescu, ein wohlbedachter Vierziger, breitete vor dem Sergeanten und seinen beiden Kameraden eine mit roten und schwarzen Linien und Punkten versehene Skizze aus: Spähtruppunternehmen, der Leutnant wollte Gewißheit haben!

Die Männer sollten mit äußerster Vorsicht bis zum Rand der Siedlung vordringen und auskundschaften, was eigentlich los war in diesem ukrainischen Nest an der Zufahrtsstraße. Nachstoßende Meldegänger würden die Verbindung mit dem Spähtrupp durch Gestrüpp und Holzpfad aufrechterhalten. In wenigen Minuten war alles klar: »Befehl ausführen!« verabschiedete der Leutnant die Männer, denen er wiederholt äußerste Vorsicht gebot.

Kurze Zeit darauf hatte der Wald die drei Männer verschlungen. In geduckter Haltung sicherten Wanninger und Becker die Flanken, Sergeant Oprescu spähte mit wachsamem Auge nach vorne. Nichts rührte sich. Die Waldestiefe lag immer noch im Dunkel, das Frühlicht kam hier nur schwer durch. Die Nerven bis zum Zerreißen gespannt, rückten die Männer durch die Büsche; hinter jedem der alten Bäume lauerte Gefahr!

Toni Wanninger suchte jedes Geräusch zu vermeiden, als er die hohe Buschreihe durchstieß, die sich quer durch den Wald zu ziehen schien. Die Sicht war begrenzt, man mußte einander im Auge behalten. Wie abgemacht, hielten die Männer immer wieder an und lauschten gespannt: Der Wald behielt seine Stille! Allein Becker schien unruhig geworden zu sein. Der Schwabenbursche mit den breiten Schultern stand unbeweglich neben dem Stamm einer Rieseneiche und hielt seine rechte Handschaufel ans Ohr.

»Was ist los, Becker, hast du etwas Verdächtiges gehört?«

In langsamer Drehung wandte sich Becker dem Kameraden hinter ihm zu: »Weiß ich, es ist mir auf einmal so seltsam zumute. Ein einziges Mal nur in meinem Leben war ich im Walde. Es war bei einem Schulausflug, als unsere Gruppe von Deutschsanktpeter aus zum Kloster Bezdin durch den Wald zog. Da ist Pfarrer Juhasz-Bruckner inmitten des Waldes stehengeblieben und hat uns alle mit einem Gedicht beeindruckt, das mir ein Leben lang auf der Seele haften geblieben ist. Es klang wie ein richtiges Gebet:

›Das schönste Gotteshaus ist doch der Wald: / Viel schöner noch als Dome, Kathedralen. / Wo grüne Riesen meinen Aufenthalt / beschützen, wie mit Herrgotts-Initialen!

Wo Blattgeflüster rührt an heiliger Stille, / und Urwuchs unbemerkt die Zeit bewegt / ist alles nur noch Andacht, Gottes Wille / im Schoße der Natur, die uns umhegt!‹«

Wanninger sagte kein Wort, als er gemerkt hatte, wie beeindruckt sein Kamerad von diesem Heimaterlebnis immer noch geblieben war! Sonderbar – dachte der Gefreite – an was sich ein Mensch auf seinem Lebensweg nicht alles erinnern kann …

»Tscht!« zischte der herankommende Sergeant, der die letzten Verse Beckers scheinbar mitbekommen hatte: »Keine Poesiestunde jetzt, sonst holt uns der Teufel!«

Oprescu gab das Zeichen zum Weitermarsch. Eine gute halbe Stunde verging, bis der durchwegs von Buschwerk bestandene Wald sich lichtete. Der Waldrand lag greifbar nahe. Den Männern eröffnete sich eine ausgezeichnete Sicht über das vor ihnen liegende Wiesenland, das sich den weiten Abhang zum Dorfrand hinabzog. Allein zur rechten Hand schob sich der Wald wie ein tiefer Keil entlang der Talmulde und bog sich unten an

das ukrainische Nest heran. Die Männer des Spähtrupps verharrten unbeweglich hinter den Bäumen. Becker, welcher rechts außen Position bezogen hatte, riß plötzlich das Gewehr hoch, doch senkte er es wieder: »Da war etwas ... als wären es menschliche Laute!« Becker starrte, während er sprach, angespannt nach rückwärts in das Waldinnere und drückte dabei seine ausgestreckte Handfläche einigemal nach unten, als wolle er den Kameraden bedeuten, auf der Stelle zu bleiben.
Irgendwie glaubte auch Wanninger etwas mitbekommen zu haben! Unendliche Minuten vergingen, die Männer verharrten weiter regungslos auf ihren Plätzen, ohne daß auch nur das Geringste geschah oder zu hören war. Schließlich gab der Sergeant das Zeichen zum Aufbruch. Oprescu wies seine beiden Begleiter an, in voller Deckung den Waldrand entlang zum Ortseingang vorzurücken.
Vorsichtig kam der Trupp in westlicher Richtung ohne jedes Hindernis voran. Immer noch konnte keiner der Männer ein verdächtiges Geräusch feststellen. Erst als der große Waldbogen umschritten war und die Breitseite des armseligen Nestes sichtbar wurde, hielt Wanninger stutzig den Schritt an und gab seinen Begleitern das Zeichen ebenfalls anzuhalten. Von einer zweiten Stelle, gleich hinter der niedrigen rohrbedeckten Kate, die gut sichtbar neben dem Dorfteich stand, stieg in Quellwölkchen bläulicher Rauch in den Himmel. Keine Frage – da mußte jemand sein! Die Wasserfläche des winzigen Teichs hingegen war völlig leer. Keine Ente, kein anderer Wasservogel, nichts, das sich darauf bewegte!
Sollte der Iwan bereits hier stecken? Diese Frage mußte sich auch der Sergeant im Augenblick stellen! Möglich, daß er sich in der Nacht eingenistet hat, meinten auch die anderen. Und das angebliche Geräusch weiter hinten, im Wald? Man konnte gar nicht vorsichtig genug hier sein!
Der Trupp verfügte über ein einziges Schnellfeuergewehr, zwei Infanteriewaffen und einige Handgranaten und sollte sich – auftragsgemäß – auch nicht zum Kampfe stellen. Es sei denn, daß es ums Leben ging!
»Vorwärts!« Nach allen Seiten absichernd arbeitete man sich in

Schleichschritten voran. Wanninger hatte sich dicht an den Waldrand vorgeschoben, um Rauchstelle und Gemarkung besser beobachten zu können. Immer wieder lugte er hinter dem dicken Baumstamm hervor und gab Oprescu seine Bemerkungen zurück. Kein Schwanz von einem Iwan zu sehen!
Der Gefreite trat in den Waldschatten zurück und schritt auf das kleine Gebüsch zu, hinter welchem Becker in die Hocke gegangen war. Dieser gab ihm jedoch das Zeichen, den Schritt anzuhalten. Wanninger hielt selbst seinen Atem an und lauschte gespannt. Jetzt vernahm auch er das kurze metallische Klicken. Es kam aus der Tiefe des Waldes und hörte sich an, als wenn jemand mit leichtem Hammer auf einen Amboß getickt hätte. Vorbei, nichts mehr zu hören. Auch keine Spur von einem Verbindungsmann, an den der Gefreite im Augenblick denken mußte! Sergeant Oprescu, der weiter vorgerückt war, kam in gebückter Haltung auf seine Kameraden zu: »Zurück, es wird zu gefährlich hier! Ich habe einen Brandgeruch in der Nase! Bei der Gasseneinfahrt habe ich einen Posten in erdbrauner Uniform ausmachen können – ein zweiter trat kurz darauf neben ihn! Kein Zweifel – die Russen sind nachgerückt!«
Ohne ein weiteres Wort zu verlieren, setzte der Sergeant sich an die Spitze und schritt waldeinwärts. Die Männer sicherten erneut zu beiden Seiten ab. Noch waren keine zehn Minuten verstrichen, als der Sergeant stehenblieb. Wollte er sich orientieren?
»Wir müssen abkürzen!« entschied Oprescu und pirschte sich voran, auf den schmalen Waldpfad zu, der quer vor ihm durch den Wald verlief. Der Waldrand war längst außer Sicht geraten, die Richtung jedoch mußte stimmen. Zwei querliegende Tannen versperrten auf einmal den Weg. Oprescu hatte sich der Stelle vorsichtig genähert: Die Bäume waren vor kürzester Zeit erst gefällt worden, das erkannte Wanninger sofort als er herankam. Dahinter die verblüffende Entdeckung: hauchdünne Rauchschwaden ringelten über einer erlöschenden Feuerstelle! Wanninger sah jetzt auch die schmalen, in den weichen Waldboden geschnittenen Radspuren. Ein Pfadsucher war er nicht – doch klar wurde es auch ihm sofort: Hier mußte zweifelsohne

vor kurzem ein russischer Panjewagen vorübergekommen sein! In geringer Entfernung von dieser Stelle war eine Schneise sichtbar geworden, sie führte schnurgerade durch den Wald! Was sollte der Iwan hier gesucht haben?
»Zurück zu unserer Stellung, nichts als weg von hier!« zischte der Sergeant und schritt in der eingeschlagenen Richtung auf dem schmalen Waldpfad voran.
Die drei rumänischen Infanteristen hatten soeben eine Lichtung erreicht, die ihnen bekannt vorkam. Wanninger glaubte nach rechts abschwenken zu müssen, als das abgehackte »Stoj!« ihm das Blut in den Adern erstarren ließ! Becker, der als letzter kam, hatte sein Gewehr im ersten Schreck reflexmäßig hochgerissen, und dies war ihm zum Verhängnis geworden: Sein Aufschrei kam mitten in das Aufrattern einer Maschinenpistole. Der Infanterist fiel mit erstaunt aufgerissenen Augen wie ein gefällter Baum zur Seite. Becker war tot, bevor sein Körper noch den Waldboden berührte!
Oprescu und Wanninger standen vor Schreck erstarrt, wie angewurzelt da. Erst jetzt hob der Banater Schwabe langsam seine Hände, gefolgt von seinem Sergeanten mit dem fassungslosen Gesichtsausdruck.
»Vorbei!« Das Wort kam Toni nicht einmal mehr über die Lippen – es blieb ihm einfach in der Kehle stecken! Da kamen sie auch schon: fünf blutjunge Rotarmisten – sie hatten ihnen aufgelauert! Der Ältere, welcher Becker niedergestreckt hatte, ging voran – die anderen traten seitlich hinter ihre beiden Gefangenen. Wanninger spürte gleich auch schon den Gewehrlauf, der sich ihm in den Rücken bohrte: »Dawaj!« Der Rotarmist drängte Toni dicht an den Baumstamm, wonach sein Begleiter ihn sofort abtastete und ihm alles wegnahm, was er bei sich trug. Die gleiche Prozedur mußte Oprescu über sich ergehen lassen. Beide waren vorerst beruhigt darüber, nicht auch von den Rotarmisten niedergeknallt worden zu sein! Der Kamerad im Waldgras zuckte mit keiner Wimper mehr – jeder der drei Kopfschüsse, die Toni erkennen konnte, mußte tödlich gewesen sein.
»Dawaj vperiod!« Die beiden Gefangenen wurden angewiesen, den Weg zurück auf dem Waldpfad anzutreten. Wanninger warf

noch einmal einen Blick auf den toten Kameraden, dem keiner von ihnen mehr einen letzten Liebesdienst erweisen konnte. Oprescu kam hinter ihm, er war am Ende und ließ den Kopf schultertief hängen. Die Iwans steckten also doch im Wald – grübelte Wanninger. Er durfte keinesfalls verzweifeln, mußte der Wirklichkeit nunmehr ins Auge sehen!

Unendliche Minuten vergingen, bis die kleine Ortschaft endlich erreicht war. Oben im Walde, aus der Richtung der rumänischen Stellungen ratterten Gewehrsalven. Die Kameraden mußten den toten Becker entdeckt haben und suchten die Sowjets zu bewegen, ihre Positionen zu verraten! Diese jedoch ließen sich keinesfalls aus der Ruhe bringen, sie hatten vorerst nicht den geringsten Grund dazu. Allein der Vordermann zeigte Nervosität, als er immer wieder befahl: »Dawaj bistree!« Wanninger hörte dieses verdammte russische Wort nun bereits zum zehnten Male! Toni schritt verbittert, doch scheinbar gelassen seinem Schicksal entgegen. Der Bursche aus Wiesenbrunn dachte an die mahnenden Worte seines Vaters, des Postträgers Nikolaus Wanninger, der seinem Sohn so oft gesagt hatte: »Nur immer ruhig bleiben – es wird schon alles werden.«

Dabei fanden seine Gedanken zurück zu dem toten Kameraden.

Die Stunde der Wahrheit

Sepp Schleyer und Franz Neubauer zählten zu den ersten Urlaubern, die in den letzten Junitagen 1943 aus der rumänischen Armee entlassen worden waren. Sie sollten zu den Deutschen übergeleitet werden. Beide waren sie als Rekruten mit Toni Wanninger nach Botosani eingerückt. Neubauer kam aus dem Militärspital und würde wegen seiner Verwundung an Schulterblatt und Oberarm kaum wieder einrücken müssen, während Schleyer als Etappenhase mit seinem Verpflegungstrupp bis zum Dnjepr gelangt war.

Resi Wagner hatte Sepp bereits am zweiten Tag daheim aufgesucht. Sie kam in der Hoffnung, von ihm etwas über ihren Toni zu erfahren, der seit Wochen schon kein Lebenszeichen mehr von sich gegeben hatte. Leider konnte keiner der beiden ihr irgendwelche Nachricht über Wanningers Verbleib übermitteln, den sie selber seit einer kleinen Ewigkeit nicht mehr gesehen hatten. Enttäuscht darüber blieb Resi Wagner die Hoffnung, daß vielleicht auch Toni bald von seiner rumänischen Einheit entlassen werden und nach Hause kommen würde, um nunmehr für die Wehrmacht gemustert zu werden.

Eine knappe Woche später wurde auch diese Hoffnung jählings zerstört: Tonis Eltern wurden seitens des Regiments verständigt, daß der Gefreite Anton Wanninger von der Zweiten Kompanie am 14. April 1943 als vermißt gemeldet worden war! Die vom Regimentskommandeur unterzeichnete Schrift enthielt keine weiteren Angaben. Tonis Eltern hofften jedoch, daß ihr Sohn in Gefangenschaft geraten und somit noch am Leben sei!

Von dieser Mitteilung zutiefst bewegt, wollte Resi der betrübten Frau Wanninger noch keinesfalls etwas über das zu erwartende Kind sagen, das sie unter ihrem Herzen trug! Sie konnte es einfach nicht. Lange ließ sich das keimende Leben jedoch sicherlich nicht mehr verbergen. Das Mädchen hegte eine stille Hoffnung: Vielleicht brauchten Tonis Eltern in ihrer Angst um den Sohn jetzt sogar einen solchen Trost?

*

In den ersten Julitagen 1943 überstürzten sich die Ereignisse in Wiesenbrunn. Neue Aufregung machte sich breit, als bekanntgeworden war, daß die Deutsche Volksgruppe in Rumänien den Abtransport aller »Kriegsfreiwilligen« in die Wege leitete. Es war beschlossene Sache, daß diese das Land bis zum 31. Juli verlassen mußten! Die ausgebluteten Kriegsfronten erwarteten neue Soldaten!

Das Mißtrauen der Leute untereinander schien einen niegekannten Höhepunkt erreicht zu haben. Selbst Aldinger, dieser »große Deutsche«, der bislang jede Führerrede persönlich im Dorf verbreitet hatte, war über Nacht verschwunden! Nach einer Woche erst erfuhren die Nachbarn auf Umwegen, daß der wackere Aldinger sich zu den Rumänen verdrückt hatte. Er war angeblich zum Offiziersburschen von Hauptmann Craciunescu in Temeswar geworden. Seine Mutter versorgte die Familie Craciunescu nämlich seit Jahren schon gegen gutes Geld mit frischen Hühnereiern und Hausbutter, Räucherschinken und anderen Erzeugnissen, wie sie auch von anderen Marktfrauen Woche für Woche auf den Josefstädter Markt gebracht wurden. Die Aldingerin selber verbreitete die Nachricht, ihr Sohn sei als »Chargierter« vom rumänischen Militärkommissariat in Temeswar zurückgehalten worden! Eine glatte Lüge. Der junge Aldinger hatte aus Angst vor der Front bei diesem rumänischen Hauptmann einfach Unterschlupf gefunden!

»Das sind sie also, unsere Sieg-Heil-Maulhelden – sobald sie Pulver riechen, machen sie sich aus dem Staub!« ärgerte sich Kohler Klos, Kriegsinvalide vom Ersten Weltkrieg, dessen Sohn vor Odessa gefallen war. Mit beißender Ironie zitierte er: »Zehn deutsche Amtswalter, die saßen froh beim Wein; der eine machte Goebbels nach – da waren's nur noch neun!« Das Dorf schluckte in seiner Aufregung auch die Sache Aldinger – jeder machte sich so seine eigenen Sorgen und kümmerte sich um seine Leute.

Die großangelegte Goebbels-Rede vom 18. Februar 1943, in welcher der Reichspropagandaminister den »Totalen Krieg« verkündete, hatte eine turbulente Aktionswelle ausgelöst, deren Nachwirkungen auch die Schwabendörfer in der Banater Heide unmittelbar betreffen sollten. »Alles für die Front, alles für den Endsieg!« hieß es Tag für Tag am laufenden Band über Presse, Rund- und »Mundfunk«. Die Bauersleute von Wiesenbrunn konnten vor allerlei Befürchtungen keine Ruhe mehr finden.
Zudem stand die Musterung für die Waffen-SS unmittelbar bevor, sollte in einigen Ortschaften sogar schon in Gang gekommen sein! Keiner wurde viel gefragt, es gab ein Mißtrauen, Schubsen und Schelten, das alle Dorfinsassen berührte, wobei jeder jeden im Auge behielt.
Drohungen wurden in der Nacht an die Hauswände geschmiert, Belästigungen laut, und das einschüchternde Schlagwort »Rollkommando« verfehlte seine Wirkung auf die Kleinhäusler und Mittelbauern nicht, aus deren Reihen man etwaige Verweigerer zu befürchten hatte. Nahezu jeden zweiten Tag gab es eine »dorfeigene Sondermeldung«.

*

Wiesenbrunn glich am frühen Morgen des 18. Juli 1943 bereits einem Ameisenhaufen. Als der übereifrige Einsatz-Jaksch um halb sechs zur Straße heraustrat, war ringsum in den Nachbarhöfen überall Bewegung. Die alte Frau Lutz von gegenüber trat mit dem vollen Melkkübel aus dem Stall, und Vetter Lambrecht, dieser Morgenmensch, kam um diese Uhrzeit mit seinen beiden blauemaillierten Milchkannen in den Händen auf die Kirchgasse zu. Er zählte gewöhnlich zu den ersten, die Frühmilch zur Abrahmhalle brachten.
Noch schien alles wie an jedem anderen Werktag zu verlaufen und doch lag die Spannung greifbar in der Luft! Der alte Wirth selber traute – nach allem, was er in den letzten Tagen gehört

und gewittert hatte – seinen eigenen Wahrnehmungen nicht mehr. Und diesem Ortsleiter Helmer schon gar nicht! Sollte es ihm wirklich heute gelingen, seinen einzigen Sohn Jaksch vor dem Fronteinsatz zu retten? Der Alte hatte ein mulmiges Gefühl bei der Sache.
Der Wirthbauer hatte – quasi in Vorahnung – das Notwendigste an Körperwäsche und Gebrauchssachen sowie etwas an haltbaren Lebensmitteln in seinen großen Jägerrucksack verstaut, ohne daß seine Bäuerin davon auch nur die geringste Ahnung hatte. Für jeden Fall – dachte der Alte –, man konnte ja nie wissen ...
Kurz vor sieben durchlief eine schlimme Nachricht die Lange Gasse: Man hatte den siebzigjährigen Vetter Jakob Nieß auf dem Heuboden tot aufgefunden, der völlig verzweifelte Mann hatte sich erhängt! Vor einem knappen Jahr erst war ihm die Frau gestorben, zudem war auch noch kein Monat vergangen, seit er die Nachricht erhalten hatte, sein ältester Sohn Herbert sei bei den Abwehrkämpfen am großen Donbogen »vor dem Feind geblieben«!
Und jetzt wollte man ihm seine letzte Hoffnung nehmen – sein jüngster Sohn Julius sollte heute zu den Deutschen einrücken. Das war zuviel für den gebrochenen, seines Schicksals überdrüssigen Mann!
Die Nachricht war zu einem denkbar schlechten Vorzeichen für das gesamte Tagesgeschehen an diesem 18. Juli geworden. Sie versetzte die ohnehin beunruhigten Menschen in helle Aufregung: »Wer weiß, ob wir unsere Leute noch einmal wiedersehen?« So hieß es auch im Tenor der Gruppe, die vom Milchtragen auf dem Heimweg war und an der Ecke zum unteren Gäßchen stehenblieb.
Reininger war gerade dabei, Eckschmied Franz die schlimme Nachricht über den alten Nieß mitzuteilen, als er den Dorfmusikus Hans Mußler mit seinem großen Baßflügelhorn in der Hand zur Gasse herauskommen sah. Angesichts dieser grotesken Situation mußte sogar der sonst so gelassene Reininger seinen Graukopf schütteln: »Sagte ich nicht – gerade die Marschmusik fehlt uns heute noch! Oder will man unseren Leuten zu

dieser Höllenfahrt auch noch aufspielen? Der verdammte Krieg ist doch kein Kerweihjuchzer!«

Als Eckschmied wieder ins Haus trat, sah er seinen Sohn damit beschäftigt, seine Stiefel auf Hochglanz zu putzen. Sein Gepäck stand griffbereit neben der Haustür. Von der Küche her kam das unverkennbare Geklapper von Porzellan und Geschirr, als die Bäuerin auch schon zum Frühstück rief.

Martin war einer der vielen Wiesenbrunner Burschen und Männer, die heute den Weg zum Militär antreten sollten. Er war für sie weit schlimmer als seinerzeit für ihre Väter, gab es doch damals wenigstens keinen Krieg, als diese ihren Militärdienst hatten leisten müssen. Eigentlich war es die Unruhe, die den alten Eckschmied vorhin wieder zur Gasse getrieben hatte, zum dritten Male nach dieser schlaflosen Nacht. Martin hingegen war noch zu jung und vertrauensselig, als daß er die Dinge nicht mit anderen Augen gesehen hätte – eben mit der Begeisterungsfähigkeit seiner unerfahrenen Jugend! Schließlich zog er ja nicht allein ins Feld und rückte zu den Deutschen ein, bei denen schon immer alles seine richtige Ordnung haben mußte!

Die Kirchgasse sah an diesem schwülen Julimorgen mehr Leute als jemals zuvor in den letzten fünfzig Jahren. Selbst beim Kirchweihfest gab es keinen solchen Aufmarsch in Wiesenbrunn. In dieser Gasse, die direkt zum Bahnhof führte, sah es an diesem Morgen aus, als wollten die Leute mit Kind und Kegel auswandern. Von bedrückender Sorge gezeichnete Frauengesichter mit verweinten Augen, unaufhörlich fragende Kinderstimmen und schweigsam einherschreitende alte Leute, die den Sohn zum Zug geleiten wollten, bewegten sich Gruppe um Gruppe an den Haustoren der breiten Kirchgasse vorüber.

Allein das voranschreitende Jungvolk zeigte sich quietschlebendig. Die Mädchen schritten Hand in Hand neben ihren wackeren Burschen einher, plauderten und fragten unentwegt nach dem einen oder anderen und holten Versprechen ein, als geschehe an diesem Julitag etwas sehr Schönes, das die Dorfburschen in ihren Augen zu wahren Helden werden ließ! Und

immer wieder wurden an Toreingängen Hände geschüttelt und alles Gute gewünscht.
Vom Bahnhof her kamen die bewegten Klänge der Blasmusik. Zwar nicht so zackig und ohne Vollklang der großen Kapelle mit ihren vierzig Bläsern, doch danach fragte um diese Zeit kaum einer der vielen Leute, die allzusehr mit sich selbst beschäftigt waren. Beim Näherkommen wurde der leicht wackelige Marschrhythmus deutlicher, hatten doch einige der Altbläser, darunter auch Vetter Mußler, der sich mit seinem kapitalen Baßflügelhorn mächtig abmühte, ihr Instrument seit einiger Zeit nicht mehr in den Händen gehabt. Altkapellmeister Werner hatte es sich nicht nehmen lassen, seinen ausrückenden Landsleuten noch einmal aufzuspielen – wer konnte schließlich wissen …

Kurz vor neun Uhr war der Bahnhofsplatz von Wiesenbrunn von Menschen überfüllt, kaum daß noch jemand zwischen Stationsgebäude und Geleisen durchkommen konnte. Unter der alten Kastanie, direkt vor der Eingangstür zum Schalterraum, sah man Dorfrichter Friedrich, ebenfalls Invalide des Ersten Weltkrieges, mit der schwarzen Augenklappe auf der linken Gesichtsseite. Der hochgeachtete Mann stand zusammen mit Notär Dobrescu und dem unbeliebten Wachtmeister Popescu, an dessen Seite sich zwei rumänische Offiziere und ein Unteroffizier aufgepflanzt hatten.
Der deutsche Leutnant Weser schritt in seiner geschniegelten Uniform gemeinsam mit Ortsleiter Helmer und einigen Amtswaltern in ihren schwarzen Einsatzstaffel-Monturen auf die Gruppe der Offiziellen zu. Die beiden Erstgenannten gingen nach kurzem Verhandeln zu dem auf dem vorderen Bahngeleise haltenden Transportzug. Der lange Eisenbahnzug war vom ersten bis zum letzten Wagen mit leuchtendem Grün und Blumengirlanden geschmückt. Kämpferische Losungen, die zum totalen Krieg gegen die »Erzfeinde des deutschen Volkes« aufriefen, sollten dieses »gewaltige Aufgebot für den Endsieg« rechtfertigen!
Verstehen konnte man bei diesem Treiben sein eigenes Wort nicht mehr. Was sich hier, auf dem Bahnhofsgelände des Schwa-

bendorfes Wiesenbrunn, bot, berührte die gesamte Skala menschlicher Gemütsbewegungen: Helles Auflachen von Mädchenstimmen durchschnitt das monotone Geplauder ungezählter Leute, vorlautes Aufbrausen von Hitzköpfen und widrig gestikulierender Mannsleute hob sich abrupt vom Klageton einiger Frauen ab, die sich vor der breiten Seitentür des dritten Waggons gruppiert hatten. Zwischendurch war es die Blaskapelle von Werners Senioren, die mit ihren gezwungenen, ungeübten Marschklängen alles überlagerte. Dabei fiel es auf, daß die alten Bläser erst auf wiederholtes Kommando anschlugen und das gleiche Stück wiederholten.
Der untersetzte Einsatz-Jaksch mußte sich mit seinem lautstarken Organ einige Male um Aufmerksamkeit bemühen, damit der Leutnant mit dem Zeichen der Waffen-SS am Rockkragen zu Wort kommen und den angehenden Soldaten des Führers einige Anweisungen geben konnte. Der Obergefreite hatte damit begonnen, Namen um Namen von seiner langen Liste herunterzuschreien, bis das »Hier« von irgendwoher zu hören war.
Immer wieder starrten DJ-Albrecht mit einer Liste in der Hand und der wackere Rieger Horst angestrengt in die Richtung, aus welcher die Antwort gekommen war. Der deutsche Obergefreite hatte sich auf die Plattform des Waggons geschwungen, wo sich einige der jungen Männer an der weit offenen Mitteltür postiert hatten. Es dauerte einige Zeit, bis die Anwesenheit einer so großen Anzahl von Gemusterten nachgeprüft werden konnte. Frauen und verliebte Mädchen, die sich an ihre Burschen schmiegten, zählten mit wunder Seele die Minuten, die sie noch an der Seite ihrer Gatten und Freunde verbringen durften! Wie ein Stich ins Herz kam das schrille Aufheulen der Dampflok und ließ verzweifelte Rufe aufkommen: Man war doch längst noch nicht soweit! Die Lokomotive stand voll unter Dampf, sie war kurz vorher erst vom Verladeplatz herangefahren und an den Zug gekoppelt worden.
Ortsleiter Helmer trat aus der Männergruppe heraus und erhob – vielleicht etwas zu zaghaft – seine Stimme: »Männer von Wiesenbrunn, liebe Landsleute! Dem Übereinkommen vom 12.

Mai 1943 zwischen dem Großdeutschen Reich und Rumänien entsprechend, folgen heute 244 Burschen und Männer unserer Gemeinde Wiesenbrunn dem Rufe des Führers und ziehen in den gerechten Kampf des deutschen Volkes um Freiheit, Recht und Lebensraum! Wir alle wissen: Dies ist kein leichter Weg – wir sind stolz auf euch! Die Heimatfront wird ...«
»Wer ist stolz, ihr Drückeberger!!!« Der laute Zwischenruf, der sofort ringsum ein breites »Huuuh!« ausgelöst hatte, kam aus der Gruppe der jungen Männer um Toni Lamping und Martin Ebner, die sich nahe der Mitteltür des dritten Waggons postiert hatten: »Alle müssen mit – wir brauchen keine Paradehengste in der Heimatfront! Einsätze werden an der Kriegsfront gemacht, hast du das gehört, Einsatz-Jaksch?«
Der spontane Ruf war unzweideutig und mit ihm ein Funke gefallen, der sich zu entzünden drohte, als wieder jemand dazwischenrief: »Da drüben steht er, dieser hinterlistige Antreiber!« Heftiges Aufbegehren durchlief die Reihen der vielen Leute. Leutnant Weser hatte alle Mühe, zu Wort zu kommen, nachdem Altrichter Friedrich vergeblich versucht hatte, die erhitzten Gemüter zu beschwichtigen!
Wachtmeister Popescu hielt sich in bemerkenswerter Weise bedeckt im Schatten der Kastanie. Es verging einige Zeit, bis er sich aus dem Baumschatten herauslöste und gemeinsam mit Bahnhofsvorsteher Bucuroiu zur Lokomotive schritt. Das Gesicht des Wachtmeisters war von Scheinheiligkeit und gespieltem Ernst gezeichnet.
Helmer hatte wieder zu sprechen angesetzt, sichtlich darum bemüht, sich kürzer zu fassen. Der Ortsleiter wies erneut auf das Gebot der unbedingten Pflichterfüllung gegenüber »Führer, Volk und Vaterland!« hin. Der sichtlich angeschlagene Helmer versicherte den Männern, gemeinsam mit den wenigen Wehrfähigen, die »in der Heimatfront bleiben mußten«, alles zu tun, um die kämpfende Front zu versorgen, die Feldarbeiten gemeinschaftlich und zeitgerecht durchzuführen. Desgleichen versprach der Ortsleiter von Wiesenbrunn dafür zu sorgen, daß den Familien der Frontkämpfer jede nur mögliche Unterstützung zuteil werden würde!

Spürbare Erleichterung machte sich auf dem Gesicht des Sprechers breit, als er schließlich seine Ansprache mit dem Ausruf: »Die Heimat schafft für die kämpfende Front!« beendete und glaubte, damit seine Pflicht getan zu haben!
»Spann deinen Schwiegersohn, diesen Feigling, vor den Pflug!« schrie eine aufgebrachte Männerstimme, gefolgt von erbosten Zwischenrufen, so daß kein Mensch in dem sich ausbreitenden Tumult mehr ein Wort verstand. Erneut retteten die Akkorde der Blasmusik über die sich bedrohlich zeigende Situation auf dem Bahnhofsgelände hinweg. Keiner hörte mehr auf das Gebläse – der Lärm schwoll mächtig an!
Der energische Offizier der Waffen-SS gebot von der Mitteltür des ersten Waggons Ruhe und wiederholte sein Kommando, bis er endlich zu Wort kam. Auch er sprach von gewaltigen Siegen Großdeutschlands an allen Fronten, die nicht allein auf der überlegenen Waffentechnik beruhten, sondern vielmehr als überzeugendes Ergebnis des ungebrochenen Kampfgeistes, der Opferbereitschaft und eisernen Disziplin des deutschen Soldaten zu werten seien: »Wir müssen als Deutsche alle bereit sein« – hob der Leutnant beschwörend seine Stimme –, »bis zur letzten Folgerung für den Endsieg zu kämpfen, um die Feinde Großdeutschlands niederzuringen!«
Als der junge Offizier der Waffen-SS nach soviel Pathos Luft holen mußte und sich daraufhin anschickte, die Schwabenleute durch neue, mobilisierende Phrasen zu begeistern, erklang völlig unerwartet die halb erstickte Stimme einer jungen Frau, die sich ihre Not aus der Seele zu schreien begann: »Und wer, Herr Leutnant, soll meine drei kleinen Kinder ernähren, wenn man ihren Vater mit Gewalt in den Krieg schleppt!«
Totenstille legte sich über die Bahnhofsrunde, alles sah zu der jungen Bäuerin mit den drei Kindern hinüber, die ihren schmächtigen Mann mit beiden Händen festhielt, als wolle sie ihren Georg um nichts in der Welt mehr fortlassen!
»Die Schwickerin! Und sie hat vollkommen recht damit!« rief der erregte Altbauer, welcher neben Dorfrichter Friedrich stand und schwenkte dabei seine große Meerschaumpfeife, die er sich

spontan aus dem Mund gerissen hatte, entschlossen über die Köpfe der Leute hinweg.
Leutnant Weser schwitzte aus allen Poren. Er versuchte es den Leuten aus Wiesenbrunn mit ganzer Überzeugungskraft klarzumachen, daß die von Großdeutschland gewährte Kriegshilfe ihnen und ihren Familien nunmehr in vollem Umfange zugute kommen werde. Erneut setzte Gemurmel ein. Um größere Unstimmigkeiten zu verhindern, erbot sich der Offizier, etwaige Fragen zu beantworten, um dadurch weitere Ungereimtheiten aus dem Wege zu räumen.Gleich mehrere Fragesteller wollten erfahren, welcher Militäreinheit man nun zugeteilt werden und wo die Kriegsausbildung stattfinden sollte? Eine konkrete Antwort darauf war freilich seitens des Leutnants kaum zu erwarten. Weser versuchte hingegen zu versichern, daß man die Banater Schwaben nach bester Möglichkeit zusammenhalten werde.
Wieso man eigentlich der Waffen-SS zugeteilt worden war, nachdem man sich doch für den Militärdienst in der Wehrmacht gemeldet habe? Diese Frage des Keller Matz interessierte sicherlich die meisten Wiesenbrunner.
»Eine gute Frage!« bestätigte der Leutnant und sprach von in Deutschland bestehenden Gesetzen, wonach nur Reichsbürger in die Wehrmacht eingegliedert werden durften. Dies sei – wie er meinte – vielmehr eine »Formsache«, zumal sowieso Waffenträger nun einmal Waffenträger seien!
»Wie sie merken«, brüstete sich Weser, »kämpfe ich selber in der Waffen-SS und bin stolz darauf, dieser hervorragenden und siegesbewußten Waffengattung des deutschen Heeres angehören zu dürfen!«
Ein lautes »Hurra!« aus den heiseren Kehlen einiger Wiesenbrunner Burschen, die sich Mut angetrunken hatten, holte den Leutnant aus seiner Verlegenheit. Die jungen Leute gehörten in ihrer Unerfahrenheit zweifelsohne zu jenen, die es kaum erwarten konnten, den stolzen, feldgrauen Waffenrock der SS-Kampftruppe anlegen zu können!
Wie sagte man im Banat doch immer: »Dumm und stolz – wachsen auf einem Holz!« Der alte Spruch kam der Kleinhäusler-

Nani aus dem Untergäßchen unwillkürlich in den Sinn, als sie das heisere Geschrei der jungen Kerle vernahm. Diese dachten wohl mehr daran, was ihre Mädchen sagen würden, sobald auch sie – wie Georg Beck – als junge Helden mit dem Eisernen Kreuz auf der Brust auf Urlaub kommen würden! So einfach war das also!

An die anderen Kreuze – jene aus Holz –, die der verdammte Krieg in rauhen Mengen zu verleihen hatte, dachte zu dieser Stunde kaum einer dieser blutjungen Burschen!

Auf ein Handzeichen des Einsatz-Jaksch schlugen die Blasmusikanten einen, wenn auch nicht gerade bezeichnenden, Marsch für die Stimmung der siegesbewußten Burschen an der Seite des deutschen Leutnants an.

»Verdammt noch mal!« stieß Weser dem Obergefreiten seinen Ellbogen in die Rippen, als die ersten Akkorde des alten Trauermarsches »Ich hatt' einen Kameraden« über dem Gelände des Wiesenbrunner Bahnhofs erklangen. »Das ist doch zum Schießen! Die Dummköpfe dort unten mit Wirth an der Spitze scheinen von allen guten Geistern verlassen zu sein!«

Leutnant Weser sprang im gleichen Augenblick vom Waggon herab, als der stimmgewaltige Gendarmeriewachtmeister Popescu, gebieterisch seine Rechte hochschwingend, Gehör verlangte. Die Musik brach sofort ab. Der rumänische Hauptmann, welcher die Szene bislang stillschweigend mit dem Oberleutnant an seiner Seite beobachtet hatte, trat in den Vordergrund.

Als Vertreter der rumänischen Militärbehörden begann Hauptmann Irimie seine kurze Verabschiedung mit den Worten: »Liebe Mitbürger!« Der Offizier sprach mit gefaßter Ruhe, die im schroffen Gegensatz zur gespannten Atmosphäre auf dem Bahnhofsplatz stand:

»Ich spreche Sie auf diese Weise an, zumal Sie auch als Soldaten des verbündeten deutschen Heeres Ihre vollen Staatsbürgerrechte in unserem gemeinsamen rumänischen Vaterlande behalten werden! Auch wir sind stolz auf Sie, zumal Sie in Kürze bereits der tapfersten Armee der Welt angehören werden!«

Der manierliche Armeesprecher hob in kurzen Sätzen die »unverbrüchliche rumänisch-deutsche Waffenbrüderschaft«

und die an der Südfront gegen den Bolschewismus gemeinsam errungenen Siege hervor, die – wie er hoffe – nach dem Endsieg zur Integration der an die Sowjets verlorenen Ländereien Bessarabiens und des Buchenlandes in die Grenzen des rumänischen Staatsgebietes führen würden! Mit dem Wunsch nach neuen, gemeinsamen Siegen und einer gesunden Rückkehr in die Heimat beendete der rumänische Hauptmann seine kurze Ansprache. Seine Worte hatten – wie zu erkennen war – manchen der vielen Anwesenden besinnlich gestimmt.
Das war freilich nicht besonders angebracht! Keine zwei Minuten vergingen, als die Dampfsirene der zischenden Lokomotive erneut aufschrillte – diesmal in allem Ernst: Die Stunde der Wahrheit war gekommen!
Auf Geheiß von Leutnant Weser brüllte der Einsatz-Jaksch aus Leibeskräften los: »Alles herhören, Männer! Der Befehl zum Einsteigen ist da! Ihr seid ab heute aktive Kämpfer für Führer, Volk und Vaterland!«
Solche Worte hätte der unbedachte Jakob Wirth besser nicht von sich geben sollen! Das wurde den meisten Männern nun doch zuviel: »Scheißkerl von einem Drückeberger, du willst uns befehlen!« Fiedler war vor Wut explodiert, als er sich die Beschimpfung aus der Brust schrie, doch die Männer hatten das Signal bereits aufgefangen: »Rauf mit ihm, in den Waggon!« Zornentbrannt ergriffen kräftige Hände den Junggesellen, der ihnen seit einiger Zeit schon quer im Magen lag. Jaksch wurde im Handumdrehen durch die Mitteltür des Viehwaggons geschubst, wo er von den Männern festgehalten wurde, so sehr er sich auch loszuangeln suchte! Der gedrungene Bursche schlug mit Füßen und Händen um sich, bis ein voller Fausthieb ihn mitten ins Visier traf und auf den Holzboden des Waggons beförderte. Eine verdammt unangenehme »Beförderung« für Jaksch, die er so sicherlich nicht erwartet hatte.
Zwischen dem ersten Schienenstrang und dem abfahrtbereiten Transportzug war es indessen zu einem heillosen Tumult gekommen. Die Leute drängten sich durcheinander, Mädchen winkten ihren Burschen zu, einige der älteren Männer schimpften wie die Rohrspatzen drauflos, andere starrten hilflos auf den

Zug. Die meisten Frauen brachen in ihrer Hilfslosigkeit in bitteres Wehklagen aus. Die Kommandorufe des Leutnants und seiner Ordner gingen nahezu unter in diesem Gedränge und Höllenlärm.
Vor dem letzten Waggon hatte sich ein Menschenknäuel gebildet, als die schwarze Uniformkappe des Heimatfrontlers Rieger Horst in den Staub segelte und von einem der aufsteigenden Männer platt getreten wurde. Die Gemüter waren überhitzt – niemand ließ sich mehr etwas bieten! Unter schrillen Schmährufen der Frauen und Mädchen erhielt Raufbold Ballinger, der sich wutentbrannt auf Fiedler gestürzt hatte, von allen Seiten Hiebe und Fußtritte. Bevor der SS-Obergefreite noch dazwischentreten konnte, lag Ballinger Joschka bereits inmitten eines zügellosen Menschenknäuels neben dem Schienenstrang und schnaubte vor Wut, bis es ihm endlich gelang, sich aufzuraffen.
Der lange Transportzug war endlich abfahrtbereit. Das deutsche Begleitkommando lief von Waggon zu Waggon und gab seine Befehle durch. Noch hatte der Lokführer nicht das Zeichen zur Abfahrt gegeben, als zwei Männer sich ungestüm durch die Menge drängten. NSV-Walter Lorenz brachte den alten Wirth, mit einem großen Jägerrucksack auf dem Rücken schnurstracks zu dem Eisenbahnwagen, in welchem sein Sohn festgehalten wurde. Der deutsche Leutnant hatte sofort begriffen, um was es hier ging.
»Schon in Ordnung so – der Führer braucht jeden Mann!« fiel Weser dem Ortsleiter ins Wort, als dieser auf die Einhaltung der gemeinsam getroffenen Abmachung drängte. Der völlig außer Atem geratene Wirthbauer hatte indessen die offene Waggontür erreicht und gewahrte das feuerrote Gesicht des Einsatz-Jaksch hinter der ersten Männerreihe.
»Ich hab's gewußt, Jaksch, ich hab's gewußt!« rief der Alte verzweifelt und reichte seinem Sohn mit Hilfe von Lorenz das Gepäck zum Waggon hinauf.Von den beiden vorderen Waggons kam heiserer Gesang. Die angeheiterten Dorfburschen grölten ihr erstes Kampflied: »Ob's stürmt oder schneit ...« aus vollem Halse. Weiter hinten kam im gleichen Augenblick, als Leutnant Weser seinen Befehl »Alles einsteigen« durchgeben

ließ, ein gellender Spottruf hoch: »Held der Nation – jetzt läuft er davon!« Alle Männerhände wiesen auf Ballinger, der dabei war, sich davonzumachen. Den Männern konnte es nur recht sein, daß dieser verdammte Handlanger der Dorfnazis wenigstens noch eine gesunde Abreibung bekommen hatte!
Die Menschen auf dem Bahnhofsplatz gerieten in Bewegung. Einer nach dem anderen bestiegen die letzten Freiwilligen die ihnen zugeteilten Waggons. Räder begannen sich langsam zu drehen. Als letzte sprangen die militärischen Begleitmannschaften auf den anrollenden Zug. Jakob Wirth sah im Vorbeifahren noch das verstörte Gesicht seines Vaters, der beide Arme nach ihm ausstreckte. Es waren zwei Arme, unter hunderten.
Der immer noch verdutzte Einsatz-Jaksch hatte den Versuch längst aufgegeben, aus den Reihen der Männer zu entkommen. Vielleicht dachte Jakob Wirth auf diese Weise leichter über seine unselige Vaterschaftsangelegenheit und die ihm von Liesl Frank angedrohten gerichtlichen Folgen der Vergewaltigung hinwegzukommen? Liesl – ihr Bild tauchte vor ihm auf – obwohl er den »blonden Engel« gar nicht mehr unter den vielen Menschen gesehen hatte.

Ein Zustand völliger Hilflosigkeit kennzeichnete in den folgenden Minuten das Bahnhofsgelände von Wiesenbrunn. Er zeichnete sich auf Hunderten von Gesichtern ab, ließ ungezählte Fragen ohne Antwort in der schwülen Hochsommerluft zerflattern. Was blieb, war ein in der Aussichtslosigkeit entschwindendes Winken, das selbst die tränenfeuchten Taschentücher in den Händen der Frauen und Mädchen eines nach dem anderen herabsinken ließ. Der Schmerz des Abschiednehmens war keine melancholische Poesie – er brannte den Zurückgebliebenen in diesen schicksalsschweren Augenblicken mächtig auf der Seele!
Der greise Dorfrichter Friedrich stand immer noch wie abwesend unter der hohen Kastanie vor dem Bahnhofsgebäude: Das hatte er also auch noch erleben müssen – er, der die Not seines Dorfes schon immer als die eigene empfunden hatte! Sein Sohn

stand als Unteroffizier in einem rumänischen Pionierregiment an der Ostfront. Sein Enkelsohn, der seinen Vornamen trug, war sechzehn Jahre alt. Sollte dieser nicht mehr enden wollende Krieg auch ihn noch zum Kanonenfutter werden lassen?
Der lange Transportzug, der so vielen Wiesenbrunner Familien ihren Brotgeber entführte, war in Fahrt gekommen und verschwand hinter der großen Streckenbiegung.
»Kommen Sie mit mir, Herr Richter?« Der Anruf riß den immer noch unentschlossen dastehenden Mann aus seinen trüben Gedanken. Friedrich raffte sich auf und schritt auf den Wachtmeister zu. Einige der Frauen und Mädchen waren über die Schienenstränge gelaufen. Sie wollten den in der Ferne entschwindenden Zug noch einmal sehen.
Ortsleiter Helmer hatte sich mit NSV-Walter Lorenz und einigen anderen Amtswaltern sofort aus dem Staube gemacht. Sie waren mit zwei Pferdewagen abgefahren, bevor die Verachtung der Menschen sie noch zu treffen vermochte.

*

Als kleines Kontingent der annähernd insgesamt 30 000 Landsleute aus dem Banat waren die zweieinhalb Hundertschaften Wiesenbrunner »Freiwilligen« von Temeswar aus mit überfüllten Militärtransportzügen über Marosch, Theiß und die ungarische Pußta ziemlich rasch nach Budapest gelangt. Ab nun galt jeder von ihnen selbst nur noch als eine auf einem kleinen Stückchen Blech etikettierte Nummer.
Irgendwie war es Jakob Wirth sogar recht, daß seine Dorfleute bereits in der Begastadt mit Männern aus anderen Ortschaften wie der »Patschkukuruz« im Sieb zusammengeschüttelt worden waren. Fürwahr – der Einsatz-Jaksch hatte gerade in den letzten drei Tagen keinen leichten Stand mehr unter seinen Wiesenbrunnern gehabt.
Seit Budapest war er nur noch mit Lamping Toni, Fiedler Hans und Lehrer Wickert zusammengeblieben. Die drei Männer behandelten ihn ohne jeden Vorbehalt als ihresgleichen. Dies

festzustellen tat Jaksch sicherlich gut, doch blieb er sich dessen bewußt, noch einiges flicken zu müssen, um ihr Vertrauen Schritt für Schritt rechtfertigen zu können. Seine Tonart hatte der gute Jaksch indessen längst auf »Moll« herabgeschraubt.

Die Weiterfahrt auf dieser ersten elektrifizierten Bahnstrecke Südosteuropas von Budapest nach Wien brachte den Rekruten aus dem Banat einen ersten Schock! War es wegen Platzmangels in diesem überfüllten Transportzug oder gar aus Übermut und Unvorsichtigkeit: Einige der jungen Burschen waren auf das Waggondach geklettert. Dabei geriet einer von ihnen in Kontakt mit der Starkstromleitung und fiel wie ein abgebranntes Stück Holz auf den Bahndamm! Die Zugbremsen quietschten markerschütternd auf, der Zug kam zum Halten. Sofort liefen einige Männer zurück und bargen den Verunglückten – er war tot!

Um wen es sich bei dem Unglücklichen gehandelt hatte – würde man es noch erfahren können? Spätestens beim Appell in Wien! Der schier endlose Militärzug hatte angehalten. Der Tote war geborgen worden, die Fahrt ging weiter. Die Nummer »Eins« hatte dran glauben müssen – doch was zählte schon ein unausgebildeter Soldat in diesem großen Krieg?

Am Wiener Hauptbahnhof gab es weitere unliebsame Überraschungen: Fiedler Hans kamen im Vorüberkommen ein paar recht unüberlegte Bemerkungen einiger älterer Herren zu Ohren, die auf dem Bahnhofsplatz neben einem Fiaker beisammenstanden. Der Bursche aus dem Banat konnte das Gehörte verdammt schlecht verdauen.

Daß diese Herren herzlich wenig Begeisterung für den Endsieg offenbarten, hatte Hans bereits vernommen. Es blieb ihm ohnehin schnuppe. Was er jedoch nicht ohne weiteres wegzustecken vermochte, war, daß einer der Schnauzbärtigen mit seinem Spazierstock direkt auf ihre kleine Gruppe zeigte und dabei ungeniert die Bemerkung fallenließ: »Vun unt'n, aus dem Temeschwarer Banat kumman die Deppn. Alles Schwab'n – richtige Speckfresser!«

Als hätte es seiner Meinung gerade noch bedurft, fiel der Dicke neben ihm in die gleiche Melodie ein: »Hätt'n wirklich z'hausbleibn soll'n, die Kriegsverläng'rer, die tamisch'n! Dös is a Ries'ntransport – die fress'n halb Wien in drei Täg kahl – wo ma doch so schon kaum noch was zum Reiß'n und zum Beiß'n kriegn tut!«
Dem jungen Fiedler blieben die Worte im Halse stecken – er mußte diesen Kloß sofort ausspucken, um nicht daran zu ersticken! Sein Respekt vor diesen Leuten verflüchtigte sich wie starker Schnaps im »Krambambuli«.
Im Augenblick, als ihre Gruppe auf gleicher Höhe mit den Krakeelern stand, baute Fiedler Hans sich vor ihnen auf: »Jetzat hert's mal a bißl her, es ehr'nwerte Wianer Wirstlfresser! Habt ihr net selber Sommer fir Sommer eire halbkrepiert'n Schratzn zu uns ins Banat gschickt, damit mir sie mit Speck un weiß'm Bauernbrot fittern, un se wiedr hochpäppeln?«
Die vier alten Stadtfracks zeigten ob dieses »Zwischenspiels im Temeswarerischen« Augen wie ein Suppenteller, doch ließ der Hans ihnen kaum Zeit, Luft zu holen: »Na segn's – Eire Josefstädter Franzerl habn bei uns wieda ihra Wegsteier kriegt! Mir habn 'se ausgschtoppt wie die Kirchweihgäns un erst im Herbst wieda in eire Kaiserstadt zruckschubiert ... ohne daß die tamischn Fiakerlehrbubn unser Banat leergfreßen hätt'n! Un noch etwas: Bleibts xund un denkt's a bißl nach, ob's net villeicht doch umsonst alt wordn seid's!«
Bevor die vier verdutzten Kaffeehäusler, denen vor so viel Unverfrorenheit die Spucke weggeblieben war, richtig zu sich gefunden hatten, waren Fiedler und sein Trupp auch schon außerhalb der Hörweite.
Doch kaum um die erste Ecke gekommen, gab es für die Banater Burschen eine zweite »Freundlichkeit«, diesmal eine recht einladende. Gleich neben der Ladentür des Geschäfts, in das Wickert und Lamping eben einkehren wollten, kicherten zwei »pastellierte« Fräuleins mit verführerischen Blicken. Dabei zeigte die Superoxydblonde ihre »Strampel« bis hoch hinauf und grinste wie ein Maikäfer: »Hallo, ihr drei Strammen! Habt's a Speck – dann kriagt's a Schinken!« Lehrer Wickert –

sofort im Bilde, um was es diesen Großstadtmadeln ging – zeigte sich von seiner freundlichsten Seite: »Aber freilich, meine Scheenen! Speck hab'n mir schon … un a keiligs Stickl Wurst dazu – nur Zeit, Madeln, Zeit han mir halt kaane!«

Die Zeit danach

Resi Wagner hatte am 7. Januar 1944 einem gesunden Büblein das Leben geschenkt. Die junge Mutter hatte es in der ersten Woche erkannt: Es waren Toni Wanningers Augen, die ihr in aller Lebhaftigkeit aus der alten Bauernwiege entgegenstrahlten! Ein unsagbares Glücksgefühl bewegte Resi dabei. Das pausbackige, quietschvergnügte Kerlchen wurde am zweiten Sonntag wie selbstverständlich auf den Namen »Anton« getauft. Damit niemand daran zweifelte, wessen Kind es sei, stand der fünfzehnjährige Herbert Wanninger, Tonis Vetter, als Pate beim Taufbecken in der Wiesenbrunner Kirche. Für Nikolaus Wanninger und seine Frau war dies der erste Freudentag, seitdem die Vermißtmeldung ihres Sohnes sie erreicht hatte!
»Wenn unser guter Toni es bloß ahnen könnte!« härmte Mutter Wanninger sich beim Tauffest, und auch Resi zerdrückte bei Tisch unbemerkt eine Träne in Gedanken an den vermißten Vater ihres Söhnleins. Es war eine Träne zwischen Hoffnung und heimlicher Sorge um den geliebten Mann, von dem sie seit jenen glückerfüllten Frühjahrstagen ihres Zusammenseins nur einen einzigen Feldpostbrief erhalten hatte!
Wie sehr hatte sie sich seit damals verändert – sie war soviel reifer und selbständiger geworden, umsorgte den kleinen Toni mit liebevoller Hingabe, der als uneheliches Kind nur ihren Namen tragen durfte.
Resi Wagner hoffte, daß Toni noch am Leben war und eben als Kriegsgefangener keinerlei Möglichkeit hatte, ihr zu schreiben. Sie wollte es nicht wahrhaben, daß hin und wieder ein Feldpostbrief eintraf, der den Angehörigen traurige Gewißheit brachte.
Es gab kein Abendgebet, in das sie den geliebten Mann nicht eingeschlossen hätte: Das »Gott schütze unseren Vati!« blieb Resis inständigste Bitte, sobald sie von der Wiege trat und sich zur Ruhe legte. Sie glaubte fest daran, daß auch Toni Wannin-

ger etwas von ihrem Glück und Hoffen empfinden mußte, gibt es doch immer wieder Augenblicke im Leben, in welchen der Mensch es einfach fühlen muß, daß etwas geschehen ist! Gedanken bahnen sich, gleich den Wolken des Himmels, ihren Weg und steigen herab, sobald sie ihr Ziel gefunden haben!
Wenn doch bloß die Ungewißheit ihr das Herz nicht so bedrücken würde ...

In den beiden letzten Wochen waren zahlreiche Feldpostbriefe in Wiesenbrunn eingetroffen. Einige der zur Waffen-SS eingerückten Burschen berichteten über die harte militärische Ausbildung in Prag und anderen Orten Böhmens und Mährens, während Hans Fiedler seine Angehörigen wissen ließ, daß seine Einheit in wenigen Tagen aus der Oberpfalz abgehen werde – auf den Balkan oder an die Ostfront. Auch Wirth und Lamping sollten mit Hans in der gleichen Einheit sein. Nahezu jeder Tag brachte somit etwas Neues, doch nur wenig Gutes.
Acht junge Wiesenbrunner waren allein seit Januar 1943 an der Ostfront gefallen, zwei davon bei den Rumänen. Doch nicht nur die Angehörigen der Frontkämpfer waren es, die um Leib und Leben ihrer Söhne und Väter bangen mußten.
Die Kriegsfront im Osten hatte sich besonders in den letzten Wochen wie eine alles bedrohende Gewitterwand an den großen Karpatenbogen herangeschoben. Die Feuerwalze war immer noch nicht zum Stehen gekommen!
Resi Wagner hatte von der Nachbarin erfahren, daß der kriegsgefangene Rotarmist Grischa am gestrigen Abend bei der Milchhalle vor allen Leuten feierlich verkündet hatte: »Sovjetskaia Armija zabraly nemzy!« Mit diesem Ausspruch meinte der sonst so bedachte und gelassene Grischa, daß die Rote Armee die Deutschen gefangennehmen würde.
Grischa – das wußte indessen jeder in Wiesenbrunn – fühlte sich sichtlich wohl unter den Schwaben! Der Großrusse aus der Tulaer Gegend hatte innerhalb der knappen vier Monate, seit er hier war, jede Scheu verloren und mehr Zutraulichkeit erworben, als mancher Kolonist es in langen Jahren vermochte. Seine typisch großrussische Geduld und Gutmütigkeit und nicht zuletzt auch

die erstaunliche Aufgeschlossenheit gegenüber den ihm bislang fremden Menschen und Verhältnissen, die Grischa immer wieder an den Tag legte, brachten diesem Gefangenen seitens der konservativ eingestellten Schwaben ungewöhnlich schnell Sympathie und Anerkennung ein. Im täglichen Umgang und bei der Arbeit kam es auch zu grotesken Situationen, die der Verschiedenheit von Natur und Wesensart zuzuschreiben waren.
Als eines Tages herannahender Flugzeuglärm bei der Feldarbeit hörbar geworden war, stieß Grischa, der ein besonders gutes Gehör besaß, einen Pfiff durch die Finger. Die Arbeitspause schien ihm willkommen, um sich eine Zigarette aus echtem Wiesenbrunner »Tuwak« – wie er sagte – zu drehen. Als Bas Lenschi Wirth bemerkte, daß Grischa seinen Zeigefinger zum Himmel hob, stieß sie erschrocken ein »Jessasmarjanjosep!« aus und zog sich reflexartig dabei das Kopftuch in die Augen. Vetter Baltzer, der freilich sofort erkannte, wieviel die Uhr geschlagen hatte, sah sich gleich nach einem schützenden Plätzchen um, das es hier auf freiem Feld gar nicht geben konnte. Im Handumdrehen erschienen die Silbervögel am Himmel. Das feine Summen von Küchenfliegen war zu einem Dröhnen angewachsen, das todbringende Lasten verriet. Die gute Wirthbäuerin bemerkte vom Kleefeld aus das glitzernde Stanniol, das sich wie ein Spinnennetz über den Mittagshimmel spannte und drückte sogleich ihr Gesicht zwischen die Knie. Vetter Baltzer juckte die Kopfhaut bei dem fürchterlichen Gedanken, etwa unverhofft ins Gras beißen zu müssen. Allein der kriegsgefangene Sowjetrusse stand ungerührt auf seine Hacke gestützt im Feld und zählte – Welle um Welle – jedes der Flugzeuge: »Sorok sem!«, sagte er und meinte dabei siebenundvierzig! Als die beiden Altbauersleute sich darauf wie erlöst aus dem Klee erhoben, wies Grischa erneut mit dem Zeigefinger in die Abflugrichtung: »Gitler skoro kaputt!«
Auch nachts war es nicht anders. Flugzeuge kamen, und das Dorf versank im Dunkel. Die verängstigten Menschen, die sowieso kaum noch schlafen konnten, eilten in den Hof und wußten nicht, aus welcher Richtung das tiefe Brummen der Bombenflugzeuge kam, wohin sie laufen sollten – hing der Nachthimmel doch von allen Seiten rund und bedrohlich über

dem Bauernhof! Grischa hingegen saß rauchend auf der Holzbank vor dem Pferdestall und rief den alten Leuten sein beruhigndes »Nitschewo!« entgegen. Eine unglaubliche Ruhe, die von diesem Manne ausging.
Allein vor den Stiefelmännern, die in ihren schwarzen Uniformen mit Silberschnüren wie Totengräber ausgesehen hatten, war Grischa bang! Diese aber waren auf einmal wie ein böser Spuk verschwunden – keiner sah sie mehr! Der naturgescheite Bursche schien längst erkannt zu haben, daß die meisten Dorfleute diese gestiefelten Quadratschädel auch nicht mochten!
Manchmal sogar sah man den gefangenen Russen mit der »Bürger-Zeitung« oder »Extrapost« in der Hand, die Vetter Baltzer gewöhnlich auf der Bank im Hausgang liegenließ. Grischa saß auf der Stallbank, drehte die einzelnen Buchstaben im Munde herum und fügte sie zu Worten zusammen. Immer wieder fragte der Gefangene – mal Bas Lentschi, mal den Altbauer –, was dieses eine oder jenes andere Wort zu bedeuten habe? Kaum zu glauben, dachte Vetter Baltzer, daß dieser Grischa nur ein einfacher Bauer sein sollte!
Der Bursche, der sich immer wieder selbst nach Arbeit umsah, gefiel dem Vater des Einsatz-Jaksch immer mehr, hatte dieser bislang doch eine ganz andere Vorstellung von den »Russenmenschen« gehabt! Als er sich an diesem Abend neben ihm auf die Bank setzte, hob Grischa seinen Zeigefinger zum Sternenhimmel und meinte dabei, daß Tula, seine Heimatstadt, zwei Spannen weit nach rechts, unter dem letzten Stern des Großen Wagens liegen müsse.
Grischa sprach gern von seiner Heimat, der großen russischen Silberstadt, von seinen Brüdern und Schwestern, die er seit nahezu vier Jahren nicht mehr gesehen hatte und von denen er nicht wußte, ob sie noch am Leben waren. Manchmal, nach dem Abendbrot, erzählte er auch von der weiten russischen Steppe und dem nahen Don, der in seiner Kindheit mit Liedern besungen wurde, die bis zur Wolga reichten.
Daß in den Papieren des Gefangenen stand, er habe mit einem seiner Kameraden im Suff eine Dienstmagd »in die Reih genommen«, das wollte der Altbauer dabei vergessen haben. Der

verdammte Alkohol konnte einen Mann zum Tier werden lassen!
Es war sicherlich bemerkenswert, daß die siebzehn russischen Kriegsgefangenen, die den Bauern von Wiesenbrunn als Hilfskräfte bei der Feldarbeit zugeteilt worden waren, gerade in den letzten Wochen auffallend unruhig wurden! Die Kriegsgefangenen konnten sich im Dorfe frei bewegen und trafen sich in kleinen Gruppen zum abendlichen Kartenspiel in den Pferdeställen der Bauern. Wie Vetter Andres Berger, der im Ersten Weltkrieg zwölf Jahre in sibirischer Gefangenschaft verbracht hatte und russisch verstand, den Männern erzählte, schmiedeten die Kriegsgefangenen allerlei Pläne. Irgendwoher mußten diese Burschen ihre Informationen ja schließlich haben! Wie Vetter Andres aus ihren Gesprächen herausgehört haben wollte, waren die Kriegsgefangenen unter sich gespalten. Dabei waren die Großrussen den Ukrainern überhaupt nicht gewogen. Sie verspotteten sich zudem auch untereinander als »Hachli« und »Kazappen«!
Der finstere Pjotr, der beim Lorenz arbeitete, sollte vor einiger Zeit schon mit Serben aus dem Nachbardorf gesehen worden sein und seither regen Kontakt mit einigen undurchsichtigen Gestalten pflegen. Lorenz selber hatte ihn gestern wieder mit diesen »serbischen Brüdern« an der Mühle beim Schnapstrinken erwischt und ihm ab nun jeden Verkehr mit ortsfremden Leuten untersagt!
Jenseits der serbischen Grenze sollte es besonders hart zugehen. Wolf Nicki, der ein paar Tage Urlaub bekommen hatte, erzählte schlimme Dinge. Er hatte Fotos von zwei deutschen Soldaten gezeigt, die von Tito-Partisanen in einem Akazienwäldchen erhängt worden waren! Dabei war die serbische Grenze keine dreißig Kilometer von Wiesenbrunn entfernt. Im serbischen Nachbardorf war es erst seit Mai unruhig geworden: Spätabends noch hörte man bei günstiger Windlage den wüsten Gesang: »U boj udarni batalion ...!«
Mit den einheimischen Rumänen hingegen hatte man bislang kaum Probleme. Allein der orthodoxe Pope Christea ließ hin und wieder seine Stänkereien vernehmen.

Eine ganz andere Sache war es jedoch, die den Wiesenbrunner Schwaben einiges Kopfzerbrechen bereitete. Seit Ende April hatte man etwa siebzig rumänische Fabrikarbeiter, zum Teil mit ihren Familienangehörigen, aus der Moldau im Dorf untergebracht. Die großen Eisenbahnwerkstätten in Jassy und Paschkani waren wegen unmittelbarer Kriegsbedrohung geschlossen worden! Ende März schon war Tschernowitz von der Roten Armee eingenommen worden. Einige dieser Leute, die man in schwäbischen Bauernhäusern untergebracht hatte, benahmen sich grobschlächtig und ungehobelt, vor allem den Frauen gegenüber. Es gab kaum noch einen Tag, an dem sich der eine oder andere schwäbische »Gastgeber« nicht zu beklagen hatte, daß ihm eine Gans gestohlen worden, oder jemand in seinen Weinkeller eingebrochen war. Seit nun auch Ballinger Joschka von der Heimatfront sich mit den Moldauern angelegt hatte und dabei von einem dieser Messerstecher am linken Arm verletzt worden war, nahmen die Handgreiflichkeiten weiter zu. Es war ein Glück für das Dorf, daß diese Leute, denen Wiesenbrunn auf Dauer sowieso keinen Arbeitsplatz bieten konnte, Anfang Juli abzogen. Es hieß, man habe sie in Sanktandres und in der unmittelbaren Stadtnähe von Temeswar unterbringen können. Abschiedstränen weinte ihnen niemand nach, selbst die Dorfrumänen nicht. Allein zwei Mechaniker waren zurückgeblieben, um bei der Einbringung der Ernte mitzuhelfen.

Der Sommer 1944 hatte einen überaus gesunden Weizen gereift. Die Schüttböden und Speicher der Schwabenbauern waren zum Teil noch mit Getreide aus dem Vorjahr belegt, obwohl die Kriegsnot andererorts neue Anforderungen und Bedürfnisse heraufbeschworen hatte. Die unter den Schwaben und zwischendurch auch unter den einheimischen Rumänen kursierenden Gerüchte, die rumänische Regierung habe angesichts der bedrohlichen Kriegslage beschlossen, weniger Brotgetreide und Mais ins Ausland zu liefern, stimmten Dorfrichter Friedrich nachdenklich. Es hatte den Anschein, als wären es nicht nur Gerüchte ...

Letzthin konnte man in Wiesenbrunn sogar hören, daß Vertreter der Regierung Rumäniens im Nahen Osten – genannt wurden Kairo und Ankara – mit den Alliierten Geheimverhandlungen zwecks Abschluß eines Separatfriedens führen würden! Die Leute in Wiesenbrunn hatten somit Sorgen und Hoffnungen zugleich, wußten sie doch: In diesem Lande blieb nichts Geheimes wirklich geheim!
Im Gespräch mit dem Dorfrichter hatte auch Notär Dobrescu bemerkt, daß es nur selbstverständlich war, wenn man staatlicherseits in dieser offensichtlich fragwürdigen Kriegslage das Land nicht im Nachthemd stehenlassen wollte! Dazu konnte der erfahrene Friedrich seinerseits einwenden, daß auf diese Weise schließlich alles nur den Sowjetrussen in die Hände gespielt werden sollte, nachdem diese bereits bis zum Prut vorgestoßen wären!
»Keine Sorge, lieber Friedrich!« versicherte der Notarius. »Die Amerikaner und Engländer werden das reiche Banat gewiß nicht Stalin überlassen! Darauf kannst du Gift nehmen!«
Friedrich schlug eine solche Annahme gleich in den Wind: »Die Amerikaner? Wenn ich das schon höre! Waren nicht sie es, die den Bolschewismus wieder hochgepäppelt haben, bevor er noch im Kaspischen Meer ersoffen ist? Jetzt läßt sich Stalin von denen überhaupt nichts mehr vorschreiben!«

Der Aufbruch

Die holprige Schotterstraße vor dem Haus von Großvater Dreyer glänzte bläulich im Licht der Abendsonne, die im Zeitlupentempo hinter den Dächern von Wiesenbrunn niederging. Der alte Mann hielt auch an diesem Abend vor dem Schlafengehen seine gewohnte Ausschau beim Gassenzaun. Welch ein Farbenbild, das der abendrote Himmel an Häusern und Bäumen reflektierte! Da, wo die Dorfstraße weiter oben einen Bogen schlug, stand das alte Wirtshaus mit seiner gelb-weißen k.u.k.-Fassade in strahlendes Abendrot getaucht, die Maulbeerblätter der Baumreihe spiegelten sich ledern in fetten Farben und es war, als breche jeder Schotterstein vor dem Haus im bläulich schimmernden Glanz seines Abschliffs die letzten Sonnenstrahlen dieses sommermüden Tages.
Aus Temeswar kamen alarmierende Nachrichten: Die Wehrmacht hatte ihr großes Versorgungslager freiwillig den Rumänen überlassen, bevor man sich endgültig absetzte. Ein paar höhere rumänische Offiziere sollten ihren Verbündeten von gestern einen reibungslosen Abzug garantiert haben. Geschossen wurde in Temeswar angeblich nicht. NSV-Walter Lorenz war um die Mittagszeit aus der Stadt gekommen und hatte berichtet: Bei der Kreisleitung herrscht Aufbruchsstimmung, in der Banatia völliges Durcheinander. Kriegshilfe gibt es keine mehr, einige Amtswalter sollen sich bereits mit Wehrmachtseinheiten aus dem Staube gemacht haben.
»Saubere Helden!« – mehr Worte hatte Dorfrichter Friedrich in seiner Verachtung für diese feigen »Heimatverteidiger« vorerst nicht finden können. Diese schwerwiegenden Ereignisse für sich behalten, das konnte der mitteilsame Lorenz einfach nicht, vor allem jetzt nicht, wo er vor einem Manne stand, den er schon immer sehr respektiert hatte. »Irgendeinen Parteigenossen sollen sie in der Banatia sogar umgebracht haben«, erzählte der völlig beunruhigte Lorenz dem Altrichter, »ein Lenauheimer

soll es gewesen sein, den man angeblich in der ›Roten Csarda‹ mißhandelt und von dort – wie man hört – in die Banatia gebracht und in einer Abstellkammer erhängt hat! Es sollte nach Selbstmord aussehen.«
Lorenz schwieg daraufhin, während Richter Friedrich davon überzeugt war, daß er mehr wußte, als er von sich zu geben bereit war! Er würde schon noch von selbst erzählen – sonst wäre es nicht der Lorenz.
In Wiesenbrunn verbreitete sich am folgenden Tag die Nachricht, ganze Eisenbahnzüge seien aus dem Altreich und der Moldau in Temeswar eingetroffen, alles Flüchtlinge, die sich wie Traubenklötze an die überfüllten Bahnwagen hefteten. Somit ging die Angst auch bereits in den städtischen Straßen um, die Menschen waren in Panik geraten: Die Russen kommen!
»Nie mehr fahr' ich auf den Josefstädter Markt!« jammerte Waldner Lissi. »Die haben mich gestern ganz ausgeraubt, diese Stadtvagabunden! Jeder hat zugegriffen und sich genommen, was er wollte: Eier, meinen schönen Speck ... ohne auch nur einen Bani hinzulegen!«
Wie auch die Waldnerin gehört hatte, war von den rumänischen Behörden im Hunyade-Kastell ein Sammellager für angebliche Hitleristen eingerichtet worden. Man sollte dort bereits eine beachtliche Anzahl von Amtswaltern der Deutschen Volksgruppe, aber auch einige deutsche Großkaufleute sowie Ärzte und Intellektuelle, ja sogar den Kreisleiter eingesperrt haben, als dieser aus Hermannstadt gekommen war! Und nicht nur das: Auch rumänische Sympathisanten waren in Gewahrsam genommen worden!
Die Schwaben in Wiesenbrunn lebten unruhigen Zeiten entgegen, wie schlimm jedoch die folgenden Monate und Jahre wirklich werden sollten, das konnten diese ehrsamen Bauersleute noch nicht einmal erahnen. Sie erwogen immer noch alles nach Gesetz und menschlichem Anstand, war ihnen doch das Gefühl der elementaren Gerechtigkeit im Umgang mit Menschen in die Wiege gelegt worden.

Das große Schwabendorf lag im Sonnenflimmer des Spätsommers, als die »silbernen Vögel« der Amis in großen Geschwadern, mit monotonem Summen, die vom Sonnenbrand braune Heide überflogen und im weiten Bogen ihre »Alustreifen« an den Banater Himmel zogen.

Von Osten her, wo die Marosch, dieser »Rio Grande del Norte« des Banats, das Knie der Südkarpaten von den milden Hügeln des Hatzeger Landes trennte, kam fortwährend dumpfes Dröhnen, das die Menschen in der Nacht nicht schlafen ließ.

Die gutgläubigen Banater Schwaben hofften immer noch auf den Hohenzollern-König, doch hatte dessen Proklamation zur Kapitulation Rumäniens neue Verwirrungen hervorgerufen: Bauernwagen und Riemzeug, Fahrräder, Radios und vieles mehr wurden von den Behörden requiriert. Man sollte sich nicht mehr fortbewegen und nichts von alledem hören können, was ringsum vor sich ging! Die Einschüchterung stand ab nun auf der Tagesordnung, das Unheil hatte konkrete Gestalt angenommen.

Am späten Abend noch war ein militärisches Kommando in Wiesengrund erschienen und hatte Ortsleiter Helmer, Altlehrer Burger und zwei weitere Dorfpersönlichkeiten aufgegriffen und verschleppt. Gendarmeriewachtmeister Popescu behauptete scheinheilig, daß man ihn weder befragt noch überhaupt davon etwas mitgeteilt habe! Die »Sache« sei einfach von den »Behörden« angeordnet und durchgeführt worden!

Wer jedoch konnte diesem Scharlatan von einem Popescu überhaupt noch etwas glauben? Die Leute horchten immer wieder auf: Recht und Gesetz waren aus den Fugen geraten, ihr Wortschatz hatte sich um einen weiteren scheußlichen Begriff bereichert: »Internierungslager«! Aber was hatten sie, diese biederen Leute, die seit eh und je ihrer Arbeit nachgingen und sich einen Dreck um Hitlers Politik geschert hatten, schließlich schon verbrochen? Vielleicht, daß der eine oder andere unter ihnen sich allzusehr von den Siegen der deutschen Armeen hatte begeistern lassen und seine paar Lei in den Sammeltopf des Winterhilfswerks für die Front geworfen hatte? Schließlich waren sie doch die Dummen geblieben.

*

Großvater Dreyer blätterte nach dem Frühstück im vorjährigen römisch-katholischen Hauskalender. In diesem gottverlassenen Jahr 1944 gab es keinen Kalender mehr. Man schrieb den 9. September. Gestern war Temeswar zum dritten Male bombardiert worden – diesmal von den Deutschen! Die Wiesenbrunner wußten nicht mehr, wie sie sich verhalten sollten. Alles, was zu hören war, deutete nur noch auf neue Unberechenbarkeiten hin. Für die Schwaben von Wiesenbrunn hatte in diesen pulvertrockenen Septembertagen der Wettlauf mit der Zeit begonnen, jede Stunde warf neue Fragen auf.
Die Rote Armee stand bereits an der Temesch, dicht vor Lugosch. Das deutsche Wehrmachtskommando aus Serbien hatte für die Volksdeutschen aus dem rumänischen Banat angeblich eine dringliche Evakuierung angeordnet, ohne daß sich in Wiesenbrunn bisher etwas bewegte oder militärischer Schutz angeboten worden wäre. Die auf sich selbst gestellten Dorfleute hatten jedoch Bedenken, auf eigene Faust etwas Entscheidendes zu unternehmen. Man mußte auf jeden Fall abwarten: Wie wird sich das rumänische Militär verhalten – wird man uns überhaupt abziehen lassen?

Spät am Abend noch war Amschlinger Ros durch den Hausgarten zu den Wagners gekommen, sie hatte daheim einfach keine Ruhe finden können. Ihr Konrad, der während des Umsturzes gerade in Urlaub hier war und sich bisher versteckt gehalten hatte, war bei Einbruch der Dämmerung durch die Maisfelder nach Serbien zu seiner Einheit aufgebrochen. Er sollte sich bei den drei hohen Akazienbäumen auf dem Wiesenbrunner Hattert mit einem Kameraden aus dem Nachbardorf treffen. Abgemachte Sache. Durch seinen Schwager, der Montag in der Stadt gewesen war, hatte Konrad von einem bevorstehenden Befreiungsstoß der 4. SS-Polizeidivision aus der

Richtung Belgrad über Detta – Richtung Temeswar erfahren. So war es für ihn höchste Zeit geworden – er mußte unverzüglich aufbrechen.

Resi Wagner versuchte die beunruhigte Nachbarin zu beschwichtigen, die eine Gefangennahme ihres Konrad durch das rumänische Militär befürchtete. Sie versicherte Ros dabei, daß gewiß alles glatt verlaufen würde, zumal der Grenzkordon ja »abgerissen« sei und die korrupten rumänischen Grenzer noch größere Taschen als der Dorfpfarrer hätten!

Der 8. September war Mariä Geburt, doch nicht allein die Schwalben flogen fort!

An den Dorfausfahrten, in der Langen Gasse sowie in der Kreuzgasse wurden am 9. September die ersten Nachtwachen geschoben. Selbst ein Rumäne aus dem unteren Dorf befand sich unter den Männern, die sich freiwillig gemeldet hatten. Dieser Radu Aldea, der das volle Vertrauen des Dorfrichters Friedrich genoß, hatte eine Schwäbin aus dem Nachbardorf zur Frau. Die Wachleute hatten in dieser ersten Nacht nichts Ungewöhnliches bemerkt, die Anzeichen deuteten dennoch auf »Schlechtwetter«.

Vor drei Tagen hatte eine Plünderbande Vetter Jakob Preiß und seine Lisbeth geknebelt und ans Bett gebunden, das kleine Haus auf den Kopf gestellt und ausgeraubt. Selbst das Bettzeug und fünf Stopfgänse hatte die Bande mitwandern lassen! Der schockierte Mann konnte keinerlei Angaben über die Täter machen, hatte man ihnen doch sofort die Augen verbunden. Später würden sich die Plünderer diese Mühe überhaupt nicht mehr machen!

Seit Bekanntwerden des Überfalls suchte sich jeder irgendwie abzusichern. Man befürchtete zudem, daß die russischen Kriegsgefangenen mit Serben aus der Nachbargemeinde gemeinsame Sache machen könnten, um Unheil unter den vielbeneideten Schwaben anzurichten.

Wie hatte der faule Tagedieb Stevo doch letzthin bei der Dorfmühle gedroht: »Ihr Schwabschi lebt von der Arbeit – wir Serben vom Tanz und der Lustbarkeit. Wir nehmen uns einfach, was wir zum Leben brauchen – von euch!«

Auch sollte der einäugige Kuhhalter Bledi Andres, von dem man wußte, daß er mit russischen Kriegsgefangenen in Verbindung stand, ähnliche Andeutungen gemacht haben! Dies alles beunruhigte die Leute. In vielen Schwabenhäusern war das Nötigste in Kisten und Säcken verpackt worden, man hatte zudem Hausgeräte und Nahrungsmittel vergraben. Jeder wußte: die kommenden Tage würden große Gefahren mit sich bringen!

Die zweite Septemberwoche begann mit einer schlimmen Nachricht: Rumänien hatte Ungarn den Krieg erklärt. Deutsche Truppenverbände waren in Bukarest, im Erdölgebiet um Ploiesti, in den Städten des Altreichs in Kämpfe verwickelt worden. Die Wehrmachtssoldaten suchten sich nach bester Möglichkeit durch die Karpaten nach Westen durchzuschlagen.
Auch im Banat zeigte die Versorgung Lücken: Zucker war kaum noch zu haben, auch der kleine Grenzverkehr und damit der Tauschhandel der Schwabenbauern, die durch ihren Feldbesitz im serbischen Banat über Grenzbücher verfügten, kam angesichts der neuen Lage zum Erliegen. Serben aus dem Nachbardorf hatten ihre Einberufungsbefehle zur rumänischen Armata ignoriert und waren zu den serbischen Partisanen übergelaufen. Es waren die Gefährlichsten, sie trieben ihr Unwesen, wohin sie auch immer gelangten!
Die meisten der höheren Amtswalter der Deutschen Volksgruppe in Rumänien hatten sich den zurückflutenden Wehrmachtseinheiten angeschlossen und sich mit diesen aus dem Staube gemacht. Sie ließen die Leute, als deren Führer sie sich betrachtet und aufgespielt hatten, schändlich im Stich! Die Bewohner von Wiesenbrunn blieben in diesen schrecklichen Wochen rat- und führungslos, für sie brach eine Welt zusammen, an deren Gerechtigkeit sie sich weiterhin geklammert hatten.
Was tun? Die Schlüsselfrage bedrängte die Banater Schwaben in diesen Septembertagen 1944, als sich die unaufhaltsame Feuerwalze der Roten Armee bereits heranschob. Die Stunde der Entscheidung nahte: flüchten oder durchhalten?

Kein Mensch mehr konnte in Wiesenbrunn Ruhe finden, als es jetzt auch noch hieß, daß Rumänien seine Grenzen in den nächsten achtundvierzig Stunden schließen würde!
»Wir bleiben – komme, was mag!« Zwei geachtete Männer trafen in diesen Stunden, als alles ins Wanken geraten war, ihre Entscheidung: Altrichter Friedrich und der »Rode-Michl«!
»Nirgendwo anders können wir unsere Familien, die Frauen und Alten besser vor dem Schlimmsten bewahren, als hier zu Hause! Komme, was mag – wir werden's durchstehen müssen!
Zu dieser Meinung waren auch Großvater Dreyer und einige seiner Nachbarsleute gelangt. Sie hegten den Verdacht, daß man versuchen wollte, die Leute durch gezielte Falschmeldungen zur Flucht zu bewegen.

Am hellen Mittag tauchten, wie aus dem Boden gewachsen, plötzlich drei deutsche Kradmelder in der Kirchgasse von Wiesenbrunn auf! Sie wiesen die Leute an, unverzüglich zu packen und aufzubrechen, man werde die Russen erst an der Theißlinie aufhalten können! Wie die Kradmelder berichteten, seien aus den deutschen Grenzdörfern um Hatzfeld und Marienfeld, aber auch weiter südlich von Johannisfeld bis Stamora-Morawitza bereits ganze Wagentrecks nach Westen aufgebrochen! Keine Stunde zu früh – jedes weitere Zögern mußte zum Verhängnis werden! Es hieß, man habe dabei eine Art bewaffneten Selbstschutz gegen eventuelle Partisanenüberfälle organisiert, nachdem es den deutschen Militäreinheiten nicht überall möglich sein würde, den Flüchtlingskolonnen den nötigen Geleitschutz zu gewähren!
Die deutschen Kradmelder hatten es verdammt eilig, sie redeten nicht lange herum, wendeten ihre Kräder in einem Atemzug und brausten mit Vollgas in einer Staubwolke davon.
Innerhalb einer einzigen Stunde war das ganze Dorf in hellen Aufruhr geraten:
»Wir müssen jetzt alles in die eigenen Hände nehmen. Hilf dir selbst – so hilft dir Gott!« seufzte Vetter Blasi Arendt am Kirchplatz, wo sich einige Männer zur Beratung zusammengefunden hatten. Es gab ein Hin und Her, doch wagte keiner, auf eigene

Faust die Initiative zu ergreifen. In den Höfen wurden Wagen bepackt, DJ-Burschen liefen in den Gassen herum als ginge es jetzt zu einer Paradefahrt. Die Kopflosigkeit gaffte in alle Einfahrten – niemand wußte so recht, ob er losziehen solle oder nicht.

Schnelles Handeln gehörte einfach nicht zur Eigenart unserer Schwaben, die schon immer eines gewissen »Schubsers« bedurften, um einen entscheidenden Entschluß zu fassen und Selbstverantwortung zu übernehmen!

Die Menschen machten sich auf alles gefaßt! Der anbrechende Sonntagmorgen hatte jung und alt auf die Beine gebracht. Selten hatte Pfarrer Palmer die Sonntagsmesse so überfüllt gesehen. Vielleicht ist es das letzte Mal? Man las es auf den Gesichtern der Leute, die durch das Kirchenportal traten: Sie waren gekommen, um sich vor dem Herrgott von ihrem Wiesenbrunn zu verabschieden. In vielen Höfen standen die Fluchtwagen bereit, halbwüchsige Burschen schleppten Riemzeug heran und legten es auf die Wagendeichsel. Kisten und allerlei anderes Gepäck wurde auf die meist schon mit Zeltplanen überzogenen Fluchtwagen geladen, während Frauen und Mädchen noch die letzten Kleider, Bettzeug, Geschirr und Decken aus den Laden und Kästen hervorholten und ebenfalls zum Wagen schleppten. Keiner von den vielen Leuten, die sich um Hab und Gut bemühten, Kisten versteckten und vergruben oder Kartoffeln in die mit Weizenstroh ausgelegten Erdlöcher brachten, wollte es jedoch wahrhaben, daß es sich dabei um einen endgültigen Abschied handeln könnte! Die bevorstehende Flucht war eben ein Ausweg, ein notwendiges Ausweichen vor der Kriegsfront, die unaufhaltbar nahte! Aber auch dies würde vorübergehen, die Rückkehr in das Dorf dann wieder möglich! Zweifel darüber durfte überhaupt nicht aufkommen!

So und nicht anders dachten die Heideschwaben aus diesem großen Dorf vor dem Aufbruch ins Ungewisse. Von Minute zu Minute drohte sich alles zu überschlagen, die Nachrichten, Meinungen und Entscheidungen, ja selbst auch die Hoffnungen, daß der eine oder andere doch noch mitkommen und helfen könnte! Sie dachten bei weitem nicht alle ans Fortgehen, die lieben Wiesenbrunner. Da standen alte Leute beim Haustor und musterten mit verlorenem Blick das Geschehen in den Höfen, es gab trotzige Gesichter, die nicht gewillt waren, sich auch nur einen Schritt von Haus und Hof zu entfernen und das emsige Treiben auf der gegenüberliegenden Straßenseite verächtlich verfolgten.

»Nein, wir laufen nicht davon – nicht vor den Russen und nicht vor uns selbst! Unser Schicksal ist sowieso schon vorgezeichnet!« Zu diesen Nein-Sagern zählten neben Großvater Dreyer auch Nikolaus Wanninger und Vetter Franz Eckert, dieser hartnäckige Bleibtreuer, der vor langen Jahren schon nach Wiesenbrunn eingeheiratet hatte. Er fand es unerhört, einfach so davonzulaufen und alles seinem Schicksal zu überlassen: die alten, unbeholfenen Menschen, das liebe Vieh, die stolzen Bauernhäuser und die wohlbestellten Hausgärten und Felder. Wer sollte die vielen zurückbleibenden Tiere füttern, wer noch ein Saatkorn in die gute alte Erde streuen, wenn der verdammte Krieg – so oder so – zu Ende ging?

Resi Wagner stand auf dem Hausgang, die Hand an den braungestrichenen Holzträger gelehnt: Sie werden flüchten – wenn nicht alle, so doch die meisten! Die junge Mutter wußte sehr wohl um ihren schwierigen Stand mit dem Kleinkind und den alten Leuten. Für sie gab es nur das eine: bleiben! Der Herrgott würde ihr schon beistehen und sie nicht verloren geben! Wo sollten die Heimkehrer aus dem Krieg, ihr geliebter Vater und auch Toni denn sonst hin, wo noch Ruhe und ein Ziel vor Augen finden, wenn sie jetzt alle davonliefen?

Beim Gassentor kamen zwei Männer im Eilschritt vorbei und riefen laut in den Hof: »Fertig machen, um drei Uhr fahren wir los!« Von Nordosten, aus der Maroschrichtung, waren erneut schwere Einschläge zu hören. Es war, als würde dieses dumpfe, anhaltende Rumoren eine Bestätigung für das aufregende Treiben im Dorfe bedeuten!

Nein, dachte Resi Wagner, man muß einfach durchhalten, dem Schicksal und der Not abtrotzen können, was sie uns entreißen wollen – unser Heim und unsere Seele!

So irgendwie, nur mit anderen Worten, hatte Großvater Dreyer seinen Entschluß, daheim zu bleiben, ebenfalls formuliert. Kein Zweifel für Resi – die Worte des alten Mannes hatten einen tieferen Sinn, sie gaben auch ihr die Kraft zum Durchhalten! Sie konnte Großvater nur dankbar dafür sein und empfand einen gewissen Stolz auf ihn und ihre Mutter, die sich durch diese schwierige Entscheidung selber treu geblieben waren!

*

Der 14. September war für viele Wiesenbrunner ein Karfreitag, traten sie doch an diesem Tag ihren Leidensweg an. Von der jugoslawischen Grenze her befanden sich schwache, zusammengewürfelte deutsche Truppenverbände auf dem Vormarsch in Richtung Temeswar. Einzelne kleine Kampfgruppen waren dabei in Geplänkel mit rumänischem Militär geraten, das aus den Maisfeldern das Feuer eröffnete und sich darauf zurückzog.

Aus den grenznahen Dörfern war die deutsche Bevölkerung zum großen Teil bereits in selbstorganisierten Wagentrecks nach Westen aufgebrochen. Auf den wenigen, zumeist völlig verstopften Straßen war man nur langsam vorwärts gekommen. Landeinwärts jedoch herrschte in vielen Schwabendörfern immer noch große Aufregung und Unentschlossenheit, nachdem Evakuierungsbefehle und gegenläufige Verordnungen die Leute völlig durcheinandergebracht hatten. Keiner wußte mehr, ob er es wagen konnte, mit seiner Familie um diese Zeit noch zu flüchten, wo der Kampflärm der Front doch schon greifbar nahe lag.

Zum zweiten Male waren deutsche Kradmeldefahrer in Wiesenbrunn eingetroffen. Sie gaben sich diesmal als Vorausabteilung der Kampfgruppe Behrens aus und forderten die Leute zur unverzüglichen Flucht auf: »Dies ist eure letzte Chance! Nichts als losfahren, wenn ihr noch heil über die Theiß kommen wollt!«

Der blutjunge Obergefreite versuchte die um die drei Kradmelder versammelten Leute zum sofortigen Aufbruch zu bewegen. Der Bursche war ehrlich: »Wir kämpfen uns zwar durch, soweit es geht – jedoch nähert sich die 1. ukrainische Armee unter Malinowski von Detta her bereits Temeswar! Wir selber wissen um diese Stunde nicht genau, wie weit die Sowjets bereits vorgedrungen sind!«

Keine Frage: Der Vorstoß der deutschen Abwehrtruppen um die Septembermitte ins Banat war vielmehr ein verzweifelter Versuch zu retten, was noch zu retten war! Hitlers Befehl, Temeswar, in dem sich starke russische Verbände festgesetzt hatten, um jeden Preis zurückzuerobern, konnte von diesen schwachen deutschen Verbänden auf gar keinen Fall mehr durchgeführt werden! Um so weniger, als um diese Zeit bereits zwei weitere Sowjetarmeen, die 27. von Norden und die 53. von Süden her, zum Angriff auf die beiden großen Banater Städte Temeswar und Arad ansetzten.

Eine knappe Stunde später schienen die Würfel für die meisten Wiesenbrunner gefallen zu sein: Fort, nichts als fort! Unter den vielen, die an diesem Spätnachmittag in überstürzter Hast das Dorf verließen, befanden sich auch Balthasar Wirth und seine Bas Leni, zusammen mit einigen Fluchtwagen aus der Nachbarschaft, die Wiesenbrunn sozusagen als letzte den Rücken kehrten. Der alte Wirth hatte bis zur letzten Minute gezögert und dabei zu seiner Bäuerin gemeint: Vielleicht erreicht uns doch noch eine Nachricht von Jaksch über einen Kurier? Die beiden Alten wußten, daß ihr Sohn sich drüben in Serbien befand! Auch Fiedlers hatten von ihrem Hans seit gut zwei Wochen nichts mehr gehört – beide waren sie jedoch in der gleichen Einheit!

Unruhe hatte den alten Wirth auf einmal überkommen, er sann – das Kinn in die Hand gestützt – noch darüber nach, ob auch alles vor der Abreise seine Ordnung hatte: Die wichtigsten Sachen waren versteckt und vergraben worden, die letzte Kuh hatte vor einem Monat schon den Stall verlassen, im Schweinestall blieb alles ruhig, die Tröge waren übervoll mit Maisschrot und Wasser. Auch in die Stallecke hatte er noch eine Menge Futter geschüttet und einen tiefen Ständer mit Wasser hingestellt! Für acht Tage, wie er meinte. Vielleicht sind wir bis dann wieder zurück … oder sonst wer.

Mitten in seine Gedanken knarrte das Gassentürchen: Grischa, der kriegsgefangene Rotarmist betrat den Hof. Der große Gefangene schien verlegen, fast ängstlich trat er näher. Ein verzagtes »Zdravstvite!« löste sich von seinen trockenen, aufgeplatzten Lippen. Eigentümlich. Seit einigen Tagen verschwunden, stand er nun plötzlich mitten im Hofe, als Balthasar Wirth darangehen wollte, die Zeltplane am Fluchtwagen festzumachen. In erregter Hast die einzelnen Worte aus seiner verängstigten russischen Seele herausstotternd, forderte er seinen Arbeitgeber flehentlich auf: »Grischa kommen mit! Kommissar nix pardon, strelait ... pak ... pak! Grischa nix wollen kaputt!«

*

Viele, sehr viele Häuser waren innerhalb von zwei, drei Tagen in Wiesenbrunn leer geworden. Kein Mensch und keine Seele vom Dachfirst bis zum Keller zu finden! Die Wände gähnten leer in den anbrechenden Tag, in den ausgeplünderten Zimmern war der letzte Hauch von Wärme und Menschlichkeit verschwunden. Selbst die Schwalben am Gangbalken bemerkten die verlorene Vertraulichkeit – es gefiel ihnen nicht mehr hier: Sie sammelten sich mit erregtem Gezwitscher, flatterten und drehten sich im Kreisflug, reihten sich schließlich auf Leitungsdrähten und Masten vor die Spitzgiebel und waren bald davongeflogen.

Resi Wagner hatte den heimeligen Wandervögelchen eine gute Weile zugeschaut. Oben am Gangbalken hing das kleine erdschwarze Nest ihres Brutsommers, verlassen von seinen lieblichen Bewohnern. Es brachte Resi eine trübselige Geschichte aus Kindertagen in Erinnerung.

Nach volkstümlicher Erkenntnis war Mariä Geburt der Stichtag für den Herbstzug der Schwalben in den warmen Süden. Diese nach heimatlicher Sitte geheiligten Rot- und Weißschwälbchen, deren Eier von keinem Schwabenkind ausgehoben werden durften, wußten sehr wohl um ihre Zeit. Altmutter Sophie hatte damals den Nachbarbub Feil Mischi streng davor gewarnt, sich an das Rotschwalbennest am Querbalken des

Pferdestalles heranzuwagen: Schwalben sind Gottes geheiligte Vögelchen – hatte sie gesagt –, wer ihre Brut zerstört, begeht eine Todsünde und stürzt sich selber ins Unglück! Mischi, dieser Eiersammler, hatte ihre warnenden Worte jedoch in den Wind geschlagen. Das Schwalbennest lag eines Tages in Stücke zerbrochen auf dem Stallboden. Die Schwalbeneltern schwirrten mit schrillem Gezwitscher einigemal zur Stalltür ein und aus, drehten Pirouetten über dem Hof und verschwanden. Resi hatte bitterlich geweint, als Großvater mit einem Teilstück des Nestes und einem zerbrochenen, rotgetupften Schwalbenei in der Hand in die Küche getreten war. Eine ganze Woche lang hatte sie kein Wort mehr mit Mischi Feil gesprochen.

Nach so vielen Jahren war es wieder September geworden, und die Schwalben waren wieder fortgezogen. Sie hatten diesmal auch die Menschen mit auf die Flucht genommen, weil auch sie nunmehr um ihr Leben bangen mußten. Die einen im Krieg – die anderen verjagt und gehetzt von den Schrecken der immer näher rückenden Front. Für die Menschen von Wiesenbrunn mußte jedes Ziel zur Fremde und die Fremde zur unausweichlichen Not werden. Auch das freche Geschrei der Spatzen und die vom frühen Wind gelösten Akazienblätter unterstrichen in Gehöften und Gassen die sich ausbreitende Unheimlichkeit.

Nikolaus Wanninger hatte vor zwei Tagen mit dem Fahrrad seine Verwandten im kleinen Nachbarort besucht. Er wollte erfahren, was man hier vorhatte, ob wenigstens noch jemand da war. Georg Lenhart war seit Mitte September mit seiner Frau Susanne im großen Bauernhaus allein zurückgeblieben. Sein Sohn und dessen junge Frau mit den beiden Kindern waren vor einer Woche schon aufgebrochen, sie hatten durch die Flucht zwar einiges zu befürchten, doch viel mehr zu hoffen. Sie waren jung, ihr Leben stand noch bevor!

Die Alten jedoch – wohin in Gottes weite Welt sollten sie ziehen? Es war weniger die Furcht vor der Front und den Russen, die den zweiundsechzigjährigen Lenhart die Stirn runzeln ließ – es war vielmehr der immer unruhiger werdende Pöbel, und nicht zuletzt auch die Sorge um das Durchkommen der Kinder durch das von Partisanen durchsetzte Serbien.

Hatte Lenhart selber nicht auch nach seiner Heimkehr aus dem Ersten Weltkrieg die Familie in Not vorgefunden und sein Haus Ziegel um Ziegel neu aufgebaut und gerackert, Boden erworben und sich keine Ruhe gegönnt, bis das weiße Bauernbrot der dreißiger Jahre ihnen auf dem Tisch entgegenlachte? Das war nun einmal Schwabenart, wer wollte sich da auch selbst noch verleugnen? Auch die Seinen würden wieder zurückkehren, mit allen, die geflüchtet waren, einer nach dem anderen. Sie sollten alles wohlbehalten wiederfinden – selbst wenn Vater oder Mutter dann schon draußen unter den hohen Lindenbäumen ruhten.
Was den alten Lenhart jedoch am meisten bedrückte, waren die Ungewißheit jeden Schrittes, die verschlossenen Haustüren, die wenigen noch vertrauten Gesichter am Sonntagmorgen in der kleinen Dorfkirche und die Tatsache, daß alles Erntegut ungeborgen auf den Feldern geblieben war! Allein das Abendläuten mahnte ihn daran, daß der Herrgott sein kleines Dorf noch nicht ganz verlassen hatte!
Gewiß – diese Zeit ließ wenig Freiraum mehr für eigenes Handeln, alles Suchen und Finden schien vergeblich geworden – abwarten, nichts als abwarten, was der nächste Tag uns bringen mag!

Die Zeit der Nebelkrähen

»Mann, o Mann – wo kommen sie nur auf einmal alle her, diese frechen, ewig hungrigen Krähen? Soeben ist mir eine aufgehackte Nuß vor die Füße gerollt, sie muß einem dieser Pechvögel aus dem Schnabel gefallen sein?«
Nikolaus Wanninger stand im Mittelweg seines Hausgartens und beklagte sich bei Nachbar Renard über die Unzahl von Krähen, die, von den Feldern her kommend, nun auch noch die Hausgärten befielen.
»Kein Wunder«, meinte der Nachbar, »die Kriegsfront treibt sie in Riesenscharen vor sich her. Futter gibt's mehr als genug für sie in diesem Herbst, ist doch das meiste draußen auf den Feldern geblieben! Schau sie nur an, diese fetten Dinger auf dem dürren Nußbaumast da oben, ihre Federn glänzen wie Anthrazit! Wenn's bloß allein die Nebelkrähen wären, aber da kommen immer noch diese gottverfluchten ›Nachtkrähen‹, die das ganze Dorf verunsichern!
Ich hab's vor einer Stunde erst gehört«, erzählte Renard dem Nachbarn weiter, »beim Luncan im neuen Dorf versuchten sie in der vergangenen Nacht ins Haus einzudringen, doch der ist wach geworden und hat einen Mordskrawall gemacht, so daß die halbe Gasse zusammengelaufen ist! Die Plünderbande hat darauf einen Schuß in die Luft gefeuert und sich aus dem Staub gemacht.
Am gleichen Morgen haben sie auch den Bach Sepp gefunden. Die Banditen sollen schon wieder aus dem serbischen Nachbardorf gekommen sein. Sie haben den Mann halb totgeschlagen und im Stall festgebunden. Darauf sind sie über die beiden Frauen hergefallen und haben sie schändlich zugerichtet. Unmenschen, sag ich dir! Schlimm soll alles aussehen, beim Bach Sepp. Was nicht niet- und nagelfest war, haben sie weggeschleppt; Bettsachen und sogar einige Möbelstücke. Die Leut' sind einfach ruiniert! Jemand aus der Nachbarschaft will den

einäugigen Bledi Andres beim Wegfahren unter den fünf Plünderern erkannt haben. Er soll angeblich eine rumänische Soldatenmütze auf dem Kopf getragen haben. Auch wird im Dorf von einem mitternächtlichen Saufgelage im Kuhhalterhaus erzählt. Zwei volle Wagen sollen gegen drei Uhr erst von Bledi aus in Richtung Gewannenhügel losgefahren sein. Ich sag' ja – es wird von Tag zu Tag schlimmer!«

Was Renard zu berichten wußte, erwies sich sehr bald schon als Auftakt für weit schlimmere Ereignisse, die in allernächster Zeit über Wiesenbrunn hereinbrechen sollten! Die heranrückende Kriegsfront ließ Ungesetzlichkeiten zur täglichen Erwartung werden – arbeitsscheues Gesindel von nah und fern schien von der Kette losgekommen zu sein und machte sich auf Raubzügen über die Schwabendörfer her.

Vor allem waren es Deutschenhasser, denen der Wohlstand der Schwabenbauern schon immer ein Dorn im Auge gewesen war. Plünderzigeuner aus der Arader und Gatajer Gegend, sowie Flüchtlinge aus dem Altreich und der Moldau, die sich im Banat zu entschädigen suchten, verunsicherten vor allem die Schwabendörfer der Heide. Sie sahen ihre Stunde gekommen, mit langen Messern, Knüppeln und Feuerwaffen in die deutschen Dörfer einzudringen, an sich zu reißen, was ihr rohes Herz begehrte und zu töten, was sich ihnen in den Weg stellte. Diese »Schwabski« waren gleichsam »vogelfrei«!

Wildes Geschrei erfüllte kurz vor Mittag die obere Gasse von Wiesenbrunn: »Die Russen sind da!« Was der alte Fleischhauer Christian Eberle jedoch durch die Zaunlatten beobachten konnte, war eine erschreckend bedrohliche Meute. Ein verwahrloster Trupp von etwa acht bis zehn grobschlächtigen Gestalten in zerrissenen braunen Uniformen und schäbigen Militärkäppis, die meist windschief auf dem struppigen Haar saßen, kam randalierend die Gasse herauf. Eberle wußte sofort: Reguläres russisches Militär war dies mit Sicherheit nicht! Kurz dahinter erblickte er weitere zusammengewürfelte Gesellen in khakigrünen Armeejacken, schmutzigblauen Eisenbahnermonturen, zum Teil mit Tellermützen auf dem Kopf, die mit einem lautstarken und unver-

ständlichen Kauderwelsch heranrückten: »Sakarez, sukor bengalo!«
Drei dieser zweifelhaften Figuren waren soeben in den Hof des Andreas Berger eingedrungen. Gott gnade dem guten Vetter Andres! Eberle, der die Bande hinter seinem Torpfosten beobachtete, mußte den Mann schon jetzt bedauern! Doch da hörte er bereits auch schon die unverkennbare Bärenstimme des Vetter Andres: »Schto takoj?«
Ohne jede Angst kam der Mann über die Gangtreppe herab auf die unliebsamen Gäste zugeschritten: »Ja charascho po russkij ponemaiu!« Über das Auftreten des Altbauern verdutzt und von dessen russischer Anrede merklich verunsichert, versuchte einer der Eindringlinge dem Alten mit bedrohlicher Geste klarzumachen, daß er die schräge, gelbgestrichene Gangtür, die in den Hauskeller führte, unverzüglich zu öffnen habe!
Vetter Andres blieb standhaft, er hatte sich in den Jahren sibirischer Gefangenschaft immerhin eine gediegene Dosis Menschenkenntnis angeeignet. Abweisend entgegnete er: »Ti ne russkij – ti srbskij tscholowek!« Damit hielt er dem verunsicherten Wortführer seine falsche Identität direkt unter die ungewaschene Nase! Ein gefährliches Spiel, doch war es immerhin hellichter Tag.
Der verwahrloste Kerl wußte im Augenblick wirklich nicht, was er tun sollte: »Zuika ... nix?« Die weit weniger schroffe Verlegenheitsfrage des Anführers wurde von Vetter Andres mit einem kategorischen »Njet!« beantwortet – und das Wunder geschah: Die wüsten Burschen machten vor dem unerschrockenen Altbauer kehrt und verließen, wenn auch mit Drohgebärden, seinen Hof.
»Verdammt noch mal, hat dieser Berger vielleicht eine Courage!« Mit dieser bemerkenswerten Feststellung trat Eberle hinter die Mauer zurück. Bis zum nächsten Eck zeigte sich kein Mensch mehr auf der Gasse. Die Leute hatten Angst, trugen wenigstens zwei der Eindringlinge doch Gewehre in den Händen! Der »Leitwolf« hatte bereits einige Male damit in die Luft gefeuert – ein Zeichen von Verunsicherung, wie Vetter Andres Berger wußte. Dennoch: Diese Wüstlinge würden keine

Sekunde zögern, einen Menschen über den Haufen zu schießen!
»Gott sei Dank – sie sind vorbei!« Mit Erleichterung wandte sich Anna Eberle ihrem Manne zu. Sie hatte die Szene mit klopfendem Herzen durch einen Spalt des Fensterladens beobachtet und dabei entsetzliche Angst ausgestanden. Eberle versuchte den Ladenspalt weiter zu öffnen und traute auf einmal seinen Augen nicht: Ein junges Geschöpf kam seelenruhig mit einem Korb unter dem Arm die Gasse herauf! Das durfte doch einfach nicht wahr sein – sie kam, als ginge das Ganze sie überhaupt nichts an! »Jessas ... das ist doch Nanschi!« erschrak Frau Eberle und sah ihren Mann fassungslos an.
Was sich in den nächsten Minuten abspielte, mußte einem bestialischen Instinkt entsprungen sein. Der Grobschlächtige, welcher als erster bei Berger eingedrungen war, stellte sich dem erschrockenen Mädchen breitbeinig in den Weg: »Haide, Krasawitza!« spielte der üble Geselle auf die junge Schönheit an, während sein Kumpan sich blitzschnell herabbeugte, das aufschreiende Mädchen auf die Arme hob und ihr sofort auch seine dreckige Handfläche auf den Mund preßte. Bei rascher Kehrtwendung wollte er mit seiner Last voran, stolperte jedoch an einem Pflasterstein und fiel mit dem Mädchen, das sich flink aufraffte und zu fliehen versuchte.
Doch da war der Rest der Meute schon heran und stürzte sich grölend auf das wehrlose Opfer. Das Mädchen wurde – trotz heftiger Gegenwehr – zum nahen Eingangstor des Kleinschen Wirtshauses geschleift, es schrie und schlug nach Leibeskräften um sich. Einen der Kerle, der sich vor Schmerzen krümmte, hatte Nanschi scheinbar an empfindlichster Stelle getroffen, doch half es ihr wenig.
Mit Gewalt wurde sie durch das offenstehende Tor in das Wirtsgebäude gezerrt, ohne daß ihr gequälter Blick irgendeine Hilfe sah. Zwar zeigte sich für den Augenblick auf der gegenüberliegenden Seite ein Männerschädel hinter der Gassenmauer, doch war er bereits verschwunden, bevor das bedrängte Mädchen ihn erkennen konnte! Es waren gewiß nicht nur zwei Augen, die sahen, was hier geschah, doch wagte es keiner, der Bande wirk-

lich entgegenzutreten. Was war bloß innerhalb kürzester Zeit passiert mit den Menschen hier – wo waren Mannesmut und der gerechte schwäbische Zorn auf einmal geblieben?
Genau im Augenblick, als das Türglas der Wirtshausstube in tausend Scherben zersplitterte – der vorderste Eindringling hatte es allem Anschein nach mit seinem Gewehrkolben durchschlagen – wurden vom anliegenden Hausgarten plötzlich zwei Schüsse aus einem Jagdgewehr abgegeben! Der Wandputz zerstäubte neben der Eingangstür, als einer der Halunken, der sich eine Zigarette angebrannt hatte, sich mit einem Aufschrei an die rechte Schulter griff. In Sätzen sprangen die beiden Flintenträger hinter das Brunnengehäuse und schossen wild und ziellos in Richtung des Hausgartens. Umsonst – nichts rührte sich!
Ein kleiner Mann mit angegrautem Haar betrat kurz darauf den Schankraum. In seinem schweißroten Gesicht spiegelten sich Verzweiflung und Entschlossenheit, sein Blick glitt hastig über die an Theke und Tischen grölenden und sich herumbalgenden Gestalten und blieb an der leicht geöffneten Zugangstür zum Wohnraum des Wirts hängen. Das Wimmern einer Frauenstimme drang an das Ohr des Mannes. Konrad Egler stieß die Wohnzimmertür auf und starrte in die verzerrten Fratzen zweier Mordbuben, die im Begriff waren, sich an seiner Tochter zu vergehen: »Laßt mein Kind sofort frei, sie ist krank, und ...!« schrie der kleine Mann außer sich. Der Rest seiner Worte ging im höhnischen Gelächter der Dreckskerle unter. Egler wollte seiner Tochter Hilfe leisten, die sich mit der Kraft der Verzweiflung zur Wehr setzte und einem der Rohlinge die frei gewordene Hand ins Gesicht schlug. Der zum Wahnsinn gereizte Vater riß einen der Stühle hoch und wollte zuschlagen, doch da hatte einer der beiden ihn bereits am Arm erwischt und zurückgerissen. Der hochgewachsene Bandit hatte eine Pranke wie ein Schraubstock, er warf Egler buchstäblich durch die offene Tür in den Schankraum, wo er mitten unter den aufgrölenden Eindringlingen zu landen kam. Dicht vor sich sah Egler ein Paar verdreckte Bokantschen: Der junge Kerl, der am lautesten herumschrie, neigte sich im Zeitlupentempo herab und riß ihn zu sich hoch.

Der betäubte Mann, stand – Auge in Auge – vor dem Grünling, der ihn höhnisch angrinste: »He, Alter, wir tun deiner Tochter doch nur Gutes! Ich kann es kaum erwarten, an die Reihe zu kommen! Schau doch mal rein, Jova!«
In diesem Augenblick war es Egler anzusehen, daß etwas in ihm hochkam: Der Mann griff blitzschnell nach der dickglasigen Flasche mit Selterwasser und ließ sie dem jungen Banditen in einer spontanen Drehbewegung seitlich an den Schädel sausen. Dieser sackte wie eine gebrochene Latte in sich zusammen. Dies jedoch hätte er besser nicht tun sollen!
Ein Bierstutzen sauste auf Eglers kahles Haupt nieder und ließ ihn blutüberströmt zusammensacken. Der kleine Mann blieb ohne jedes Zucken und Regen mit klaffender Kopfwunde auf dem öligen Bretterboden der Dorfkneipe liegen.
»Schafft das Männchen weg von hier!« gebot der große Zigeuner, der im nahe gelegenen Totina bereits den Altrichter erschossen hatte. Die Kerle beim Billardtisch rührten sich schwerfällig. Egler wurde an den Füßen gefaßt und wie ein Scheitel Holz in das kleine Nebenzimmer geschleift, ohne daß sich jemand weiter um ihn kümmerte.
Als Vater Egler nach einer bösen Stunde von seinem blutgetränkten Teppich wie durch eine dichte Nebelwand aufsah, stach ihm der Schmerz gleich einem Dolch durch den Kopf. Vor ihm hatte sich eine riesengroße Gestalt aufgebaut, die sehr viel Ähnlichkeit mit der des Dorfrichters Friedrich hatte: »Bleib ruhig liegen, Konrad, wir bringen dich sofort weg! Deine Nanschi haben wir bereits nach Hause gebracht, Doktor Szeles behandelt sie jetzt. Es wird alles wieder gut werden!« Die ruhigen Worte des großen Mannes kamen wie aus weiter Ferne.

Schwester Maria-Anastasia vom Orden der Armen Schulschwestern aus Temeswar, die seit Tagen im Pfarrhaus von Wiesenbrunn Zuflucht gefunden hatte, erschien am nächsten Vormittag im Eglerschen Hause und bemühte sich liebevoll darum, dem völlig verzagten und beschämten Mädchen neuen Lebensmut einzuflößen. Nanschi hatte sich innerhalb weniger Tage unter der fürsorglichen Obhut dieser wunderbaren Frau zusehends erholt. Allein die Sache mit ihrem geliebten Vater bedrückte sie sehr. Doch auch dieser befand sich bald schon auf dem Wege der Besserung.

Als Nanschi am späten Nachmittag eingeschlafen war, nutzte die Schwester die Zwischenzeit im anliegenden Zimmer, um die Ereignisse der letzten Woche mit der Mutter des Mädchens zu besprechen. Maria-Anastasia zeigte sich über die Flucht der vielen Menschen aus ihrem Heimatdorf besonders betroffen, doch mußte sie der Eglerin zustimmen, daß den Leuten wohl kaum ein anderer Ausweg als die Flucht geblieben sei, um solchem Unglück zu entgehen.

Die Eglerin zeigte größtes Interesse an den unglaublichen Begebenheiten, die sie von Schwester Maria-Anastasia dabei zu hören bekam. Die Lehrschwester hatte in der letzten Woche bange Stunden überstehen müssen, als das Marienheim in Temeswar von den durchziehenden Sowjettruppen ausgeplündert worden war. Auch hier ging es vor allem um die Sicherheit der angehenden Ordensschwestern, weswegen das Noviziat in die Innere Stadt übersiedelt werden mußte. Maria-Anastasia erzählte mit leiser Stimme, die ihre tiefe, innere Bedrückung verriet:

»Deutsche Sturzkampfflugzeuge überflogen immer wieder die Stadt, beschossen Temeswar und warfen Sprengbomben ab. Es gab Tote und Verwundete – niemand wußte, wie viele es waren.

Im Marienheim hatten russische Kriegsgefangene bis zum August in der Garten- und Feldwirtschaft gearbeitet. Sie mußten alle freigelassen werden und trieben sich in der Gegend herum. Bei Fliegeralarm strömten sie scharenweise in die Wirtschaftsgebäude, Weidenanlagen und Maisfelder des Marienheims. Viele von ihnen hielten sich tagsüber in den Parkanlagen auf, sie fühlten sich hier sicher und geborgen.

Die Kriegsgefangenen taten die ganze Zeit über niemanden etwas zuleide. Auch die Schwestern vertrugen sich gut mit ihnen. Die Lage jedoch verschlimmerte sich von Tag zu Tag. Von panischer Angst vor der SS ergriffen, flüchteten die russischen Gefangenen auf die Nachricht hin, daß die Deutschen von Jugoslawien her ins Banat eingedrungen seien, eiligst aus dem Lager. Sie baten uns, nach dem Krieg wieder hierherkommen zu dürfen!

Jenseits der Arader Straße wurden Kanonen aufgefahren. Sie eröffneten sofort das Feuer in Richtung Südwest, dahin, wo die deutschen Truppen operierten. Die Erde erdröhnte, Angst machte sich überall breit. Vom Stockwerk des Marienheimes wurde alles mögliche herabgeschleppt, niemand wagte sich mehr oben aufzuhalten. Die Kampffront kam nahe heran: Kugeln surrten aus allen Richtungen, und Maschinengewehre ratterten bei Tag und Nacht. Die Schwestern verbrachten die Nacht vom 16. auf den 17. September teils im Küchenkeller, teils in der Villa in ängstlichem Durchwachen.

In dieser Nacht kamen die Sowjettruppen heran. Wir Schwestern hatten uns alle versteckt. Ein fürchterliches Rumoren und Stöbern begann: Der Weinkeller wurde aufgebrochen, die großen Koffer geplündert, in welchen wir Schwestern unsere Kleidungsstücke und Schriften verstaut hatten. Binnen zwei Tagen wurden 37 Hektoliter Wein teils gesoffen – anders kann ich es nicht nennen! –, teils aber wegtransportiert. Im Keller des Marienheimes stand der Wein fünfundzwanzig Zentimeter hoch!«

Die verängstigten Schwestern aus der Villa waren von alldem erschüttert, was sie sahen, als die ersten Plündertruppen abzogen – allerseits Vernichtung und Zerstörung.

Ein Aufschrei des Schreckens entfuhr den Nonnen aus der Villa plötzlich. »Wo sind die anderen Schwestern?« Einige der Schwestern waren nicht da. Man klopfte an alle Türen und Fenster, schrie mit lauten Stimmen ... vergebens! Schließlich rief man nach der Wache – sechs Posten waren in der Nacht aufgestellt worden, doch keinerlei Antwort kam!

Eine furchtbare Ahnung machte sich breit, die jedoch von keiner der Schwestern ausgesprochen wurde. Endlich, nach langem Rufen und Klopfen, öffnete sich eine Tür, man hatte die Schwestern an der Stimme erkannt. Bleich und mit bebenden Lippen berichteten die Nonnen über die durchstandenen Stun-

den der vergangenen Schreckensnacht, in der die angetrunkenen Russen an Türen und Fenstern polterten und ständig einzudringen versuchten.
»Wir waren alle froh, an Leib und Seele unbeschadet davongekommen zu sein!«

Der Herrgott starb in Wiesenbrunn

Seit dem 15. September läuteten keine Glocken mehr in Wiesenbrunn. Pfarrer Palmer wollte vermeiden, daß die Aufmerksamkeit der in dieser Gegend umherziehenden Plünderbanden und Soldateska auf sein Dorf gelenkt wurde. Die größte Angst empfand der Mann in Schwarz jedoch vor den unaufhaltsam heranrückenden Rotarmisten. Was hatte er nicht alles zu lesen bekommen über das Schreckensgespenst des Bolschewismus und dessen Gottlosigkeit! Die Leute in Wiesenbrunn empfanden diese Karfreitagsstille hingegen als Zeichen dafür, daß der Herrgott gestorben sei oder sie zumindest in ihrer Not und Bedrängnis verlassen hatte. Wie anders hätte das alles sonst geschehen können, was allein in den letzten Tagen hier geschehen war.

Zwei Verwandte der Mallingers, die sich vor den Russen aus Temeswar nach Wiesenbrunn geflüchtet hatten, berichteten von einem angeblichen Anmarsch deutscher Truppenverbände unter Obergruppenführer Behrends. Diese Truppenteile, die aus Griechenland kamen, sollten Temeswar schnell wieder zurückerobern und das Banat von den Sowjets befreien. Somit brauche – wie sie meinten – auch aus Wiesenbrunn kein Mensch mehr zu flüchten! Wer aber sollte das glauben, wo die Front doch bereits den Nachthimmel beleuchtete? Welchen Zweck sollte denn auch der deutsche Gegenstoß haben, wenn nicht die Flucht der Menschen aus dem Banat zu erleichtern?

Gestern noch, als Kampfflieger das Dorf in niedriger Höhe überflogen, hatte Altenbach Sepp im Gartenbunker versucht, den Wagners und Dreyers klarzumachen, daß es auch für sie das beste wäre, mit dem Kleinkind sofort die Flucht zu ergreifen. Er selber müsse leider noch abwarten, angeblich wegen seinen Pflichten in der Heimatfront! Eine deutsche Kampfgruppe sei – wie Altenbach zu behaupten versuchte – bereits in der Nähe mit rumänischem Militär in Kämpfe verwickelt, doch leisteten die Rumänen keinen nennenswerten Widerstand mehr!

Großvater Dreyer blieb jedoch weiterhin skeptisch, was die Flucht betraf: »Die Deutschen werden vielleicht kommen, sich darauf gewiß aber wieder schnell zurückziehen müssen! Niemand kann im Ernst glauben, daß die Rote Armee mit ihrem ungeheuren Menschenpotential ausgerechnet bei uns im Banat zum Stehen gebracht werden kann! – Nix da, mein lieber Sepp«, bestimmte der Alte, »die Gefahr, ums Leben zu kommen, ist durch eine Flucht durch das Kriegsgebiet weit größer!« Selbst Altmutter Sophie hatte gegen eine Flucht von daheim größte Bedenken: »Du bist noch ein junger Mann, Sepp – du kannst dich wehren oder davonlaufen! Wir hingegen sind alte Leute, und Resi ist mit einem kleinen Kind. Wie soll denn das weitergehen? Nein, wir laufen von hier nicht fort – wir bleiben, was auch immer kommen mag!«
Und damit war alles gesagt.
Die meisten noch in Wiesenbrunn verbliebenen Schwaben dachten ebenso. Selbst die Rumänen aus dem unteren Dorf meinten zu den Leuten: »Bleibt ihr wenigstens daheim, die Flucht durch das Kriegsgebiet könnte euch das Leben kosten! Gott beschütze alle unsere Wiesenbrunner auf ihrem schweren Weg durch Krieg und Nacht!«
Popenfrau Militza und ihre Base Lenutza waren allzusehr im Recht mit dieser Meinung.
Großvater Dreyer legte an diesem Abend tröstlich den Arm um seine Enkelin: »Nur die Ruhe bewahren, mein Kind – es wird alles an uns vorübergehen, die Front und die Angst und Gefahr! Wir werden uns einander schon durchhelfen – in der Not, da rücken die Menschen näher zusammen!« Damit hatte der Alte recht: Was hatte man in den vergangenen Tagen nicht alles durchmachen müssen? Die Schwaben von Wiesenbrunn waren duldsam geworden wie der Heiland am Kreuz! Sie hatten alles über sich ergehen lassen, um mit dem nackten Leben davonzukommen.
Wieder waren deutsche Kradmelder ins Dorf gekommen. Gleich wild gewordenen Hornissen surrten ihre Kräder mit den besetzten Beiwagen durch die Lange Gasse, eines hinter dem anderen. An der Straßenecke zum neuen Dorf, wo einige Män-

ner bereits heftig gestikulierten, hielten die Kradmelder an. Fast erstickte die heisere Kehle des vordersten Kradfahrers im aufgewirbelten Straßenstaub, als er sich jetzt anstrengte: »Hallo Männer, was wartet ihr noch? Die Russen sind keine zwanzig Kilometer weit von hier entfernt! Oder wollt ihr warten, bis die Bolschewiken euch vor ihre Panjewagen spannen?«
Die vier Männer starrten den Feldgrauen betroffen ins Gesicht, keiner rührte sich jedoch auch nur einen Zentimeter vom Fleck.
»Was ist los mit euch, hat es euch die Sprache verschlagen?«
Der Unteroffizier erhob sich auffordernd vom Beifahrersitz, als Holzner Franz sich endlich zusammenraffte: »Leicht gesagt, Herr Unteroffizier – ihr müßt uns nur noch erklären, ob wir mit den lahmen Gäulen, die uns nach der Requirierung noch geblieben sind, auch bis über die Theiß kommen? Die bringen den einen Huf nicht mehr vor den anderen! Und die verdammten Russenpanzer werden kaum warten, bis wir weg sind!«
Nun kam auch der ansonsten alles andere als gesprächige Fendler aus sich heraus: »Vor den Russen könnt nur ihr uns noch mit euren Lastkraftwagen wegbringen – sonst kein Herrgott mehr!«
»Geht nicht, Leute – wir stehen im Kampfeinsatz! Wenn ihr glaubt nicht mehr weg zu kommen, dann müßt ihr eben selber kämpfen und euch verteidigen! Ja, wehren müßt ihr euch, da gibt es nichts zu staunen! Mit allem, was euch eben zur Verfügung steht! Oder habt ihr's etwa nicht aus dem Radio gehört? Der Führer hat alle Deutschen zum totalen Krieg und Großeinsatz für den Endsieg aufgerufen!« Die letzten Worte des Kradmelders wurden von einem dumpfen Dröhnen überlagert, das Fendler wie eine verkehrte Antwort vorkam!
Der Meldefahrer mit dem SS-Zeichen am feldgrauen Rock hatte beide Hände bis zur Schulterhöhe erhoben, als wolle er seinen folgenden Worten mehr Ausdruck verleihen: »Jawohl Kameraden, kämpfen müßt auch ihr – es geht um euer Land und um euer Leben! Eine dritte Möglichkeit außer kämpfen oder flüchten gibt es einfach nicht!«
»Aber Herr Unteroffizier, wir können doch nicht mit hundert blanken Fäusten und drei alten Jagdflinten gegen die russischen T-34-Panzer antreten!« Fendler hatte die Worte in seinem

Todärger aus feuerrotem Gesicht herausgepustet: »Wir sind nicht einmal imstande, bewaffnete Plünderbanden abzuwehren, die unsere Häuser in der Nacht überfallen! Haben Sie vielleicht eine Ahnung, was hier alles passiert?«
»Der Mann hat recht, Kurt! Hol' doch mal gleich ein paar von den Dingern heraus!« Mit dieser Bemerkung hatte sich der Fahrer des zweiten Meldekrads an seinen Kameraden gewandt. Der Angesprochene winkte hierauf die Männer heran. Drei Eierhandgranaten lagen plötzlich in seiner Hand, die er den völlig überraschten Dorfleuten entgegenhielt: »Nehmt die Dinger zu eurer Notwehr! Nichts als hier ziehen und werfen!«
Die Männer waren im Augenblick überfordert – keiner wußte, was er tun sollte. Der deutsche Unteroffizier holte weitere Waffen aus dem Beiwagen hervor: »Nehmt auch das Gewehr, Männer! Es ist schändlich, wehrlos unterzugehen! Ihr werdet kämpfen und euch wehren müssen!«
Die vier Schwabenleute sahen einander an, als erwarte jeder vom anderen eine Antwort auf unausgesprochene Fragen. Der Unteroffizier drückte Fendler den Karabiner in die Hand, die anderen drei nahmen jeder eine Granate. Die Kradmelder hatten ihre Fahrzeuge auf Touren gebracht, als der Unteroffizier Fendler noch schnell auf die breiten Bauernschultern klopfte: »Festen Mut, Mann – jede Wehr ist schon ein halber Sieg!«
Der letzte Kradmelder sprang auf den Sitz, als die starken Motoren bereits auf Hochtouren dröhnten. Sommergelb wirbelte die Staubwolke in der Dorfgasse auf. Fendler sah die drei Männer an, als habe er von alldem überhaupt nichts verstanden: »Bei Gott, bei diesen Burschen happert's! Wir sollen kämpfen – und sie laufen wie die Feldhasen davon!«
»Na ja«, wog Rollinger die Eiergranate in der Hand, » ... mein Leben war mir schon immer etwas wert, ich möchte es auch in letzter Minute nicht zu billig verkaufen!«

*

Die Wirklichkeit sah leider nicht viel anders aus, als die Männer in Wiesenbrunn zu wissen glaubten. Der Zusammenbruch der Rumänen und die sowjetische Großoffensive vom August und

September 1944 hatten die deutsche Heeresgruppe Süd vor eine völlig veränderte Lage gestellt. Die aus Griechenland und Bulgarien zurückflutenden Heeresteile, die sich im Raum von Belgrad sammeln und umgruppieren sollten, hatten indessen den Auftrag erhalten, Temeschburg zu besetzen und von hier, entlang der Landstraße nach Arad, eine Verteidigungsfront aufzubauen. Dies in der Annahme, daß die Maroschstadt noch feindfrei sei.
Kurz nach den beiden Kradmeldefahrern war am späten Nachmittag ein weiterer Kleinlaster mit etwa einem Dutzend Männern der Waffen-SS eingetroffen. Neben dem Fahrer, der den Wagen am Kreuzplatz anhielt, saß ein junger Offizier in der Kabine. Innerhalb weniger Minuten gab es einen Auflauf um die Soldatengruppe – jeder wollte hören, ob nun die Deutschen das Banat wirklich befreien würden und wie alles weitergehen sollte.
»Bei der ›Heimatfront‹ scheint sich wieder etwas zusammenzubrauen!« Die Bemerkung des Briefträgers Nikolaus Wanninger ließ die Männer aufhorchen, die am Kreuzplatz beisammen standen.
»Was du da sagst, Niklos, will mir keine Ruhe lassen!« erregte sich Ebinger. »Ich muß euch auf der Stell' mal was verraten: Der Einsatz-Jaksch ist hier! Sattler Michel hat ihn am Wieseck gleich neben der Lehmkaul erkannt, als er im Eilschritt in seine Gasse einbog! Eine halbe Stunde später war Jaksch wieder fort. Er soll ganz außer sich gewesen sein – als er von Block Sepp, seinem zweiten Nachbarn, gehört hatte, daß seine Leut' vor kurzem abgefahren sind! Du kannst also recht haben, Niklos – etwas scheint hier vorzugehen!«
Vom Kircheck her kam ein Feldgrauer in schnellen Schritten herangelaufen. Von weitem schon schrie er »Alles aufsitzen!« und ließ, heftig schnaufend, die Fragen seiner Kameraden völlig außer acht. Die Kabinentür wurde in aller Hast aufgerissen und der Obergefreite schwang sich neben den Fahrersitz. Die beiden wechselten keine zehn Worte und schon sprang der starke Motor an. Der Kleinlaster sauste ab, als sei ihm der Feind auf den Fersen.

Eine gute Stunde war vergangen, es dämmerte bereits, als die Holzingerin aus dem unteren Gäßchen laut heulend heraufeilte und, die Hände vor das Gesicht schlagend, den beiden Frauen am Eck zurief: »Helft mir, Leute, helft mir doch! Meinen Michel ... sie haben meinen Michel mit dem Auto fortgeschleppt!« Im Weinkrampf flehte die Verzweifelte nun auch die beiden Männer an, die neugierig herangekommen waren: »Um Gottes willen, die SS-Leute bringen meinen guten Mann um, sie haben ihn ja schon halb totgeschlagen!«

Aufeinanderfolgende Schüsse ließen die Männer aufhorchen, zerrissen jede weitere Überlegung: »Das war nahe, es muß dicht am Dorfrand gewesen sein!« stellte der Pfarrer fest.

»Los, Männer, wir müssen nachsehen! Ich fürchte, da ist was ganz Schlimmes geschehen!« Der Aufruf Fendlers duldete keine Minute der Unentschlossenheit mehr, die Männer verließen eiligst das Pfarrhaus. Jedem der Leute, die auf die Gasse herausgeeilt kamen, war es klar: Das konnten noch keine Russen sein – der Kriegslärm war noch zu weit!

Die anbrechende Nacht lag mondhell über der Hutweide, als die vier Männer das Obergäßchen verließen. Links vom Kuhbrunnen bog der Fahrweg in die Maisfelder ein.

»Es muß weiter drüben, hinter dem Wiesgraben gewesen sein!« Nikolaus Wanninger wies mit der Hand in die Richtung, die der kleine Suchtrupp einschlagen mußte. Irgendwie spürte der bejahrte Mann selber die Angst am Herzen. Auch Fendler mahnte: »Vorsicht Männer, äußerste Vorsicht jetzt!«

Neben ihm schritt Franz Holzner mit seinem alten Jagdgewehr in der Rechten.

»Halt' das Ding nach unten, Franz!« machte Fendler ihn aufmerksam, der das Aufblinken des Metalls im Mondlicht bemerkt hatte.

Es ging bereits auf Mitternacht zu, als der große Schlag links des Fahrwegs durchkämmt war, ohne daß man auf etwas Verdächtiges gestoßen wäre. Als Holzner, immer noch zutiefst beunruhigt, auf die Schüsse hinwies und mit dem Kopf schüttelte, entgegnete Fendler, daß die kleine Schießerei nicht unbedingt etwas zu bedeuten habe, nachdem die Kriegshandlungen mit dem rumänischen Militär in dieser Gegend alles andere als übersichtlich wären. Der Gedanke kam allen wie eine Erleichterung, obwohl

auch Wanninger Bedenken hegte und den Abbruch der Suchaktion ablehnte, den Fendler soeben vorgeschlagen hatte. Doch gerade Fendler war es, der kaum erst richtig in den rechten Maisschlag eingedrungen war, als er auch schon spontan den Arm hochschwang und das Herankommen Wanningers abwartete: »Verdächtige Laute! Es ist mir wie ein Stöhnen vorgekommen.« Vetter Niklos stutzte, doch er konnte nichts hören, es blieb still. Allein weiter drüben, wo die beiden Begleiter sich befinden mußten, raschelte das Maislaub im Schlag. Noch hatte Fendler jedoch keine zwanzig Schritte vorwärts getan, als er erneut stehen blieb: »Horch!« Wieder war dieses Wimmern da, das in ein qualvolles Stöhnen überging: Unverkennbar – da war ein Mensch! Fendler eilte voran, ohne auf seinen Begleiter zu warten. Fendler ruderte buchstäblich durch das Laub der Maisreihen, bis er plötzlich über etwas stolpertc, das seinem Fuß nachzugeben schien. Eine Männergestalt lag auf dem Boden, er war über ihre Füße gestolpert. Der Mann rührte sich nicht, er lag völlig unbeweglich in der Furche des Maisfeldes! Jetzt war auch Wanninger herangekommen und neigte sich herab: »Ble...di An...dres!« stotterte Vetter Niklos, selbst zu Tode erschrocken, nachdem er das Gesicht des Mannes, das nach unten lag, behutsam zu sich gekehrt hatte. »Er zuckt nicht mehr, der Mann ist tot!« sagte Fendler, der den unbeweglichen Körper langsam zur Seite gekehrt hatte.
Gerade als Fendler sich erhob und zur Lichtung herauseilen wollte, war das unverkennbare Stöhnen wieder deutlich zu hören, diesmal ganz nahe. Fendlers Stimme zitterte: »Gleich da vorne, am Wegrand muß es sein!«
Holzinger lag keine zwanzig Meter weiter mit dem Oberkörper zwischen Raingras und Gewannenweg – er hatte mit letzter Kraft versucht, sich aus dem Maisschlag herauszuschleppen. Das Gras zeigte einen glänzenden Streifen im aufkommenden Mondlicht, aus der rechten Brustwunde sickerte immer noch Blut! Der Mann röchelte hin und wieder auf. Fendler und Wanninger erkannten sofort: Zur Rettung Holzingers war höchste Eile geboten!
Neben dem Schwerverwundeten kniend, versuchte Vetter Nik-

los, Holzinger irgendwie zu sich zu bringen, ohne ihn zu rütteln: »Wir sind's, Michel! Wanninger und Fendler! Hörst du uns?«
Ein gequälter Seufzer entrang sich kaum merkbar dessen Brust. Wanninger erschrak – er fürchtete, es sei sein letzter gewesen! Doch er hatte Glück in seinem Unglück: Die beiden Schüsse, die ihn getroffen hatten, waren nicht lebensgefährlich! Eine Hinrichtung war dies nicht. Der erfahrene Kreisarzt konnte mit einiger Erleichterung feststellen, daß es vielmehr der hohe Blutverlust war, der den großen Mann so sehr entkräftet hatte.
Der verdammte Krieg Hitlers hatte es zuwege gebracht: Deutsche hatten auf Deutsche geschossen, einfach weil sie anderer Meinung waren!
Daß Kuhhalter Bledi sich mit dem Pöbel aus dem serbischen Dorf zusammengetan haben sollte, um seine schwäbischen Dorfleute in Wiesenbrunn auszuplündern, mußte erst bewiesen werden – doch nicht mit Kugel und Blei! Das stand freilich auf einem ganz anderen Blatt!
Es waren nicht allein die Holzingers in Wiesenbrunn, die in diesen trüben Herbsttagen vor der Klagemauer standen – es gab sie auch in Hatzfeld und Perjamosch, in Gertjanosch, Lowrin, Tscheне oder Stamora, diese Menschen, welche die Freiheit ihrer Meinung teuer hatten bezahlen müssen! Viele Heideschwaben hatten in diesen Tagen ihr Vertrauen in die elementare Gerechtigkeit verloren. Wo anders aber sollten sie ihren Halt suchen, als in den eigenen Reihen? Bei alledem jedoch kam der bittere Beigeschmack auf: Gab es dieses Vertrauen in den Septembertagen 1944 überhaupt noch? War es nicht bereits schlimm darum bestellt?
In vielen Schwabenhäusern hatten die Frauen keine Tränen mehr, blieben untröstlich in ihrer Trauer um den verlorenen Vater, Bruder oder Sohn. Die Gemüter vom Wurzelriß der Verzweiflung verletzt, sahen sie einer Zukunft entgegen, die gleich einer dichten Nebelwand die Herzen vor kalter Angst und Ungewißheit erstarren ließ! Wie sollten die Schwaben im Banat in diesen Herbsttagen 1944 auch nur etwas von der Klagemauer der Juden ahnen, stand ihr eigener Leidensweg doch bereits rot und bedrohlich wie eine Rachewolke an den Vorweihnachtshimmel gezeichnet!

Götterdämmerung

Die Menschen in Wiesenbrunn sahen dem Herannahen der Roten Armee als etwas Unabwendbarem entgegen, mit einem sonderbaren Gefühl von Ungewißheit, das nahezu an Gleichgültigkeit grenzte. Oder war dieses Verhalten eine Art Selbstschutz gegen die übermäßige nervliche Belastung, der man in den letzten Tagen und Wochen ausgesetzt gewesen war? Was konnte den Grubers oder Bachs schließlich noch Schlimmeres passieren?

»Zu solchen Greueltaten sind die Großrussen ganz bestimmt nicht fähig!« versicherte Vetter Berger, den sie in Wiesenbrunn den »Alten Ruß« nannten, nachdem er lange Jahre als Kriegsgefangener bei Irkutsk, in Sibirien, verbracht hatte. Immer wieder mußte Berger den Kopf schütteln beim Betrachten der fürchterlichen Fotos, die sein Wolf-Schwager ihm an diesem Vormittag zeigte: Partisanen hatten in einem Akazienwäldchen bei Werschetz eine Reihe volksdeutscher Männer an den Bäumen aufgehängt – aus Rache für die von den Deutschen erschossenen Tito-Partisanen. Sein Sohn Nicki war vor zwei Wochen wieder zu seiner Einheit nach Serbien zurückgekehrt, und der Wolf-Schwager zeigte sich sehr besorgt über das Heranrücken der sowjetischen Front:

»Du meinst, die Russen seien gutmütige Leut' – nur hast du halt vergessen, lieber Schwager, daß dies nicht mehr die Russen sind, die du nach dem Ersten Weltkrieg erlebt hast! Das sind Bolschewiken, denen ist nicht über den Weg zu trauen! Dann sollen da auch noch diese halbwilden Asiaten unter ihnen sein, vor denen man sich überhaupt hüten sollte!«

Die meisten Dorfleute suchten Ablenkung in irgendeiner Arbeit, die sie sich aufbürdeten: Kühe wurden vorgespannt, die störrisch manchen Laubwagen umwarfen, bevor er noch das Scheunentor erreichte, Mais wurde abgeliescht und auf den Schüttboden hochgezogen oder Wurzelgemüse im Keller in den

Sand eingeschlagen. Die Bäuerinnen schöpften Mehl aus der großen Kiste in Säcke, banden Speck und Räucherschinken in luftige Leinentücher ein, Hausrat und Geschirr zusammen. Sie wollten für alle Eventualitäten vorbereitet sein. In kleinen Zeitabständen geschah immer wieder das gleiche: Man kam zum Tor heraus und sah unruhig die Gasse herab!
Niemals noch waren in Wiesenbrunn im September Schweine geschlachtet und die Würste in Schmalzdosen eingelegt worden, wie es diesmal in fast allen Häusern geschah. Man konnte ja nicht wissen, wo man sich vielleicht morgen schon befinden würde, gewollt – oder ungewollt!
Die Nachrichten überschlugen sich von Tag zu Tag, manchmal sogar von Stunde zu Stunde. Es gab nicht den geringsten Zweifel mehr: Die Kriegsfront rückte unaufhaltbar heran. Selbst die Haustiere witterten die drohende Gefahr und wurden unruhig in ihren Stallungen; Hunde bellten bei Tag, besonders aber in der Nacht! Die andauernden Befürchtungen hatten eine Erregbarkeit ausgelöst, die manchen in seinen nächtlichen Alpträumen aufschrecken ließ: »Die Russen kommen!«
In den letzten achtundvierzig Stunden, seit der Kampflärm ununterbrochen tobte und die Einschläge die Erde erschütterten, hatten diese drei Worte eine Wirkung erreicht, die wie ein elektrisierender Funke der Angst von einem zum anderen übersprang. Niemand konnte das Dorf mehr verlassen, in der Gerüchteküche brodelten halbe Wahrheiten mit Annahmen: Die Deutschen seien ganz nahe an das Dorf herangekommen, sie hätten zwanzig rumänische Soldaten gefangengenommen und in das Weingartenhaus eingesperrt! Bald hieß es, die ersten Sowjetpanzer seien an der großen Biegung der Landstraße von den Deutschen zurückgeschlagen worden. Darauf ging eine weitere Nachricht wie Lauffeuer durch die Gassen: Das Nachbardorf müsse innerhalb von zwei Stunden geräumt werden.

*

Mit dem Strohnapf in der Hand stand Resi Wagner an diesem sonnenwarmen Septembernachmittag über ein Kartoffelnest gebeugt im Hausgarten, als sie das laute Durcheinander von Stimmen vernahm, das von der nahen Seitengasse kam. Laufschritte und Zwischenrufe ließen darauf schließen, daß etwas Schlimmes geschehen sein mußte. Die junge Frau lauschte angespannt – verstehen konnte sie jedoch kein Wort. Der Tonfall der Leute verriet helle Aufregung.

»Resi, Resi, komm schnell aus dem Garten!« Im Umdrehen erblickte sie die Frauengestalt im hellen Sommerhemd zwischen den schattigen Pflaumenbäumen, die den Gartenrand säumten. Es mußte Grete, die zweite Nachbarin sein, die in raschen Schritten herankam: »Die Russen sind im Dorf! Sie dringen in der Untergasse in die Häuser ein! Lauf rasch hinaus und versteck dich – sie suchen nach Schnaps und sind hinter den Weibern her!« Grete war stehengeblieben, auf ihrem puterroten Gesicht standen dicke Schweißtropfen. Resi war blaß vor Schreck, der Napf mit den Kartoffeln lag vor ihr zwischen den Stöcken. Sie hatte sich mit beiden Händen an den Kopf gegriffen, als könne sie das soeben Gehörte nicht begreifen. Es war jedoch nur der Augenblick – sofort kam auch schon Bewegung in die zierliche Gestalt. Resi drehte auf dem Fuß um und lief den schmalen Gartenweg zum Scheunentor, ohne sich weiter umzusehen. Der Strohnapf mit den ausgebuddelten Kartoffeln blieb im Garten zurück.

Großvater Dreyer stand vorne beim Gassentor und sah zum Kreuzeck. Die Angst stieg Resi plötzlich zum Halse hoch: Mutter Anna war noch nicht aus dem Dorf zurück!

Der Alte hatte Resi kommen gehört, er trat vom Zaun zurück und kam ihr mit langsamen Schritten entgegen, als wolle er sie dadurch beruhigen. Das aschfahle Gesicht seiner Enkelin ließ den alten Mann sofort die Frage beantworten, die Resi sich gar nicht auszusprechen traute:

»Keine Angst, mein Kind – es wird euch kein Leid geschehen! Deine Mutter ist gleich da, sie kommt bereits da vorne, beim Gasseneck!«

Den kleinen Toni mit vom Mittagsschlaf geröteten Wangen auf dem Arm, trat Altmutter Sophie in den Hof. Das Bübchen lächelte seiner Mutter sorglos entgegen. Resi hatte die Frage

»Was nun?« auf den Lippen, als das Gassentürchen knarrte und Mutter Anna den Hof betrat. Sie konnte ihre Aufregung nur schlecht verbergen und begann in überstürzter Hast zu erzählen, was sie soeben beim Kreuzeck vernommen hatte. Als Großvater Dreyer merkte, daß seiner Tochter »die Pferde durchzugehen drohten«, unterbrach er ihre Redehast mit einer Stimme, die alle Gelassenheit der Welt in sich zu tragen schien: »Hör her, Anna! Du gehst jetzt mit Resi zur Sommerküche hinüber, dahinter liegt die kleine Speisekammer! Dort macht ihr erst einmal Platz – wir werden die alte Plüschottomane und das breite Liegesofa hineintragen müssen, damit ihr vorerst die Nacht dort verbringen könnt! Nehmt das Nötigste mit, vor allem Kissen und Decken!«
Die Gelassenheit, mit welcher der Alte gesprochen hatte, flößte den beiden Frauen Vertrauen ein, doch wollte die Erregung nur langsam aus ihren Gemütern weichen. Mit einer Papiertüte in der einen und dem Weidenkörbchen in der anderen Hand, schritt Mutter Anna geradewegs zur Sommerküche. Resi folgte ihr mit Fragen hinterher.
Anna hatte von Liesl Lammert, einer Klassenkameradin von einst, deren Mann zu einem rumänischen Zollbeamten Beziehungen unterhielt, zwei Kilo Kristallzucker erhalten und auch sonst noch einiges besorgen können.
Es dauerte nicht lange, und Anna hatte mit ihrer Tochter in der kleinen Kammer alles für die Übernachtung hergerichtet, bis der Alte herankam und ihnen half, die Ottomane durch die kleine Tür zu zwängen. »Halt an!« sagte Mutter Anna plötzlich und ließ das Sofa herab ... Von der Gasse her waren bellende Gewehrschüsse zu hören. Großvater Dreyer war im Augenblick selbst erschrocken, als er glaubte, das Knarren des Gassentürchens gehört zu haben. Dann meinte er gelassen: »Ist noch weiter, im Dorf ...!« Dennoch mahnte er zur Eile.

Die Rotarmisten waren indessen – nach allen Seiten absichernd – zur Dorfmitte von Wiesenbrunn vorgedrungen. Es mußten ihrer viele sein! Sie fragten nach deutschen Soldaten und ballerten immer wieder in die Luft, um die Leute einzuschüchtern.

Wanninger war in aller Eile zu den Wagners gekommen. Beim Gängler Sepp hatten vier Rotarmisten im Handumdrehen alles auf den Kopf gestellt, den »Wodka« jedoch, den sie dabei vermutet hatten, fanden sie selbst im Hauskeller nicht. In Küche und Zimmern lag alles platt über den Haufen geworfen. Die Nachbarn gerieten in Panik, als sie das Wehgeschrei hörten! Einer der Sowjetrussen hatte das große, eingerahmte Foto Kurt Gänglers in deutscher Soldatenuniform im Altenzimmer von der Wand genommen und wütend zertrampelt. Gängler-Großmutter hatte vergessen, es von der Wand zu nehmen, worauf die Soldateska nun ihren Sohn Sepp halb totgeschlagen hatte. Die Russen schrien bedrohlich: »Nemetzki Soldat?« und warfen alles – vom Dachboden bis zum Keller – über den Haufen. Immer mehr Russen drangen von der Abzweigung der Landstraße ins Dorf ein, durchsuchten Häuser, Stallungen und Scheunen, schossen auf jede versteckte Bewegung.
Wanninger war voller Sorge.
»Bleibt unbedingt in der Speisekammer und rührt euch nicht!« rief er Resi und ihrer Mutter schnell noch zu, als er mit Großvater Dreyer von außen den alten Kleiderkasten vor die niedrige Tür ihres Verstecks geschoben hatte!
»Hannersch Lis' und ihre Schwiegertochter sollen von den Russen ganz schlimm hergenommen worden sein – fünf oder sechs angetrunkene Saukerle sind über sie hergefallen, soviel ich bisher hören konnte!« Wanninger erzählte es dem Alten und machte sich eiligst davon.
Wieder fielen Schüsse. Die Soldateska feuerte auf Dachlücken und Taubenschläge. Sie hatte sogar ein Gassenfenster durchsiebt, als Bewegung dahinter bemerkt worden war. Die meisten Dorfleute waren in die hinteren Hauskammern geflüchtet, jede unnötige Neugierde konnte gefährlich werden. Außer den braungrauen Gestalten, die mit vorgehaltenen Wintowkas die Häuserfront entlangschritten, war kein Mensch auf der Dorfgasse zu sehen.
Doch nein: Vor einem der großen Bauernhäuser nahe der Kreuzgasse stand ein großer Mann. Von Rotarmisten umringt gestikulierte er mit den Händen. Es war Georg Ferling, er

mußte den Sowjets allem Anschein nach etwas erklären. Vom unteren Dorfende her kam eine weitere Kolonne Militärfahrzeuge herangerollt. Fünf, sechs oder gar mehr mit Soldaten vollbeladene Kraftwagen. So genau konnte der alte Dreyer es von seinem Hofzaun aus nicht ausmachen. Die beiden ersten mit Soldaten vollbeladenen Molotov-Laster bogen in die Kreuzgasse ein. Daß sie gleich auf dem leeren Dorfplatz anhielten, konnte der Alte nicht mehr sehen.
Zwei Sowjetoffiziere sprangen ab und verteilten die heranrollenden Fahrzeuge links und rechts unter die Baumreihen, ohne daß die Soldaten abstiegen. Man wartete offensichtlich auf einen Befehl. Der Kleinwagen mit drei höheren Offizieren an Bord bog als einer der letzten in die Hauptgasse ein. Minutenlang hielt der Fahrer den Wagen neben den beiden Offizieren an, welche die Fahrzeuge einwiesen. Es mußte sich um die Quartiermeister handeln. Der Sowjetmajor zeigte von seinem Kleinwagen heraus auf eines der großen Bauernhäuser in der Kirchgasse, worauf auch die beiden Quartiermacher in ihren Wagen sprangen und davonfuhren.

Wiesenbrunn bot an diesem Abend das Bild einer kriegsmäßig besetzten Ortschaft. Eine Militäreinheit in Stärke von zumindest zwei Kompanien hatte sich eingefunden, doch war seit einer guten Stunde kein einziger Schuß mehr gefallen. Immer noch patrouillierten kleine Trupps Rotarmisten durch die anliegenden Gassen, drangen in die Höfe ein, wobei stets eine Wache beim Eingangstor verblieb, bis alles durchsucht war.
Bei Einbruch der Dämmerung fielen erneut Schüsse. Bellende Hunde wurden sofort zur Zielscheibe der automatischen Gewehre. Hatten die Sowjets vielleicht etwas zu befürchten, weil sie jetzt wieder herumballerten?
Wiesenbrunn war praktisch von der Außenwelt abgeriegelt, keiner konnte mehr hinein oder hinaus. Besonders bewacht waren die Zufahrt zur Landstraße als auch die Ausfahrt in das Nachbardorf. Man konnte beobachten, wie die Russen am folgenden Tag neben dem hohen Schornstein des Gemeindehauses ein Holzgerüst als Beobachtungsposten aufrichteten. Die ersten

Beobachter hatten bereits am Vorabend auf dem Kirchturm Position bezogen. Sechs große Bauernhäuser, eines neben dem anderen waren in der Kirchgasse bis zum Abend vom russischen Militär besetzt worden. Die Bewohner, so es sie noch gab, mußten Hals über Kopf ausziehen – irgendwohin, zu Verwandten oder Nachbarn.
Bereits am Vormittag hatte der einige Tage vorher eingesetzte neue Dorfrichter Bratu, ein bessarabischer Kolonist, vor dem sowjetischen Kommandanten katzbuckeln und dessen Anweisungen entgegennehmen müssen.
Ausgerechnet im verlassenen Bauernhaus von Balthasar Wirth hatten sich Kommissar Morosow und der kleine, kraushaarige Militärarzt Ilja Grünfeld gemeinsam mit dem Polkovnik als Einheitskommandanten ihren Befehlsstand ausgesucht. Leibkoch Jurij, ein spitzfindiger hochblonder Katzape – wie Grischa aus der Tulaer Gegend – hatte sich im Handumdrehen in Wirths »Kuchnia« eingerichtet. Am frühen Abend schon brachte der Geruch von Bratschinken mit Knoblauch, Eiern und in großen Pfannen brutzelnder Bratkartoffeln die Magensäfte der vorüberkommenden Iwans in Bewegung. Diesmal jedoch wollten auch sie auf keinen Fall den kürzeren ziehen, war man doch in ein wahres Paradies geraten, wo jede bäuerliche Vorratskammer mehr an Genüßlichkeiten beherbergte, als das bestversorgte »Gosmag« in Tula oder Moskau zu bieten hatte.
Und gerade Jurij hatte sich im Laufe der Kriegsjahre eine eigene Versorgungsstrategie zurechtgelegt. Seiner bewährten Ansicht nach war jeder Feldherr so gut wie seine Schlachtpläne und seine Strategen. Ergo, mußte auch er als Küchentaktiker seine Organisatoren und Zubringer haben, die auf seinen »Ukas« hin alles aus den bäuerlichen Speisekammern und Kellern herausholten, was es nur zu holen gab.
Als Jurij betrachtete, was der rührige Wasja ihm an diesem Morgen so alles herbeigeschleppt hatte, konnte er sich der Verwunderung nicht mehr enthalten: »Slawa bogu!« staunte er. »Das hier ist ja eine richtige Schlaraffeninsel mitten im riesigen Kriegsgebiet!«

Daß die grölende Soldateska mit ihrem Saufgejohle und Motorenlärm die verängstigten Menschen nicht mehr zur Nachtruhe kommen ließ, war zur gegebenen Sache geworden – der Krieg war ins Dorf gerückt! Dieses Schwabendorf erschien vor allem den Vorderasiaten, Sibirjaken und Vertretern anderer Kulturstufen des riesigen Sowjetreiches geradezu als Garten Eden, gab es hier doch alles, was sich ein von langen Kriegsjahren ausgelaugtes Soldatenherz überhaupt nur wünschen konnte! Einige der Hauswirtschaften waren bislang vom Kriegstreiben nur wenig berührt worden, obwohl manches von seinen Bewohnern verlassene Haus bis zum Eintreffen der Roten Armee mehrmals geplündert worden war. Man brauchte also nur zuzugreifen, wenn kein Offizier in der Nähe war!

Dem rothaarigen Matwej Maslennikow, der glücklicherweise außer Sichtweite des Politruks untergekommen war, schien jede Gelegenheit willkommen, sich näher in den Schwabenhäusern umzusehen. Zur Sicherheit verlegte der Rotschopf seine Streifzüge natürlich in die Seitengassen und unteren Dorfgäßlein.

Nach einer knappen Woche Aufenthalt verließ die sowjetische Militäreinheit am 29. September Wiesenbrunn. Der letzte Rotarmist war kurz vor Tagesanbruch verschwunden, keiner weinte ihm eine Träne nach. Zurück blieben jede Menge Dreck und ein heilloses Durcheinander in den Häusern, in denen die Soldateska gehaust hatte. Es ging wahrscheinlich direkt zum Fronteinsatz, tobten doch in der Nordwestecke des Banats, zwischen Marosch und Theiß, immer noch heftige Abwehrkämpfe gegen die auf breiter Front anrückenden Armeen Malinowskis und Tolbukins.

Ein Flüchtling, der sich, aus Perjamosch kommend, zu seinen Wiesenbrunner Verwandten durchschlagen konnte, berichtete, daß den Russen vor jedem Angriff auf die spärlich besetzten Stellungen der Deutschen ganze Fässer mit starken alkoholischen Getränken und jede Menge »Stinkadores«, wie die schlechten Zigaretten bezeichnet wurden, verzapft worden waren. Dabei trugen die meisten Sowjets sowieso ihr »bumaschka« mit Tabaksbeutel bei sich, soweit sie nicht die leichten »Papirosjas« verpafften.

Ein verhängnisvoller Jahresbeginn

Weiß Gott, warum sich die Schwaben von Wiesenbrunn an diesem naßkalten Sonntagmorgen des 14. Januar 1945 schon so früh auf der Gasse zeigten, nachdem die Kirchturmuhr kaum erst sieben geschlagen hatte. Seit Tagen schon lag etwas in der Luft, jeder fühlte es – doch keiner wußte es auszulegen.

Vetter Niklos Wanninger hatte seine Tasse Pfefferminztee geschlürft, er spürte die Wärme der würzig-heißen Flüssigkeit wohlig bis in die Zehenspitzen, hatte er seinem Tee doch wieder einen Schuß Aprikosenschnaps zugefügt, den er eigens dafür aufbewahrte.

Der seinen Jahren zum Trotz immer noch rüstige Mann stand hinter der Glastür, beobachtete den einen und anderen auf der Gasse Vorbeikommenden und ließ hin und wieder ein Wort fallen. Der anhaltend kalte Nachtregen, der ihn um die vierte Morgenstunde durch sein leichtes Fensterklopfen aus dem Schlaf geholt hatte, war in Schnee übergegangen. Dicke Flocken tänzelten auf die Gangschwelle nieder. Irgendwie wußte Vetter Niklos nichts Rechtes mit seiner Zeit anzufangen. Seinen Dienst als Kleinrichter hatte er mit Beginn des neuen Jahres aufgegeben, nachdem seine Frau Anna ihn erneut dazu bewogen hatte. Allein beim Austragen der Post wollte er noch einige Zeit mithelfen, bis der neue Briefträger sich so richtig eingearbeitet hatte.

»Hast du vielleicht ein Zündholz zur Hand, Niklos?« Anna kam mit dem alten, messingblanken Kerzenständer heran und hielt ihm die neueingesteckte Kerze entgegen: »Heute ist er zweiundzwanzig Jahre alt, unser Toni! Ich fühle es in meinem Innersten, daß unser Bub noch am Leben ist, Niklos!« Annas offener Blick brachte ihn in spürbare Verlegenheit – er hatte an diesem Morgen gar nicht an seinen Sohn gedacht!

»Ja, liebe Anna – am 14. Januar 1923 ist unser Sohn zur Welt gekommen! Was waren das noch für glückliche Zeiten, als wir uns als Anfänger damals vom Heinz-Tischler die erste Zimmereinrichtung beschaffen konnten! Sie war recht bescheiden, aber immerhin unser erster Erwerb!«

Wanninger hatte sich, während seine Frau mit der brennenden Kerze zum Tisch zurückschritt, wieder dem Hof zugewendet und dabei den kleinen Flügel des Oberfensters geöffnet, um den Zigarettenrauch abziehen zu lassen.

»Wer weiß, wie es unserem Toni zur Zeit gehen mag? Ich traue mich kaum noch ...!«

Wanninger schnitt seiner Frau mit einem Fingerzeig das Wort ab: »Horch! Hörst du – es trommelt in aller Herrgottsfrühe schon!« Noch während er sprach, tat Wanninger die Tür auf: »Es muß bereits am Kreuzeck sein! Ich geh mal zur Gasse hinaus, Anna!«

Forcht Sepp hatte indessen zu trommeln aufgehört, doch was er auszurufen hatte, konnte Wanninger nicht verstehen – das Hundegebell hielt immer noch an. So wartete er denn die wenigen Minuten noch ab, bis der neue Kleinrichter in das Gäßchen einbog. Der Trommler kam jedoch diesmal nicht allein. Das Gesicht des Mannes, der an diesem Januarmorgen seinen Dienst versehen mußte, war starr wie eine Maske! Forcht Sepp kam sich wie ein Gefangener zwischen den beiden Gendarmen vor, die ihn begleiteten.

Noch im Gehen setzte er erneut seine Trommel an, die er bei der alten Dorfmusikkapelle schon geschlagen hatte. Die beiden hölzernen Schläger tänzelten und ratterten wie besessen über das Fell, jeder konnte es merken: Das war nicht der gewohnte, leichte Trommelschlag des Dienstmannes, der seinen Dorfleuten etwas gewohnt Selbstverständliches über Steuerentrichtung oder Gemeindeumlagen mitzuteilen hatte. Kleinrichter Forcht Sepp war vielmehr mit seinem trotzig-ungehemmten Draufloschlagen dabei, sich seinen Frust und Widerwillen aus der Brust zu poltern!

Immer mehr Gesichter zeigten sich an den Zäunen und Gassentoren. Vorne standen die Männer – die Frauen hielten sich zurück, lauschten jedoch genauso angespannt.

Es mußte etwas Außergewöhnliches sein, das man dem guten

Forcht Sepp an diesem grauverhangenen Tag des Herrn aufgetragen hatte.
Der Trommler hielt abrupt inne, seine heiser angeschlagene Stimme verriet die innere Erregung des Rufers schon bei seinen ersten Worten. Gezwungen, fast gequält formten sich die Sätze auf den Lippen des Ausrufers: »Es wird bekanntgegeben, daß alle Männer zwischen achtzehn und fünfundvierzig Jahren, sowie alle Personen weiblichen Geschlechts von achtzehn bis zu dreißig Jahren sich innerhalb von vier Stunden im Gemeindehaus zu melden haben! Es geht um die Kontrolle der Personalausweise.« Jetzt hüstelte Forcht. »Also eine rein administrative Angelegenheit! Jeder ist daher verpflichtet, seine persönlichen Ausweispapiere zur Kontrolle mitzubringen! Wer sich in der angegebenen Zeit nicht präsentiert, wird strengstens bestraft und muß ...«
Wanninger spürte ein Sausen in den Ohren. Verdammt noch mal – dieser Mann konnte nicht lügen!
Forcht hatte den letzten Satz im Telegrammstil beendet, die Trommel abgeschlagen und sich angeschickt, weiterzugehen. Die Leute standen wie geschockt da. Wanninger drehte seinen Graukopf nach rechts, als er Nachbar Renard laut sagen hörte: »Das ist eine verdammte Falle, Leute! Habt ihr gemerkt, wie der Sepp herumgestottert hat?«
Kleinrichter Forcht schritt, von den beiden Gendarmen abgedeckt, auf der anderen Straßenseite vorbei. Er hatte kein Auge und kein Ohr für nichts und niemanden und hielt den Kopf auf den Trommelriemen herabgesenkt. Vetter Niklos Wanninger verstand ihn. Der Mann hatte ein Herz im Leibe ... und er hatte eine zwanzigjährige Tochter, sein einziges Kind! Wie mußte ihm selber jetzt zumute sein?
Drei Häuser weiter streckte sich auf der gegenüberliegenden Seite eine Hand über den Zaun: »Was ist los, Sepp?« Gerger, der alte Tunichtgut, reichte dem Trommler eine Schnapsflasche über den Zaun. Dieser hatte zugegriffen, bevor es dem Gendarmen neben ihm noch gelungen war, ihn davon abzuhalten. »Nimm, Sepp, du hast es bitter nötig!« sagte Gerger, und Forcht Sepp, der alles andere als ein Trinker war, goß das Zeug gierig in

sich hinein. Das hochgradige Getränk spülte ihm den Kloß aus der Kehle, der ihn zu ersticken drohte. Doch da hatte der Gendarm ihm wütend auch schon die halbleere Flasche entrissen und warf sie in weitem Bogen mitten in den Fahrweg, wo sie zerschellte.

»Mach schon, weiter!« schrie der Blauuniformierte den Dorftrommler an und stieß ihn dabei an der Schulter vorwärts.

»Dreckskerl, verdammter!« zischte Wanninger – der alles beobachtet hatte – seine Wut durch die Zähne. »Am liebsten würd' ich dir eine Ladung Jägerschrot in deinen tinteblauen Arsch blasen!«

Die Menschen aus dem Untergäßchen gerieten in Aufregung, einer rief dem anderen etwas zu, einige der Leute verschwanden gleich schon hinter ihren Hoftoren. Es schien, als seien sie entschlossen, etwas dagegen zu unternehmen! Die Bekanntmachung des Trommlers war in der naßkalten Januarluft hängengeblieben ...

Der Kleinrichter fluchte auf dem Weg in sich hinein: »Ein Idiot mußt du sein, Forcht Sepp, dieses verruchte Spiel weiter mitzumachen! Deine Kindeskinder werden dich noch verfluchen!« Ein Unglück für diesen grundehrlichen Mann, mehr zu wissen, als ihm lieb sein konnte. Jedoch was nützte ihm diese Erkenntnis – Dienst war eben Dienst ... und er steckte mitten drin!

Wieder knarrte das schlecht gespannte Trommelfell, wieder schrie Forcht die gottverdammten Sätze in die Gasse, es war ihm zum Kotzen dabei. Als der Atem ihm beim letzten Satz fast auszugehen drohte, sahen die trüben Augen des Trommelmannes seine Tochter Evi beim Zaune stehen ... Ein Phantasiegebilde? Der gute Mann war fertig mit sich selbst!

Noch waren keine zwei Stunden vergangen, als die nächste Hiobsbotschaft wie ein Lauffeuer durch die Lange Gasse von Wiesenbrunn kam: »Sie halten die Leute im Gemeindehaus fest, keiner darf wieder nach Hause!«

Der kleine Mann mit der Schaffellmütze kam eiligen Schrittes die Gasse herauf. Für Kerner Peter, der ihn kommen sah, war es sofort klar – dieser Radu, den er als korrekten Mann kannte,

hatte sicherlich etwas Besonderes zu vermelden! So eilig hatten es die Dorfrumänen ansonsten nie!
Kleinhäusler Radu Stere stoppte seine Schritte an der Kapellenecke, sah sich nach links und rechts um und rief mit vorgehaltener Hand in den ersten Hof: »Vrstecklt eich, Leit! Die Schandare gehn mit Liste Haus for Haus un treiwe die uffgschriebene Leit vor sich her, ins Gmeindehaus! Wer dort mol drin is – kummt nimmi raus!«
Als Kerner darauf näher zum Zaun kam, versicherte der Rumäne ihm, es aus »erster Hand« erfahren zu haben: »Heit is Sunntach – am Dienstach solle alli deitsche Leit aus Wiesebrunne ins Sammellager abgschleppt were!«

Kaum, daß Kleinrichter Forcht wieder heimgekommen war, als zwei große Lastkraftwagen mit Gendarmen und rumänischen Soldaten vollbeladen in die Kirchgasse einbogen. Die beiden Offiziere, neben dem Fahrer des zweiten Lastkraftwagens waren – Sowjets! Die Laster kamen von der Landstraße her. Verdammt, jetzt wird es ernst, dachte der Kleinrichter. Die rumänische Soldateska trat auch alsbald in Aktion.
Was sich in den Nachmittags- und Abendstunden in Wiesenbrunn abspielte, kam einem anhaltenden Szenario des Schreckens gleich. Kleine Gruppen von Soldaten und Gendarmen drangen in die Höfe und Häuser der Schwaben ein, griffen die auf den mitgeführten Listen verzeichneten Personen auf und trieben sie vor sich her zur Sammelstelle des Gemeindehauses. Die Herrschaft des Schreckens und der Willkür, die an diesem Vormittag eingesetzt hatte, dauerte volle drei Tage und Nächte. Allerseits in den Gassen und Gäßlein der großen Ortschaft wurden Schreie und Gejammer hörbar. Männerfluchen durchwob das wüste Treiben und Rumoren. Schreckschüsse mahnten die gehetzten Menschen davor, daß jede Verweigerung und jeder Widerstand gefährlich und vergeblich sei! Man wollte den Betroffenen vor allem klarmachen, daß dies hier kein Spiel war! Die entsetzliche Menschenjagd wurde bis in die Nacht hinein von wütendem Hundegebell begleitet. Es zeigte an, wo sich die Schergen zur Stunde aufhielten. Ein Suchkommando nach dem

anderen kämmte Dorfstraßen und Häuser nach Versteckten durch.
Eskorten mit fluchenden Unteroffizieren und Gendarmen stießen die Aufgegriffenen rücksichtslos durch das Tor des Gemeindehauses. Die meisten Leute hatten sich in dieser Atmosphäre wilder Ruchlosigkeit der Aufforderung gestellt und sich mit ihren sechzig Kilogramm Gepäck bis zum Sonntagabend in der Sammelstelle eingefunden. Immer wieder konnte man sehen, wie ihre Angehörigen mit dem Handwagen Gepäck und Kleidersachen zur Meldestelle heranbrachten. Immerhin glaubte mancher noch, daß seine Angehörigen in kürzester Zeit wieder freikommen würden. Die Amerikaner sollten sich angeblich doch einer Menschenverschleppung in Arbeitslager verweigert haben.
Viele Schwaben aus Wiesenbrunn waren immer noch guten Glaubens! So viel Vertrauen in die Amis konnten jedoch nur Menschen aufbringen, die wenig Ahnung von der akuten Weltgefahr des Kommunismus hatten, obwohl die Feuerwalze der Roten Armee im Herbst über ihre Dörfer hinweggerollt war!

Mit jedem der drei Tage, die sie in der örtlichen Sammelstelle verbrachten, schmolzen Hoffnung und Zuversicht der zusammengepferchten Menschen, die auf ihrem Gepäck herumsaßen, wie Märzenschnee dahin. Einige der jüngeren Leute bereuten es bereits, sich den Häschern nicht durch die Flucht entzogen zu haben. Andere meinten, daß man aus einem Arbeitslager immer noch durchgehen könne! Ein paar Mädchen standen beim Fenster beisammen und lachten sich ins Fäustchen, als Schneider Erna von einem Heiratsangebot des jungen Voicescu erzählte, das sie – gegen den Rat ihres Vaters – abgelehnt hatte. Auf diese Weise hätte sie zu Hause bleiben können! Dieser backenbärtige Sandu, ein Neffe des Notars Dobrescu, war ihr jedoch überhaupt nicht sympathisch! Ihr Vater hingegen meinte, daß der Bursche immerhin einen Beamtenposten angetreten habe und sich als Rumäne gewiß sehr schnell »hocharbeiten« und ihr somit ein leichteres Leben hätte bieten können!
Erna jedoch hatte ihre Eltern darauf hingewiesen, daß eben die-

ses Leben, zusammen mit jemandem, der anders fühlt und denkt, letztendlich zur Qual werden müßte, wenn das eigene Herz sich nicht dafür zu entscheiden vermag!
Noch fehlten viele der aufgelisteten Leute. Sie trachteten dieser Aktion auf irgendeine Weise zu entgehen und wurden dabei zum Teil auch von der rumänischen Dorfbevölkerung unterstützt! Die meisten davon hielten sich im Dorf versteckt, andere hatten sich in die Maisfelder durchgeschlagen und übernachteten in Laubhaufen oder auf einem nicht allzu entfernten Weiler. Einige Wiesenbrunner waren in rumänische Nachbardörfer oder gar in die Stadt entkommen. Die Angst, nach Rußland verschleppt zu werden, war weit größer als die Strafandrohung der Vollzugsorgane und Soldateska, war doch gerade die Anwesenheit zweier Sowjetoffiziere in Wiesenbrunn ein allzu konkreter Hinweis darauf, was man mit den hilflosen Menschen vorhatte. Zudem waren vor kurzem erst vollgestopfte Lastzüge mit Volksdeutschen aus Ungarn durch den Wiesenbrunner Bahnhof gekommen.
Während die jüngeren Leute immer noch Fluchtpläne schmiedeten, machte sich Ausweglosigkeit unter den älteren Leuten breit. Männer und Frauen sprachen verhalten und ruhig miteinander, erwogen alle Möglichkeiten mit einer erstaunlich nüchternen Bedachtsamkeit. Jede Nachricht, die von draußen durchsickerte, wurde mit größter Aufmerksamkeit aufgenommen und erwogen. Hoffnung und Überzeugung, Mut und Verzweiflung wogten im menschenüberfüllten Saal des Gemeindehauses von Wiesenbrunn hin und her, wie vollreife Ähren im Sommerwind auf dem Hattert. Allein hier reifte die Zeit der Not – die Menschen ließen die Köpfe hängen …
Wieder kam eine Eskorte auf das alte Gemeindehaus zu. Die Gendarmen hatten zwei Mädchen und einen jüngeren Mann in ihre Mitte genommen, dem kleinen Trupp schritt ein dritter Gendarm hinterher. Das größere, dunkelhaarige der beiden Mädchen ging erhobenen Hauptes voran. Es war Erna, die Tochter des Altrichters Friedrich – eines Ehrenmannes, der alles vermied, was ihn in Verruf hätte bringen können, das Schicksal seiner Landsleute nicht mitgetragen zu haben. Ein den Umstän-

den entsprechend sicher nutzloses Opfer, das jedoch sehr viel über den Charakter und die Standhaftigkeit der Schwabenleute aus Wiesenbrunn verriet.
Sichtlich gebrochen kam Altrichter Friedrich mit seiner Frau und einigem Gepäck in den Händen hinter der Eskorte dahergeschritten. Die Frau des Altrichters hatte rotverweinte Augen, doch bewahrte auch sie Haltung und weinte keine Träne mehr. Der Mann, der neben ihrer Tochter ging, hieß Kurt Ehling. Die Soldaten hatten ihn bei seiner Freundin überrascht und sofort mitgenommen. Seine Freundin Anneliese war verzweifelt zu seinen Eltern gerannt, hatte Kurt doch keine Sachen mit sich nehmen können! Der junge Mann – erst vor einer Woche vom rumänischen Militär entlassen – war gerade dabei gewesen, mit seiner Verlobten Anneliese Reinert weitere Schritte gemeinsam zu beraten, als man die jungen Leute überraschte. Anneliese gelang es, durch die rückwärtige Kammertür zu entkommen, bevor sie noch von der Soldateska bemerkt worden war. Vergeblich, auch sie sollte nach einigen Stunden aufgegriffen und ins Gemeindehaus gebracht werden. Jemand hatte das hübsche Mädchen verpfiffen!
Ein anderes Suchkommando hatte kurz vorher auch ihre Freundin Rosl Ringer aus deren Versteck bei Tante Grete ausgehoben. Rosl war von einem gewissen Titus Anghel angezeigt worden, einem chronischen Nichtstuer aus dem rumänischen Dorf. Sie hatte dem aufdringlichen Kerl am vergangenen Sonntag eine Ohrfeige verabreicht, als dieser sie handgreiflich belästigte. Der »schöne Anghel«, wie die Dorfburschen ihn spöttisch nannten, hatte ihr daraufhin mit Vergeltung gedroht, die in niederträchtige Rache ausartete. Der Bursche mit dem Engelsnamen war jedoch nicht der einzige unter den Dorfrumänen, die sich durch Judasdienste gegen die bedrängten, wohlhabenden Schwaben einiges versprachen und dabei selbst die Verachtung durch ihre eigenen, rumänischen Mitbewohner in Kauf nahmen. Der dreiste Gica Panduru, ein aus der fernen Moldau herbeigelaufener Messerheld, scheute sich keineswegs, am hellichten Tage allerhand Sachen aus den Schwabenhäusern wegzuschleppen. Gerade in diesen Januartagen bot sich ihm genügend Gelegenheit

dazu, als »freiwilliger Helfer« bei der Suchaktion mitwandern zu lassen, was ihm ins Auge fiel.
Auf ähnliche Weise kamen in diesen Tagen in Wiesenbrunn auch zwei ehemalige Bauernknechte in ihrer Rachsucht gegen ihre deutschen Brotgeber zu wertvollen Zimmereinrichtungen und Kleidern. Selbst Mastschweine hatte man sich als Kumpan auswärtiger Plünderer aneignen können. Die Gesetzlosigkeit eröffnete charakterlosen Denunzianten und arbeitsscheuen Figuren aller Schattierungen die Möglichkeit, Schlüsselpositionen im dörflichen Leben zu erwerben, von denen sie normalerweise nie geträumt hatten. Sie gaben als Parteisekretäre, Dorfrichter oder Vorsteher nunmehr den Ton an und traten als willkürliche Rechtssprecher in persona auf!
Mein Gott, was waren das bloß Zeiten, die auf die ehrsamen Schwabenleute zukamen! Die heimatliche Welt war ihnen fremd und feind geworden – überall entpuppten und lauerten Elemente, die bereit waren um Vorteile und dreckiges Geld ihre Seele zu verkaufen.

Kurz bevor die Eskorte mit der Tochter des Altrichters eingetroffen war, hatte sich ein junger Bursche beim Tor eingefunden und wollte zu seinen Leuten ins Sammellager! Freiwillig! Alles war erstaunt über sein Erscheinen. Er hieß Mathias und gehörte dem Jahrgang der Achtundzwanziger an, der eigentlich gar nicht mehr auf den Verschleppungslisten stand. Sein um zwei Jahre älterer Bruder Hans war mit dem Vater schon vor zwei Tagen von der Soldateska aufgegriffen worden. Mathias war von der Angst hergetrieben worden, später von seinen Leuten getrennt verschleppt zu werden! Diese Fehleinschätzung sollte der noch nicht einmal Siebzehnjährige bitter bereuen, hatte doch seine herzkranke Mutter durch seinen Abgang ihre letzte Stütze verloren. Wer aber konnte in diesen Stunden allgemeiner Ratlosigkeit auch nur ahnen, was das Schicksal für ihn bereithielt?
Resi Wagner saß bleich und abgezehrt in ihrem Versteck bei den Andrones im rumänischen Dorf. Sie hatte es immer noch nicht verstehen können, sich auf diese Weise verkriechen zu müssen.

Früher oder später würde man sie sowieso entdecken. Und dann? Als Großvater Dreyer sie zu halber Nacht aufsuchte, fand er seine Enkelin in Tränen aufgelöst auf der strohgeflochtenen Liege neben dem Lehmofen. Der jungen Frau fiel das Reden schwer, sie brachte aus Verzweiflung kaum noch ein Wort über die Lippen: »Ich halte das nicht weiter durch, Großvater – ich will zu meinem Kind! Hier sterbe ich noch vor Gram und Verunsicherung. Immer, wenn ich draußen Schritte höre oder eine Türe quietscht, fürchte ich, daß sie kommen, um mich abzuholen. Und sie finden mich ja doch!«

Großvater Dreyer war über Resis Zustand äußerst betroffen, er wußte selber nicht, ob er ihr in dieser Verfassung einen weiteren Verbleib in diesem Versteck zumuten durfte? Mit bewundernswerter Ruhe streichelte der Alte seiner Enkelin über das Dunkelhaar, als er sich auf dem Holzstuhl niederließ: »Laß uns noch ein bißchen abwarten, Resi! Du mußt jetzt stark sein, dein Kind braucht dich – es wird alles wie ein düsterer Schneesturm vorübergehen! Vor einer Stunde erst haben sie auch Rosl Ringer und Reinert Liesl ins Gemeindehaus geschleppt. Wer aufgegriffen wird, kommt nicht mehr frei! Deine Mutter bangt sich sehr um dich!«

Vielleicht hätte der Alte das nicht sagen sollen?

Noch während er sprach, hob Resi die Augen zu ihm auf, ihr Blick verriet dabei einen Anflug von Selbstverachtung: »Siehst du Großvater, meine Kameradinnen sind bereits alle im Gemeindehaus! Was wird man von mir denken? Vielleicht werd' ich dann auch noch allein verschleppt, wenn alle weg sind? Wenn ich mich aber stelle, bleibe ich mit allen beisammen und wir werden uns einander in der Not helfen können!«

Schweigen legte sich über den kleinen Kammerraum. Draußen in der Küche knisterten und krachten die Maisstengel, als Androne den Lehmofen anheizte.

Der Alte war sich immer noch nicht schlüssig geworden, als Resi erneut auf ihn eindrang: »Wenn alle gehen – will auch ich gehen, Großvater! Wenn es schon sein muß! Vielleicht wird man uns gar nicht nach Rußland verschleppen? Und wenn: Mein Vater und auch Toni Wanninger sind in russischer Gefan-

genschaft! Vielleicht finde ich dort einen von ihnen ... Es wäre doch möglich?«
»Du großer Gott – im unendlichen Rußland? Unmöglich, mein Kind!«
Niemals noch in seinem Leben war Andreas Dreyer einer schwerwiegenderen Entscheidung gegenübergestanden. Resi, dachte er, verfügte über viel zu wenig Lebenserfahrung, um sich vorstellen zu können, was ihr da bevorstand! Rußland – sie mußte daran zerbrechen! Und er selber würde sich bis an das Ende seiner Tage die bittersten Vorwürfe machen ...
War es eine Vorahnung, die ihn bewog, die Enkelin von ihrem Entschluß doch noch abzubringen?
»Du mußt dich aufraffen, Resi – du darfst einfach nicht aufgeben. Es ist immer noch Krieg, und dies hier ist dein Kampf um deine Freiheit und den Zusammenhalt deiner Familie! Dein Vater würde dir das gleiche sagen, wenn er hier sein könnte! Wir stehen dir helfend dabei zur Seite! Bleib in deinem Versteck bei diesen guten Leuten, Resi! Hier wird niemand nach dir suchen. Du wirst sehen: In wenigen Tagen ist alles überstanden!«
Der Alte griff nach dem Päckchen, das neben ihm auf dem Stuhle lag und reichte es der jungen Frau, die ziellos vor sich hinblickte: »Deine Mutter schickt dir Backfleisch und Kuchen! Du mußt erst einmal richtig essen – vielleicht sieht die Welt schon morgen anders aus!«
Andreas Dreyer empfand deutlich, wie wund sein altes Herz in diesen letzten Tagen geworden war. Er, der Erfahrene, mußte stark bleiben, er durfte nicht die geringste Schwäche zeigen, wie schwer es ihm auch immer fiel.
»Ich will mich draußen ein bißchen umsehen und dann wieder gehen! Versuche ruhig zu bleiben und zu schlafen! Ion Androne wird dir im Laufe des morgigen Vormittags berichten, was im Dorf vor sich geht. Ich selber muß vorsichtig sein und kann erst kommen, wenn es wieder dunkelt. Hab weiter keine Angst, Resi – die Andrones sind uns wohlgesonnen!«
Die schwielige Hand des alten Mannes legte sich behutsam auf die Schulter der jungen Frau, sie schien tonnenschwer zu sein:

»Behüt dich Gott, mein Kind – es wird sicherlich alles wieder gut!«

*

An diesem Morgen des 15. Januar wollte es nicht mehr richtig tagen. Grauverschleiert hing die Dämmerung über den Gassen von Wiesenbrunn, als der Siebenuhrschlag vom Kirchturm wie durch Watte hörbar wurde. Anna Wagner war seit mehr als einer Stunde auf den Beinen, wer sollte da noch schlafen können? Großvater Dreyer saß auf dem Schemel und zog sich mühevoll die Arbeitsstiefel von den Füßen, er war soeben aus dem Stall gekommen. Seine Tochter stellte die Tasse mit dampfendem Pfefferminztee, seinem liebsten Morgengetränk, vor ihn auf den Küchentisch. Draußen knarrte das Gassentor. Anna fuhr der Schreck in die Glieder, sie bewegte sich unwillkürlich auf die Glastür zu. Ihr Gesicht zeigte sofortige Beruhigung – es war Wanninger, Resis angehender Schwiegervater, der hereinkam. Anscheinend bewegten auch ihn in aller Herrgottsfrühe schon die Sorgen.
Seinem flüchtigen Morgengruß folgte ein fragender Blick: »Habt ihr denn nichts gehört – im unteren Dorf wurde vor ein paar Minuten geschossen! Ich kam gerade um die Ecke, als es losballerte! Wo ist Resi, habt ihr sie weggebracht?«
»Sie befindet sich bei den Andrones! Die hintere Kammer, in der sie versteckt gehalten wird, hat einen Ausgang durch die anliegende Waschküche zum Strohschuppen. Hier hat Androne einen kleinen Gang in die Triste eingebuddelt, wohin sich Resi bei Gefahr zurückziehen kann. Ich war noch am Abend bei ihr, sie ist völlig durcheinander und will sich freiwillig stellen! Irgendwie hab ich sie doch noch überzeugt, abzuwarten!«
Wanninger schüttelte seinen Graukopf: »Mein Gott, wenn das alles nur gutgeht! Was wird das kleine Kind nur sagen, wenn es aufwacht und merkt, daß seine Mutter fehlt?«
Der alte Wanninger schien alles andere als beruhigt zu sein: »Ich lag noch im Bett, als es in der Untergasse losging. Sie laufen in den Häusern herum, jeweils vier bis fünf Soldaten und Gendar-

men, klopfen an die Fenster und haben die Gasse bis zum Eckschmidt abgeriegelt. Zwei Dreckskerle aus dem rumänischen Dorf haben sich den Suchtrupps als Begleiter angeschlossen! In der Nacht sind neue Soldaten hinzugekommen!«

Dreyer hatte am Vorabend durch Androne bereits erfahren, daß Wiesenbrunn von rumänischem Militär umstellt worden war. Keine Maus konnte mehr durchschlüpfen. Ein paar Russen sollten auch gesehen worden sein. Grosu, der Getreidehändler aus der Neugasse, wollte am frühen Morgen mit seinem Fuhrwerk das Dorf verlassen, als die Soldateska von der Postenkette auf der Hutweide ihm eine Gewehrsalve über die Ohren schoß und ihn zur schleunigen Umkehr zwang.

Anna hatte auch Wanninger eine Tasse Minztee gereicht – worauf der frühe Besucher mit Großvater Dreyer zur Gasse heraustrat. In den meisten Häusern war die Hofseite zu dieser Morgenstunde immer noch beleuchtet, es gab keine Ruhe mehr im Dorf – man war gewarnt und auf alles gefaßt.

Nur noch einzelne Leute blieben versteckt, die meisten waren von den Suchkommandos gefaßt und zur Sammelstelle ins alte Gemeindehaus gebracht worden. In der Langen Gasse blieb alles ruhig, allein aus dem unteren Dorf kam heftiges Hundegebell.

»Wieder wird jemand ausgehoben!«, bemerkte Wanninger, während Dreyer ihn auf den Mann im gegenüberliegenden Hausgarten aufmerksam machte, der in seinem Erdbunker zwischen den Rebstöcken verschwand.

»Es ist Platz für vier Personen dort ...«, bemerkte Dreyer, »... ich hab'dem Nachbar dabei geholfen, das Versteck anzulegen!«

Am späten Abend verließ Großvater Dreyer nach einem erneuten Besuch seiner verschüchterten Enkelin das Haus der Andrones. Ion, der vor dem Tor stand und die Gasse beobachtete, gab ihm das verabredete Zeichen. Der Alte ging durch die kleine Scheune auf den Garten zu, als aufbrausender Autolärm ihn zurückschauen ließ: Ein Militärlaster mit grölenden, angeheiterten Gendarmen vollbeladen sauste vorüber. Sein Scheinwerfer schnitt eine Lichtschneise in die dämmergraue Dorfgasse.

»Verdammte Menschenjäger!« fluchte Dreyer, wie selten in sei-

nem Leben. Der leicht verschneite Garten lag wie auf dem Präsentierteller vor ihm. Vom blendend weißen Boden hoben sich weithin sichtbar dunkle Konturen ab, als der Mond hinter der Wolkenbank durchblickte. Im Augenblick glaubte der Alte, das helle Licht falle wie ein Fangnetz auf ihn herab und suchte nach einer Deckung! Vorsicht war geboten, er durfte nicht bemerkt werden, sonst war das Spiel zu Ende! Im Wurfschatten der Bäume und Rebstöcke suchte Andreas Dreyer erst einmal die Gerechtigkeit der Andrones zu verlassen.
Von der Kreuzgasse her kam lautes Stimmengewirr, zwischendurch der gläserne Aufschrei einer Frau, der in lautes Wehklagen überging! Zwei hellgelbe Leuchtkugeln stiegen in den Himmel – es mußte am unteren Dorfrand sein, wo zu Tagesbeginn geschossen worden war.
Der alte Mann hielt seine Schritte kurz vor dem Scheunentor an: Das Rumoren kam aus der Richtung des alten Gemeindehauses. Was er soeben vernommen hatte, hörte sich wie ein militärisches Kommando an!
Autolärm mischte sich in das Hundegebell, das nahezu ununterbrochen den Abend hindurch angehalten hatte – mal von da, mal von dort ... Die Soldateska mußte es eilig haben – sie durchsuchte die Häuser bis in die Nacht hinein nach Versteckten ab!

Anna Wagner hatte den kleinen Toni zu Bette gebracht und erwartete die Rückkehr ihres Vaters mit der Hand am Herzen. Die Sinne gespannt, lauschte die Frau mit dem wollenen Umschlagtuch auf dem Hausgang in die Nacht hinein, als sie endlich Schritte vernahm, die aus dem Hinterhof kamen.
Großvater Dreyer beschwichtigte seine Tochter, indem er ihr die Wahrheit über den Verzweiflungszustand seiner Enkelin verschwieg. Was hätte er sonst auch tun sollen – es mußte alles durchstanden werden!
Lindner Lies' sei hier gewesen – meinte Anna – sie ist zum Nervenbündel geworden, die gute Nachbarin. Ihr Sohn hielt sich zusammen mit der Schwiegertochter nun schon den dritten Tag irgendwo in einem Schlupfwinkel in den Maisfeldern versteckt. Die Frau verging schier vor Sorgen. Vielleicht hatten die

Militärposten ihren Mann erwischt? Er müßte längst zurück sein! Er hatte den Geflüchteten eine Thermosflasche mit heißem Milchkaffee hinausgetragen. Wie lange sie bei dieser nassen Kälte wohl noch durchhalten konnten? Weiß Gott, weiß Gott ...
Anna hatte die Öllampe entfacht und sah das besorgte Gesicht des Alten. Auch ihr brannten die Tränen in den Augen, als wären sie zu Salz geworden. Ich kann doch nicht auch noch losheulen wie ein kleines Kind – dachte Anna Wagner und wandte sich dem Hause zu.

Beim Kreuzeck in der Langen Gasse war indessen etwas ganz Schlimmes passiert. Eine gemischte Eskorte Gendarmen und rumänischer Soldaten war in das Haus des Philipp Vollmer eingedrungen. Dabei war es dem Vetter Philipp ans Leben gegangen. Der Arzt bemühte sich noch immer um ihn. Schwiegertochter Leni, die sich tagsüber im Schornstein des Kleinhauses versteckt gehalten hatte, war am Vorabend ins Zimmer gekommen, um sich aufzuwärmen und schlafen zu legen. Vollmer hatte die Nacht hindurch Wache gehalten. Es tat ihm leid, die verängstigte Schwiegertochter am Morgen aus dem warmen Bett zu holen und erneut in das eiskalte Verlies zu bringen.
Gerade an diesem Morgen hatte die Menschenjagd sehr früh schon eingesetzt und der Hundelärm kam schnell die Lange Gasse herauf. Das Suchkommando erschien beim Tor, als Vollmer den letzten Schluck Malzkaffee aus der Schale trank. Zufällige Minuten waren es, die das Unglück ausgelöst hatten. Nero, der große Hund hatte heftig zu bellen angeschlagen und sprang in langen Sätzen auf das Gassentor zu, als es auch schon knallte! Dem erschrockenen Vetter Philipp fiel die Trinkschale buchstäblich aus der Hand und zerschellte am Boden. Der völlig überraschte Mann riß die Schlafzimmertür auf, als Leni sich von Panik ergriffen, den Wintermantel über die Schulter warf und in der Kopflosigkeit des Augenblicks auch noch die zweijährige Kathrin aus ihrem Bettchen in ihre Arme riß. Das Kleinkind schrie sofort los, es ließ sich nicht beruhigen. Leni rannte wie von Sinnen mit dem Kind auf dem Arm an ihrem Schwiegerva-

ter vorbei und verschwand durch Küchenraum und Speisekammer in den anliegenden Stallungen.
Philipp Vollmer trat sofort in den Hof heraus und sah seinen großen und getreuen Haushund in den letzten Zuckungen im Hofsand liegen. Die Gendarmen sahen sich bereits im Hof um. Zusammen mit der Eskorte hatte sich ein gewisser Christea, der beim Dorfausgang wohnte, eingefunden. Der Halunke stand mit dem Rücken zum Gassentor und palaverte angeregt mit jemand. Vollmer war sich sofort darüber klar: Der Kerl gehörte offensichtlich zu dem von Gendarmeriewachtmeister Popescu angeheuerten »Begleitpersonal«. Der spindeldürre Gendarm, den sein Sergeant mit »Grigore« angesprochen hatte, kam energisch auf den Hausherren zugeschritten, welcher immer noch auf den niedergestreckten Hund starrte, und schnauzte ihn auf moldauische Art an: »Elena Vollmer, 24 Jahre alt! Wo ist sie?«
Philipp Vollmer faßte sich, seine Antwort kam mit aufgezwungener Ruhe: »Meine Schwiegertochter ist einfach verschwunden, ich habe sie seit gestern früh nicht mehr zu Gesicht bekommen! Sie hat – aus Angst, in ein Lager verschleppt zu werden – ihr Kind mit sich genommen!«
»Ich habe sie gefragt ›wo‹ sie ist! Oder verstehen sie nicht rumänisch?« Die Rüge des Gendarmen kam gebieterisch, konnte Vollmer hingegen nicht erweichen: »Sie werden doch nicht glauben wollen, daß sie mir gemeldet hat, wohin sie zu verschwinden gedenkt! Oder hat meine Schwiegertochter Ihnen vielleicht etwas zuleide angetan, daß Sie sie verfolgen?«
Vollmer hatte sich gehen lassen – es war einem Unberechenbaren gegenüber sicherlich nicht die richtige Antwort. Seiner Macht bewußt, wandte der Gendarm sich seinen Begleitern zu und wechselte einige Worte mit diesen. Ohne den Hausherren weiter zu beachten, schritten drei Gendarmen an ihm vorbei die Treppe hoch und verschwanden im Küchenraum. Christea, der Zivilbegleiter, hatte sich mit einem weiteren Gendarmen unterdessen im großen Schuppen unter dem Schüttboden zu schaffen gemacht, wo sie den Leiterwagen und die beiden Landmaschinen einer näheren Betrachtung unterzogen.
Philipp Vollmer war in der Sorge um seine verängstigte Frau den

Gendarmen sofort nachgegangen. Veronika saß verschüchtert in der Herdecke und wies mit der Hand auf die offenstehende Schlafzimmertür, woher das Rumoren kam. Innerhalb weniger Minuten hatten die drei Gendarmen das ganze Zimmer in ein Chaos verwandelt, Kleiderkasten und Schränke durchstöbert und das Bettzeug auf den Fußboden verstreut. Immer noch stöberten sie herum, als Vollmer eintrat, obwohl die Gesuchte offensichtlich nicht im Zimmer sein konnte! Plötzlich war auch Christea zur Stelle, drängte sich an Vollmer vorbei in das Zimmer und schob die Tür vor seiner Nase zu.
Dem Bauern schoß das Blut ob solcher Gemeinheit zu Kopfe, er wollte den Halunken am Kragen packen und über die Treppe in den Hof befördern. Frau Veronika hielt ihn davon zurück, sie tat gut daran! Christea ging in den Hof zurück, während die Gendarmen den Küchenraum durchschritten und in der Vorratskammer verschwanden.
Die beiden Schwabenleute vernahmen plötzlich vom Stalle her das erstaunte »Äähhh!« eines der Gendarmen. Beide waren sie im Augenblick wachsbleich geworden: »Geh schnell in den Stall, Philipp!« Vollmer war im Handumdrehen weg, er mußte Leni zu Hilfe eilen, bevor die Halunken ihr etwas antaten!
Weder Grigore noch sein oltenischer Begleiter hatten in ihrem Leben jemals so viele Vorräte auf einem Haufen gesehen: Über ihren Köpfen hingen Räucherschinken, Würste und Speckseiten auf den Stangen. Eine große weiße Steingutschüssel stand bis zum Rand mit frischen Grieben gefüllt neben einer Wurstplatte mit zwei dicken, noch ungeräucherten Leberwürsten. Alles roch hier nach frischer Schweineschlacht.
»Diese Schwaben müssen gleich mehr Schweine auf einmal schlachten! Guck doch mal hoch Grigore, diese Würste hier sind doch bereits geräuchert!« Der kleine Oltenier konnte sich diese Bemerkung nicht verkneifen. Er schob seine dicken Gendarmenfinger dem Kollegen dicht vor das Gesicht: »Da schau einer her: Kompott ohne Ende, ein Glas neben dem anderen und Marmelade ... und da unten auch noch Eingesäuertes!«
Während der kleine, unter anderen Umständen vielleicht sympathische Oltenier aus seinem Staunen nicht mehr herauszu-

kommen schien, hatte Grigore der Versuchung seines an Kraut und Bohnen gewöhnten Gendarmenmagens nicht weiter widerstehen können und das Reindel mit Bratwurst erwischt, das vor ihm auf dem Fensterbrett stand. »Mei ... mei!« jodelte der Oltenier und stieß seine dicken Finger durch das Zellophan eines der großen Einweckgläser mit den so begehrten »Gogoschari«. Diese apfelrunden, feuerroten Paprikaschoten hatten ihm in der Kleinen Walachei schon immer das Wasser im Munde zusammenlaufen lassen!

Die Gendarmen taten sich gütlich und vergaßen Gott und die Welt in dieser Banater »Speis« von Wiesenbrunn! Stück für Stück verschwand die köstliche Hauswurst hinter den Gendarmenkragen – zum Kauen blieb da kaum noch Zeit! Von der tintenblauen Uniformjacke des Olteniers sudelte rötliches Essigwasser auf den Boden, als er sich nach der Schnapsflasche streckte, die auf dem obersten Regal stand. »Floppp!« Aromatischer Schnapsgeruch betäubte in Sekundenschnelle Mann und Raum. Und dies alles im sechsten Kriegsjahr!

»Hai, mei!« stieß Grigore den kleinen Kumpel in die Seite, als er glaubte, von draußen ein Rufen gehört zu haben. Der Mann aus der Kleinen Walachei hingegen hob seinen fettglänzenden Zeigefinger gegen die Decke hoch: »Ja le!« Dieses »Nimm sie!« des Olteniers verstand auch Grigore als keine schlechte Idee: Er reckte sich in seiner ganzen Länge hoch, riß zwei geräucherte Doppelwürste von der Stange, wobei er die eine Mitica, dem Oltenier, reichte und die zweite in seiner schiefen Hosentasche verschwinden ließ. »Ooah ... , das war vielleicht ein ›Fruschtuck!‹« Seine Rechte griff sogleich wieder nach der Schnapsflasche, die Mitica ihm entgegenhielt: »Auf gut russisch!« sagte Grigore in Anspielung darauf, daß die Russen ihren Wodka erst nach dem Essen »aufgossen«.

Endlich schien auch das oltenische »Nehmerherz« seine Erfüllung gefunden zu haben: Der wohlbeleibte Gendarm Mitica hatte seine Plattfüße zur Ausgangstür herangeschoben und diese einen Spaltbreit geöffnet. Vielleicht – so meinte er – sollte man auch seinen Landsmann Sile hereinholen, der draußen Wache hielt und sich bei dieser Kälte die Füße in den Arsch stand. Doch was er sah, ließ ihn gleich wieder von diesem Gedanken Abstand nehmen: Der Rotarmist, mit welchem Dorfverräter Christea vorhin noch auf der Gasse palavert hatte, war soeben in den Pferdestall getreten! Mitica wußte – wenn dieser Russe sich einmal »vollaufen« ließ, konnte man seines Lebens nicht mehr sicher sein!

Fast wäre es soweit gekommen. Des Wartens überdrüssig, war der Rotarmist – nachdem von den rumänischen Gendarmen nichts mehr zu sehen war – selber auf der Bildfläche erschienen: »Nu tschto tam?« Der Weißrusse verstand nicht viel Spaß, es war schließlich Krieg, und er hatte in der vergangenen Woche erst erfahren, daß auch sein zweiter Bruder, Kolja, im Kampf gegen die verdammten »Gitlerovzy« gefallen war!

Warmer Stalldunst schlug den beiden rumänischen Gendarmen ins Gesicht. Ihre Augen mußten sich erst einmal an das spärliche Licht gewöhnen, das durch die kleinen Oberfenster in den Stall eindrang. Ein brauner Nonius und eine gefleckte Pinzgauer Kuh standen friedlich an Reff und Krippe. Die großen Tiere sahen sich nach den seltsamen Eindringlingen um, die sie beim Futtern störten.

Gendarm Grigore hörte das weinerliche Stimmchen als erster. Es kam von irgendwoher aus der linken Stallecke. Vielleicht vom Futterhäuschen. Jetzt vernahm auch der Oltenier das beruhigende Einwirken einer Frauenstimme, die sich vergeblich bemühte – das Kleinkind weinte laut auf!

Die beiden Gendarmen setzten sich sofort in Bewegung, während der Russe und neben ihm ein rumänischer Gendarmeriesergeant sich weiter ruhig verhielten.

Vollmer und seine todängstliche Vroni, die bislang hinter der kleinen Tür der Vorratskammer abgewartet hatten, die geradewegs zum Stall führte, war das Aufweinen der kleinen Kathrin nicht entgangen. Vollmer riß die Tür auf und bewegte sich hastig auf die Futterecke zu, bereit, alles zu wagen, um seine Kinder zu schützen. Mit zagem Schritt und angstgeweiteten Augen erschien die Bäuerin hinter ihrem Mann.

Der Sergeant sah die junge Frau zuerst. Von einigen Bündeln Maislaub verdeckt, die durch die Bewegung zur Seite gerutscht

waren, wich sie mit dem schreienden Kind auf dem Arm bis zur Stallwand zurück. Lenis Gesicht war verzerrt – so viel pure Angst hatte Sergeant Nicolescu noch nie aus einem Frauengesicht gelesen! Es war, als wolle die junge Mutter die Wand eindrücken, um sich und ihr Kind aus dem Gefahrenbereich zu bringen. Beim Anblick der Gendarmen hielt die Frau ihre fingergespreizte Rechte vor das Gesicht, als könne sie damit eine Sperre aufrichten. Von diesem Anblick betroffen, blieb der Sergeant vorerst unentschlossen stehen. Nicolescu brachte ein paar knappe Worte über seine Lippen, die seinem Mitleid den Vorrang gaben: »Doamna, es tut mir leid!«
In diesem Augenblick trat Philipp Vollmer von der Seite auf seine Schwiegertochter zu.
Vroni war zurückgeblieben. Der hochgewachsene Mann baute sich, beruhigende Worte auf den Lippen, vor seiner Schwiegertochter auf. Beide Hände locker herabhängend, wandte er sich den Gendarmen zu.
Doch da war zugleich auch Mitica, der Oltenier, zur Stelle, dem in seiner Kindheit schon nicht allzuviel Mitgefühl beigebracht worden war. Warum auch? Hatte das Leben – wie seine Großmutter einmal beim Ziegenhüten auf der verdorrten Weide von Carbunesti meinte – einem armen Teufel nicht mehr zu geben, als er sich selber zu holen bereit war! Mitica war von einem anderen Schlag, ungehobelt und rücksichtslos, wenn es darum ging, sich das Recht zu erlügen oder zu ergattern.
Seine Stimme kam völlig ungerührt und gebieterisch, als er in etwa zu wiederholen versuchte, was Grigore beim Betreten des Hofes von der Liste heruntergelesen hatte: »Elena Vollmer, 24 Jahre alt – Sie haben die Meldepflicht verweigert und sich versteckt! Wir müssen Sie mit uns nehmen!«
Als die Gendarmen sich voranbewegten und anschickten, seine Schwiegertochter zu ergreifen, drängte Vollmer sich mit gewagter Entschiedenheit dazwischen: »Nein! Wenn es sein muß, so nehmt mich ins Arbeitslager, ich gehe anstelle meiner Schwiegertochter, die ein kleines Kind versorgen muß!«
Sergeant Nicolescu hüstelte merklich erregt, er war einfach nicht der Mann für solche Sachen. Auch der Rotarmist schien

seine Rolle als Beobachter wahren zu wollen und rührte sich nicht vom Fleck. Allein, geschehen mußte etwas – darüber waren sich alle klar. Was nun aber geschah, ließ selbst dem Gendarmeriesergeanten Nicolescu das Kopfhaar zur Drahtbürste werden!

Leni Vollmer war demonstrativ neben ihren Schwiegervater getreten. Das Kind hielt ruckweise den Atem an, es drohte an seinem Weinkrampf zu ersticken. Seine Mutter richtete im gleichen Moment den ausgestreckten Zeigefinger auf den Sergeanten. Heisere Erregung überschlug ihre Worte: »Ich weigere mich, mein einjähriges Kind zu verlassen – ich habe keinem Menschen etwas angetan! Wo gibt es auf dieser Welt ein Gesetz, das einem Baby seine Mutter raubt? Mein Schwiegervater ist ein kranker Mann – ihn können Sie nicht nehmen! Auch mich müssen Sie mit Gewalt wegschleppen und es dann auch verantworten!«

Leni Vollmer hatte in einem einwandfreien Rumänisch gesprochen, das selbst den dumm dreinschauenden Grigore erstaunen ließ. Nicolescu war betroffen, dem Sergeanten schienen Bedenken aufzukommen.

Mitica hingegen sah den Augenblick für gekommen – das hier war seine Sache! Der gedrungene Gendarm hob seine Liste gegen das Licht, wobei er ein Zeichen seitens des Rotarmisten erwartete. Nichts, der Sowjetsoldat blickte wie unbeteiligt auf die junge Frau mit dem Kind – ihn beschäftigten ganz andere Gedanken.

Grigore und sein Kumpan hingegen verstanden nur, was man ihnen als Gendarm hundertmal eingetrichtert hatte: Nicht selber denken – Befehl ausführen!

Als wäre alles Recht der Welt auf seiner Seite, klopfte der stumpfsinnige Gendarm mit dem Fingerwinkel auf seine Liste und wiederholte, was vor einigen Minuten erst gesagt worden war: »Hier steht es klar zu lesen – Elena Vollmer, 24 Jahre alt! Das hier habe nicht ich geschrieben! Befehl ist Befehl, also werden Sie mit uns kommen müssen!«

Der Oltenier Mitica tat einen energischen Schritt auf die junge Frau zu, die sich mit dem Kleinkind spontan von ihm abwendete. Jetzt war auch der Rotarmist unduldsam geworden: »Dawaj schentschina, padiom!« Das klang wie ein Befehl an den Sergeanten, der dieser Ausweglosigkeit schließlich ein Ende bereiten mußte: »Es hilft alles nichts, Ihr Name steht auf der Liste, Sie müssen sich fügen!«

Leni blickte in das zermürbte Gesicht ihres Schwiegervaters. Sie wollte ihm gerade etwas sagen, als ihre Schwiegermutter die Nerven verlor. Die Bäuerin lief auf Leni zu und schloß sie verzweifelt und krampfhaft in ihre Arme.

Diesmal war es die junge Frau, die sich langsam aus der Umklammerung löste und ihre Schwiegermutter bat, die kleine Kathrin zu sich zu nehmen. »Ich muß mich fügen und mit ihnen gehen – auch alle anderen sind schließlich gegangen! Sorgt bitte für mein Kind – ich weiß, es ist bei euch gut aufgehoben! Bleibt stark – es muß eben sein!«

Darauf verlief alles im Handumdrehen. Leni wollte ihr Kind schnell noch einmal herzen, als der ungestüme Grigore ihr die kleine Kathrin aus den Armen riß. Der derbe Fluch, der sich ihm dabei entrang, galt vielmehr dem Sergeanten, welcher immer noch untätig blieb, als die junge Mutter sich wie eine Löwin auf ihn stürzte und versuchte ihm ihr Kind zu entreißen. Als nun auch Philipp Vollmer zugriff, ließ der verdammte Gendarm das heftig weinende Kleinkind einfach in das Stroh fallen. Vollmer verlor die Beherrschung und stieß dem Gendarmen seine Bauernfaust voll ins Visier, so daß dieser aufschrie und über seine eigenen Füße stolperte. Ein ohrenbetäubender Knall entlud sich im gleichen Augenblick. Vollmer knickte ein, als seine Schwiegertochter im Aufschrei erstarrte! Die Bäuerin warf sich neben ihrem stöhnenden Mann auf die Knie. Der Getroffene blutete heftig aus einer Schußwunde am Oberschenkel.

»Schnell Mutter, ein weißes Tuch!« schrie Leni, die sofort erkannt hatte, daß ihr Schwiegervater nicht lebensgefährlich verletzt worden war!

Die Eskorte kümmerte sich jedoch keinen Deut mehr um den verletzten Mann. Mitica hatte die junge Frau am Arm gepackt und zerrte sie zur Stalltür hinaus. Dabei half Leni auch kein Hilferuf, als sie einige Nachbarsleute im Hof gegenüber gewahrte. Vielleicht konnte ihr Notschrei wenigstens dem Schwiegervater Hilfe bringen? Ihr selber vermochte kein Herrgott mehr zu helfen – Leni Vollmer mußte sich in ihr Schicksal ergeben.

Aus dem unteren Gäßchen kam eine weitere Eskorte um die Ecke. Die Gendarmen schoben drei Frauen und einen Mann in den besten Jahren vor sich her. Susanne Zwick und ihre Schwester Grete hatte man aus ihrem Versteck zusammen mit den beiden Gantners aufgegriffen, die am unteren Ende ihres Hausgartens wohnten. Karl Gantner war vor einem Monat erst aus der rumänischen Armata entlassen worden.
Eine böswillige Nachbarin hatte das Versteck der jungen Leute an einen rumänischen Spitzel verraten. Die Riederin hatte dabei kein Blatt vor den Mund genommen: Warum sollten ihr zweiundvierzigjähriger Mann Johann und ihre achtzehnjährige Tochter Margret ins Arbeitslager kommen, während die beiden »Damen« – wie sie meinte – daheim, beim warmen Ofen sitzen bleiben dürften? Sicherlich eine mehr als groteske Logik der Riederin, die weder die Lage ihrer Angehörigen verbessern, noch ihr selber irgendeinen Nutzen zu bringen vermochte. Man hatte im Laufe der Jahre eben auch von den Rumänen einiges mitbekommen, die einander neideten, sobald ihnen selber ein Schaden entstand: »Sollte doch auch des Nachbarn Ziege krepieren!«
Das Verhalten der Riederin war vielmehr dazu angetan, neue Feindschaften unter den Schwabenleuten zu entfachen!
Verrat blieb in diesen Tagen leider kein Einzelfall, er zeigte gründliche Wirkung in dieser für alle so schlimmen Zeit: Auch der letzte auf der Verschleppungsliste der Gendarmen verzeichnete Landsmann mußte die Rußland-Passion antreten! Das Schwabendorf Wiesenbrunn blieb gelichtet und hilflos zurück …

*

Trommelmann Forcht hatte am Vormittag des 16. Januar 1945 die Dorftrommel erneut rühren müssen. Diesmal kam der

Kleinrichter ohne Gendarmeriebegleitung durch die Gassen. Sein Ausruf fiel dementsprechend aus: »Der letzte Meldetermin ist heute nachmittag sechs Uhr! Alle, die sich bis dahin nicht freiwillig melden, sollen standrechtlich erschossen werden, sobald die Gendarmerie sie aufgreift! Die Listen werden streng kontrolliert, anstelle der Versteckten werden deren Eltern und Angehörige mitgenommen!« Aus.
Die wenigsten Leute glaubten, was verkündet wurde, weder an den angeblich letzten Termin, noch an das Standrecht – es war bisher schon viel zuviel vermeldet worden!
Forcht sah sich kurz nach allen Seiten um und hob seine Schultern. Was er darauf mit vorgehaltener Hand verlautbaren ließ, stand sicherlich nicht auf seinem Trommelzettel. Es hörte sich weniger lautstark, als vielmehr vertraulich an: »Unsre Leut' sollen morgen schon in den Bezirksvorort gebracht werden, wo dann der Eisenbahntransport zusammengestellt wird! Nicht nach Reschitza oder Anina – nach Rußland, in die Arbeitslager will man sie verschleppen! Das ist es, was ich so zwischendurch mitbekommen hab'! Und jetzt kann mich einer von euch verpfeifen – ausgerufen hab' ich nur das hier!«
Trommelmann Forcht hielt seinen Zettel dabei im Gehen hoch über den Kopf, seine Miene war steinern, sein Herz leer und ausgebrannt. Der Mann empfand eine verdammte Mitschuld an diesem Drama, die ihm wie ein doppelt gebrannter Treberschnaps nahezu den Verstand verdüsterte: »Du stehst auf der falschen Seite, Forcht! Du hilfst diesen Menschenschindern auch noch, ihre gottverfluchten Pläne auszuführen! Dabei sitzen deine eigene Tochter und die Nachbarskinder bereits auf ihrem Gepäck, und deiner Frau bricht dabei das Herz. Was bist du nur für ein Mensch geworden? Man wird dich heute oder morgen als einen Strolch verachten! Jawohl, verfluchen wird man dich, so lang in Wiesenbrunn noch ein Stein auf dem anderen steht!«
Auf solche Weise unterzog Kleinrichter Forcht sich dem Prozeß des Gewissens. Sein Blick wurde an diesem Januartag von einer Nebelwand getrübt, die ihm keinerlei Aussicht gewährte. Mußten die Dorfleute von Wiesenbrunn nicht wirklich denken, der Forcht Sepp habe seine Seele verkauft?

Am gleichen Nachmittag war es den wenigen, die noch in der halb zerfallenen Pußta-Stallung, weit draußen zwischen den frostklirrenden Maisfeldern versteckt geblieben waren, recht mulmig geworden! Vom Dorfe her hatte man Gewehrschüsse vernommen! Wer wußte, was dort vor sich ging?
Einige Gestalten hatten sich vor Kälte vermummt an der Wegbiegung der Pußta zusammengefunden und blickten angespannt in Richtung Wiesenbrunn. »Mein Gott!« ängstigte sich Leni Mager. »Wenn bloß meinen Leuten nichts passiert ist!«
Zwei Stunden später, als es bereits wieder zu dämmern begann, erschien Benkler Hans zwischen den Maisreihen. Hans brachte Nachrichten aus dem Dorf, die alles andere als aussichtsvoll und beruhigend waren und jedes weitere Verbleiben auf der Pußta doch sehr in Frage stellten!
Die militärischen Suchtrupps hatten den ganzen Tag über nach Versteckten gesucht, die Häuser und Gehöfte erneut durchkämmt. Der alte Willinger hatte es ihm beim Wiesgraben am oberen Gartenende zugerufen. Die Gendarmen hatten damit gedroht, ihn selber anstelle seines Sohnes fortzuschleppen, wenn dieser sich nicht innerhalb von vier Stunden meldete!
Auch hatten kleine Trupps von Soldaten bereits damit begonnen, die Maisfelder um das Dorf nach Versteckten zu durchsuchen. Die Würfel waren also gefallen!
Benkler blickte auf seine Handuhr, der kleine Zeiger stand auf kurz vor fünf. Der Abtransport sollte laut Namenliste oder Ersatzperson angeblich morgen schon beginnen!
Angesichts der unmittelbar drohenden Gefahr machte man sich bereit, ins Dorf aufzubrechen! Keiner, der es verantworten wollte, daß sein alter Vater oder gar die Mutter ins Arbeitslager geschleppt worden wären!
Die Abenddämmerung legte sich über die Felder. Nichts als zurück ins Dorf, um vielleicht doch noch eine Nacht im eigenen Bett schlafen zu können! Sieben Männer und Frauen waren es, die in bedrücktem Gang den leicht verschneiten Fahrweg zwischen den Maisreihen daherkamen. Die Kälte hatte sich gegen Abend gebrochen, es begann wieder zu schneien, leise und rieselnd.

Am Ende der Flur, da wo die Hutweide ansetzte, sah man die Soldaten. Sie zogen in weitem Bogen eine Bewachungsschleife um das Schwabendorf. Die sieben Aufrechten kamen jedoch bedenkenlos ihren Weg daher – was es zu befürchten gab, war bereits eingetroffen!

Der Vordermann sagte im Herankommen »Buna seara!« Die Uniformierten entgegneten seinen Abendgruß. Sonderbar. Sie schimpften nicht, sie drohten nicht, ihr Stimmfall schien wie von einem »Moll« berührt! Sicherlich waren auch die Soldaten von den Vorgängen zutiefst betroffen! Die Leute hatten bereits auf der Pußta davon gehört, daß die Chargen Mühe mit ihren Untergebenen gehabt hatten. Diese wollten einige Frauen einfach davonlaufen lassen! Leni Mager drehte sich im Gehen langsam um. Einfach nicht zu glauben – kein einziger Soldat der ihnen nachkam! Allein von weiter drüben rief jemand rumänisch: »Melden Sie sich nur gleich in der Primaria!«

Für Benkler Hans schien diese Nacht die kürzeste seines bisherigen Lebens zu sein. Bleierne Müdigkeit und wohlige Bettwärme hatten ihn rasch einschlafen und damit die verdammte Welt vergessen lassen. Als er am Morgen in die Küche trat, knisterte das von trockenen Maiskolben genährte Herdfeuer. Den Fortgang alles Gewöhnlichen vortäuschend, wendete sich Mutter Benkler vom Sparherd ab und trat ihm mit geröteten Augen entgegen. Sein Vater war dabei, geräucherte Wurststangen in einem Hanfsack verschwinden zu lassen. Es war schon eigentümlich, wie belanglos jedes Wort von den Lippen dieser abgehärmten Frau kam, die seine Mutter war: »Hast du auch gut geschlafen, Bub?« Auf dem Küchentisch stand das fertige Frühstück. Dampfender Milchkaffee, Hausbutter und neben dem großen Laib frischem Bauernbrot ein Steingutteller mit Leberwurst und Grieben. Es sah sich an wie ein Festessen, allein die verhaltenen Worte der beiden Alten verrieten die vorhandene Bedrückung.
Vater sprach langsam. Seine Stimme lag um Akkorde tiefer, als er dem Sohn den einen und anderen Ratschlag mit auf den

schweren Weg gab. Der Alte mahnte Hans, in jeder Lage ruhig zu bleiben, selbst wenn die Niedertracht gedungener Knechte ihn einmal aus der Fassung bringen sollte! Vater Benkler versicherte, er habe selber einmal zwischen Recht und Freiheit zu wählen gehabt – beides zugleich jedoch niemals erreichen können. »Selbst wenn der gerechte Zorn dich erfassen sollte – bezähme ihn, und du wirst um Verständnis nicht betteln müssen! Und vergiß das eine niemals, mein Junge: ›Wer an den Herrgott glaubt, den vermag auch das schlimmste Unrecht nicht zu brechen!‹«

Hans Benkler wurde sich erst jetzt so richtig klar darüber, was Worte bedeuten konnten! Der Abschied für ungewisse Zeit von daheim sollte ihm Kraft und Fassung mit auf den Weg geben. Stimmen und Worte, Heim und Herd sollten ihm in steter Erinnerung bleiben! Wer konnte auch wissen, ob er Vater und Mutter noch einmal im Leben wiedersehen würde?

Neben der Ausgangstür stand sein Gepäck – ein vollbepackter, fertig geschnürter Rucksack und sein großer Holzkoffer aus der rumänischen Armee. Im Hof stand das Handwägelchen, mit dem er im vergangenen Sommer noch die reifen Melonen vom Feld gefahren hatte. Darin lag jetzt ein Hanfsack, vollgestopft mit Bettzeug.

Das Frühstück der drei Menschen ging schweigsam zu Ende. Was man wirklich empfand – war schwer zu sagen, ohne die Herzen weiter zu berühren. Allein Mutter versuchte noch ein paar ermunternde Sätze herauszubringen. Sie war schon immer die redseligere. Hans mußte es immer wieder erkennen: Seine Mutter war eine ungemein starke Frau geblieben! Vaters Gesichtsausdruck blieb gespannt, er versuchte seine innere Bewegung mit den Wangenmuskeln zu zerdrücken.

*

Im großen Saal des Gemeindehauses von Wiesenbrunn saßen die Menschen immer noch zusammengepfercht auf Koffern und Gepäckstücken. Immer wieder mußte Platz gemacht werden für die letzten, die freiwillig eintrafen oder von Suchkommandos herbeigebracht worden waren. Auch die beiden anderen Räumlichkeiten des alten Gemeindehauses waren mit Menschen voll belegt.

Leni Vollmer hielt ihren braunen Wintermantel fest um sich geschlungen. Es war nicht Kälte, die sie frösteln ließ. Zu einem Haufen Unglück zusammengefallen, war die Verzweifelte an einem fortdauernden Weinkrampf nahezu erstickt! Leni hielt ihr Gesicht vom Mantelkragen verdeckt. Die beiden Mädchen neben ihr, bemühten sich seit einiger Zeit schon vergeblich darum, ein Wörtchen aus ihr herauszubringen! Rosl Ringer bewog ihre Freundin Anneliese, etwas zu unternehmen. Sie hatten beide längst bemerkt, daß Leni nicht einmal warme Schuhe an den Füßen hatte und selbst unter ihrem Mantel nur einen dünnen Rock auf dem Leibe trug. Da war doch sicherlich einiges nicht in Ordnung mit Leni?

»Sie kommt uns noch von Sinnen!« Anneliese Reinert entgegnete diesen Worten ihrer Freundin erst mit fragendem Blick, raffte sich jedoch sofort auf und bahnte sich einen Weg durch die Leute zur Ausgangstür des großen Raumes. Rosl hat vollkommen recht damit – dachte Anneliese, die sich an diesem Morgen erst im Gemeindehaus gemeldet hatte – Leni Vollmer hat keinerlei Gepäck bei sich! Wo bleiben ihre Eltern bloß, es muß doch etwas vorgefallen sein! Das Mädchen hatte sich zum Hoffenster vorgedrängt und sah hinaus – vielleicht bot sich eine Möglichkeit jemanden zu Lenis Eltern zu schicken?

Wieder brachte eine Eskorte zwei Leute durch das Tor. Vom ehemaligen Richter Bratu war nichts zu sehen. Anneliese kannte den Kolonist, er würde vielleicht helfen können.

Die Saaltür wurde aufgestoßen. Im Türrahmen erschienen zwei Gesichter, an deren Erscheinen kaum jemand geglaubt hätte: Liesl Frank mit Sack und Pack, und dicht hinter ihr kein anderer als ... Jakob Wirth!

Ein langhingezogenes »Aaaahh!« ging durch den großen Saal und erstickte in der dumpfen Luft der letzten Ecke. Die meisten Leute hatten nicht gewußt, daß der »Einsatz-Jaksch« sich überhaupt in Wiesenbrunn aufhielt! Die beiden Militärposten schoben die gedrungene Gestalt des Ankömmlings herein, und

schon war die hohe Tür wieder geschlossen. Gemurmel lief durch den Saal: »Woher kommen beide plötzlich?«, »Wieso ist dieser ›Held‹ nicht an der Front?«, »Wieso wieder mit Liesl zusammen?« ... Und so fort.
Wer aber sollte all das noch als Überraschung ansehen, wo es doch längst schon keine Überraschungen mehr gab? Nur noch nackte und böse Tatsachen. Jede der Neuigkeiten, die den Menschen hier in Wiesenbrunn letzthin zu Ohren kam, wurde nur noch auf »schlimm« und »schlimmer« abgestuft! Allein die Frage blieb: Wie – zum Teufel – hatte dieser Tunichtgut von einem Einsatz-Jaksch es zuwege gebracht, seiner im Partisanenkrieg stehenden Waffen-SS-Einheit zu entkommen? Wo waren seine Kameraden geblieben? Es war, als solle jede der vielen Fragen die sich im Saale breit machten, wenigstens eine Minute lang das eigene Leid zurückstellen ...
Noch war die Frage keine Stunde alt, als eine Frau vom Fenster aus in den Saal schrie: »Der Fiedler Hans ist da! Drei Gendarmen haben den Hans soeben in den Hof gebracht, ohne Koffer und ohne Gepäck!«
Anneliese wollte gerade zurück auf ihren Platz, als jemand vom Hof an das Fenster klopfte. Unten stand ein kleiner Mann. Es war Sebastian Hummel, ein Verwandter der Vollmers. Sie konnte seine buchstabierten Worte von den Lippen lesen: Er fragte nach Leni. Anneliese sollte das Fenster öffnen. Der schwächliche Mann war feuerrot im Gesicht, er hatte einiges Gepäck für seine Nichte herbeigeschleppt. Das Mädchen gab ihm Handzeichen, daß die Fenstergriffe entfernt worden seien. Hummel begriff: Er wandte sich mit den Sachen der Eingangsstiege zu. Minuten vergingen, bis einer der Gendarmen den Mann mit seinem Gepäck durchließ. Der Uniformierte zeigte an seinen fünf Fingern: »Cinci minute!«
Anneliese griff zu und half ihm, mit dem Gepäck durchzukommen. Indessen war auch Rosl aufmerksam geworden. Sie sprach heftig auf die immer noch verzweifelte Leni Vollmer ein: »Dein Onkel ist da, Leni! Er hat dir Sachen von daheim gebracht!« Die junge Frau erschauerte in einem erneuten Weinkrampf, doch war ihre Aufmerksamkeit sofort hellwach. Erst starrte sie Rosl an,

worauf ihr Blick sich auf den kleinen Mann richtete, der dicht vor ihr stand und sich anschickte, sie in die Arme zu schließen.
»Onkel Bastian ..., wie geht es meinem Schwiegervater, wird alles wieder gut mit ihm? Was tut die Kleine?« Die verängstigten Fragen der jungen Frau hatten die Leute im Saal aufhorchen lassen, das Gerede ringsum verstummte wie abgeschnitten, als der kleine Mann antwortete: »Aber sicher, mein Kind, es kommt alles in Ordnung mit ihm! Nur herkommen kann er freilich nicht, wegen der häßlichen Schußwunde am Oberschenkel. Das hätte deine Schwiegermutter getan, nur ist Doktor Szeles gerade wieder dort! Deine Leut' aus Detta machen sich große Sorgen um dich! Vor einer knappen Stunde ist jemand von dort gekommen!«
Die beiden Mädchen merkten auf einmal, wie die Augen der Vollmerin einen Glanz erhielten, als würde ein Widerschein innerer Freude ausgestrahlt.
»Die kleine Kathrin hat von alldem nicht viel mitbekommen, sie spielt mit Lieschen aus der Nachbarschaft wieder ihr Fingerspiel! So kleine Kinder wissen zum Glück noch wenig von Leid und Not – ihre Welt ist noch kugelrund! Allein um dich sind alle besorgt, das soll ich dir ausrichten!«
Die Frau schlug beide Hände vor das Gesicht und schluchzte herzerweichend: »Wie gut, daß jemand uns beisteht!«
Von draußen kam der Ruf des Gendarmen, er zeigte mit der Hand auf den kleinen Mann mit dem Gepäck!
»Leni ... du mußt stark sein, hörst du! Ich muß weg – der Gendarm hat mich ausnahmsweise zu dir gelassen! Gib acht auf dich!«
»Sag ihnen, daß ich sie umarme und Kathrin noch gerne sehen möchte, bevor sie uns wegbringen! Für meinen Schwiegervater alles Gute, denn ... wer weiß ...!« Ihre Worte erstickten in einer heftigen Gemütsbewegung, allein die Augen verfolgten den Besucher, bis die Tür sich hinter ihm schloß. Sebastian Hummel hatte auf ein schlimmes Ereignis wenigstens eine tröstliche Antwort gebracht.

*

Der 17. Januar 1945 war ein Mittwoch. Seit das Dorf von rumänischem Militär und den alles überwachenden Rotarmisten mit ihrem düster dreinblickenden Kommissar umstellt und völlig von der Außenwelt abgeriegelt worden war, hatten die zusammengetriebenen Schwabenleute drei furchtbare Tage und Nächte durchgemacht. Die unhaltbaren Zustände in der hoffnungslos überfüllten Sammelstelle des alten Gemeindehauses, wo die Menschen kaum noch sitzen und liegen konnten, hatten dazu geführt, daß die sprichwörtliche Schwabengeduld von Stunde zu Stunde abnahm. Völlig übermüdet, ohne Möglichkeiten sich zu reinigen, waren die vielen Menschen an den Rand der Verzweiflung gelangt. Eine Frau hatte sich die Pulsadern aufgeschnitten und war sofort weggebracht worden. Wohin – wußte keiner. Die Frau war nervlich zusammengebrochen, als sie erfahren hatte, daß ihre siebzehnjährige Tochter Anna Maria, die sich als Postulantin im Josefstädter Kloster befand, in diesen Tagen ebenfalls nach Rußland verschleppt werden sollte!

Das Unglück mit Frau Gerlach war bereits geschehen, als Pfarrer Palmer unter dem Fenster des großen Sammelraumes im Gemeindehaus erschien, um der besorgten Mutter zur Beruhigung mitzuteilen, daß alle von der Rußlandverschleppung bedrohten Postulantinnen in der Nacht zum 15. Januar als Nonnen eingekleidet und somit dem Zugriff der Häscher entzogen worden waren! Spiritual Josef Bledy hatte die Einkleidung im Namen von Bischof Pacha im Holzkeller des Klosterneubaues vorgenommen, welcher schon vor der Bombardierung Temeswars als Kapelle eingerichtet worden war. Niemals noch in der Ordensgeschichte der Armen Schulschwestern hatte eine so geheimnisvolle Einkleidungsfeier der Novizinnen stattgefunden.

*

Der dunkelbärtige, grobklotzige Gendarm mit der roten Säufernase fluchte fürchterlich. Schon wieder wollte jemand aus der Reihe heraus! Was soll's – Menschen sind keine Steine, sie hatten ihre Bedürfnisse und mußten zur Latrine, die sich im Hinterhof befand. Natürlich per Eskorte! So gab es denn auch für die Begleitwache ein ständiges Hin und Her. Ausgerechnet dann, wenn der gute Grigore wieder richtig aufgewärmt zu einem Nickerchen ansetzen wollte, polterte jemand an der Tür! Gestern hatte einer der Männer die Gelegenheit zu nutzen gesucht, durch den angrenzenden Hausgarten zu entkommen! Man hatte ihn dabei erwischt und halb totgeprügelt. Jetzt lag der Ausreißer zusammengekrümmt in einer Saalecke und vermochte sich kaum noch zu rühren.

Auch an diesem Morgen war eines der vier Gassenfenster des großen Saales wieder geöffnet worden – das einzige durch welches die Angehörigen heißen Tee und warmes Essen für ihre Leute hereinreichen durften. Überwacht wurde diese quasi illegale, jedoch geduldete Handlung fortwährend durch die beiden Gendarmen, die auf der Gasse ihren Dienst schoben. Auf diese Weise ersparte sich die ehrenwerte Verschleppungskommission freilich auch die kärglichen Verpflegungsrationen für die in Wiesenbrunn zusammengefangenen Deutschen, einschließlich der Kekse, mit welchen die Gendarmen und Soldaten tagsüber ihre Beißwerkzeuge in Bewegung hielten. Von Zucker, Fleisch oder sonstigen hochwertigeren Lebensmitteln keine Spur – sollten sie für die örtliche Phase der Verschleppungsaktion überhaupt zugeteilt worden sein, so verschwanden sie in typisch rumänischer Manier, noch ehe auch nur jemand auf die Idee kommen konnte, sie wären vorhanden gewesen.

Die an diesem 17. Januar von Mutmaßungen, Befürchtungen, Ängsten und Vorahnungen durchsetzte Atmosphäre der allgemeinen Verwirrung und quälenden Ungewißheit schwelte vor allem in den Morgenstunden zu gespannten Erwartungen hin. Die Spannung lag greifbar über den Köpfen der Leute, sie kam durch das offene Fenster von der Gasse her und wurde von der dort herrschenden Erregtheit und zunehmenden Bewegung der Bewacher genährt. Die Menschen im alten Gemeindehaus von Wiesenbrunn empfanden aus einem Inkubus der Beklemmung heraus, daß in den folgenden Stunden etwas Entscheidendes geschehen müsse!

Seitwärts vor dem offenen Fenster stand ein rumänischer Wachtmeister und konsultierte zusammen mit einem sowjetischen Unterleutnant erneut die Listen. Seite für Seite, Namen für Namen. Die Anwesenheit von fünf jüngeren Leuten, die sich bis gestern noch draußen auf dem Hattert, zwischen Laubhaufen in den Maisstauden versteckt gehalten hatten, war indessen als letzte verzeichnet worden. Der Plutonier irrte in seiner Annahme, daß diese jungen Leute es dort nicht mehr weiter ausgehalten hätten. Immer wieder hatten rumänische Soldaten vom Absperrungskordon ein Auge zugedrückt, sobald keine Rotarmisten in der Nähe waren und den einen oder anderen Essenträger aus dem Dorf durchschlüpfen lassen. Diese hatten nur abgewartet und jede Bewegung der Russen in der Dämmerung verfolgt, bevor sie loszogen! Der Grund der Leute, ihr Versteck schließlich aufzugeben, lag vielmehr an der angekündigten Drohung der Verschleppungsorgane, ihre Eltern und Angehörigen aufzugreifen und an ihrer Statt zur Sammelstelle zu eskortieren!
Anna Wagner war von einem solchen Aufgreiftrupp am Vormittag des 17. Januar bereits in den Hof gezerrt worden. Die vier Gendarmen waren gerade dabei, sie zur Sammelstelle ins alte Gemeindehaus zu schleppen, als ihre Tochter Resi völlig unerwartet erschien. Resi Wagner hatte ihr Versteck bei den Andrones buchstäblich in letzter Minute verlassen, nachdem der junge Ion Androne aus dem Dorf gekommen war und ihr mitgeteilt hatte, eine Eskorte befände sich zur Zeit in ihrem Hause.
Nein, weigerte sich Resi auf die Insistenz der beiden Andrones, den Verlauf der Dinge doch noch abzuwarten. Sie könne es nie und nimmer vor ihrem Gewissen verantworten, wenn man ihre Mutter oder gar Dreyer-Großvater an ihrer Stelle wegschleppen sollte!
In Hast rannte die junge Frau über die vereiste Scholle der Hausgärten, rutschte auf einer Schneewehe aus, fiel und raffte sich wieder auf und lief mit stockendem Atem weiter. Dabei spürte Resi den kalten Griff panischer Angst um ihr Herz!
Sie hatte den Hof keine Minute zu früh erreicht: Mutter Anna

stand mit einigem Gepäck vor der Gangtreppe als Resi eintraf. Die rumänischen Gendarmen waren gerade dabei, sie abzuführen, während Großvater Dreyer das braune Deckenbündel mit den nötigsten Kleidern und ihrem Bettzeug in den Handwagen hob, der unter dem kahlen Birnbäumchen auf dem Hofpflaster bereitstand. Mutter Anna stieß einen Schrei des Entsetzens aus, als ihre Tochter auf der Bildfläche erschien! In der Fassungslosigkeit des Augenblicks hob Anna Wagner instinktiv beide Hände vor das Gesicht, als könne sie den Auftritt ihrer Tochter ungeschehen machen! Nein und nein – Anna Wagner wehrte sich heftig, die junge Mutter nach Rußland ziehen zu lassen! Vom Hoffenster her kam helles Aufweinen. Der kleine Toni hatte seine Mutter bemerkt und wollte um jeden Preis zu ihr. Die bejahrte Frau Feil, die aus dem Nachbarhause herübergeeilt war, hatte alle Mühe, das Kind zu beruhigen!
Großvater Dreyer schien völlig gebrochen, sein altes Herz drohte vor Gram und Hilflosigkeit zu zerplatzen. Einer der Gendarmen begleitete Resi vorsichtshalber in das Haus, um sie von ihrem Bübchen Abschied nehmen zu lassen! »Schneller!« rief der Uniformierte wiederholt von der Tür her – er konnte dieses Drama, das sich vor seinen Augen abspielte, scheinbar selbst nicht mehr ertragen …

*

Nun saß Resi Wagner seit Stunden schon hier unter den vielen Leuten im Versammlungssaal des alten Gemeindehauses und versuchte, ihre trübseligen Gedanken zu verdrängen. Wie hatte Großvater Dreyer ihr doch auf dem Weg hierher gesagt: »Die Zeit ist gekommen, Resi, wo du immer an die folgende Stunde denken mußt um den nächsten Tag zu überstehen! Was immer auch kommen mag, richte den Blick voraus – jeder Rückblick bedeutet in schwieriger Lage nur Schwäche und Verlust!«
Der gute Alte! – sinnierte die junge Frau, ein liebevolles Lächeln umspielte dabei ihren Mund. Sie mußte unwillkürlich an das hölzerne Standbild von den drei Affen denken, wie sich der eine den Mund, der andere die Ohren und der dritte die Augen

zuhielt. Sie hatte es unlängst in einer Zeitschrift gesehen und fand es interessant, in welcher Weise die klugen Tiere die drei Tugenden des Überlebens anzudeuten versuchten: nichts sagen, nichts hören, nichts sehen ...

Resi Wagner war sich dessen vollauf bewußt – ihr stand die schlimmste Zeit ihres Lebens bevor! Was jedoch sollten die vielen anderen Menschen sagen, die zusammengedrängt um sie herum auf ihren Koffern saßen? Viele waren noch schlimmer dran als sie!

Da war Alois Ruck, dieser von schweren Hustenanfällen geplagte Mann. Seine verzweifelte Frau klopfte von der Straße immer wieder an das Fenster, doch der russische Feldscher dachte nicht daran, bei der »ärztlichen Visite«, die der Einsatz-Jaksch als »oberflächliche Fleischbeschauung« bezeichnete, den von schwerem Bronchialkatarrh gequälten Mann als arbeitsunfähig zurückzustellen! Dabei half auch der Einwand des rumänischen Kreisarztes Dr. Szeles nichts, der als Assistent zur Kommission zugelassen worden war. Der unerbittliche Sowjetarzt fand es nicht einmal der Mühe wert, dem vor ihm stehenden, halb entkleideten Manne sein Stethoskop an die Brust zu legen: »Nitschewo, on sdarow! Dawaj dalsche!« Auf diese Weise schubste der Feldscher den unentwegt hustenden Vetter Alois weiter! Der alte Kreisarzt mit den dicken Brillengläsern hatte hier kein Wort – was immer er auch befand, sein Einwand blieb vergeblich. In bezug auf Alois Ruck wies der Sowjetarzt darauf hin, daß dieser schließlich gesundrote Wangen hatte und genügend Fleisch auf seinen Knochen trage, um eine so »leichte Krankheit« zu überwinden! Ein Simulant also und nichts weiter!

Ähnlich erging es einigen anderen Leuten, sie konnten gehen, sehen und hören und wurden somit als absolut arbeitstauglich befunden! Als dem Feldscher selbst bei der leicht hinkenden und überaus schwächlichen Leimer Kathi gewisser Zweifel aufkam, winkte der narbengesichtige Kommissar sofort ab: »Dawaj, dawaj!« Man würde beim Bezirksvorort sowieso eine endgültige Kontrolle vornehmen.

Jakob Wirth sollte mit seiner Bemerkung zu dieser Art der ärztlichen Kontrolle recht behalten – diese »Kommission« würde nur noch jene als arbeitsuntauglich erklären, die einen Fuß nicht mehr vor den anderen zu setzten vermochten! Die Gehässigkeit des Politkommissars gegenüber diesen unschuldigen Menschen, die seiner Willkür ausgeliefert waren, kam fürwahr einer Verwüstung der Gefühle gleich! Den Hilflosen blieb allein die Hoffnung, daß schließlich auch das schlimmste Übel nicht ewig dauern könne und alles Unrecht früher oder später sowieso auf seine Verursacher zurückfallen werde!

Alois Ruck hatte sich zum Gassenfenster herangeschoben, sein Nachbar Gerner stützte ihn dabei. Draußen auf der Straße stand seine Eva und stieß einen Ruf der Verzweiflung aus, als sie ihren Mann bemerkte: »Mein Gott, Loisl – sie werden dich doch nicht so krank fortschleppen!« Für Alois Ruck war alles klar: Für ihn begann mit dieser Stunde ein verzweifeltes Ringen um sein bißchen Leben! Als armer Kleinhäuslerbub hatte er schon immer um seine Existenz kämpfen müssen. Wenn er doch bloß gesund wäre!

*

Und dann waren sie auf einmal da, die vielen Pferdegespanne: Einer hinter dem anderen fuhren sie heran, um das Gepäck der vielen Menschen aufzunehmen. Alles regte sich urplötzlich im Raum, wußte doch jeder sofort: Jetzt ging es los, ins Ungewis se! Die Bewacher schrien ihre Befehle herum, die ersten Männer und Frauen schleppten ihre Säcke und Koffer zur Ausgangstür, wo die beiden Gendarmen standen und der rumänische Leutnant die Namen von der Liste schrie.
Bekannte Gesichter von Dorfrumänen, ungarische und rumänische Fuhrleute aus dem Nachbarort saßen mit ihren Peitschen in den Händen auf den Fahrersitzen vor dem alten Gemeindehaus herum. Die einen verlegen, die anderen so, als würden sie morgen schon ein neues Erbe antreten. Es war längst kein Geheimnis mehr: In nächster Zukunft schon sollten alle Deutschen von Haus und Feldbesitz enteignet werden! So hatte denn

auch Irimie den braven Gidra mit Wagen und Riemzeug seit September bei sich gehalten. Großvater Dreyer hatte letzthin zugesagt. Irimie war kein schlechter Mensch, und die Folgezeit würde sicherlich jedes Besitztum regeln! Der Alte wußte genau: Brauchte er Pferd und Wagen, war Irimie gleich auch zur Stelle!

Da kamen jetzt auch Matz Keltsch, der alte Konradi und noch ein paar schwäbische Fuhrleute mit ihren Einspännern herangewackelt, um ihre Leute so weit als nur möglich begleiten zu können. Resi Wagner bemerkte einige darunter, die gar kein eigenes Fuhrwerk besaßen und sich das Gefährt von irgendwoher geliehen haben mußten! Der jungen Frau kamen die Tränen, als sie ihren braunen Gidra vor dem Wagen bemerkte, der von Irimie, ihrem »Hälftebauern« vom Rechfeld, gelenkt wurde! Wie oft war sie in glücklichen Tagen mit Gidra an Vaters Seite hinaus aufs Feld gefahren!

»Hierher!« winkte Irimie ihr zu und fuhr den Wagen näher heran. Bevor Resi sich noch richtig umzusehen vermochte, griffen kräftige Männerhände nach ihrem Gepäck und hoben es auf den Leiterwagen. Soldaten und Gendarmen schrien herum, drängten die Angehörigen zurück. Ein Kordon schob sich dazwischen.

Irgendwie kam Resi alles so unwirklich vor. Die durch tagelanges Herumliegen einer gewissen Lethargie verfallenen Menschen waren plötzlich lebendig geworden, sie winkten und riefen, klagten und weinten! Was zu dieser Stunde in Wiesenbrunn geschah, ließ die Tinte der Beschreibung im Augenblick versiegen! Am schlimmsten hatte sich das Drama des Abschieds zwischen Müttern und Kindern erwiesen. Viele der Kleinen waren von ihren Angehörigen daheimgehalten worden, um ihnen ein Leid zu ersparen, das vielleicht eine Narbe fürs Leben auf ihrem zarten Gemüt zurückgelassen hätte.

Nahezu zwei Stunden waren vergangen, bis der lange Zug der schuldlos Schuldigen aus Wiesenbrunn sich langsam in Bewegung gesetzt hatte. Vom kleinen deutschen Nachbarort her kam Glockengeläute über die Felder – auch dort war es scheinbar soweit!

Wüste Gendarmen in dunkelblauen Uniformen drängten jeden zurück, der sich anschickte, heranzukommen. Rumänische Soldaten in khakigrünen Monturen – sie waren größtenteils vom Dorfrand abgezogen worden – schritten mit aufgepflanzten Gewehren neben der Wagenreihe her. Jetzt schlug auch die große Kirchturmglocke in Wiesenbrunn einige Male an, darauf setzten nacheinander die mittlere und kleine Glocke in ein Geläute ein, das die Menschen in den Reihen zutiefst erschütterte. Was half jedoch alles Weinen und Klagen – die Ringenden bleiben die Lebenden! Leute mit gesundem Bauernverstand mußten sich zu dieser Stunde wohl fragen, mit welchen lügenhaften Rechtfertigungen eine solch unerhörte und völkerrechtswidrige Politik der »Befreier« gegenüber unschuldigen und wehrlosen Menschen wohl in das Buch der Geschichte eingebracht werden würde? Wie dem auch sei: An den Brückenpfeilern der Wahrheit würden sich auch diesmal alle Wasser der politischen Meinungen brechen!

Draußen, am Kuhbrunnen, sollte umgruppiert werden. Einige der schwerfälligen Leute mußten gleich zu den Fuhrleuten aufsteigen, die anderen erst nach einem guten Wegstück zu Fuß. Bis zum Bezirksvorort hatte die Kolonne der Verschleppten ganze zwölf Kilometer zu bewältigen.
Über Tage und Nächte, Wochen und Monate hinaus gehetzt und wie Freiwild gejagt, ausgeplündert, verhöhnt und schließlich in das »glorreiche Sowjetparadies« verschleppt, sollte das Leben Tausender Banater Schwaben keinen Pfennig mehr wert sein und ausgezehrt, gleich einem Grubenlämpchen in den Kohleschächten verglühen!
Die Schwaben aus Wiesenbrunn warfen auf ihrem Passionsweg alles auf den Altar des Opfers: Jugend und Gesundheit, Heimathaus und Habe, Lebensglück und Existenz! Stimmen der Verzweiflung schrien vom Fahrweg aus die Namen ihrer Lieben in die eiskalte Winterluft, gebrechliche, hilflos zurückgebliebene Menschen, die keine Träne mehr zum Weinen hatten, erhoben ihre Augen zum trostlos grauen Januarhimmel empor: »Mein Gott, ich werde meine lieben Kinder nie mehr wiedersehen!«

Großvater Dreyer und seine Tochter Anna standen am Straßenrand mitten unter den Leuten. Sie starrten mit hilflosen Blicken zum Wagen des Irimie hin, auf welchem Resi mit zwei anderen Mädchen Platz gefunden hatte. Was hätten sie in diesem hilflosen Aufbäumen der bedrängten Gemüter, das in verzweifelten Frauenstimmen, Kinderschreien und dem vom Geläute der Kirchenglocken übertönten Soldatengefluche in Minutenschnelle zu einer unvorstellbaren Psychose auszuufern drohte, Besseres tun können, als sich selber die Fesseln der Zurückhaltung anzulegen und damit ihrer Resi das Herz nicht zum Überlaufen zu bringen!

Mutter Anna blieb vielmehr erstaunt, mit welcher Fassung ihre Tochter, die ihnen vom Wagen aus zuwinkte, alles zu ertragen vermochte! Doch jetzt merkte auch Anna den Glanz in den Augen ihrer Tochter. Resi führte ihre Rechte dreimal zum Munde und ließ ihren Lieben mit aller Innigkeit ihre Abschiedswinke zukommen. Anna hatte wohlverstanden – der dritte Handkuß galt ihrem Bübchen, dem kleinen Toni, der verständlicherweise bei der Nachbarin zurückgeblieben war!

Anna und ihr Vater setzten sich langsam in Bewegung, sie kamen der Wagenkolonne entlang der Häuserreihe, über Dorfrand und Hutweide hinaus bis zum Kuhbrunnen nach.

Hier auf dem Sammelplatz stauten sich Emotionen, brachen Dämme ein, nachdem der rumänische Oberleutnant es den Angehörigen unvorhergesehener Weise doch noch erlaubt hatte, Abschied von ihren Lieben zu nehmen.

Alte Frauen und Kinder, Großväter und Halbwüchsige, die bislang von der Soldateska abgedrängt worden waren, brachen gleich einer unaufhaltsamen Woge zu den Wagen durch. Ein Händedrücken, Umarmen und Wunschbegleiten setzte ein, das keine Ohren für alle Trennungsbefehle finden konnte, die mit aller Schärfe ausgerufen wurden. Erst als Warnschüsse der Gendarmen die steife Schneeluft am Kuhbrunnen zerrissen, ließen die Menschen voneinander los, und die Zurückbleibenden hauchten ihre laue Ohnmächtigkeit sichtbar in den trostlosen Januartag. Die Soldateska blieb Sieger – niemand durfte mehr an ihre Gefangenen heran. Wagen für Wagen, Gruppe für

Gruppe wurde nunmehr überwacht und mußte sich zum endgültigen Abtransport einreihen. Bitternis, Wut und Wehmut zugleich machten sich hier am Kuhbrunnen breit. Eine Mutter versuchte mit der Kraft der Verzweiflung ihre beiden Töchter noch einmal in die Arme zu schließen – vergeblich, sie wurde nicht mehr herangelassen!

Großvater Dreyer, welcher Anna bedächtigen Schrittes hinter der Kolonne folgte, hatte das Gefühl, als müsse er die geliebte Enkelin bis an das Ende seiner Tage begleiten, um sie vor der stiefgesinnten Welt doch noch beschützen zu können! Er hielt die Schritte erst hinter dem Wiesengraben an, als seine Tochter ihn am Arm ergriffen hatte: »Vater, laß uns hier stehenbleiben – es hilft uns nicht weiter!« Andreas Dreyer wendete sich im Zeitlupentempo um. Erst jetzt merkte er, mit Anna allein so weit gekommen zu sein. Die meisten Leute waren bereits auf dem Wiesengelände zurückgeblieben. Den Lippen des Alten entrang sich ein nahezu vorwurfsvolles »Hm!« Er wollte von seinen Landsleuten nicht als einer verkannt werden, der glaubte mehr zu verlieren als alle anderen!

Resi saß stillschweigend neben Fuhrmann Irimie auf dem Wagenbrett. Hin und wieder wandte sich ihr Sorgenblick über die Köpfe der rücklings sitzenden Mädchen zum Dorfe zurück. Was in ihr vorging, wußte nur sie allein.

»Hast du was gesagt, Resi?« Die Frage des Mädchens neben ihr ging im Wagengeratter unter. Ein eisiger Windstoß trug sie in die gähnende Leere der Winterlandschaft.

Das kleine, bräunlich-grüne Militärfahrzeug mit den beiden Sowjetoffizieren wirbelte bei der Vorbeifahrt den Pulverschnee entlang der Menschenkolonne auf. Noch war man keine drei Kilometer von Wiesenbrunn weggekommen, als die Leute auf den Wagen wie auf Kommando ihre Köpfe rückwärts wandten. Der Wind trug Glockengeläute aus dem verlassenen Dorf heran.

Noch konnte Resi Wagner zu dieser Stunde nicht ahnen, daß sie sich als Zwangsinternierte mit der Nummer 67854 auf dem Weg ohne Wiederkehr in das sowjetische Donezbecken befand. Wie alle anderen Frauen und Mädchen mußte auch sie sich erst ein-

mal an diesen Trott gewöhnen, der jedes eigene Wollen und Denken verwischen, das Dahinvegetieren zum Gesetz und die Tage zeitlos werden lassen sollte! Für sie war ein schönes Lied verklungen: »Schön war die Jugend, sie kommt nicht mehr!« Für Resi Wagner begann mit diesem Januartag der unerbittliche Kampf um das nackte Überleben.
Armes Frauenherz – welch ein Weh, das dich bei so viel Stiefgesinnung des Vaterlandes von deinem suchenden und fragenden Bübchen daheim trennte und hungernd durch endlose Schneesteppen und nachtdunkle Schächte treiben sollte. Das Schicksalswort »Verschleppung« bekam mit jedem neuen Tag eine andere Bedeutung – es hieß nunmehr »Wiedergutmachung« und sollte für viele einem Todesurteil gleichkommen!

Aus Wiesenbrunn waren die tintenblauen Gendarmen, khakigrünen rumänischen Soldatenuniformen und Rotarmisten indessen verschwunden. Das Schwabendorf hatte eine große Wunde zu verschmerzen, die lange, lange nicht vernarben wollte, zumal sie von Bitterkeit und Weh an jedem Morgen neu aufgebrochen wurde. Niemand würde die alten Menschen in der folgenden Zeit danach fragen, woher sie ohne die letzte Feldflur, die man ihnen entrissen hatte, ein Stückchen Brot für die Kinder der Verschleppten hernehmen sollten! Das Mitgefühl war rar geworden: Diese Schwaben würden sich schon durchschlagen ...
Als die Menschen an diesem frostigen Januarabend ihre Häuser betraten, war alles kahl und leer – die Wände gafften ihnen hoffnungslos entgegen.

*

Die Zugbremsen quietschten, das einsetzende Aufreiben der Waggonräder auf den Eisenschienen drang Resi Wagner bis ins Gehirn. Ruckweise hatte der lange Transportzug angehalten. Niemand in diesem gottverdammten Viehwaggon wußte, wo man sich eigentlich befand. Auch Vetter Georg nicht, der im glühenden Trommelblechofen in der Waggonmitte herumstocherte.

Die junge Frau war aus ihrem Dahindösen während dieser endlos langen Winternacht durch das Anhalten des Zuges aufgerüttelt worden und blickte traumverloren in die Runde. »Wo sind wir?« Die Frage drang irgendwie durch den Schleier der Übermüdung zu ihrem Bewußtsein durch. Ihr linker Arm fühlte sich kalt und steif an. Den Ritz in der Waggonwand hatte sie zwar schon vor Stunden mit Zeitungspapier verstopft, doch immer noch drang die eisige Januarluft herein. Resi schob ihr hübsches Näschen heran und tat einen kräftigen Atemzug. Schneeträchtige Morgenluft, draußen dämmerte es.

»Sighisoara! Schäßburg!« Eine noch verschlafene Frauenstimme hatte es halblaut von der Waggonpritsche unter ihr gerufen. Darauf kam Bewegung im Waggon auf. »Dort drüben, das müßte die Bergschule sein!« Dann war es eine Männerstimme, die vom kleinen Gitterfenster kam: »Du wirst sehen, Franz – sie bringen uns in die Marmarosch, zu den Sägewerken!«

»Oder vielleicht in die Moldau, nach Gura Humorului?« entgegnete der Angesprochene, »Wieso sollte man unseren Transport ansonsten soweit gegen Norden gebracht haben?«

Die Männer hatten sich von ihren Kisten um den Trommelofen erhoben und drängten sich zur Waggontür. Meinungen und Vermutungen wurden laut, die einen gewissen Optimismus aufkommen ließen. Es ging einfach darum, das eine, bislang unausgesprochene Wort auszuklammern: Rußland!

Doch dann fiel es doch noch, wie ein schwerer Hammer auf den Amboß der Unausweichlichkeit: »Macht euch bloß nichts vor, sonst trifft euch die Enttäuschung noch schlimmer! Wir müssen hier durch, weil alle Strecken durch das Altreich mit Transportzügen verstopft sind! Rußland – dahin führen alle Wege! Der verdammte Gendarmeriewachtmeister Popescu hat es mir bei der Abreise aus dem Kreisvorort noch nachgeschrien!«

Franz Eckert, einer der ältesten Männer aus dem vierten Waggon hatte sich endlich Luft gemacht, ihm lagen Illusionen immer schon fern. Einmal hatte es sowieso jemand aussprechen müssen! Der Mann hinter ihm am Trommelofen schob ein wei-

teres Holzstück durch das Schwarzblechtürchen in das schwelende Feuer, das heftig aufknisterte.
»Spar nur ein bißchen Jurki, sonst raubt uns die Teufelskälte in der kommenden Nacht auch noch den letzten Schlaf! Wer weiß, ob wir überhaupt noch Holz kriegen?« Jakob Wirth pflichtete Eckert bei, nachdem nicht mehr allzuviel Holz um den Blechofen lag.
Von draußen kam heller Lärm, fremdartige Rufe machten sich breit und ließen die Leute im Wageninnern aufhorchen. Die Schiebetür des Waggons Nummer vier wurde langsam beiseite geschoben, eine russische Pelzmütze mit dem emaillierten, roten Sowjetstern wurde sichtbar. Der Rotarmist spreizte den Männern vier Finger seiner Rechten entgegen: »Dawaj tscheti-ri tschelowek!«
Vier Mannsleute wurden also diesmal gebraucht, zwei Wasser- und zwei Sackträger, wie der Russe es den Leuten verständlich zu machen versuchte. Dabei wies er mit der Hand zum Bahngelände hin, wo zwischen Bahnsteig und Bretterzaun Kohle- und Holzhaufen zu sehen waren. Wieso auch nicht – man war schließlich ja noch in Rumänien!
»Wir werden sicherlich länger hier halten!« bemerkte Liesl Frank und stieg, für ihre Sportfigur viel zu umständlich, von der oberen Liegepritsche herab. Einer der Männer verteilte das letzte Wasser aus dem weißen Emaileimer von daheim. Frauen und Mädchen benötigten Waschwasser und hielten Schüsseln bereit. Sieben oder acht Mannsleute waren indessen aus dem Waggon hinabgestiegen, weitere schickten sich dazu an, als die Bewacher auch schon losdonnerten: »Jobt twoje matj, tschetirij – bolsche ne chuia!« Sepp Schleier bekam einen Gewehrkolben vor die Brust, torkelte an die Waggonwand und schrie schmerzerfüllt auf. Die Wachposten griffen vier Männer heraus, die restlichen mußten in den Waggon zurück, worauf die Seitentür sofort wieder zugeschoben wurde.
Der kleine Trägertrupp überschritt unter Wachbegleitung das Bahngelände und kam zum vereisten Pumpbrunnen, wo sich bereits Trägergruppen aus anderen Waggons eingefunden hatten. Es kostete bei diesem spärlichen Wasserstrahl einige Zeit,

bis so ein Eimer vollgelaufen war, ein Umstand, der den ununterbrochen fluchenden Rotarmisten mächtig auf den Wecker ging. Bei den Holz- und Kohlehaufen beschäftigten sich die Träger aus den vorderen Transportwaggons damit, ihre großen Säcke mit dem so bitter notwendigen Brennmaterial vollzustopfen. Andere taten sich schwer, die Steinkohlebriketts über Geleise und vereiste Glattflächen zu ihren Waggons zu schleppen. Die meisten Schienenstränge waren mit abgestellten Lastwaggons, ein- und abfahrenden Nahverkehrs- und Militärzügen belegt.
Helles Aufsehen erregten zwei Rotarmisten, die ihre Wintowkas mit aller Gewalt auf die Köpfe der Anwohner niedersausen ließen, die einige Zaunbretter gelöst hatten und dabei waren, Brennholz und Kohle zu entwenden. Einer dieser Männer blutete bereits heftig aus einer Kopfwunde, nachdem es ihm nicht gelungen war, rechtzeitig zu entkommen.
Den Sowjets ging alles viel zu langsam, ihr ungeduldiges »Dawaj, dawaj!« trieb einige der Träger mit halbvollen Säcken zurück! Auch der armselige Pumpbrunnen konnte sein lebensnotwendiges Naß nicht schneller hergeben, als es die manuelle Kraft der sich fortwährend abwechselnden Männer vermochte. Gerade auf sie richtete sich die Unduldsamkeit der Rotarmisten, die von ihren Offizieren gewisse Anweisungen erhalten hatten. Die Männer am Bahnhofsbrunnen pumpten sich die Seele heraus, sie befürchteten zuletzt noch ohne Wasser zu bleiben.
Die Wachmannschaft war seit dem Eindringen der Zivilisten auf das Bahnhofsgelände vorsichtiger geworden: nur noch Träger aus jeweils sieben Waggons wurden herbeigelassen, immer schön der Reihe nach. Und trotzdem geschah es!
Soeben war ein Motorzug auf dem zweiten Geleise eingelaufen. Die Fahrgäste verließen die wenigen Wagen und eilten mit hochgeschlagenen Mantelkrägen auf das Bahnhofsgebäude zu. Einige der Reisenden hielten plötzlich die Schritte an – ein unglaubliches Bild, das sich ihnen in diesem Augenblick bot: Zwei der Sackträger hatten ihre Kohlelast hingeworfen und waren in langen Sätzen auf den nur wenige Meter entfernt haltenden Motorzug auf-

gesprungen! Bis der schnauzbärtige Sowjetbewacher – der sich bei seinem Towarischtsch gemächlich eine »Papirosja« angezündet hatte – sein »Stoj!« aus heiserer Kehle herausbrachte, war der Hase bereits gelaufen! Die Feuerstöße der Bewacher zuckten über den graugrünen Bahnwagen hinweg, doch blieb nichts außer erbsengroßen Löchern um die Waggontür als zweifelhafte Zeugen ihres Erfolges zurück!

Die flinken Ausreißer hatten sich – von dem haltenden Motorzug verdeckt – im Handumdrehen zwischen dem Güterwagenpark verduftet! Bis die übrigen Posten erst richtig wußten, was geschah, konnte kaum noch eine Verfolgung aufgenommen werden. Den beiden Flüchtlingen nachsetzen und dabei ein Entkommen weiterer Träger ermöglichen – dieses Risiko wagte keiner der Bewacher auf eigene Faust einzugehen!

Höllisch fluchend begannen die Posten jetzt mit ihren Gewehrkolben auf die Träger einzuschlagen und trieben die Männer, die alles mitangesehen hatten, wutentbrannt zu ihren Waggons voran. Einer der Träger rutschte auf einer Schneewehe aus und fiel vornüber, wobei sein Wassereimer sich völlig entleerte. »Dawaj!« schrie der Posten hinter ihm – sollten sie doch verdursten, diese verhaßten Germanskij.

Die Russenposten waren sichtlich nervös geworden, sie hatten nur noch Flüche übrig für die Männer am Brunnen. Die folgende Trägergruppe wurde von den Posten eng zusammengedrängt, keiner durfte mehr einen Schritt seitwärts wagen.

Die Nachricht verbreitete sich entlang des schier endlosen Menschentransportes von Gitterfenster zu Gitterfenster wie ein Lauffeuer im Wind: Michel Arendt und Joschka Brühl hatten ihr Leben aufs Spiel gesetzt und waren davongelaufen! Die beiden hatten es gewagt und sie hatten gewonnen! Gott schütze sie! Wo die Hoffnungslosigkeit in den letzten Tagen alle Gesichter gezeichnet hatte, war im Namen der Freiheit ein Leuchten aufgekommen. Es wurde von den Verschleppten in einer Kettenreaktion der Genugtuung von Waggon zu Waggon weitergegeben.

Beim Bahnhofsbrunnen warteten die letzten Wasserträger eng beieinanderstehend mit gemischten Gefühlen auf ihre Reihe.

Jeder wußte – eine falsche Bewegung, und die gereizten Posten würden sofort schießen! Zwei Sowjetoffiziere haderten laut gestikulierend mit einer Gruppe von Wachposten.
Minuten nur sollten vergehen, bis das Unglaubliche sich den Augen der Männer am Brunnen offenbarte: Vier Rotarmisten stießen zwei sich hilflos sträubende Bahnarbeiter vor ihren Gewehrläufen her, über das Schienenfeld! Kein Herrgott, der den rumänischen Arbeitern mehr helfen konnte – sie wurden von den roten Häschern erbarmungslos zum Waggon Nummer sechs eskortiert und hinaufgedrängt, wie sehr sie sich auch immer noch zur Wehr zu setzen versuchten. Es war der gleiche Eisenbahnwagen, aus dem Arendt und Brühl verschwunden waren! Die russischen Bewacher kannten keine Rücksicht auf Menschen und Schicksale, für sie gab es nur noch Nummern und Zahlen, die stimmen und unweigerlich ergänzt werden mußten! Und genau das hatten sie getan – die Zahl im Waggon Nummer sechs stimmte wieder!
Vergeblich bemühten sich nun auch Stationschef Andreescu und sein Fahrdienstleiter ihren Bahnarbeitern aus der Not zu helfen, vergeblich blieb auch das Aufbegehren der zornerfüllten Frauen und Männer, die im Vorbeikommen Zeugen dieses himmelschreienden Vorfalles geworden waren. Die Rotarmisten machten den protestierenden Eisenbahnbeamten ein untrüglich-einladendes Zeichen, doch selber anstelle der beiden Arbeiter einzusteigen: »Dawaj poschaluista!«
Mitten in diesen immer bedrohlicher werdenden Menschenauflauf schrillte der Pfiff der unter Dampf stehenden Lokomotive: Abfahrt! Alle zweiundvierzig Waggons mit ihrer Menschenfracht kamen langsam ins Rollen – die Fahrt ins Ungewisse ging weiter!
Wüstes Geschrei der angesammelten rumänischen Ortsbewohner hob an, die Menschen fluchten und drohten mit den Fäusten, einige ließen sich verzweifelt in den Schnee fallen, als die Schußsalven der Bewacher über sie hinwegkrachten. Die Sowjets zeigten ihren neuen Verbündeten, wer nunmehr die Macht in ihrem Lande in Händen hielt!

Resi Wagner hatte durch die erregten Erläuterungen der Männer, die das Geschehen auf dem Bahngelände durch das Gitterfenster beobachteten erfahren, was draußen vorgefallen war. Sie saß mit angezogenen Beinen auf der oberen Liegepritsche neben Rosl Ringer und Marie Ney, einer seltenen Schönheit mit nachtschwarzem Haar und blauen Augen. Das Mädchen hatte daheim schneidern gelernt.
Die junge Frau sah gedankenvoll in das aufflackernde Ofenfeuer, sie konnte dies alles nicht begreifen. Wie konnte es nur möglich sein, daß die Wachmannschaft zwei völlig unschuldige Menschen aufgriff und mit dem, was sie auf dem Leibe trugen, einfach in den Waggon schubste, ohne daß deren Familien auch nur eine Ahnung hatten, wohin sie verschwunden waren? Das war doch purer Menschenraub! Oder gab es überhaupt kein Recht und Gesetz mehr, wovor diese Unholde haltmachten?
Der Mundfunk hatte während des Aufenthaltes in Schäßburg neue Gerüchte aufkommen lassen: Man wollte die Verschleppten in Jassy oder Ungheni angeblich gegen sowjetrussische Kriegsgefangene austauschen! Woher diese kommen sollten, wußte keiner! Auch schien es mehr als fraglich, was der rumänische Geistliche im Vorbeikommen von einer angeblichen »internationalen Kommission« verlauten ließ! Sicherlich nur ein Trostpflaster seitens des Kirchenmannes, der dem Drama beim Bahnhof kopfschüttelnd zugesehen hatte! Vielleicht sollte er froh sein, daß die Rotgardisten nicht auch ihn erwischt hatten? Wer konnte wissen, was ihm morgen schon blühte?
Resi mußte von der Pritsche herabsteigen, sich ihre steifen Füße vertreten, die unbeweglich geworden waren. Trotz allen Ofenfeuers saß auch ihr die Kälte tief in den Gliedern. Hinter der grauen Pferdedecke, die als Verdeck für die »Toilette« diente, war ständig Bewegung. Soeben war wieder eine Frau dahinter verschwunden. Vierzig Waggoninsassen benutzten dieses mit der Axt in den Holzboden des Waggons gehauene Notloch. Georg Neubauer hatte versucht ein bißchen Hygiene zu bewahren und einen Spüleimer bereitgestellt. In der dunklen Waggonecke schimmerte ein Häuflein Kalkstaub.

Draußen schien ein Schneesturm aufzukommen. Eisiger Nordost pfiff um den in Fahrt gekommenen Zug, als wolle er ihn aufhalten. Ein paar Frauen richteten ihre Schlafplätze auf der oberen Plattform her. Sie waren an der Reihe, für zwei Stunden die Augen zu schließen und ihre Beine auszustrecken. Die Männer schliefen meist im Sitzen – irgendwie mußte der Körper seine Ruhe finden.
Im monotonen Zusammenspiel von Räderrollen und wiederholendem Schlag der Schienenstränge war alles für die zusammengedrängten Menschen zeitlos geworden. Es mußte spät am Tage sein, dachte Marie Ney. Wie gut wäre es, eine Handuhr zu besitzen, wie die reichen Mädchen sie besaßen. Doch dann bedachte sie: Was heißt hier schon – reiche Mädchen?
Das Menschenknäuel um den wärmestrahlenden Trommelofen in der Waggonmitte war größer geworden. Die Leute kauerten im Halbschlaf aneinander und dösten vor sich hin. Einige hielten dabei ihre Köpfe wie schlafende Vögel zwischen den Knien. Wer gerade wach wurde, warf ein Stück Holz oder eine Handschaufel Eierkohle in den Ofen. Vor allem mit dem Holz mußte sparsam umgegangen werden – Kohle fand man immer noch auf den Haltebahnhöfen. Ob der Zug wohl auch in der kommenden Nacht irgendwo anhalten würde? Irgendwo, wie relativ dieser Gedanke geworden war.
Immer wieder gab es ein Klirren, sobald der Zugmechaniker die Bremsen ansetzte. Vom Waggondach hingen dicke Eiszapfen vor dem Gitterfenster herab. Auch Resi Wagner hatte es bemerkt. Einzuschlafen war keinem der Mädchen bislang gelungen. Immer nur dieses Rumm-rumm, am Ende eines jeden Schienenstranges.
Das dumpfe Empfinden hatte sich bereits in Resis Gehirnrinde eingenistet. Oder saß es gar schon länger darin? Irgendwann hatte sie so etwas doch schon einmal erlebt! Ach ja – schmunzelte sie vor sich hin – in der alten Holzwiege neben dem Stubenofen, wo Altmutter sie als Kleinkind allabendlich hin und her schaukelte, bis die Fenster und Wandbilder sich im Kreise um sie drehten und zu Geleisen wurden, die sich im Dunkel verloren …
Draußen pfiff immer noch der Schneesturm. Der riesige Bogen

der Waldkarpaten mußte irgendwo eine Schneise haben, durch die der russische Steppenwind pfiff!
Mitternacht war längst vorbei, als die Bremsen hart aufröhrten und der lange Zug zum Stehen kam. Die junge Wagnerin schreckte wie betäubt aus dem Schlaf. Nichts schien mehr einen festen Begriff zu haben, alles war vorläufig geworden, von beklemmender Vorahnung bestimmt und empfindlich monoton. Eine seltsame Beklommenheit hatte sich im Gemüt des Mädchens breitgemacht, die an schmerzliche Selbstüberlassenheit grenzte.
Draußen mußte ein Bahnhof sein. Mit einem langandauernden Hin und Her wurde ihr Zug allem Anschein nach wieder auf ein totes Gleis geschoben. Unverständliche Laute kamen herein. Die Menschen warteten, Stunden warteten darauf, Nächte und Tage aneinanderzuknüpfen. Ein Rumoren näherte sich und donnerte schnell vorüber. Es mußte ein langer Lastzug sein, der durch die Nacht rollte! Mit Sicherheit wieder ein Militärzug, der aus dem Osten kam und freie Fahrt bekommen hatte! Oft, sehr oft hatte ihr Transportzug anhalten und die halbe Nacht hindurch auf toten Geleisen stehen müssen. Militärzüge mit Versorgungs- und Waffentransporten für die ungarische Front hatten Vorrang!
Mit halbgeöffneten Augen blickte Resi in die nächtliche Runde. Das Innere des Waggons glich einer vulkanischen Landschaft: In der Mitte ein rotleuchtender Krater, umringt von einem tiefblauen Kegel, der sich im Dunkeln verlor. Einer der Schläfer da unten schreckte auf und sah sich erstaunt um. Sein schlaftrunkener Kopf neigte sich jedoch gleich wieder auf die Schulter zurück. Die Männer waren übermüdet, sie sägten ihr Holz im Schlaf, der eine zum Unwillen des anderen. Halblaute Selbstgespräche wurden vernehmbar, sekundenlang – dann wurde es wieder still. Allein der Trommelofen knisterte auf. Jemand hatte wieder aufgelegt.
Vor den Augen der jungen Frau auf der oberen Pritsche wurde alles schemenhaft. Der rötliche Flimmerschein vor ihren Augenlidern verschwamm in der graublauen Unbewußtheit, die bald auch schon ihre Gedanken eingefangen hatte.

*

Als Theresia Wagner an diesem stahlgrauen Wintermorgen des 7. oder 8. Februar 1945 – das Datum wußte sie selbst nicht so genau – durch das obere Gitterfenster ihres Transportwaggons hinaus in die russische Landschaft blickte, kam ihr unwillkürlich das alte Volkslied in Erinnerung, das Großmutter Sophie ihr an den Winterabenden ihrer frühen Kindheit immer wieder gesungen hatte:
»Endlos, endlos dehnen sich die Steppen, vom ewigen Schnee Sibiriens bedeckt;
die Felsen ragen – wie der Hölle Treppen, und kein Sonnenstrahl der Blumen Augen weckt!«
Obwohl es Resi bei Gott nicht zum Singen war, klang ihr der Liedtext bei diesem Anblick unvergessen im Bewußtsein nach. »Sibirien!« – war dieses furchterregende Wort eine Ausgeburt der Phantasie? Oder hatte es in der Erinnerung an das, was Vetter Andres Berger erzählte, den sie wegen seiner langjährigen sibirischen Gefangenschaft den »Alten Ruß« nannten, eine besondere Bedeutung erlangt?
Wissen konnte Resi zu dieser Stunde nicht, daß ihre Wiesenbrunner Landsleute aus den letzten vier Eisenbahnwagen in Dnjepropetrowsk von ihrem Transportzug abgekoppelt worden waren und sich bereits auf dem Weg in Richtung Ural befanden!

Zwölf Tage und Nächte hatte die unselige Reise gedauert. Draußen war wieder der Tag angebrochen. Die gewaltige Schneedecke kam der jungen Frau aus dem Blickwinkel des winzigen Gitterfensters erdrückend und endlos vor. So weit ihr Auge reichte – kein Baum, kein Strauch, kein Haus! Alles eine riesige Schneewüste, die ihr – von den zahlreichen Relikten eines ehemaligen Schlachtfeldes überragt – wie ein endlos weißes Leichentuch erschien: Geschützrohre, schief versunkene Panzertürme, Fahrzeuge und immer wieder Stahlhelme und Leichen von Gefallenen, in zerfetzten feldgrauen, khakigrünen oder erdbraunen Uniformen, die man – sobald sie nicht in unmittelbarer Nähe des Bahndammes lagen – nicht so recht erkennen konnte! Resi Wagner erschauerte: Da drüben lag wieder einer. Der Oberkörper des Gefallenen ragte aus der Schneewehe, sein Arm war ausgestreckt, als wolle er im Tode noch nach seinem Stahlhelm greifen, der keine zwei Schritte neben ihm, zwischen strohgelbem Steppengras lag, das in wenigen Halmen über die Schneewehe ragte!

Abscheulich erschienen Resi die riesigen Krähenscharen, die sich mit ihrem schrillen Geschrei tief über der weiten Schneewüste drehten. Bei ihrem Anblick lief ihr ein kalter Schauer über den Rücken.

Das Rumm-rumm des Räderschlags erschien in der Vorstellung der jungen Frau wie der Nachhall von Granateinschlägen, die die Erde hier aufgewühlt und Abertausende das Leben gekostet hatten! Vielleicht lag Onkel Peter irgendwo hier draußen ... Allein schon der Gedanke daran zermarterte ihr das Gehirn.

Doch da war auf einmal die andere, die warme und wohltuende Stimme, die – wie ein plötzliches Ohrenklingen – den dumpfen Rhythmus verdrängte: »Immer nur vorwärts schauen, mein Kind, das hilft dir weiter!«

»Mein Gott – Großvater Dreyers Mahnung!« kam es Resi sofort in den Sinn. Der Alte hatte sie ihr beim Abschied mit auf den Weg gegeben!

Eine schwere Hand legte sich Resi auf die Schulter. Sepp Schneider stand hinter ihr: »Siehst du dort drüben die dunklen Kegelspitzen, Resi? Weiter links, hinter der Talsenke?«

Was nun auch Resi sah, waren berghohe Steinhalden, die majestätisch aus der kahlen Landschaft in den Februarhimmel ragten. Je näher der Zug herankam, um so deutlicher zeichnete sich alles um diese baumlosen Riesenkuppen ab: gewaltige Eisengerüste mit Riesenrädern von züngelnden Flämmchen umgeben, die eher in die Hölle als in den Himmel zu führen schienen; Stromleitungen von einer Talsenke zur anderen, und im Schnee vergrabene Siedlungen winziger Katen, von gewaltigen Hallen und zerschossenen Industriebauten überragt.

»Kohlengruben!« schrie Sepp erschrocken aus voller Lunge heraus, und das Gesicht des jungen Heidebauern war fahler geworden dabei. Das furchterregende Wort wäre dem Burschen nahezu im Halse steckengeblieben! Die Männer vom Ofen hatten sich genauso plötzlich erhoben und starrten zur Waggonluke hin. Der Schreck schien auch den Frauen mit diesem Ausruf des Schneider Sepp in die Glieder gefahren zu sein! Eine nach der anderen stiegen die Frauen von den oberen Schlafpritschen und drängten sich an das Gitterfenster und zur Waggontür heran. Jede wollte Ausschau halten, die Sichtplätze mußten gewechselt werden.

»Schachtanlagen, ja das sind wirkliche Kohlengruben!« bestätigte nun auch Georg Lohmüller, den die jüngeren respektvoll »Vetter Jurki« nannten. Er hatte als lediger Bursche selber ein paar Jahre zusammen mit seinem Bruder in Lupeni als Bergmann gearbeitet, bis er seine Franzl 1923 beim schwäbischen Kirchweihfest kennengelernt hatte. Vom Stoppelbart Lohmüllers tropfte das Schneewasser, er hatte sich soeben das Gesicht gewaschen.

Draußen war es entsetzlich kalt geworden, das Thermometer hatte bereits in Dnjepropetrowsk 36 Grad unter dem Gefrierpunkt angezeigt. Seit einigen Tagen schon hielt die Kälte an. Irgendwie ließ sich die trockene russische Kälte jedoch leichter ertragen. Hätte das Thermometer daheim im Banat erst einmal 35 Grad unter Null angezeigt, dachte Resi, kein Mensch hätte sich mehr auf der Straße gezeigt!

Immer wieder, wenn der Zug länger anhielt und die Wachposten den Leuten erlaubten, sich ihre steifgewordenen Füße auf festem Boden zu vertreten, wurden auch ein paar größere Gefäße mit Schnee angefüllt. Seit anderthalb Wochen, nachdem der Transportzug mit den Verschleppten weit hinter den Dnjestr gelangt war, hatten die Rotarmisten ihre Gefangenen herabsteigen lassen. Auf rumänischem Boden wagte keiner auch nur zu hoffen, für einige Minuten ins Freie zu gelangen, besonders seit der Flucht der beiden Männer am Bahnhof von Schäßburg!

Der schrille Pfiff des breitspurigen Dampfungetüms, dem Vetter Koller bereits während der Fahrt durch Bessarabien die Bezeichnung »Russischer Eisbär« verliehen hatte, ließ die Frauen an der Ausblickluke erschreckt zusammenfahren. Er kam wie eine Bestätigung dafür, daß ihr Fahrtziel nicht mehr allzu weit sein konnte! Resi Wagner teilte die gemischten Gefühle

vieler Frauen aus ihrem Waggon: Einerseits war da die erlösende Hoffnung, dieses entsetzliche Gefängnis auf Rädern endlich verlassen zu dürfen – andererseits bedrückte eine unheimliche Furcht vor der Kohlengrube die wunde Seele der jungen Heidebäuerin. Dieses Monstrum von einer Dampflokomotive schleppte den langen Transportzug bereits seit Dnjepropetrowsk hinter sich her durch die Schneesteppen der Südukraine. Am »Dnjeproges«, dem größten Wasserkraftwerk der Welt, hatte man die gewaltige Dampflok gegen jene ausgetauscht, welche die Verschleppten aus Rumänien bis zum Dnjepr gebracht hatte, nachdem diese in der Südmoldau in die viel geräumigeren russischen Breitspurwaggons »umverfrachtet« worden waren. Seit einigen Tagen konnte endlich wieder richtig geheizt werden: Es gab Steinkohle für die Trommelöfen! Der große Blechtrommelofen in Resis Wagen war bis zur Platte feuerrot, er drohte vor Hitze durchzubrennen, nachdem einer der Männer zuviel von der farbschillernden Steinkohle aufgelegt hatte.
Bei Tag und Nacht kochte ständig jemand im Waggon seinen Tee oder etwas zum Löffeln auf der Ofenplatte. Die warme Flüssigkeit hielt die Menschen irgendwie bei Kräften.

Resi hatte nur wenige der Orte, durch die ihr Zug gekommen war, im Gedächtnis behalten: Kischiniow, Tiraspol, Dnjepropetrowsk ... Jetzt ging es angeblich auf den Donez zu!
Was die junge Frau von ihrem vergitterten Waggonfenster aus beobachten konnte, war trostlos und erschreckend: Bitterarme, zum Teil in alte und zerfetzte Militärblusen gehüllte Frauen stocherten in den Mülltonnen und Abfallhaufen der Bahnhöfe herum, halbwüchsige Bürschlein stürzten sich buchstäblich auf die Brot- und Speisereste, die aus den Eisenbahnwaggons herabfielen! Welch trostloses Signal für Zehntausende von Menschen, die in diesen Februartagen in das Sowjetparadies geschleppt wurden!
Wegwerfen – eine Todsünde! Noch waren Koffer und Säcke der Schwabenleute aus dem gottgesegneten Banat mit Nahrungsmitteln vollgestopft. Mancher warf daher das gefaßte Trocken-

und Schwarzbrot zusammen mit dem bis zur Ungenießbarkeit versalzenen Schaffleisch durch die Waggontür! Wie lange noch? Dies sollte die alles entscheidende Frage zwischen Leben und Tod werden! Noch aber lagen die schrecklichen Hungerjahre 1946-47 weit hinter dem russischen Horizont!
Während des gesamten, nunmehr dreiwöchigen Verschleppungstransportes war dreimal warmes Essen verabreicht worden: Erbärmliche, saure Wassersuppen mit grünen Gurken- und Tomatenstückchen sowie braunen, gefrorenen Kartoffelresten!
Es stank entsetzlich im Waggon nach Fäulnis, Unrat und Notverrichtung! Lange Fahrtstrecken hindurch war die Verriegelung von den Wachleuten überhaupt nicht geöffnet worden. Die Belüftung geschah durch die eisige Winterluft, die durch feinste Fugen in den Waggon eindrang.
Einige Leute lagen fieberkrank auf den Schlafpritschen, andere mußten sich erbrechen. Wer sollte sich um sie kümmern? Der sowjetische Arzt befand sich im vordersten Waggon, er hatte Besseres zu tun. Keiner der Leute hatte ihn seit der rumänischen Grenze zu Gesicht bekommen. Nahezu jede Familie – es gab einerseits Ehepaare, andererseits Vater oder Mutter mit Sohn oder Tochter im gleichen Waggon – hatte Medikamente, zumeist Präparate gegen Fieber und Grippe, mit sich genommen. Man half einander aus damit.
Eine Frau aus einem Nachbardorf sollte vorgestern schon in einem der letzten Transportwagen gestorben sein – heute erst wurde sie weggetragen. Gott gnade ihr ... und mehr noch ihren Angehörigen!
Endlich hatte der Zug wieder angehalten: »Artjomowsk« zeigte das Bahnhofsschild. Vielleicht war es die letzte oder vorletzte Haltestelle vor dem Ziel? Wer konnte das wissen? Die Männer, die sich mit Schnee abrieben, sahen mit fragendem Blick zu den beiden vorüberkommenden Wachposten auf. Keinerlei Reaktion. Weiter vorne fragte jemand etwas. Ein Schulterzucken kam als Anwort seitens der Posten. Schon möglich – vielleicht wußten sie selber nichts. Der Sowjetoffizier kam mit seinem Begleiter vom Bahnhofsgebäude quer über das Schie-

nengelände zum Zug zurück. Beide bestiegen ihr Abteil vorne, im einzigen Personenwagen.
Einige Frauen reinigten sich im Waggon hinter vorgehaltener Decke, andere schmolzen frischen Schnee auf der Herdplatte. Es gab Ungeziefer im Waggon, erste Läuse machten sich bemerkbar. Aus der offenen Waggontür stieg warmer Dunst in den klaren Februarhimmel. Höchste Eisenbahn, endlich das Ziel zu erreichen! Nichts als heraus aus diesem finsteren, stinkenden Gefängnis auf Rädern!
»Komme, was mag«, gestand der als duldsam bekannte Scherer Konrad, »ich will endlich wieder saubere Luft atmen und freien Himmel über dem Kopf sehen, be...!« Dabei hatte der gute Konrad das kleine Wörtchen »bevor ...« nicht weiter ausgesprochen. War es vielleicht schon die dunkle Vorahnung, die den Bauersmann aus Wiesenbrunn die Schönheit des freien Himmels preisen ließ?
Es war Nachmittag geworden und der Zug hielt immer noch auf dem Bahnhof von Artjomowsk. Ganz in der Nähe heulte eine Schachtsirene auf. »Vtoraia smena!« kündigte einer der Bahnarbeiter lautstark den Schichtwechsel an.

*

Beim Eisenbahnknotenpunkt Jasinowataja, einem der größten Verladebahnhöfe des bekannten südrussischen Kohlenreviers Donbaß, war der lange Transportzug mit den Verschleppten aus dem Banat am frühen Morgen des 2. Februar 1945 auf ein anderes Geleise umgeschoben worden.
Knappe zwei Stunden später standen die mehr als 1700 Zuginsassen neben dem Bahndamm im hohen Schnee und warteten auf ihren Abtransport. Die gesamten Habseligkeiten der »Internierovannij« – Resi Wagner hörte dieses unselige Wort erstmals in ihrem Leben – hatte man aus den Waggons herausgetragen und zuhauf geschleppt: Koffer und Säcke, Decken, Bündel und manches andere mehr.
Ganz in der Nähe, bei der Wegbiegung hatten sich Neugierige eingefunden und starrten unentwegt herüber. Immer mehr Ein-

heimische zeigten sich, sie kamen vom Schacht her oder aus dem nahen Rudnik, wie die armselige Bergmannssiedlung genannt wurde und hielten ihre Schritte an. Eine kleine Gruppe Grubenarbeiter – jeder mit seinem Pickelhammer und einem Bündel Abfallholz auf dem Rücken – war auf dem Heimweg ebenfalls stehengeblieben. Weißbärtige Männer mit hohlen Augen ließen ihrer Ungehaltenheit über die vielen fremden Brotesser, die der lange Zug gebracht hatte, im gestikulierenden Gespräch freien Lauf. Kältevermummte, armselig gekleidete Russenweiber mit unruhigen Kindern an der Hand, die ihre Matuschka fortzuzerren versuchten, warfen feindselige Blicke herüber. Es schien jedoch alles ruhig zu verlaufen, bis der große Mann in der abgetragenen Militärjacke plötzlich seine Faust über die Köpfe der Leute schwang und einen lautstarken Schmähruf ausstieß: »Nemetzkij faschisti prokleatije!«

Ein Brodeln und Drohen ging durch den Haufen, der sich innerhalb weniger Minuten in Bewegung setzte: Schritt für Schritt, einen Fuß abwägend vor den anderen setzend, schob sich die lebendige Mauer heran, allen voran der große Mann mit der abgetragenen Militärjacke.

Die Wachposten waren jedoch auf der Hut und traten auf Befehl ihres Offiziers sofort in Aktion: »Stojte tam!« Keiner der bedrohlich Gestikulierenden durfte auch nur einen Schritt näher treten! Die Russen schimpften und fluchten gotteslästerlich, unternehmen konnten sie weiter nichts.

Wer konnte es diesen Menschen verdenken: Sie hatten über lange Kriegsjahre hinweg geduldet, gelitten, gehungert, ihre Söhne lagen leblos irgendwo auf den weiten Schlachtfeldern Rußlands! Verbitterung und Haß auf den Feind des Vaterlandes hatten sich breit gemacht, in der vergeblichen Hoffnung der Menschen, sich endlich einmal satt essen zu dürfen! Sie hatten die Deutschen, diesen Erzfeind des Kommunismus, nicht allein in der Zerstörungswut des Krieges, sondern vielmehr noch durch die Parteipropaganda während des »Großen Vaterländischen Krieges«, aus den Zeitungen, dem Radio oder durch die Losungen der kommunistischen Erziehung kennen und hassen gelernt! Nun stand dieser verhaßte Feind der »Gitlerovzij«

keine hundert Meter entfernt und leibhaftig da! Wehe ihnen, sie sollten büßen – für alles, was Mütterchen Rußland und sein großes Volk zu leiden bekommen hatten!

*

Der leere Transportzug stand mit weitgeöffneten Seitentüren seit anderthalb Stunden schon auf dem Bahndamm, obwohl der Lokführer zum wiederholten Male die Dampfpfeife aufschrillen ließ. Aus den Seitentüren der Waggons stieg warmer Dunst in den ukrainischen Februarhimmel. Es mußten an die hundert Kilometer gewesen sein, die der Zug mit den Verschleppten seit Jasinowataja zurückgelegt hatte. So genau konnte das niemand sagen. Resi Wagner spürte kaum noch ihre Knie, die körpereigene »Zentralheizung« schien nicht mehr richtig zu funktionieren, hatte sie während der zwei Wochen Bahnfahrt kaum noch ihre Füße richtig ausstrecken können. Und jetzt dieses Herumstehen. Auch die warmen Lederschuhe hielten die Kälte nicht mehr ab, ihre Füße waren zu Eisklumpen geworden, obwohl Resi keine Minute lang ruhig stand. Die junge Frau hustete fortwährend, ihre Lungen schienen vom Kohlengas, das der Trommelofen im Waggon ständig ausgestoßen hatte, gereizt und von der nunmehr starken, eisigen Luft angegriffen worden zu sein. Neben ihr saß Marie Ney eingeigelt auf ihrem Bettzeugbündel. Rosl Ringer und Anneliese Reinert führten ein angeregtes Gespräch. Die meisten Leute hatten sich in größeren Gruppen zusammengefunden. Sie starrten immer wieder in Richtung der nahen Ortschaft, mit ihren im unendlichen Weiß versunkenen Katen und vom Schnee erdrückten Dachlinien. Von dort mußte doch endlich Hilfe kommen, bevor sie noch alle hier erfroren! Die Burschen und Männer in ihrer Nähe pafften den blauen Dunst der rumänischen National-Zigaretten voller Ungeduld in die Luft und stampften mit den Füßen in den hartgefrorenen Schnee. Die rötliche Lichtflut, die sich von der Horizontlinie über die Schneefläche ergoß, ließ ringsum alles feenhaft-kristallen erstrahlen. Es war, als drücke die Morgensonne die russische Kälte erbarmungslos auf die Erde herab.

Eine weitere Stunde verging. Die Menschen standen immer noch am Fuße des Bahndammes und froren sich ihre mit der Langmütigkeit dieses riesigen Landes erstmals in Berührung gekommenen Glieder und Gemüter steif! Es hieß warten, nichts als warten ... Was sie jedoch erwarteten, kam nicht etwa vom »Rudnik« her, dieser Bergmannssiedlung, wie die Soldaten die nahe Ortschaft nannten – es kam von den Halden und Förderanlagen weiter rechts, in deren Schatten sich der kleine Ort sozusagen in die verschneite Talsenke duckte: Einer hinter dem anderen schlitterten die schweren Lastkraftwagen im Bogen an den breitangelegten Grubenhallen, dem Förderturm mit dem klickernden Riesenrad und an den hohen Kohlenhalden vorbei, in einem Tempo, das alle Geduld der Welt verriet! Die Autokolonne hielt schnurgerade auf den langen Transportzug zu, obwohl von hier aus kaum eine Wegspur auszumachen war.
Im gleichen Augenblick bewegte nur eine Frage die wartenden Menschen: Wohin? Wo mag das Aufnahmelager sich befinden, in dem man die zu Tode erschöpften Leute endlich unterbringen konnte?
Kurz vorher waren einige Sowjetoffiziere mit einem Jeep erschienen. Sie verhandelten immer noch mit dem Transportkommando an der Böschung des Bahndammes. Resi Wagner konnte gut erkennen, wie die neuangekommenen Offiziere zusammen mit dem Militärarzt und dem Hauptmann als Transportleiter, die Begleitpapiere und Personenlisten der Verschleppten durchblätterten und dabei auf die eine oder andere Sache hinwiesen. Auch sie hatten die Autokolonne längst bemerkt. Der lange Hauptmann gab seinen Soldaten bereits Anweisungen. Sofort kam Bewegung in die Uniformierten. Die Rotarmisten, die bislang gruppenweise rauchend beisammen gestanden hatten, begannen auszuschwärmen und sich auf die gesamte Zuglänge zu verteilen.
Es schien endlich loszugehen! Männer griffen die großen Gepäckstücke heraus, um sie als erste zu verladen. Die Frauen und Mädchen sahen sich in merklicher Ungeduld nach ihren Sachen um, als die ersten Molotov-Laster heranrollten.
Aufregung machte sich breit, als einer der Sowjetoffiziere vom

Übernahmekommando sich auf den Bahndamm schwang und lautstark Gehör zu verschaffen suchte. Neben ihm baute sich ein junger Leutnant auf. Dieser gab sich Mühe, den Neuangekommenen verständlich zu machen, was sein Vorgesetzter soeben angeordnet hatte. Sein Bestreben schien jedoch kaum Früchte zu tragen – die guten Schwabenleute aus dem Banat konnten dem wildfremden Russisch und der Gestik des Offiziers kaum etwas Verständliches entnehmen! Die Männer sahen einander hilflos an, keiner verstand wirklich, was die immer eindringlicheren Ausführungen des Offiziers zu bedeuten hatten! Der vermeintliche Dolmetscher schrie seine Ratlosigkeit mit letzter Hoffnung heraus: »Wer spreken po russkij?« Kein einziger unter Hunderten von Menschen, der sich auch nur rührte – die Aufforderung blieb wie ein warmer Hauch in der eisigen Luft hängen.
Jetzt schien auch der höhere Sowjetoffizier die Geduld zu verlieren: »Po russkij kto snait?« Der Sowjetoffizier suchte die Menschenmenge ab, sein Arm zog dabei einen Halbkreis und blieb irgendwo hängen: »Dawaj ti tam, dawaj!« Allem Anschein nach hatte er geglaubt, eine Bewegung bemerkt zu haben! Doch nichts dergleichen – die Leute sprachen durcheinander, fragten und sahen sich hilflos um ... Nichts weiter?
Plötzlich wandten sich alle Blicke in die gleiche Richtung: Halb zog er ihn, halb kam er hin ... Die untersetzte Männergestalt stand auf einmal auf dem Bahndamm, vor den beiden Sowjetoffizieren! Ein weiterer Zivilist – Resi Wagner sah nur noch seinen Rücken – war dicht vor der Dammböschung stehengeblieben. Der untersetzte Mann auf dem Damm, welcher sich mit gewisser Lächerlichkeit anschickte, seine Rechte zum militärischen Gruß zu erheben, war kein anderer als Jakob Wirth, der Einsatz-Jaksch aus Wiesenbrunn! Irgendwie mußte Jaksch gerade noch im letzten Augenblick seinen verhängnisvollen Fehler bemerkt haben – die halb erhobene Hand sank sofort wieder herab. Die beiden Sowjets schienen von dieser »Geste« des Jaksch keinerlei Notiz genommen zu haben.
»Dawaj, dawaj!« musterte der hohe Offizier den kleinen Mann, dessen Lederkappe seinen Rotschopf windschief verdeckte,

und hieß ihn näher treten. Der Sowjetleutnant richtete jetzt eine Frage an ihn, die Jaksch irgendwie zu beantworten schien. Kein Zweifel: Ein paar Brocken russisch mußte sich der Einsatz-Jaksch sicherlich angeeignet haben, ansonsten ...
Der hohe Sowjetoffizier begann erneut damit, den Verschleppten seine Anordnungen kundzutun. Jakob Wirth versuchte erst zögerlich zu dolmetschen, wobei ihm freilich die ganze Kunst seiner Gestik zu Hilfe kommen mußte! Der sowjetische Offizier stand leicht vorgeneigt auf dem Damm und sprach eindringlich auf Jaksch ein. Dieser sog Luft in die Brust und setzte alles daran, seinen Landsleuten diese Anordnungen verständlich zu übermitteln, was ihm mit einiger Anstrengung schließlich auch gelang.
Männer und Frauen hatten sich sofort zum Abmarsch in Viererreihen aufzustellen. Das gesamte Gepäck mußte – laut Befehl – liegenbleiben. Es sollte von den Soldaten verladen und nachgebracht werden! Vergeblich versuchte der eine und andere der Männer seine Sachen auf die Schulter zu nehmen, der Sowjetoffizier donnerte sofort auf ihn ein.
Einsatz-Jaksch hatte seine erste Verlegenheit schnell abgeschüttelt. Lautstark und mit angestrengt-vollrotem Gesicht begann er in die Runde zu rufen, wobei er es keinesfalls unterließ, den einen oder anderen zurechtzuweisen: »Zum Schinder mit deinem Sack dort, Michel! Mitnehmen darf jeder nur das Allernotwendigste! Alles andere bleibt liegen, habt ihr das verstanden, Leute?«
Und ob die völlig übermüdeten Schwabenleute, die sich in der Fahrspur bereits zur Kolonne formierten, es verstanden hatten! Der Abmarsch zum angeblichen Lager wurde befohlen, wobei einer der Sowjets, die sich ganz vorne an der Spitze des Zuges befanden, sein stimmgewaltiges »Dawaj!« über die Köpfe der Menge rief und seine Rechte im Voranschreiten hochschwenkte. Die letzten noch am Wegrand befindlichen Gruppen reihten sich ein, und die Menschenkolonne begann sich langsam in Bewegung zu setzen, als der Lokführer seine Dampfsirene wie zum Zeichen gleich dreimal aufschrillen ließ.
Die Mädchen um Resi Wagner setzten einen Fuß vor den ande-

ren, als müßten sie erst wieder laufen lernen. Rosl, die ihren Blick mit einigem Unvertrauen auf ihre zurückbleibende Habe gerichtet hatte, machte dabei erste Bekanntschaft mit dem glitschigen Pulverschnee. Die Mädchen griffen schnell zu und klopften Rosl im Weitergehen den Schnee vom Mantel. Die Kolonne war schon gut vorangekommen, als sie bemerkten, daß die Soldaten sich anschickten, ihr Gepäck auf zwei neuangekommene Lastwagen zu verladen. Der Rotarmist am Rande der Kolonne stieß mit seinem Filzstiefel in den Schnee und zeigte – auf wiederholtes Anfragen eines der Männer – auf die seitlich hinter dem Rudnik erkennbaren Baracken: »Internirowannij Lager Proletarsk!«

»Dawaj, dawaj!« Die Rotarmisten trieben die Leute zu schnellerer Gangart an. Die Viererreihe mit Resi Wagner hatte den richtigen Abstand verloren und mußte aufrücken. Vor ihr schritt Liesl Frank mit den Zwick-Schwestern. Liesl sprach unentwegt auf sie ein. Es schien, als sei sie richtig stolz auf Jaksch, der an der Spitze der Kolonne neben dem jungen Sowjetleutnant ging und ab und zu weitere Anweisungen nach rückwärts durchgab! Der Jeep mit den Offizieren war bereits in Richtung »Proletarsk« an der Kolonne vorbeigefahren. Liesl Frank kannte »ihren« Jaksch, er würde auch das noch meistern!

Verhängnisvolle Zeiten

Daheim in Wiesenbrunn lastete das Leben indessen in der ganzen Tragweite seiner Unstetigkeit auf den Schultern und Gemütern der Menschen. Der alte Postträger Nikolaus Wanninger kam letzthin mit halbleerer Tasche durch die Gassen und konnte auch sonst kaum noch jemanden aufmuntern, wie es ihm sonst gewöhnlich mit einer guten Nachricht gelungen war. Die Leute wollten am liebsten nichts mehr sehen und hören von alledem, was der neue Tag zu verkünden hatte.
Haus und Feld enteignet, die Väter und Söhne immer noch an den zusammenbrechenden Kriegsfronten, Mütter und Jugendliche nach Rußland verschleppt, sahen sich die zurückgebliebenen alten Menschen um des Lebens willen gezwungen zu rackern und zu sorgen, um ihren Enkelkindern wenigstens ein karges Stückchen Brot auf den Tisch legen zu können.
Für Großvater Dreyer galt es, trotz aller Verbitterung seine Tage zu meistern. Er hoffte immer noch, daß die Notlage sich mit dem bevorstehenden Kriegsende mildern werde. Was ihm die meisten Sorgen bereitete, war die Verzagtheit und Bedrückung seiner Tochter Anna. Vielleicht kam eines Tages ihr Mann Sepp doch wieder aus dem Krieg heim, dann würde auch für sie das Leben einen neuen Sinn erhalten. Die Verschleppten würden vielleicht schon bei Kriegsende zurückgeführt; vielleicht würde man wieder ein kleines Feldstück zurückerhalten, und Recht und Ordnung wieder einkehren? Vielleicht, vielleicht ... Ein Wörtchen wie ein Strohhalm für einen Ertrinkenden.
Die Wirklichkeit sah hingegen unwandelbar düster aus. Die Dorfgassen lagen wie ausgestorben da – kaum ein Deutscher, der sich noch aus dem Haus traute, das seit März nicht mehr sein Eigentum war.
Andreas Dreyer war an diesem Aprilvormittag zur Gendarmerie gerufen worden. Es war bereits später Nachmittag. Tochter

Anna fand keine Ruhe mehr, ihr Vater war noch immer nicht heimgekommen! Erst kurz vor dem Gebetläuten trat der Alte in den Hof. Ein tiefer Seufzer löste sich von seiner Seele: Gendarmeriewachtmeister Popescu hatte ihm im Beisein eines Fremden mit Prozeß und Gefängnis gedroht, wenn er seine angeblich versteckte Sämaschine und andere Landwirtschaftsgeräte, die zum Frühjahrsanbau benötigt wurden, nicht innerhalb von achtundvierzig Stunden an den Kolonisten Stancu Grigore abliefern würde! Und dann war da auch noch die gegen ihn gerichtete Anzeige wegen angeblichen Goldbesitzes, den er vergraben haben sollte! Vergeblich beschwor der alte Mann, außer seiner Taschenuhr und dem Ehering seiner Frau weder Gold noch Silber zu besitzen.
Fünfzehn Jahre Gefängnis stünden auf falsche Aussage und Betrug der Arbeiterklasse, fügte der narbengesichtige Fremde hinzu! Eine Ungeheuerlichkeit, mit der man ihn einzuschüchtern versuchte.
Großvater Dreyer wurde bis zum späten Nachmittag auf dem Gendarmerieposten festgehalten und angewiesen, sämtliche Treppen und Gehsteige um das Dienstgebäude zu säubern und zu kehren. Er hatte bemerkt, daß der Postenführer mit dem Fremden weiter über ihn verhandelte. Nach etwa anderthalb Stunden wurde Großvater Dreyer hereingerufen. Unter bleibendem Verdacht, seine Landmaschinen verkauft zu haben, mußte er schließlich froh sein, mit dieser Schikane davongekommen zu sein. Mit heuchlerischem Gutdünken wurde der alte Mann schließlich entlassen. Dieser Hundsfott von einem Wachtmeister war einfach zu jeder Schandtat fähig. Er mußte sicherlich dem neuen Regime gegenüber seine devote Haltung unter Beweis stellen.
»Ausgeliefert, rechtlos ... am Ende!« beklagte der Alte sich.
Anna Wagner verließ den Küchenraum. Sie konnte die wunden Blicke ihres Vaters nicht mehr ertragen. So verzweifelt hatte sie ihn im Leben nie gesehen, war er für sie und die gesamte Familie doch immer nur der Fels in der Brandung gewesen.
»Mein Gott, wenn Du uns jetzt nicht hilfst!« schluchzte Anna in ihrer Kammer und riß sich das Taschentuch aus der Schürze.

Ging es den anderen Dorfleuten etwa besser? Waren nicht auch deren Angehörige geflüchtet, deportiert oder an der Front gefallen? Verhängnisvolle Zeiten! Wurde die eigene Not nur noch am Leid der anderen gemessen, denen man das Letzte genommen hatte?

*

Der Friedhof von Wiesenbrunn lag zu Allerheiligen im Weiß der Chrysanthemen. So viele Leute hatte man seit Monaten nicht mehr beisammen gesehen. Und dennoch gab es keinen Vergleich zu früher, als alle noch daheim im Dorf waren – die Krieger und die Verschleppten! Die meist alten Leute sahen sich um – mancher wollte gar nicht glauben, daß es doch noch so viele Schwaben in Wiesenbrunn gab!
Pfarrer Palmer stand unter dem großen hölzernen Friedhofskreuz und beendete seine Predigt mit dem Gebet für die armen Seelen der Verstorbenen und Gefallenen seiner Gemeinde: »Tröstet euch, denn sie haben diese haßerfüllte Welt verlassen! Der Herrgott schenke ihnen die ewige Ruhe! Amen.«
»Wie sich die Zeiten ändern … doch die Menschen?« Der alte Josef Scheer, immer noch Meßner, mußte über Worte seines Pfarrers nachgrübeln, als er seinen schwarzen Filzhut wieder aufsetzte. Er schickte sich langsamen Schrittes an, vom großen Friedhofskreuz zu seinem Familiengrab zu gelangen, um – wie alle Dorfleute – an diesem Tag die üblichen drei Vaterunser zu beten.
Männer und Frauen in schwarzem Trauergewand kamen an ihm vorbei, verloren ein paar Worte und verschwanden zwischen den Grabreihen. Plötzlich drehten sich die Gesichter der Leute wie auf Kommando in eine Richtung: Auf der Hauptallee kam ein halbwüchsiger Bursche im Eilschritt heran. Seine helle Stimme durchschnitt die Friedhofsstille: »Ein Transport mit Leuten aus Rußland ist angekommen! Ein ganzes Dutzend ist es – man hat sie gerade vom Bahnhof ins Dorf gebracht!« Mehr wußte Eckert Franzi freilich nicht zu berichten. Allein noch paar Namen, die er mitbekommen hatte: Edelmayer Vetter Karl,

Bogner Philipp, Schuch Franz ... Alles Männer. Eine einzige Frau sollte sich unter den Heimkehrern befinden ... und sogar ein kleines Kind: Hubert Liesl soll auf dem Transport von einem Kind entbunden worden sein!
»Um Gottes willen, vielleicht ist!« unterbrach eine schwächliche Frau ihren Satz und vergaß dabei vor Erregung, das begonnene Vaterunser zu Ende zu beten. Innerhalb weniger Minuten strebte ein schwarzer Menschenstrom dem Ausgangstor des Friedhofs zu, bewegt von einer Hoffnung, die jeden Pulsschlag beschleunigte.
»Aus Rußland ... aus Rußland gekommen!« Die frohe Botschaft lief durch Gassen und Gärten. Jeder wollte schnellstens Kontakt mit den Heimgekehrten aufnehmen, sie sehen und hören, was sie zu berichten hatten!
Es dauerte keine zwei Stunden, und in Wiesenbrunn hatte sich bittere Enttäuschung breit gemacht. Kaum einer der zum Skelett abgemagerten und völlig entkräfteten Männer, der überhaupt auch noch richtig gehen konnte! Bogner Philipp hatte man gerade mit der Tragbahre in die gute Stube gebracht. Der Heimkehrer aus der Sowjetunion sah interesselos, mit hohlen Augen an den Leuten vorbei; sein Blick verfing sich an der großen Wanduhr. Am nächsten Morgen war er tot!
Das neugeborene Mädchen der Hubert Lissi war bereits auf dem Transport, vor der rumänischen Grenze gestorben! Die junge Frau war völlig verstört, sie wollte keinen Menschen mehr sehen. Dreizehn Heimkehrer nach Wiesenbrunn zählten zum ersten Krankentransport, der aus Rußland noch zurück ins Banat gelangt war. Die Krankentransporte der nächsten Jahre gingen bereits nach Ostdeutschland. Wieso und warum, fragten sich die Leute in Wiesenbrunn.

Wie hatte Lenin doch befohlen: Wer nicht arbeitet – soll auch nicht essen! Wer im Lager Proletarsk krank wurde – war ein Todgeweihter! Unnötige Esser konnte der Bolschewikenstaat keine brauchen.
Vierzehn Tage lang hatten die Menschen auf ihrem Heimattransport nichts als getrocknete, versalzene Schafrippen als

Wegzehrung bekommen, in jedem Haltebahnhof Wasser trinken müssen! Die armen Leute aßen und tranken in der Hoffnung, zu Kraft zu kommen und ihre Banater Heimat wiederzusehen! Wer wollte die vielen Unglücklichen dieses großen Menschentransportes zählen, deren Hoffnungsanker versank, bevor sie noch die vertrauten Gesichter ihrer Kinder und Eltern wiedersahen.

»Tschto delat?« und »Dawaj, nitschewo!« hatte der Sowjethauptmann mit der rotblauen Säufernase befohlen und die Toten in freier Fahrt in den ersten Spätherbstschnee am Rande des ukrainischen Bahndammes befördern lassen, der sich in den letzten Oktobertagen bereits wie ein riesiges Leichentuch vom Donez bis nach Transnistrien ausgebreitet hatte.

Auf rumänischem Gebiet war das anders. Da gab es das berüchtigte Durchgangslager Fokschani mit seinen Massengräbern. Und dahinter den »Deutschenfriedhof«. Hier schob der schwindsüchtige Friedhofswärter Coman seinen Plattenwagen mit den toten Deutschen – Kriegsgefangenen, Internierten und Rußlandverschleppten – in den ersten Nachkriegsjahren Tag für Tag in das anliegende Wiesengelände am Hang! Tausende von Toten sollen es gewesen sein, die Totengräber Coman mit eigenen Händen hier beerdigt hatte. Für einen Leu pro Leiche!

Erst nach langer Zeit, 1962, kurz vor seinem Tode, hatte der Friedhofswärter Coman unserem Temeschburger Landsmann Heinrich Till das furchtbare Geheimnis gelüftet und dabei ängstlich durch das Straßenfenster geblickt. Till war mit seiner Frau nach Fokschani gekommen, nachdem er erfahren hatte, daß sein Vater aus dem russischen Verschleppungslager zwar repatriiert worden war, jedoch das heimatliche Banat nicht mehr erreicht hatte. Hier in Fokschani sollte er begraben sein. Friedhofswärter Coman hatte den Besucher darauf – gegen Entgelt, versteht sich – durch das große Loch in der Friedhofsmauer zur letzten Ruhestätte seines Vaters begleitet. Heimliche Besucher hatten das Wiesengelände am Hang an verschiedenen Stellen mit spärlichen Grabblumen bepflanzt. Auf seines Vaters Grab blühten einige Margeriten. Die Gewißheit, daß Vater Till hier ruhte, sollte somit ein trauriges Kapitel in der Familiengeschichte beenden.

Von den zu Allerheiligen aus Rußland heimgekehrten Männern waren drei bereits in den ersten Tagen gestorben. Als erster war Philipp Bogner dahingeschieden. Seine Frau Wawi wollte ihren todkranken Mann mit aller Fürsorge behandeln und ihn je eher genesen und zu Kräften kommen lassen. Die sorgliche, jedoch unwissende Frau verabreichte dem völlig entkräfteten Manne bereits am ersten Tag einen Milchkaffee mit Eierspeise und Bratschinken. Allein schon der Geruch war eine Sünde – er brachte die Magensäfte des jahrelangen Hungerleiders in Bewegung. Der Mann aß im Glauben an das Leben!
Wie jedoch sollte sein von Dystrophie völlig durcheinandergebrachter Organismus eine solche Kraftkost vertragen können? Todesursache war jedoch eine andere. Auf der Sterbeurkunde des Heimkehrers Philipp Bogner, die von Kreisarzt Dr. Szeles ausgestellt worden war, standen – in rumänischer Sprache verfaßt – zwei furchtbare Worte: »Tifos exantematic!«
Eine ganze Reihe der mit diesem Allerheiligen-Transport aus den russischen Verschleppungslagern heimgekehrten Menschen starben an dieser schrecklichen Epidemie. Überträger – so hieß es – sollten Läuse und Wanzen im Lager Proletarsk gewesen sein, deren sich die Menschen nicht mehr erwehren konnten.
»Bakteriöses, verdorbenes Wasser« hatte der Kreisarzt kopfschüttelnd als wahrscheinlichste Ursache festgestellt und sofort auch die Quarantäne gegen die Verbreitung der Seuche über Wiesenbrunn verhängt.
Bereits am zweiten Tag nach Eintreffen des Krankentransportes war der Gendarm Grigore bei Bogner erschienen. Er brachte die Order seines Chefs: Der Heimkehrer müsse sich innerhalb vierundzwanzig Stunden persönlich bei der Gendarmerie melden!
»Mistkerl!« Dem Postboten Wanninger, der sich gerade im Hause Bogner befand, gingen ob dieser unglaublichen Gemeinheit des Gendarmeriewachtmeisters Popescu » ... die Pferde durch«! Mit wutentbranntem Gesicht wandte der alte Postmann sich an den verdutzten Grigore mit der Frage, ob sein ver-

dammter Postenchef vielleicht noch etwas wünsche – etwa einen Klumpen russisches Rotgold aus den Kohlengruben, nur so zur Begrüßung der Obrigkeit?

*

Das Jahr 1946 hatte denkbar schlecht begonnen. Eine Nachricht, von der niemand wußte, woher sie kam, machte Furore: Die in Österreich befindlichen Flüchtlinge aus Rumänien sollten in das Elsaß und sogar in die Normandie ausgesiedelt werden! Die Franzosen hatten angeblich schon zugesagt. Vor einiger Zeit schon war ein Brief mit ähnlichem Inhalt in Wiesenbrunn eingetroffen. Niemand im Dorf jedoch hatte so etwas für möglich gehalten.
Großvater Dreyer ging es gesundheitlich nicht besonders gut. Er war letzthin merklich gealtert. Bedrückt, wie ein einsamer Wolf, schlich der Alte durch Scheune und Garten, als suche er nach etwas Unauffindbarem. Seine Lebensgefährtin fehlte ihm sehr. Altmutter Sophie war im April gestorben, ohne daß der Arzt die Krankheitsdiagnose hatte feststellen können. Doktor Szeles meinte, es könne nur Herzweh gewesen sein, das die arbeitsame Frau so schnell dahingerafft hatte! Der Sohn gefallen, der Schwiegersohn vermißt und nun auch noch die geliebte Enkeltochter Resi in der Blüte ihrer Jugend in die russischen Kohlengruben verschleppt – es hatte ihr Mutterherz gebrochen. Die alte Frau war so geschwächt, daß sie letzthin den kleinen Toni nicht mehr auf den Arm heben konnte. Tag für Tag kam die Altbäuerin um die Zeit, da der Briefträger kommen mußte, zum Tor. Vergeblich – er brachte immer noch keine Nachricht von ihrer Resi!

Der Winter 1946/47 zog mit großer Kälte in die Banater Heide ein. In Wiesenbrunn wurden minus 32 Grad Celsius gemessen – so kalt war es seit langer Zeit nicht mehr im Banat gewesen! Zwei Tage vor Weihnachten verstarb Edelmayer Karl – er war der vorletzte von den vor einem Jahr aus dem Lager Proletarsk krankheitshalber heimgekehrten Männern. Allein Kirsch Vetter Franz war es vergönnt, noch ein paar Jährchen länger zu leben.

Das Leben wurde von Monat zu Monat schwieriger. Man war zum Untermieter im eigenen Haus geworden, an Eigentum war kaum noch etwas geblieben. Aus den wenigen leergebliebenen Kleinhäusern, die nicht von Kolonisten besetzt worden waren, gafften hohle Fenster: Die Kolonisten hatten alles Holz, das nicht niet- und nagelfest gewesen war, herausgerissen und verbrannt!

Am ersten Wochentag nach Neujahr trommelte es im Dorf. Ausgerufen wurde nunmehr nur noch rumänisch. Forcht Sepp hatte man als Kleinrichter abgesetzt. Die enteigneten Weingärten an der Gemarkung des Dorfes wurden verpachtet – Deutsche als Pächter ausgeschlossen. Noch im vergangenen Frühjahr hatte man die alten Leute ihre Felder mit Müh und Not bebauen lassen. Man betrachtete sie vorläufig als »Nocheigentümer«, bis das Enteignungsgesetz in Kraft trat ...

Im September, als die Maisernte im Kolben stand, kamen die Kolonisten. Sie kamen aus allen Himmelsrichtungen ins Banat, denn man hatte ihnen den Himmel auf Erden versprochen! Motzen aus dem Westgebirge, ehemalige rumänische Frontkämpfer und Kriegswitwen aus dem Kreischgebiet, ja selbst aus der fernen Marmarosch, dem Stammland der »Äpplmois«, kamen sie mit ihren kleinen Strohhüten auf dem Schopf. Als schlimmste Kolonisten erwiesen sich jedoch die Mazedonier. Sie kamen zu Tausenden aus dem Süddobrudschaer Cadrilater in die Banater Heidedörfer, rauften, belästigten schwäbische Frauen und Mädchen, plünderten und verwandelten die schönen Bauernstuben in ätzend-stinkende Ziegenställe. Diese auf gesellschaftlich niedrigstem Niveau stehenden Steppenhirten durchschlugen die Zimmerdecken der Bauernhäuser, um dem Rauch ihrer Herdkessel freien Abzug zu gewähren. Und sie brachten ihre Schafe mit ins Banat! Innerhalb weniger Monate hatten sie sämtliche Scheunen- und Gartenzäune niedergerissen, die Blumen- und Hausgärten in ein kahle Mondlandschaft verwandelt. Jahre danach noch mußte der Dorfrichter von Billed einem Kolonisten Einhalt gebieten, als dieser den Parkettboden einer schwäbischen Stube aufbrach, um das Holz zu verheizen. Der Rüge des Dorfrichters entgegnete der Mann, daß dies sowieso nur kleine Holzstücke seien und er – später einmal – ganze Bretter legen wolle! Es war dies bereits das dritte Haus, das dieser Kolonist demoliert hatte. Danach würde er nach Hirtenart weiterziehen! Die meisten der mazedonischen Steppenhirten waren auf ihre Art unschuldig an einem solchen Verhalten – zivilisiertes Wohnen war ihnen fremd geblieben!

Immer neue Kolonisten wurden in die schwäbischen Häuser verteilt. Sie erhielten ein »Lot« zugeteilt, das waren etwa acht Joche Feld. Dazu alles vorhandene landwirtschaftliche Inventar, einschließlich Pferdegeschirr und Wagen. Selbst das Vieh in den Stallungen wurde ihnen zugesprochen, so es noch vorhanden war.

Für Grozu und seine Parteiaktivisten war alles klar: Die Schwaben hatten hier abgewirtschaftet – die Zukunft gehörte den Kolonisten! Diese waren Blutsrumänen und dem neuen Regime aus guten Gründen völlig zugetan! Zudem wurde nun endlich auch die endgültige und faktische Inbesitznahme des fruchtbaren Banates durch das Rumänentum bewerkstelligt. Schließlich war man ja erst Rumäne – und dann erst Kommunist! Mit der Zuteilung der Kolonisten wurde bei Hausnummer eins begonnen.

Bei Großvater Dreyer zog eine Großfamilie ein. Sie durfte den Mais ernten, den der Schwabenbauer mit seiner Tochter Anna im Frühjahr angebaut und das ganze Jahr hindurch bearbeitet hatte. Etwas Kolbenmais erhielt auch der Alte gnädig davon. Die meisten Leute schwiegen, auch wenn sie keinen einzigen Kolben bekamen, weil jedes Wort, das sie gesprochen hätten, zuviel gewesen wäre und ihnen nur neues Leid gebracht hätte!

Erst hieß es, die Kriegswitwen jener Männer, die in der rumänischen Armee gekämpft hatten, würden keine Kolonisten in ihre Häuser aufnehmen müssen. Es kam jedoch anders. Jordache Grozu entschied schließlich, daß alle deutschen Häuser von Kolonisten besetzt werden sollten! Diese Schwaben sollten sich ihr Recht woanders suchen! So nisteten sich auch bei den Dreyers Kolonisten in Haus und Stall, in Keller und Hausboden nach eigenem Gutdünken ein.

Proletarsk: Im Namen des Lebens

Die junge Frau griff sich im Schlaf an die Stirne. Ein dicker Wassertropfen kullerte über ihre bleiche Wange und rann ihr am Hals herab. Resi Wagner bewegte sich, schlug langsam die Augen auf. Hatte sie etwa geweint? Sie gewahrte das leichte Tropfen, wie es in kurzen Abständen von der grauweißen Decke in den Raum fiel: Pock ... pock ...
Verbrauchte, feuchtwarme Luft füllte den großen Barackenraum in dem mehr als achtzig Frauen auf übereinander gelagerten Bettpritschen schliefen, als seien sie mausetot. Resi Wagner lag auf der oberen Pritsche, die Frau darunter klagte über die Kälte, die der Zementboden besonders in den Morgenstunden ausstrahlte. Sie war bereits mehrmals wach geworden. Die Frauen auf den oberen Pritschen schwitzten vor dunstiger Wärme. Der große Kanonenofen in der Türecke brannte die ganze Nacht hindurch. Wurde jemand wach, so legte er Kohle auf. Es gab hier genug, die Erde steckte voll davon.

Im Augenblick ihres Erwachens hatte Resi geglaubt, sich in einem Dampfbad zu befinden: Bretter und Gestelle der Schlafstätte, Wände und Decke alles war naß, bis zum Tröpfeln angelaufen. Eigentlich mußten die Frauen vom Stroj-Zech froh darüber sein, überhaupt ein Dach über dem Kopf zu haben. Drüben hatten die Männer den ganzen gestrigen Tag über an der Fertigstellung ihrer Baracke arbeiten müssen und würden es morgen wieder tun! Es gab zudem noch weitere ausgebombte Häuser im Proletarsk-Lager hier, die als Unterkünfte hergerichtet wurden und bislang nicht einmal abgedeckt worden waren. So kam es denn auch, daß der große Vorraum der Frauenbaracke die Nacht über mit Männern belegt war, die sich auf Strohsäcken bis in die letzte Ecke zusammenpferchten. Allein ein schmaler Durchgang war frei geblieben. Das Herdfeuer knisterte auch hier die ganze Nacht hindurch, die Herdplatte glüh-

te in einem breiten feuerroten Kreis. Allein zwei Meter weiter, draußen vor der Tür blickte der Neumond auf eine erstarrte Landschaft. Die Temperatur betrug 36 Grad unter Null.
»Stroj-Zech!« Resi Wagner verschluckte sich beinahe an diesen russischen Worten, die für sie Frage und beängstigende Erwartung zugleich geworden waren. Sie sollten ihr weiteres Schicksal bestimmen. Übermorgen, am 15. Februar, mußten die Frauen aus ihrer Baracke die Arbeit bei diesem sowjetischen Bauunternehmen beginnen. Das bedeutete erst einmal sechshundert Gramm spelziges Schwarzbrot, das fast noch halber Teig war, als Hauptnahrung für eine auszehrende Zwölfstundenarbeit im Freien. So hatten die aus Polen verschleppten Frauen es ihr gestern erzählt. Sie waren seit Weihnachten schon im Lager und hatten kein Krümelchen Mehl und keine Schwarte Speck in ihren Brotbeuteln. Weiß Gott, was es sonst noch zu bedeuten hatte? Resi seufzte vor sich hin. Sie war noch jung und würde alles mit Gottes Hilfe überstehen. Wie gut, daß Mutter Anna ihr noch ein zweites Paar festgestrickter Handschuhe und dazu die warme, wollene Kapuze mitgegeben hatte!
Pock, pock ... da waren wieder diese Dunsttropfen. Die Gedanken entfernten sich immer weiter ...
Da war der lange Weg vom Bahndamm durch den kniehohen Schnee bis zum Lager Proletarsk gewesen. Die Wachmannschaft, die sie übernommen hatte, hatte die durchfrorenen Menschen fluchend und schimpfend wie eine Viehherde vor sich hergetrieben. Diese Russen kannten allem Anschein nach ein Wort, das seine Gültigkeit zu allem fand: »Dawaj, dawaj!« Auch war das gotteslästerliche Fluchen in diesem stinkenden Revier der Schwefelkuppen, die sich schwelend hinter Schachttürmen erhoben, sicher nicht nur Männersache. Die halbvermummten Russenweiber vor der großen Bauruine, an der sie vorüber gekommen waren, die jungen Bergarbeiterfrauen, die vor ihren Katen standen und ihre Kolonne neugierig begafften – sie alle schleuderten ihnen wüste Schmährufe entgegen: »Prokliati Gitlerovzy«, »Nemetzky Faschisty« trommelte es von allen Seiten auf die Kolonne der Verschleppten ein. Einige besonders dreiste Weiber spuckten dabei in den Schnee.

Doch was konnten diese armen, verhetzten Menschen schließlich schon über sie, die Schwabenbäuerin Resi Wagner aus Wiesenbrunn, wissen? Nichts, rein gar nichts! Der Haß lag hier einfach in der Luft! Sie übertrugen das Leid ihres Großen Vaterländischen Krieges, dem sie ihre Brotgeber und Beschützer opfern mußten, auf sie, diese Fremden, die daherkamen und ihnen nehmen wollten, was sie noch besaßen – das letzte Stückchen Spelzbrot!

*

»Daheim im Banat ist jetzt gewiß noch halbe Nacht!« Leni Vollmer wollte mit dieser Feststellung ihre Freundin Resi, mit der sie zu dieser frühen Morgenstunde auf dem Hauptweg zwischen den Baracken zur Stalowaja schritt, ein wenig aufrütteln. Resi Wagner war ihr gestern schon so schweigsam und niedergeschlagen vorgekommen.
Das weite Gelände des Lagers Proletarsk lag um die sechste Morgenstunde noch von der Frühdämmerung überschattet. Der Posten oben im Bretterhäuschen des hölzernen Wachturms schüttelte die eisige Kälte von seinem Pelzmantel und versuchte sich die Füße warm zu stampfen. Im weiten Umkreis verrieten blinkende Lichterketten durch den Morgennebel die Standorte der Schächte Nr. 4 und Nr. 5-Bis. Eine Gruppe Schachtleute bewegte sich auf dem Hauptweg von der Stalowaja auf die Männerbaracken zu. Viel Zeit hatten sie nicht mehr – um sieben Uhr war Schichteinfahrt in die Stollen.
Als Resi Wagner die Holztüre zur Lagerküche aufstieß, sah sie ihn sofort: Jakob Wirth, der neue Starschina, stand breitbeinig wie ein Gebieter am Kopfende des ersten Tisches vor dem Ausschankfenster und schlürfte seinen dampfenden Tee aus der Blechtasse. Es war kalt in der Stalowaja, die Leute in der »Otschirid«, wie die Reihe der Anstehenden bezeichnet wurde, zogen ihre Schultern zusammen; durch die Öffnung der Essenausgabe strömte ein breiter Dunstschwaden in den großen kalten Speiseraum. Es gab sie überall, diese Otschirids, wo es etwas zu bekommen oder zu beheben gab, selbst bei der Auslösung der Davis-Lämpchen in der Schachthalle.

Die beiden jungen Frauen hatten sich ebenfalls in die Reihe gestellt, die langsam vorrückte. Rosl Ringer trank ihren Tee zusammen mit einem Mädchen, das ihnen den Rücken zugewandt hatte. Richtig erwärmen konnte man sich durch diesen kalorienleeren Trank wohl kaum. Soeben war Käthe Lindner dran: Marussja, die wohlbeleibte Russenköchin, schob dem Mädchen aus Wiesenbrunn den grauen Blechteller mit den »Tjulkis«, diesen übelriechenden Salzfischlein vor, die jeden Appetit zunichte machten und schenkte ihr das dampfende Teewasser in das von daheim mitgebrachte Emailtöpfchen mit den roten Mohnblumen ein. Marussja hätte es ihr am liebsten aus der Hand gerissen, weil es ihr so gut gefiel.
»Norm« hieß das Schlagwort des Kommunismus, beim Essen und bei der Arbeit. Ja, selbst der Schlaf wurde für die Genossen der sowjetischen Gesellschaft auf acht Stunden genormt – nicht aber für die Verschleppten und Internierten, die man nachts aus den Betten jagte und zur Arbeit trieb. Schon gar nicht für die »Sakliutschonnije«, jene unglücklichen, zumeist aus politischen Gründen zu langjährigen Gefängnis- und Arbeitsstrafen Verurteilten, die vor Schwäche ihre Füße am Morgen schon nicht mehr voreinanderzusetzen vermochten und mit hohlen Augen aus der vorbeiziehenden Arbeitskolonne glotzten. Resi Wagner lief beim Gedanken an diese todgeweihten Sowjetbürger der kalte Schauer über den Rücken: So verfuhr ein Land mit seinen Söhnen …
Ruckweise kam die Reihe in der Stalowaja voran. Die meisten Frauen griffen nach dem heißen Tee und erhielten ihre faustgroße Tagesration an spelzigem Schwarzbrot – der Teller mit den Tjulkis blieb dabei unberührt auf dem Schankbrett stehen. Helferin Walja und Anja, die hellblonde Wolgadeutsche, die ihr beim Teeausschank zur Seite stand, hatten alle Hände voll zu tun.
Leni Vollmer stand vor der jungen Wagnerin und verzog die Nase: Der Gestank der bleigrauen Tjulki-Teller mit braunem Gekröse war widerlich, sie konnte ihn einfach nicht mehr ertragen. Es war zweifellos der Hunger, der die Männer aus Polen und dem Baltikum bewog, danach zu greifen!

Resi Wagner stand vor der Essenausgabe – sie traute jedoch ihren Augen nicht: Die hochgewachsene Blondine, die soeben den Küchenraum betrat, war keine andere als … Liesl Frank! Auch diese schien die beiden Wiesenbrunnerinnen sofort bemerkt zu haben. Liesl bückte sich behende und schleifte die halbvolle Kiste mit Kartoffeln, die an der Wandseite stand, durch die Tür in den Raum nebenan. Ihr Blick schweifte dabei zum Tisch hinüber, an welchem Jakob Wirth immer noch stand, als ob er auf jemanden warte. Als dieser merkte, daß die Mädchen zu ihm hinblickten, lief ein Lächeln über sein dreistes Gesicht: Er genoß den ersten Auftritt ›seiner Liesl‹ in der Lager-Stalowaja mit sichtlicher Genugtuung!
Gut ausgedacht – mußte Resi sich gestehen – in unserer Lage gilt Vorsorge wirklich als Mutter jeder Überlegung! Das bißchen Speck und Mehl aus den Koffern wird sowieso sehr bald zu Ende gegangen sein! Not war für den Bauernsohn Jakob Wirth immer schon ein Fremdwort gewesen. Wie sollte er schließlich jetzt mit sechshundert Gramm spelzigem Schwarzbrot, das zudem noch ein halber Teig war, und einer sauren Tomatenbrühe über die Runden kommen?
Jakob Wirth wußte es nicht erst seit gestern: Trauen durfte er nur noch sich selber! Und irgendwie konnte er mit sich an diesem Morgen zufrieden sein: Die vergoldete Taschenuhr, die er Lagerkommandant Afanasiev sozusagen als »Antrittsgeschenk« für seine Ernennung zum Starschina zugesteckt hatte, zeigte bereits eine erste Wirkung! Hatte der Kommandant ihm nicht versprochen, auch weiterhin gönnerhaft zu sein und ihm erst einmal eine Schachtkartelle für 1200 Gramm Brot Tagesration zukommen zu lassen? Eine Hand wäscht die andere – dachte der Einsatz-Jaksch von gestern und »Starschina« von heute und lachte sich dabei ins Fäustchen.
Der schlaue Fuchs aus Wiesenbrunn hatte es längst bemerkt: Hier, hinter dem Stacheldraht des Lagers Proletarsk ging der Überlebenskampf weiter. Diesmal standen Deutsche gegen Deutsche! Das Lager steckte voller Intriganten aus aller Herren Länder – er mußte äußerste Vorsicht walten lassen, schließlich hatte auch er in der Waffen-SS gekämpft! Seine Wiesenbrunner

Landsleute würden ihn jedoch niemals verraten – dazu waren sie viel zu anständig! Vorerst galt es, den lüsternen Afanasiev vollends und womöglich für alle bemerkbar, für sich zu gewinnen. Wie, das wußte Jaksch bereits. Gelang ihm dies, so blieb allein Politruk Felschikov, der ihm gefährlich werden konnte. Wer diesem feisten Gesicht auch nur begegnete, der wußte: Diesem Mann hieß es aus dem Weg gehen! Er mußte einen Weg finden, um sich gegen jeden Verdacht abzuschirmen. Hatte der Politruk nicht bereits damit begonnen, Internierte für die Mitarbeit beim neugegründeten »Antifaschistischen Komitee« auszusuchen?

Alois Stein, der Schachtbrigadier, ein aufrechter Mittvierziger aus dem Warthegau, hatte es ihm vertraulich zugetragen: Dieses von den Sowjets aufgestellte Komitee sollte in den Verschleppungslagern eine ähnliche Funktion erfüllen wie das 1943 gegründete Nationalkomitee »Freies Deutschland« in den Kriegsgefangenenlagern. Nämlich Kader für den späteren Einsatz als politische Aktivisten in ihren sowjetisch besetzten Herkunftsländern heranbilden.

Was Brigadier Stein jedoch widerstrebte, konnte dem guten Jaksch nur recht sein! Es kam ihm mehr als gelegen, daß dieses Antifa-Aktiv, wie es im Interniertenlager Proletarsk kurz benannt wurde, in seiner Werbekampagne um neue Mitglieder nach der Methode »Zuckerbrot und Peitsche« vorging. Hauptsache, es brachte ihm Vorteile!

Wehe, jemand wurde als Antifa-Kandidat angesprochen und verweigerte seine Mitarbeit: Er kam in den nächsten Tagen schon auf den gefährlichsten Arbeitsplatz im Vierer-Schacht, in dem es immer wieder die gefürchteten »Savalle«, die Stein- und Wassereinbrüche gab!

Andere wurden von ihren Landsleuten getrennt und in ein Straflager abgeschoben. Geschweige denn von den üblichen Lagerstrafen: Herabsetzung der Brotration, Stehkarzer, zusätzliche Nachtarbeit bei größter Kälte, Abortreinigung, Leichenbestattung – alles nach Ableistung der Tagesnorm in der Grube! Die Sowjets waren keine Stümper, sie verstanden es meisterhaft, die Lagerinsassen durch solche Methoden wie einen Teig zur

willenlosen Masse zu kneten, sie darauf durch Zuckerbrote gefügig zu machen und ihrem politischen Einfluß zu unterwerfen! Aber das hatte Einsatz-Jaksch ja schon alles erlebt – auf der anderen Seite! Wieso sollte er dieser »Antifa« nicht beitreten, er würde schon das Beste daraus machen!
Diese Denkweise war zweifellos bezeichnend für Jakob Wirth – er war einfach ein Typus, der es verstand, sich in jeder Lage auf die Seite der Gewinner zu schlagen.
Hatte das Antifa-Komitee im Lager Proletarsk bislang kaum Mitglieder gefunden, lag das auch daran, daß seine Propagandisten sich zum Teil – wie man so hörte – aus zweifelhaften Komponenten zusammensetzten: Da waren ein ehemaliger Ortsleiter aus dem Banat, ein schlesischer Geschäftsmann, ein Hilfsagent des Strafbataillons und bereits lagerbekannter Antreiber, eine sächsische DJ-Größe und einige Figuren mehr, von denen keiner wußte, woher sie kamen und wohin sie gehörten! Aber das war nun einmal so: Wer bei den Nazis die Fahne getragen hatte, suchte sich auch hier in den Vordergrund zu drängen! Die Tragödien, die sich später in den russischen Verschleppungslagern abspielten, rührten zum Teil von der Ruchlosigkeit einiger Lagerführer, Dolmetscher und Starschinas her, die ihre Landsleute verleumdeten, drangsalierten und an den Politruk oder Abteilungsoffizier als ehemalige Hitleristen oder angebliche »Feinde der Arbeiterklasse« verrieten. Allzuoft kam es im Lager Proletarsk vor, daß Landsleute, die vor Schwäche kaum noch auf ihren Füßen stehen konnten, durch die Willkür eines Lagerführers, der sich zu »bewähren« suchte, bis zum Umfallen zur Arbeit gejagt wurden.

Auf ähnliche Weise kam auch der Verfasser dieses Buches wegen Organisierung und Gestaltung einer Weihnachtsfeier im Lager Stalino-Wjetka in das berüchtigte Donbaß-Straflager von Verovka. Von bewaffneten Bewachern zur Arbeit eskortiert, wurden wir Lagersträflinge bei nahezu vierzig Grad Kälte von einer Seilwinde auf einem Trittbrett in beachtliche Höhe befördert, um das riesige Eisengerüst der neuen Schachtanlage Krasnij-Profintern mit »Kusbaß-Lack« zu streichen. Dieses kochende Teergemisch wurde mit meterlangen Bürstenpinseln auf die gewaltigen Metallbarren des Förderturmes aufgetragen. Beim Versuch, seine Streichbürste, die an einer eiskalten Gerüststange kleben geblieben war, loszueisen, verlor mein Arbeitsgefährte auf seinem Standbrett das Gleichgewicht und stürzte in die Tiefe. Sein Halteseil hatte sich gelöst, er starb an Ort und Stelle.

Was jedoch zählte das Leben eines verschleppten Deutschen? Es gab sie zu Hunderttausenden in Sowjetrußland, die »prokleatije nemzy«! Der russische »Desiatnik« strich mal wieder fluchend einen Namen aus seinem Verzeichnis, der Unteroffizier gab den Bewachern Anweisung, den Verunglückten beiseite zu schaffen, und alles ging weiter, als ob überhaupt nichts geschehen wäre.

Resi Wagner und Leni Vollmer kamen auf der verschneiten Hauptallee zur Baracke zurück. Der breite Mittelweg durch das Lager wurde von keinem Baum oder Strauch geziert, auch die nähere Umgebung lag verödet, in trostloses Weiß gehüllt.

»Hast du noch Zucker von daheim, der meine ist bereits zur guten Hälfte aufgebraucht!« Lenis Frage blieb unbeantwortet. Sie hörte eilige Schritte, die sich von rückwärts näherten und den hartgefrorenen Schnee aufknirschen ließen. Die beiden Frauen blickten zurück. Es war Jakob Wirth, der sich mit seiner großen Brotration in der Rechten im Eilmarsch näherte, ohne die beiden Frauen auch nur eines Blickes zu würdigen.

»Eigentümlich«, meinte die junge Vollmerin, »wir Frauen nehmen unser Essen zumeist mit in die Baracke, um es irgendwie genießbar zu machen, die Männer hingegen nur ihr Brot! Wenn's etwas mitzunehmen gibt! Lange wird's sowieso nicht mehr dauern, bis die Koffer leer sind!«

Aus dieser Feststellung war die Resignation herauszuhören.

Resi suchte jedoch ihre Begleiterin zu beschwichtigen: »Wir Frauen sind nun mal genügsamer und können uns auch das Wenige besser einteilen.«

Noch ahnte Leni Vollmer nicht, wie bald gerade von diesem Haushalten mit einem Stückchen Brot Leben und Tod der Verschleppten abhängig sein sollte!

»Was hat er nur bloß, der Jaksch – kein Morgengruß, nichts ...? Hat er uns etwa nur sein großes Brot vor die Nase halten wollen?«
»Laß sein, Leni – zu erwarten haben wir von Jaksch sowieso wenig Gutes. Er war schon immer einer, der nur sich selbst gekannt hat!«
»Weiß ich doch! Schließlich sind nicht wir schuld daran, daß es ihm nicht gelungen ist, Lagerführer zu werden! Den Posten hat doch Oleg Schmaler, der Rußlanddeutsche inne! Er war es doch, der uns gestern heraustreten ließ. Und dann ist da auch noch dieser Jan Sulski, der zweite Dolmetscher, der gestern so viel herumgeschrien hat ... Wird also nicht mehr allzuviel Platz bleiben für Jaksch; meinst du nicht auch, Resi?«
»Um den mach ich mir die wenigsten Sorgen. Leute wie Jakob Wirth sind imstande, über Leichen hinwegzuschreiten, um ihr Ziel zu erreichen!«

*

Es war Friede geworden, draußen, in der großen Welt – ein Friede, der die brennende Hoffnung der Verschleppten aus dem fernen Banat bitter enttäuschen sollte.
Am späten Nachmittag des 9. Mai 1945 hatte man in Proletarsk alle Insassen zu einem Riesenkarree im Lagerhof aufgeboten, wobei der »historische Sieg der Sowjetarmeen unter Generalissimus Stalin über die Hydra des Faschismus und das siegreiche Ende des Großen Vaterländischen Krieges« bekanntgegeben worden waren. Lagerkommandant Hauptmann Afanasiev sprach von Schuld, Sühne und Verpflichtung der verhaßten Deutschen, das von ihren Armeen zerstörte Sowjetland schnellstens wieder aufbauen zu helfen. Politruk Felschikow, der aufmerksam und bewegungslos neben dem Hauptmann gestanden hatte, warf einen finsteren Blick über das versammelte Lagervolk.
Der Kommunismus allein – führte der Lagerkommandant von Proletarsk weiter aus – könne als gerechteste Gesellschaftsordnung den werktätigen Menschen in aller Welt eine glückliche

Zukunft sichern. Ihm müsse daher durch den vereinigten und entschlossenen Kampf der Proletarier aller Länder zum endgültigen Sieg und damit zur Beseitigung der Knechtschaft und Ausbeutung verholfen werden!
Hauptmann Afanasiev sprach von nötigen Anstrengungen in der Aufbauarbeit und von besseren Zeiten für das siegreiche Sowjetland und seine Menschen durch eine baldige Erhöhung der Lebensmittelrationen. Der Kommandant beendete seine Ansprache mit der Versicherung, daß schließlich auch die Internierten von Proletarsk aufgrund erhöhter Leistungen eher nach Hause fahren dürften!
Die Internierten von Proletarsk hatten die letzten Sätze des Lagerkommandanten mit hoffnungsvollen Augen und angehaltenem Atem mitangehört. Dieses bedingte, allzusehr relativierte »skoro damoj« aus offiziellem Munde zerstörte nunmehr die letzten Hoffnungen der Verschleppten auf eine baldige Entlassung in ihre Heimat.

Der südrussische Sommer 1945 zeigte sich ungewöhnlich heiß. Selbst Valia Schestirikowa, die blonde Kohlenhäuerin aus dem nahen Rudnik, konnte sich an so heiße Junitage kaum noch erinnern. Die Kriegswitwe, eine Frau in den besten Jahren, arbeitete zusammen mit Andreas Ferling, Holzner Franz und dem jungen Bogner Hans aus Wiesenbrunn in der Nachtschicht auf Horizont drei des Fünfer-Schachtes. Die Schacht-Horizonte lagen in etwa 80–100 Metern Tiefenunterschied. Valia hatte sich durch ihre aufrechte Haltung und Wohlgesinnung nicht allein unter den russischen Bergleuten Respekt und Anerkennung verschafft – auch die verschleppten Schwaben aus dem Banat mochten die wackere Frau, zumal sie bereits einige Male beim »Desiatnik«, dem Obersteiger der Nachtschicht, für ihre Anliegen eingetreten war.
Die Nachtschicht, die ihre Grubenlämpchen aus der Halle bereits übernommen hatte, wartete auf der Anhöhe gegenüber dem Förderturm geduldig auf das Aufheulen der 22-Uhr-Sirene zur Schichteinfahrt. Die ungezählten Flämmchen ihrer Davis-Grubenlämpchen warfen winzige Lichtkreise in die

Dämmerung der anbrechenden Juninacht. Abertausende Schälchen von Sonnenblumenkernen überdeckten weißlich-grau den dunklen Boden. Immer wieder entnahm der eine oder andere Bergmann seiner Hosentasche eine Handvoll dieser begehrten »Semitschki« und schob sie mit bewundernswerter Technik am »laufenden Band« zwischen die Zähne. Im Handumdrehen aufgezehrt, waren die Hülsen genauso flink wieder durch den linken Mundwinkel ausgestoßen.
Selbst Schachtarbeiterinnen und Frauen von der Poverchnosti – sie arbeiteten beim Übertage-Transport und beim Umkippen der Loren auf der Halde – mochten Semitschki, diesen sogenannten »russkij schokolad« besonders gerne. Ölkerne – sie waren in diesem von Dystrophie gezeichneten Hungerjahr 1945 zum Segen Gottes geworden! Woher konnte der unterernährte Körper auch sonst noch Fettstoffe hernehmen?
Sonja Bitovskaja lehnte sich absichtlich, jedoch unbemerkt, mit dem Rücken an Konrad Amschlinger an. Sie hatte ein Auge auf den vollschlanken Schwaben geworfen. Dieser »Internierowannij« gefiel der jungen Russin ausnehmend gut! Konrad, der anfangs darüber erschrocken war und sich spontan zurückgezogen hatte, ließ die dunkeläugige, vollbusige Sonja diesmal gewähren.
Die Männer der dritten Schicht wußten längst, daß zwischen den beiden etwas lief. Sonja war es, die Konrad immer mal zu sich in die Sabudka, den mit taubem Gestein ausgefüllten Hohlraum lockte, aus dem die Kohle bereits abgebaut worden war, sobald es zu einem Stromausfall gekommen war. Es gab sie häufig in der Nachtschicht, diese Stromausfälle, die oftmals eine halbe Stunde und mehr dauerten. Die kleine Bitovskaja verließ darauf ihre Abbaustelle am Flöz, schwang sich in die Sabudka, und schmiegte sich wie ein Kätzchen direkt hinter den warmgelaufenen »Privod«, der die abgebaute Kohle in den Rutschen ruckweise nach unten schüttelte und nunmehr zum Stehen gekommen war. Hier breitete die liebesbedürftige Sonja ihr Jausebrot mit einem Stückchen Räucherspeck, einigen Gramm Butter oder einem sonstigen von ihr auf Talon gefaßten Lebensmittel aus, die sie mit selbstzubereitetem Kascha ergänzte. Ihr

Gast dabei war kein anderer als Konrad. Freilich biß auch Konrad manchmal dabei in den »sauren Apfel« – die Russen säuerten nämlich im Herbst ihre Äpfel in Fässer ein, genau wie die Schwaben im Banat ihre Gurken oder das Kraut. Daß die Liebe der beiden buchstäblich »durch den Magen ging«, war im engeren Kreis der Nachtschichtler von Horizont III längst kein Geheimnis mehr.
Diesmal war es Bogner Hans, der Sonja und ihren Konrad in der vergangenen Nacht unfreiwillig beim Schäferstündchen in der Sabudka gestört hatte, als er die Kohle in der völlig überladenen Rutsche abzuschieben versuchte. Wäre auch nur einer der fünf russischen Kohlenhäuer, die weiter oben zur Ventilationsstrecke arbeiteten, dazugekommen – es hätte vor allem für Sonja schlimm ausgehen können. Eine Liebschaft zwischen einem Mitglied der sowjetischen Gesellschaft und einem Geächteten war in diesen Jahren einfach undenkbar und zog für die Beteiligten das Straflager nach sich! Was die feurige Sonja betraf, so machte verbotene Liebe sie blind …
Konrad Amschlinger hatte sich als deutscher Soldat im Spätherbst 1944 aus Serbien über die rumänische Grenze durchgeschlagen und daheim in Wiesenbrunn versteckt gehalten, bis man auch ihn am 14. Januar 1945 aufgegriffen und nach Rußland verschleppt hatte. Die sechsundzwanzigjährige Sonja hatte davon freilich keine Ahnung. Nach allem, was sie bislang erkannt hatte, waren diese Verschleppten hier im Lager von Proletarsk keine – wie anfangs angenommen – »faschistischen Monster«, sondern vielmehr arbeit- und duldsame Menschen. Auch sie waren vom Unglück und den Folgen dieses unerbittlichen Krieges schwer betroffen und mußten fernab von daheim um ihr nacktes Leben kämpfen. Sonja Bitovskaja verabscheute die Machenschaften der Politik in ihrem Innersten. Sie war dem Komsomol beigetreten, weil junge Russen sich dazu gezwungen sahen, um nicht als zweifelhafte Elemente der sowjetischen Gesellschaft aufzufallen und geahndet zu werden!
Die kohlenäugige Sonja, früher als Turnlehrerin in einem nahen Städtchen tätig, hatte einen schlanken, durchtrainierten Körper. Ihre Formen zeichneten sich durch die dünne Spezovka-

Schachtmontur reizend ab. Bis zu ihrer Heirat mit Unterleutnant Wolodja hatte sie bei ihren Eltern in der Kleinstadt gelebt. Erst zwei Jahre vor Kriegsausbruch war sie nach Proletarsk gelangt. Der kleine Sergej, fünf Jahre alt, hatte seinen Vater kaum richtig kennengelernt, als dieser bereits an der Wolchov-Front gefallen war.

Was blieb der jungen Witwe nunmehr anderes übrig, als in der Kohlengrube um Arbeit anzusuchen? Sie war es nun, die Söhnchen Sergej und auch die gebrechliche Schwiegermutter ernähren mußte! Konrad Amschlinger brachte immer wieder einen Sack Steinkohle, ein Bündel Holz oder junge Kartoffeln, die er von den nahen Kolchosfeldern »organisiert« hatte, in Sonjas Haus. Für Sowjetbürger war ein solches Unterfangen viel zu gefährlich! Jedoch was konnte einem Geächteten, wie Konrad nunmal einer war, Schlimmeres passieren? Zudem war sich Amschlinger bewußt, um was es hier ging, und somit äußerst vorsichtig.

Die russischen Schachtioren erhielten nicht nur höhere Tagesrationen Brot, sondern manchmal auch Milch und allerlei zusätzliche Lebensmittel. Sonja hatte anfangs Angst, in den Schacht hinabzusteigen, doch gaben die Hungeraugen des kleinen Sergej ihr den letzten Anstoß dazu. Sonja Bitovskaja war eine Quecksilbernatur. Von schnellem Entschluß und ungaublichem Durchsetzungsvermögen, war die kleine Frau nicht unterzukriegen und ließ manchen ihrer Kumpelkollegen ob ihrer Waghalsigkeit aufhorchen.

Auch an diesem Frühsommerabend zwitscherte Sonja wie eine Uferschwalbe vor der Einfahrt in den Schacht. Sie stieß Konrad hin und wieder in die Seite und hielt ihm dabei ein Händchen vorgeschälter Semitschki entgegen.

Durch die Talsenke kamen immer noch Grubenarbeiter zur Nachtschicht heran. Sie schritten geradewegs auf die Lampenhalle zu und gesellten sich einer nach dem anderen zu ihrer Smena. Die kühle Nachtbrise trug den üblen Schwefelgestank von der rauchschwelenden Halde tauben Gesteins über das dunkle Tal hinweg. Sie ließ die Schachtleute richtig aufatmen.

Die Bitovskaja hatte auch diesmal wieder eines ihrer wehmütigen russischen Lieder angestimmt, in das die Lesagongruppe der »Holztreiberinnen« für den Stollenunterbau sofort einstimmte. Auch die männlichen Schachtarbeiter setzten mit heiseren Kehlen einer nach dem anderen in den Nachtgesang ein. Die getragene Melodie des Bratiaga-Liedes legte sich wie Balsam auf die immermüden Bergarbeiterseelen. Jeder aus steinverstaubten Lungen hervorgestoßene Laut wurde auch den Banatern aus seiner Melancholie heraus verständlich und überzog die Gemüter mit wehmütigen Empfindungen: »Po dikim stepiam Zabaikalu … In den wilden Steppen des Baikal, wo das Gold wächst in den Bergen, zieh'n – ihr Schicksal verdammend – die Brüder umher …!«

Weiter kamen sie nicht, mit ihrem Lied der Verbannten … Schrill, wie ein scharfes Messer, heulte die Schachtsirene auf und holte die Menschen der Tiefe in die unverrückbare Wirklichkeit zurück: Einfahrt zur Nachtschicht!

Auch die mehr als siebzig Verschleppten aus dem Banat, die bislang gedankenverloren mit gesenkten Köpfen an der Seite der Schachtiorij der dritten Schicht auf den Grasnarben der kleinen Anhöhe gesessen hatten, erhoben sich schwerfällig. Einer nach dem anderen schritten die Männer und Frauen auf die Schachteinfahrt zu und verschwanden im geräumigen Schachtlift.

Kohlenstaub, er besiegelte über Jahre hinaus das Schicksal der ehemaligen Heidebauern! Er verschmutzte Ohren und Nase, zeichnete Millionen schwarzer Punkte in die feinsten Poren, drang bis in die Seele ein und ließ die Verschleppten im Traume noch den Teufel fürchten. Das fette, farbenschillernde Anthrazitflöz des Schachtes Nr. fünf ließ die Frauen aus dem Banat die Erbärmlichkeit ihres Befindens erkennen. Nacht für Nacht bei der Einfahrt in die Horizonte drei bis sieben rann dem einen oder anderen Mädchen eine Träne über die bleichgewordene Wange vergilbter Jugend und ließ sie den bitteren Geschmack von Aussichtslosigkeit auskosten.

*

Die Leute von der Nachtschicht waren ins Lager zurückgekehrt. Sie schritten mit seifenlos gewaschenen Landkartengesichtern, aus denen sich der fette Kohlenstaub nur schlecht wegwischen ließ, zur heiligsten Handlung in die Stalowaja – zum lebenserhaltenden Essen. Dabei sah die wohlbeleibte Russenköchin Marussja jedem von ihnen ins Gesicht, sobald sie den Kaschalöffel auf seinen Blechteller schlug. Sie glaubte auf diese Art herauszufinden, ob der eine oder andere von ihnen nicht doch noch ein Stückchen dieser nach Rosenduft riechenden Schönheitsseife versteckt hielt, mit der sie sich jeden Morgen ihr feistes Gesicht einzuseifen beliebte. Sie war ihr am Sonntag nämlich ausgegangen. Marussja, diese listige Weibsperson, hatte sich auf ähnliche Art bereits manch andere Sachen von den Internierten aus dem Lager beschafft.
Oleg Schmaler, Sulski, Stepanko, Marussja und schließlich auch Jaksch – alles Namen, die – jeder für sich – längst für die Lagermenschen zum Begriff ihres Elends geworden waren, nachdem man diesen »Gebietern« doch Tag für Tag hilflos ausgeliefert war. Die Hungerjahre 1946 und 1947 zehrten unerbittlich an der Lebenssubstanz der ausgehungerten Lagerinsassen von Proletarsk!
Bogner und Ferling, Holzner, Amschlinger und die anderen Bleichgesichter der Nachtschicht befürchteten die Mißgunst der dicken Russenköchin Marussja und ihrer Handlangerinnen, in deren Hand es lag, ob sie den langen Weg zum Schacht vor Schwäche dahintaumelten oder wenigstens aufrecht gehen konnten, wie jene, die auf den Mahorka verzichtet hatten, sich ihr Brot richtig einteilten oder gar eine Hausfrau hatten, zu der sie Kohle schleppten und zum Lohn dafür einen Teller warmer Hirsesuppe vorgesetzt bekamen. Auf der täglichen sauren Pomidorensuppe aus der Lagerküche schwamm letzthin kein Fettauge mehr, sie zehrte vielmehr an der abfallenden Körperkraft. Auch gab es zu dem armseligen Löffel Kaschabrei kaum noch eine Spur von »Swinaja Tuschonka«, diesem amerikanischen Büchsenfleisch, von dem man bei größter Müdigkeit noch träumte, weil es wenigstens ein bißchen Fettstoff enthielt. Nachdem die Offiziere die Küche verlassen hatten, schlugen die

verhurten Köchinnen ihren Buhlen, den Dolmetschern, Starschinas und Lagerschustern einen hohen Haufen davon auf ihre Bratkartoffeln, deren Duft sich in der dünnen, ausgehungerten Lagerluft bis zu den Baracken ausbreitete und die Magensäfte Hunderter Hungerleider in Bewegung setzte.
Kulek, der Hundefänger, der seine Zaunfalle hinter der Stalowaja gelegt hatte, betrat auch heute wieder mit leeren Händen und riesengroßen Augen die Männerbaracke der Nachtschicht. Der erfolglose Fallensteller spuckte seinen Fluch bereits beim Türöffnen heraus: »Holera jasna, kurva jego matj ... Die Säue braten schon wieder Kartoffeln!« Tun konnte Kulek dagegen genausowenig wie sein Schichtkumpel Konnert, der Siebenbürger Sachse, welcher seine sieben Rübenschnitzel auf die Herdplatte geschoben hatte und ihnen erwartungsvoll entgegensah. Was wollte dieser Kulek bloß – wollte er Huren zu Engeln machen und die Lagerküche etwa in ein Restaurant verwandeln, dieser Träumer aus dem Warthegau? Konnert war von Zuhause aus ein armer Schlucker, er hatte das Leben schon immer nehmen müssen, wie es war. Bratkartoffeln mit fettem Schweinefleisch würden seinen durch lange Hungerjahre ausgelaugten Magen sicherlich kaputt und alles noch viel schlimmer machen! Wie sagte Großvater Misch doch immer, wenn er ihm abends von seinen Kriegsjahren an den Masurischen Sümpfen erzählt hatte: Wer nicht darben und durchhalten kann, geht am Leben elend zugrunde!
Der große Mann kauerte in der Herdecke, er hatte alles mitangehört, ohne sich dabei auch nur zu rühren. In ihm war nach allem, was er gehört hatte, ein dicker Groll hochgekommen. Ballinger Joschka kam unwillkürlich der Gedanke an Einsatz-Jaksch, dem er die Freundschaft im ersten Lagermonat bereits aufgekündigt hatte. Das Gesicht des Ballinger war nur noch Haut und Knochen. Um so deutlicher war die blaue Zornesader an seiner linken Stirnseite zu merken: »Zerdrücken werd' ich dich wie eine Filzlaus, zwischen den Fingern, Parasit elender, der du unter die Menschenschinder gegangen bist!« Joschka Ballingers Fluch auf den ehemaligen Kumpan kam tonlos über die blutleeren Lippen. Der verbitterte und enttäuschte Mann

wurde nicht mehr fertig mit dem Leben! Bevor er jedoch selber krepierte, wollte er es Jaksch noch heimzahlen, das schwor Ballinger sich!
Mit halblahmem Bein hatte er sich nach Rußland schleppen müssen, und hier hatte Jaksch, dieser Bluthund, ihn als ehemaligen SS-Mann beim Politruk Felschikow verpfiffen, um Vertrauen für sich selber einzuheimsen! Rain, der krumme Polak von der Antifa und ehemalige Freund des Jaksch, hatte es ihm zugeflüstert, scheinbar aus der Solidarität des Invaliden ...!
Kurz darauf hatte Joschka diese furchtbaren Nachtverhöre durchstehen und am nächsten Morgen in den Schacht müssen. Das alles hatte den unverwüstlichen Ballinger Joschka fertiggemacht – körperlich und seelisch! Zum Glück für ihn gab es die beiden Landsleute – Lagerschneider Ney und Korn Fritz, der Brigadier der Holztreiber von der Tagesschicht, ein Temeswarer –, die ein Wort für ihn bei den Offizieren eingelegt und ihn somit vor dem Straflager bewahrt hatten! Was konnte es ihm noch nutzen – Joschka war nur noch ein Schatten seiner selbst. Von dem verdammten Mahorka konnte er auch nicht mehr lassen! Wenn da nicht bald ein Krankentransport in die Heimat abging ...
Kulek und Konnert – zu ihnen hatten sich Männer von der dritten Schicht gesellt – ließen den in sich zusammengekauerten Mann in der Herdecke völlig außer acht. Sie brachten ihren ganzen Unmut darüber zum Ausdruck, daß diese Lagerparasiten von Antifa-Leuten und Dolmetschern, Lagerschustern und Zuträgern die ihnen als Kohlenhäuer zustehenden Rationen wegfraßen. Selbst die heiligen dreißig Gramm Butter für die Talone der Normüberbietung waren seit anderthalb Wochen nicht mehr ausgegeben worden.
Greinert Fritz, der ehemalige »Heimatfrontler« aus Wiesenbrunn, war am meisten darüber verärgert, daß Frank Liesl, die das Essen ausgab, nunmehr so verächtlich auf ihre abgehärmten, kohleverstaubten Landsleute herabsah, sobald diese mit Hungeraugen die Stalowaja betraten. Wieviel Unmut und Verärgerung hatten die Augen der Liesl gerade heute wieder verraten, als Fritz seinen Blechteller, in der Erwartung, die Köchin

werde den letzten Kaschabrocken noch vom Holzlöffel abklopfen, scheinbar nicht schnell genug vom Brett abhob! Ein Augenblick der Erniedrigung für Greinert – nie würde er auch nur eine Sekunde mehr zögern! Immerhin waren Unmut und Verärgerung leichter erträglich als das Mitleid dieser Zaupe! Was soll's: Liesl Frank war eine andere geworden! Nirgendwo auf dieser buckligen Welt bekamen die Pferde den Hafer, den sie verdienten ...!

Das Wiesenbrunner Mädchen mit dem blonden Lockenhaar und den hellen Augen hatte sich den Gegebenheiten rasch angepaßt, Liesl Frank war rücksichtslos geworden. Kein Mensch übrigens, der es allen recht tun konnte: Was sie dem einen zu viel gab, mußte sie anderen, ebenso Hungernden, entziehen. So aber sättigte sie wenigstens einige ... Notgedrungenheit und Irritationen, sie standen auf der Tagesordnung des Lagerlebens von Proletarsk. Die Unerbittlichkeit war hier längst zum Gesetz des Handelns geworden!

Vielleicht merkte Liesl dies, grämte und unterwarf sich doch noch dem Ruf des Gewissens, träumte von der elementaren Gerechtigkeit? Vielleicht auch suchte Liesl sich manchmal selbst und konnte sich nicht mehr finden! Wer wußte das schon ...?

Zwischen Jaksch und Liesl war es vor einiger Zeit schon zu einem Zerwürfnis gekommen. Das hatte es bereits öfters zwischen den beiden gegeben. Diesmal jedoch schien sich Liesl Frank ausgerechnet diesem Menschenschinder von Sulkow zugewandt zu haben, der dem Lagerkommandanten den »Haus- und Hofmeister« abgab und das Strafbataillon dirigierte. Unglaublich – ein solches Mädel sollte sich einem gewissenlosen Schurken an die Brust geworfen haben? Aber was gab es nicht alles im Lager von Proletarsk! Jeder wußte es: Sulkow hatte bereits einige Männer der Strafkompanie zu Tode geschunden. Der Lagerscherge war letzthin sogar Politruk Felschikow zu gefährlich geworden. Es sollte nicht mehr allzu lange dauern, bis auch der selbstsichere Sulkow den Dank Väterchen Stalins am eigenen Leib erfahren mußte. An einem Spätnachmittag im September sollte auch er auf dem Hauptweg des Lagers Proletarsk in der langen Reihe mit den internierten Rußlanddeutschen stehen und sein weiteres Schicksal mit sich im Rucksack tragen: Pohod na Sibir! Doch noch war es nicht soweit.

Tinnes aus Kleinfeld hatte trockene Mahorkablätter in Salzwasser eingelegt. Davon schwillt das Gesicht hatte ihm jemand verraten! Tinnes war erst neunzehn und einziger Sohn einer Mutter, die ihn einmal verwöhnt hatte. Er wollte mit dem nächsten Krankentransport heim. Unbedingt – also mußte er etwas unternehmen!
Sie hatten Tinnes vor kurzem bei der Einfahrt in den Schacht mit einem Mahorkabeutel erwischt. Unter dem Behälter seiner Davis-Grubenlampe hielt er ihn versteckt. Das Rauchen war in der Kohlengrube strengstens verboten. Wegen der Gefahr des »Schlagenden Wetters«! Tinnes hatte nie etwas gehört davon. Sie hatten ihn fürchterlich verprügelt und im Lager dem Strafbataillon zugeteilt: Zwei Wochen lang Tote begraben und Latrinen putzen, bei zweihundert Gramm Brot und Wasser täglich. Und nachts hinaus zum Bahnhof – sibirisches Holz abladen.
Tinnes hatte es überstanden – er wollte um jeden Preis weg von hier und braute sich fleißig Mahorkabrühe. Je stärker – um so schneller ...
Es ging schnell: Am vergangenen Donnerstag fuhr der alte Fedja Prigorski ihn mit dem Panjewagen hinauf, zum Armenfriedhof von Schachtiorsk!

Chleba-Toni: der Mann, der das Brot brachte

Der südrussische Sommer ging seinem Ende zu. Das helle Braun des versengten Steppengrases zog sich gleich einem abgetretenen Teppich von unendlicher Weite vom Rande des verstaubten Fahrwegs bis an die ferne Grenze des Horizonts, dahin, wo der Donez die durstige Steppe durchschneiden mußte. Erde und Menschen hungerten und dürsteten in diesem trostlosen Nachkriegssommer 1947 ...

Seit geraumer Zeit war zwischen Kalitva und Donez kein Tropfen Regen mehr gefallen. Die Erde war von der Dürre zerrissen und zeigte fingerdicke Spalten, das Land lag wie eine leblose Einöde vor den Augen des einsamen Wanderers. In der Weite auseinandergezogen lagen auch die kleinen ukrainischen Dörfer mit ihren Pflaumenbäumen und den unscheinbaren Lehmhütten. Stunden mußten vergangen sein, seit er an der letzten Siedlung im Ausweichbogen vorbeigekommen war. Das ukrainische Nest lag an einer der letzten »Balkas«, jener engen Trockentäler, die an ausgetrocknete Flußläufe erinnerten und sich im Gefälle weit gegen Osten hinter den Don, in die Kalmückensteppe schoben.

Vier Jahre sind eine lange Zeit. Toni Wanninger hatte die Ukraine zur Genüge kennengelernt! Er hatte sie zu Fuß durchmessen – von Westen nach Osten und wieder zurück, kannte ihre erbarmungslose Sommerdürre, aber auch die eisigen Schneestürme der »Burans«, die über die Frontstellungen hinweggefegt waren und die rumänischen und feldgrauen Soldaten am liebsten lebendig begraben hätten.

Alles in diesem riesigen Land kam der Unvergänglichkeit irgendwie nahe. Die südrussische Steppe kennt in ihren langen Sommern keine Dämmerung, die Nacht bricht unbemerkt ein und läßt das von Hitze gequälte Land wenigstens für Stunden aufatmen. Unwillkürlich mußte Wanninger dabei an die Karl-

May-Bücher seiner Kindheit denken, als er die mannstiefe Erosionsspalte durchschritt, die ihm wie ein »Wadi« erschien, das buchstäblich von einem Flußlauf vergessen worden war und erst wieder lebendig wurde, sobald der große Regen kam.
Ein leichter Windstoß wirbelte urplötzlich den Staub vor seinen Füßen auf. Er trieb ein paar abgestorbene Stachelblumen auf, die es reichlich in der Steppe gab und jagte diese Windhexen, wie Grischa sie genannt hatte, vor ihm her. Das trockene Stachelgewächs wurde hochgewirbelt und fing sich dabei aneinander wie die Kugeldisteln daheim, in der Banater Heide!
Immer wieder entlang seiner Geschichte hatte dieses Land Krieg und Not, Heugabeln und Kosakenschwerter gesehen: Die Horden Iwans des Schrecklichen durchzogen es vor dreihundert Jahren mit Feuer und Schwert, miteinander verfeindete Kosakenheere schändeten seine Frauen und raubten seine Siedlungen aus, Pugatschevs rebellische Bauern durchzogen es sengend und mordend bis zur Wolga nach Zarizyn, der Stadt der Zarin, die der rote Diktator nach dem Sieg über die weißen Heere Wrangels schließlich in »Stalingrad« umbenennen ließ!
Stalingrad – welch schicksalsschwere Bezeichnung. Sie zeichnete das Los Hunderttausender deutscher Familien für lange Jahre in dunkelsten Farben ... Auch jenes des ausgebrochenen Kriegsgefangenen Anton Wanninger aus Wiesenbrunn.

Tonis Knie zitterten vor Schwäche, als er gegen Abend in einem Buschgelände haltmachte. Mit kleinen Unterbrechungen war er den ganzen Tag hindurch durch das endlose Steppenland gezogen, hatte drei ukrainische Nester umgangen und keinen Menschen zu Gesicht bekommen. Je mehr er sich jedoch dem Donez näherte, um so belebter schien die Gegend zu werden. Vorsicht war geboten. Der Flüchtige riß büschelweise hohes Buschgras als Liegestatt heraus und richtete sich kurzerhand eine Schlafstätte zwischen den Büschen her. Die Steppe kühlte ab in der Nacht, obwohl der September noch recht warm geblieben war.
Tonis Brotsack enthielt nur noch die beiden Maiskolben in halbgrüner Milchwachsreife, die er sich aus dem vollreifen

Feldschlag herausgebrochen hatte, sowie einen kleinen, gelben Kürbis. So saß er noch eine gute Weile auf dem Graspolster, aß die milchig-süßen Maiskerne roh vom Kolben und schälte Kürbiskerne, bis die Müdigkeit ihn in die Arme nahm.
Früh am Morgen, als die Glut des neuen Tages sich in brennendem Rot über die Steppe hob, erwachte Wanninger. Er hatte wie in Mutters Bett geschlafen und auch von daheim geträumt. Toni erhob sich von seinem Graslager und schüttelte sich den Schlaf aus den Gliedern. Erst jetzt merkte er, daß die Nachtkälte ihm im Rücken saß. Der Sonnenball stieg langsam in glänzendem Rotgelb über die Horizontlinie und ergoß eine Flut von Wärme über das weite Land.
Eigentlich Zeit zum Aufbrechen – überlegte Wanninger und beobachtete dabei über die Buschreihe die vor ihm liegende Gegend: Dies hier ist bebautes Land! Jetzt wird es überall lebendig in den umliegenden Dörfern und Weilern und nicht zuletzt auch auf den Feldern! Abwarten und ausruhen, bis die Arbeit ringsum auf den Feldern des Kolchos gegen Abend zur Neige geht! Nachtmarsch ist der sicherste Marsch, er verspricht ungehindertes Durchkommen! Toni Wanninger, dem die Müdigkeit trotz der Nachtruhe immer noch in den Gliedern lag, wollte die Gefahr, entdeckt zu werden, nicht unbedingt herausfordern.

*

Am späten Nachmittag – die Septembersonne neigte sich bereits dem Westen zu – stand der Flüchtling aus dem Kriegsgefangenenlager zum Aufbruch bereit im Buschwerk. Toni Wanningers Blick suchte die nähere Umgebung ab. Nichts, das ihn beunruhigen konnte.
Den ganzen Tag über war ihm der Arbeitslärm vom nahen Kolchos in den Ohren gelegen und hatte ihn kaum noch schlafen lassen. Es war auch der Hunger, der ihn plagte und aus seinem Versteck trieb, obwohl es noch Stunden bis zum Einbruch der Dämmerung sein mußten!
Keine zwei Kilometer von ihm entfernt begannen die bebauten

Feldschläge eines Kolchoses. Richtig einsehen konnte Wanninger das Gelände von seinem Standort nicht, eine Anhöhe schob sich dazwischen. Etwas Genießbares mußte es hier doch geben, einen Apfel- oder Pflaumenbaum, wie sie in dieser Gegend häufig anzutreffen waren.

Nach vielen Meilen Wanderung durch die Trockensteppe wollte er endlich den Donez erreichen – weit konnte er nicht mehr sein! Wie es dann weitergehen sollte, wußte Wanninger selber nicht. Das Kohlenrevier des Donezbeckens war ein dichtbesiedeltes Gebiet, es gab eine Menge Lager hier, soviel wußte er. Vielleicht gelang es ihm doch noch, den Dnjestr zu erreichen und nach Bessarabien zu gelangen. Es würde für ihn dann alles viel, viel leichter werden…, dachte er.

Eine gelbe Fahrspur, es mußte ein Flurweg sein, zeichnete sich kurz vor der Anhöhe ab. Er führte in südwestliche Richtung. Fast hätte Wanninger ihn im flachen Gegenlicht der tiefliegenden Sonne gar nicht bemerkt, hätten nicht ein paar auffliegende Vögel gelben Staub in die Sicht gestreut. Hoher Graswuchs zog sich wie ein Weganzeiger zwischen den Fahrspuren auf die nahen Maisfelder zu. Wanninger suchte sie in vorsichtiger Eile schnell zu erreichen, nutzte jede Deckung, die ihm das stellenweise mit Gestrüpp bewachsene Grasland immer noch bot.

Als er den Landbuckel erreichte, bot sich dem seltsamen Wanderer ein wunderbares, friedliches Panorama: Tief im Westen senkte sich der abendrote Sonnenball bereits auf den dunklen Baumstreifen, der die Sicht am Horizont abgrenzte. Bis dahin schien sich die breite Maistafel auszudehnen, die von der nahen Anhöhe ausging. Das weite Land lag geradewegs offen da: Rübenfelder, abgeerntete Getreidetafeln und dunkles Ackerland öffneten weithin nach Süden und Südosten den Blick. Inmitten einer Baumgruppe, die sich zur rechten Hand entlang der Maisschläge zog, waren – im Halbkreis angeordnet – größere und kleinere Häuser zu sehen. Allem Anschein nach die Wirtschafts- und Wohnbauten eines Kolchos. Doch schon weit davor schien der Fahrweg in einer Diagonale von den Maisfeldern in südöstliche Richtung abzuschwenken. Eigentlich ein Glück für ihn – dachte der einsame Wanderer – wollte er doch

weder in unmittelbare Nähe des Weilers gelangen, noch aber quer über die Felder schreiten, um auf keinen Fall verdächtig zu erscheinen.
Aus der Talweite war immer noch das monotone Geratter eines Traktors zu hören – sollte man vielleicht die Nacht hindurch hier ackern? Bei dem großen, rötlichen Batzen davor mußte es sich wahrscheinlich um eine Feldhütte handeln, die vom Abendrot bemalt wurde. Hoffentlich war diese nicht besetzt! Wanninger war sich darüber klar – er mußte, solange nur möglich, den Schutz der Maisfelder suchen!
Noch hatte der große Mann in der zerschlissenen rumänischen Soldatenuniform, an der das Khakigrün bereits in schmutziges Grau überging, kaum zwei Ackerlängen am Rande des Maisschlages hinter sich gebracht, als er plötzlich vor Freude hätte aufschreien können: Links vom Fahrweg lag haufenweise gelbbraunes Laub ausgebuddelter Kartoffelstöcke. Ihr Ruch stieg dem Bauernsohn buchstäblich in die Nase. Die braven Kolchosniki konnten doch nicht auch die letzte Kartoffel gerodet und weggefahren haben?
Von selbst lenkten sich seine Schritte über den Fahrweg, wie zur Andacht ging der Sohn des Hungers im Kartoffelfeld in die Knie! Wanninger suchte mit angestrengten Blicken den Ackerboden ab, seine beiden Hände durchwühlten in den erkennbar gebliebenen Kartoffelreihen die schollige, sonnenwarme Erde. Daaa … Die hageren Finger des Flüchtlings brachten eine dicke Kartoffel ans Licht! Es blieb nicht die einzige – die Kolchosniki mußten diesen Stock halb übersehen haben. Sechs große, weiße Knollen lagen in Wanningers Händen. Die Sorte »Schneeflocken«, wie sie im Banat ihrer schneeweißen Blüte wegen genannt wurde, war ihm als besonders geschmackvoll bekannt! Ein Geschenk des Himmels zum Abendmahl für einen von langen Hungermonaten gezeichneten Mann!
Wanninger ließ die großen Kartoffeln in seinem Brotsack verschwinden. Ein paar kleinere rieb er sich am Soldatenrock ab. Toni konnte nicht anders. Er aß eine zweite und auch eine dritte Rohkartoffel. Er mußte vorerst seinen Heißhunger stillen. Noch stand der Sonnenball über der Horizontlinie. Schon allein

der aufkommende Gedanke ließ Wanninger die Magensäfte in Bewegung geraten: geröstete Kartoffeln!!
Toni tastete seine Brusttasche ab – da waren sie! Er hatte den kleinen Faltkarton mit den russischen »Spitschki« wie ein Kleinod bewahrt, wußte er doch, daß sich nur jedes zweite Zündholz richtig entfachte! Der Hunger saß Toni in der Kehle – warten, bis es dunkelte, konnte er einfach nicht mehr ... Kriechend barg er weitere Erdäpfel aus den abgeernteten Reihen und füllte langsam seinen Brotbeutel damit. Geröstete Kartoffeln – der längst verlorene Geschmack lag ihm wieder auf der Zunge. Hier, inmitten der Felder durfte er kein Feuer entfachen – das war viel zu gefährlich. Wanningers Blicke suchten die Feldhütte, sie lag keine zwei Ackerlängen weit, inmitten der Flur. Nach Abschluß der Kartoffelernte dürfte auch die Hütte nicht mehr besetzt sein. Vorsicht war jedoch immer noch geboten!
In gespannter Haltung schlich er sich von rückwärts an die Feldhütte heran. Der Kartoffelsack baumelte an seiner Seite. Nichts geschah. Die Angst um das bißchen erworbene Freiheit saß Toni in den Knochen. Es war jedoch der Hunger, der ihm in den Rücken stieß!
War da etwas? In unmittelbarer Nähe der Hütte ließ Wanninger sich flach hinter einem Häufchen Kartoffellaub niederfallen. Gedehnte Sekunden vergingen, ohne daß etwas geschah. Er griff nach einer Scholle und warf. Nichts rührte sich. Langsam und umsichtig erhob er sich und lauschte erneut: Es blieb alles ruhig, allein der Traktor tuckerte von fernher. Zu sehen war er nicht.
Die Nerven zum Zerreißen gespannt umging Wanninger die Hütte. Der Eingang gaffte ihm dunkel entgegen – die Feldhütte war leer. Allein in der hinteren Ecke lag neben dem aufgewühlten Strohlager eine Rundpfanne aus Schwarzblech. Wanninger fuhr mit dem Finger über den Pfannenboden. Kein Rostfleck, die Pfanne war vor kurzem noch gebraucht worden. Sie roch nach Sonnenblumenöl.
Wanninger brach einige Aststücke vom Hüttendach, sammelte herumliegende Stengel und zog sich hinter die Hütte, ins Freie

zurück. Die Sonne versank hinter der Horizontlinie, doch ließ die Dämmerung sich gewiß noch einige Zeit. Was soll's, wenn jemand das bißchen Rauch bemerkte – wo eine Hütte stand, mußte es auch einen Wächter geben ...

Langsam ließ er sich auf die Knie, schaufelte ein flaches Loch in den Acker und legte ein halbes Dutzend Kartoffeln zwischen die aufgelegten Aststücke und Maisstengel. Das trockene Brennzeug entzündete sich mit lautem Aufknallen. Erschreckt sah der Mann sich um, versuchte die aufsteigenden weißen Rauchfahnen mit beiden Händen zu zerflattern.

Es dauerte nicht lange, und ein göttlicher Geruch breitete sich um die kleine Feuerstelle aus. Toni spürte, wie ihm das Wasser im trockenen Munde zusammenlief. Immer wieder griff er zu, ob nicht doch schon eine Kartoffel bratweich geworden sei. Kartoffeln sind wie Kastanien im Feuer – man verbrannte sich leicht die Finger daran!

Es wurde ein köstliches Kartoffelessen für den Kriegsgefangenen mit der ausgelaugten Seele im freien Feld. Wann hatte er dieses Gefühl von Sättigung zum letzten Mal gekannt? Am liebsten hätte er nach dieser ausgiebigen Mahlzeit in der Laubhütte übernachtet. Doch nein, er mußte weiter, den Donez erreichen. Schlafen konnte er nach diesem Ruhetag ohnehin nicht mehr.

Nach kurzer Rast erhob er sich neben der verlöschenden Feuerstelle und lugte um die Hüttenwand. Weithin war nichts zu merken. Er wollte seinen Kartoffelsack nachfüllen und suchte das Feldstück hinter der Hütte weiter ab.

Bevor Wanninger sich auf den Weg machte, warf er noch einen Blick durch den Eingang in die Hütte. Da lag die Pfanne, er konnte sie brauchen und griff danach. Der Wächter konnte sicherlich darauf verzichten. Bis zum Frühjahr war sie bestimmt durchgerostet.

Nach einem kurzen Wegstück schlug der Feldweg erneut einen Bogen. Diesmal in Richtung Südwesten. Er schien mit einigen Ackerlängen Abstand nunmehr parallel mit den Maisfeldern zu verlaufen. Irgendwo mußte er auf eine Landstraße stoßen, die zum Donez führte. Links vom Fahrweg ragte ein Stock aus der Ackerfurche. Er konnte ihn brauchen. Die anbrechende Nacht brachte die Hunde auf die Beine. Wanninger riß den vermeintlichen Stock aus dem Acker. Es war ein rostiger Gewehrlauf, ein ganzes Gewehr, das zum Vorschein kam. Allein der Holzschaft fehlte. Wanninger kannte den Gewehrtyp dieser Infanteriewaffe – es war ein Skoda-Gewehr. Rumänische Einheiten waren damit ausgerüstet. Wanninger sah sich in der Nähe um. Sonst gab es nichts, was seine Aufmerksamkeit auf sich gezogen hätte. Woher mochte er gekommen sein, welches war wohl der Name des Infanteristen, der auf diesem Ackerfeld sein Leben aushauchen mußte? Nein, nichts als weg von hier – solchen Gedanken durfte er nicht verfallen. Vor allem nicht jetzt. Der große Mann schleuderte das Relikt des Krieges weit von sich über das Ackerfeld. Ruhe sanft, Kamerad ...!

Am Ende des Flurstückes befand sich eine Wegkreuzung. Eine vielbefahrene Abzweigung führte von hier aus direkt zum einige Ackerlängen entfernten Wirtschaftsweiler.

Er mußte so schnell wie möglich weg von hier. Vom Kolchos aus hatte man sicherlich einen guten Überblick über das Land. Die Dämmerung kündigte sich mit fahlem Schein erst richtig an. Wer sollte schon nach ihm fragen? Es gab immer wieder Leute, die sich abends auf dem Heimweg befanden. Wanninger ging seinen Weg weiter.

In einiger Entfernung zeichnete sich eine Niederung ab. Der quer verlaufende Baumbestand verriet einen Wasserlauf. Allerdings konnte es sich dabei nicht um einen Fluß handeln, dazu war alles zu unscheinbar. Hoffentlich war es ein Bächlein, das Wasser mit sich führte? Wanninger verspürte plötzlich Durst. Freilich, dachte er, es kommt von den gerösteten Kartoffeln.

Nach einem weiteren Viertel Wegstunde hatte er das Auwäldchen erreicht. Ein kleiner Bach schlängelte sich durch Wiesen und bebaute Felder. Der einsame Wanderer schritt vom Fahrweg herab auf den Wiesenpfad zu, der geradehin zum Bach führte.

Im gleichen Augenblick, als er den schmalen Übergangssteg bemerkte, durchzuckte ein eiskalter Strahl seine Brust: »Stoj!« Nein, nur jetzt nicht festgenommen werden!

Wanninger tat, als habe er nichts gehört und setzte zum Sprung an. Ein zweiter, bedrohlicher Anruf durchschnitt die laue Abendluft. Der große Mann duckte sich blitzschnell – das Ufergebüsch lag keine zehn Meter vor ihm. Noch im Ansatz spürte er den Schlag am Oberschenkel, der ihn merkwürdigerweise nach vorne riß. Als der Knall kam, lag er bereits am Boden. Er war über seine eigenen Füße gestolpert und weich über einem Maulwurfshügel gelandet. Der stechende Schmerz, den er plötzlich empfand, ließ ihn die flache Hand auf den rechten Schenkel pressen …

Der hagere Mann, der den Schuß abgefeuert hatte, löste sich aus dem Holunderbusch am Wegrand. Allem Anschein nach war es der Feldwächter. Den Gewehrlauf auf den im Grase liegenden Mann gerichtet, kam er langsamen Schrittes heran. Es schien, als überlege er noch, was in den nächsten Minuten zu tun war. Keine Frage: Der Feldwächter mußte ihn schon seit einiger Zeit beobachtet haben! Sicherlich war es der Rauch, der von der Melonenhütte aufgestiegen war, welcher den Wächter hatte aufmerksam werden lassen.

Der alte Mirlukin blieb stehen und betrachtete sein Opfer. Hatte er den Mann wirklich getroffen, der den Oberkörper hob und sich mit der linken Hand abzustützen versuchte? Im Zwielicht der einbrechenden Dämmerung erkannte Mirlukin, daß es sich bei dem Fremden um einen rumänischen »Plennij« handeln mußte. Seine Uniform verriet ihn. Als die Front hier verlief, hatte es von rumänischen Soldaten nur so gewimmelt.

Der Bursche mußte aus einem der umliegenden Kriegsgefangenenlager ausgebrochen sein! Also war er gefährlich! Oder war es sogar seine Waffe, die er vorhin im Ackerfeld weggeworfen hatte? Mirlukin wollte später danach sehen – jetzt mußte er etwas tun.

»Stawaj, plennij!« befahl er Wanninger, sich zu erheben. Der Mann im Wiesengras starrte ihm halb sitzend entgegen. Erst jetzt zog er seine Hand vom Hosenbein weg – sie war klebrig warm.

Feldwächter Mirlukin warf einen Blick hinüber zu den Kolchosgebäuden und trat auf den Gefangenen zu. »Aschidajim!« murrte der Wächter und wies mit der Hand in Richtung

Häuser. Der Verwundete hatte verstanden, daß er jemanden erwartete.

Die Droschke mit dem Verwalter preschte fast lautlos heran. Das leichte Fuhrwerk verriet alte, bessere Zeiten. Wanninger bewunderte mehr das Gefährt als den unscheinbaren Mann, der inmitten des Fahrweges angehalten hatte. Diese vom Bau her elegante russische Droschke – sie war sichtlich bereits einige Male überstrichen worden – mußte uralt sein, sie stammte wohl noch aus der Zarenzeit.
Feldwächter Mirlukin ging dem Kolchosverwalter entgegen, ohne Wanninger jedoch aus dem Auge zu lassen. Immer wieder hatte der Wächter sich nach ihm umgewandt. Die beiden Kolchosniki sprachen kurz und angeregt miteinander. Mirlukin wies mit der Hand nach der Melonenhütte, wobei er genau den Weg anzeigte, den Wanninger gekommen war. Dem Tonfall seiner Fragen und Worte nach schien der Mann mit der Droschke nicht gerade beglückt von den Enthüllungen seines Feldwächters zu sein. Er sprach mürrisch, nahezu vorwurfsvoll auf den merklich verunsicherten Mirlukin ein.
Nun schien es soweit zu sein. Der Verwalter bestieg die Droschke, während Mirlukin mit vorsichtigen Schritten und angehobenem Gewehrlauf wieder auf ihn zukam. Wanninger spürte, wie die Angst in ihm hochstieg: Wollten die beiden Kolchosniki ihn erledigen und irgendwo im Feld verscharren? Das russische Schrekkenswort »liquidirowatj« drängte sich ihm auf. Wozu aber hatte ihm dieser Wächter dann noch sein Taschentuch zugeworfen?
Dann sah er den Ankömmling seine Droschke wenden und den Einspänner auf das Wiesenland zulenken. Ein Aufatmen der Erleichterung löste sich dem Verletzten von der Brust. Dennoch blieb sich Wanninger klar darüber: Sein Schicksal war nach wie vor ungewiß!

*

Toni Wanninger öffnete die Augen. Sein Blick streifte befremdet die Runde. Er lag auf einem strohgeflochtenen Kanapee. Die niedrige Decke des kleinen Raumes schien ihn zu erdrücken. Selbst die altrussische Madonna mit dem dunkelbraunen Gesicht sah ihn von der gegenüberliegenden Zimmerwand mit ihren großen Augen an, als wolle sie ihn fragen, was er eigentlich in diesem fremden Hause zu suchen habe? Die Gewandfarben waren nur noch am Schimmer von Gold, Grün und Rot zu erkennen. Sie mußte uralt sein, diese orthodoxe Wandikone, und auch vor dem Kommunismus schon schlimme Zeiten gesehen haben ...

Als Toni sich zu erheben versuchte, spürte er das Stechen im Oberschenkel. Es war die Schußwunde von gestern, die plötzlich zu brennen begann. Wanninger erinnerte sich sofort an den Vorfall am Bach – er sah das finstere Gesicht des Feldwächters greifbar nahe vor sich! Hatte er etwa Fieber? Es war doch nur ein Streifschuß. Tastend rückte seine Hand an die wunde Stelle – man hatte ihn verbunden.

Die Gedanken ordneten sich rasch. Ein Strom von Wärme kam in ihm hoch, als er daran dachte, wie es weitergehen sollte. Wieso hatte der Kolchosverwalter – er hieß Solonov – ihn überhaupt in sein Haus gebracht? Hatte er sich dabei nicht selber der Gefahr ausgesetzt, bestraft zu werden?

Der Kolchos lag in einem weiten Tal, im Sichtkreis gab es keine bewohnte Ortschaft. Allein jenseits des Hügels mußte ein ukrainisches Dorf liegen, aus dem die Kolchosniki morgens zum Maisbrechen kamen. Das Städtchen Novo Ajdar lag weitab in nordwestlicher Richtung. Ein Glück für ihn, wie der Verwundete dachte. Er mußte in der Nacht von hier verschwinden. Den wenigen Traktoren, die nachts beim Ackern herumtuckerten, konnte er immer noch ausweichen.

Auf der Holzbank neben seiner Liegestatt gewahrte Toni ein geflicktes, graues Hemd mit einer Hose. Daneben lag eine abgetragene Pufaika, eine dieser wattegefütterten Steppjacken, wie sie von Odessa bis Wladiwostok getragen wurden. Armselig, jedoch sauber gewaschen. Seine Uniform sah er nirgends. Toni neigte sich weit vor, vielleicht war sie herabgefallen? Nichts dergleichen – sie war weg!

Wanninger erhob sich langsam von seiner Pritsche, er spürte

plötzlich Schweiß auf der Stirne. Alles um ihn war zu eng geworden! Wieder dieser stechende Schmerz im Oberschenkel, als er den Fuß belastete. Er biß sich auf die Zähne – es mußte gehen!

Vor dem Fenster erwachte ein klarer Septembermorgen. Toni schleppte sich behutsam auf den Gang heraus. Wahrscheinlich schliefen die Solonovs noch. Sie waren eben keine richtigen Bauern – sie waren Kolchosniki und das war etwas anderes!

Hinter dem breiten Band der Maisfelder des Kolchos erhob sich die Morgensonne mit brennender Röte. Es wird ein trockener Septembertag werden, dachte Wanninger. Nichts rührte sich ringsumher, kein Mensch noch auf den Füßen, kein Traktorenlärm. Das weite Tal strahlte eine abwartende Ruhe aus. Die Gedanken des jungen Mannes schweiften weitab.

Daheim im Banat hatte der Bauer um diese frühe Stunde sicherlich bereits das Laub auf einer ganzen Ackerlänge geschnitten. Dort hatte jeder einzelne seine eigenen Sorgen – hier herrschte eine unverrückbare Gleichgültigkeit: Nichts gehörte niemanden hier ...

Allein unter dem Dachfirst regte sich Leben. Ein verspätetes Schwalbenpaar hatte in seinem Balkennest zu zwitschern begonnen. Erst im leisen Erwachen, darauf wie in emsiger Hast, als wolle es an diesem Herbstmorgen seine große Reise antreten.

Ein Hauch von Heimweh umwob den Mann im leichten Hemd in der Morgenluft des anbrechenden Tages. Tausend Fragen kamen auf: Wie mag es um diese Stunde wohl in Wiesenbrunn aussehen? An wen würde Vater heute wieder einen Brief abgeben?

Bei diesem Gedanken spürte Toni ein brennendes Weh in der Brust: Wie mußte es dem alten Postboten Nikolaus Wanninger zumute sein, wenn er immer wieder Briefe aushändigte und selber keinen einzigen bekam? Seit Jahren. Von seinem einzigen Sohn! Und erst seine Mutter, diese herzensgute, ewig besorgte Frau? Würde Resi Wagner noch an ihn denken oder hatte ihr eigenes Schicksal sie alles wieder vergessen lassen? Vielleicht steckte sie gar selber in einem Arbeitslager dieses gottlosen Landes? Wer konnte das wissen?

Resi Wagner ... Toni raunte den Namen des geliebten Mädchens wie ein Morgengebet vor sich hin. Allein das Schwalbenpaar zwitscherte verständnisvoll mit ...
Wie hatten die Wiesenbrunner Burschen beim Abschiedsständchen vor dem Einrücken in die Armee damals gesungen: »Wenn die Schwalben heimwärts ziehn und die Rosen nicht mehr blühn, fragt das Herz im bangen Schmerz: ob ich dich auch wiederseh' ...?«
Sobald der Herbst naht, sucht auch der Mensch nach Geborgenheit, da möchte jeder heim zu den Seinen ...
Als habe er einen Stoß erhalten, riß Wanninger sich los von der Melancholie seiner Gedanken. Das Schwalbenpaar verließ sein Nest und ließ sich auf dem Leitungsmast am Rande des Gehöftes mit lautem Zwitschern nieder. Im Handumdrehen hatte sich eine ganze Schwalbenschar angesammelt und, wie auf ein Zeichen hin, im schnellen Flug in die große Freiheit des Morgenhimmels erhoben. Wanninger sah den Schwalben nach, bis die Punkte sich in der Ferne aufgelöst hatten.

Irgendwie erweckten die Solonovs sein Vertrauen. Eines nach dem anderen rückten die Bilder von gestern abend in Wanningers Gedächtnis zurück: Das ukrainische Mütterchen mit der Scheitellinie im weißgrauen Haar hatte seine Wunde mit lauwarmem Kamillentee gereinigt. Als sie merkte, wie unruhig er dabei geworden war, hatte sie ihm einen vertrauensvollen Blick zugeworfen und mit ruhiger Stimme dabei ihren Namen genannt: Evdokia.
»Ne boisse, molodoj parin ... nitschewo ne budit!« suchte auch Solonov ihn zu beruhigen und meinte damit, daß er nichts zu befürchten habe. Dabei hielt der Kolchosverwalter eine Wodkaflasche in der Rechten, mit der erkennbaren Absicht, das hochgradige Zeug als Desinfektionsmittel zu verwenden. Wanninger nickte ihm zu. Erst zuckte er zusammen, dann biß er sich auf die Zähne, als Solonov ihm den Alkohol behutsam auf die Wunde träufelte. Die Gewehrkugel des Feldwächters hatte ihm im Streifschuß zum Glück nur eine fingerlange, nicht allzu tiefe Fleischwunde beigebracht. Sie würde – wie er hoffte – innerhalb

weniger Tage verheilt sein. Eine Infektion dürfte es kaum geben. Wanninger betrachtete den Verband – er war durchgeblutet. Wie sollte er es nur am besten anstellen, von hier wegzukommen? Ein, zwei Tage war er sicherlich noch auf die Hilfe des Kolchosverwalters angewiesen! Verschwinden wollte er möglichst unbemerkt, bevor den guten Leuten noch Ungemach bereitet wurde!
Mitten in seine Überlegung hinein öffnete sich die Brettertür mit leisem, kaum vernehmbaren Quietschen. Solonov steckte erst seinen Kopf durch die Türspalte. Als er merkte, daß der Kriegsgefangene sich aufgerichtet hatte, trat er herein.
Der Verwalter war ein grundgescheiter Mann. Er las dem fremden Burschen die Nöte aus den Augen, die sich wie eine Trennwand zwischen den so unterschiedlichen Männern erhoben. Dieser junge rumänische »Plennij« hatte Angst, er würde sicher alles unternehmen, um sich schnellstens wieder aus dem Staube zu machen! Genau das wollte Solonov verhindern. Andererseits konnte es schlimm für beide ausgehen, sollte man den Kriegsgefangenen bei ihm entdecken!
Solonov hatte seinen eigenen Plan. Doch was half ihm dies, wenn es ihm nicht gelang, diesen Anton davon zu überzeugen, daß er ihm wohlgesonnen war und ihm helfen wollte?
So versuchte der Kolchosverwalter denn auch vorerst Vertrauen zu gewinnen. Er fragte Wanninger nach seinem Befinden und ob er noch starke Schmerzen habe. Darauf rief er nach Evdokia, die ihm gleich eine Kräftigung bringen sollte.
Am Abend erst, als Solonov von der Arbeit heimgekehrt war, eröffnete er Toni vorsichtig sein Vorhaben, wobei er die Gefahr der Situation freilich nicht außer acht ließ.
Toni glaubte zu erkennen, worum es ging und sah sich in der Zwickmühle. Dieser Mann wollte ihm helfen, hatte ihm Zivilkleider geschenkt ... und dennoch wußte Wanninger im Augenblick nicht, wie weit er dem Verwalter trauen könne. Durfte er ihm seine Absicht offenherzig mitteilen?
Solonov begann im gelassenen Tonfall zu erzählen, was ihm in den letzten Jahren so alles widerfahren war. Es klang, als spräche der Kolchosverwalter zu einem alten Bekannten. Wie

von ungefähr griff er dabei nach dem Foto, das neben ihm auf dem Wandtisch stand. Es zeigte das Konterfei eines dreizehn-, vierzehnjährigen Burschen im kragenlosen Hemd: »Fjodor, unser Sohn!« kam es mit sichtlichem Stolz über die Lippen des Verwalters. Solonov erzählte, daß der Bub 1943, bei einem Fliegerangriff durch Bombensplitter schwer verletzt worden sei. Dem rumänischen Militärarzt Radu habe er es zu verdanken, daß Fjodor noch am Leben sei. Dieser hatte ihn im Feldlazarett von Kadijevka sofort operiert und zwei Splitter aus seiner Brust entfernt. Es war eine schwierige Operation gewesen, und Fjodor war nur dank der Fürsorge des Militärarztes mit dem Leben davongekommen!

Evdokia stellte die Pellkartoffeln auf den Tisch und hörte dem Gespräch der Männer eine Weile zu. Sie bekreuzigte sich mit einem »Slava bogu!« und meinte, daß sie jeden Abend unter der Hausikone der Gottesmutter ihr Dankgebet für diesen Doktor Radu ausspräche, der ihrem Einzigen das Leben gerettet hatte! Fjodor sei nunmehr vollkommen gesund und studiere am Bergbauinstitut von Stalino. Aus den letzten Worten der alten Ukrainerin klang verhaltener Stolz.

Der Kriegsgefangene betrachtete das Foto des halbwüchsigen Burschen, das sicherlich schon vor zwei oder drei Jahren gemacht worden war und reichte es darauf wohlgefällig an Evdokia zurück: »Molodetz parin!« Eine seltsame Ruhe erfüllte minutenlang den kleinen Raum. Es war, als sei alle Not und Feindseligkeit der Welt entrückt, als habe jedes Mißtrauen zwischen den drei Menschen hier das Feld geräumt …

Tage danach, es war am späten Abend des 21. September 1947, als die beiden Männer umsichtig über den Brückensteg des kleinen Wasserlaufes schritten. Wanninger warf einen Blick zurück auf das Wiesengelände: Hier hätte er beinahe sein Leben ausgehaucht! Mirlukin, den alten Feldwächter, der ihn niedergestreckt hatte, hatte er seither nicht mehr zu Gesicht bekommen. Tonis Streifwunde hatte sich dank der Fürsorge Evdokias rasch verkrustet. Eine ganze Woche hatten die Solonovs den Gefangenen in ihrem Hause versteckt gehalten und gepflegt. Etwa aus

bloßem Dank dafür, daß sein Landsmann, dieser Doktor Radu, ihrem Sohn das Leben gerettet hatte?
Solonov schritt wortlos neben Wanninger in die Nacht hinaus. Bedenken hatte er dabei wohl kaum. Der Gefangene sah in seiner zivilen Kleidung mit dem Brotbeutel über der Schulter wie ein Kolchosarbeiter aus. Wer sollte ihnen zu dieser späten Stunde auf den menschenleeren Feldern auch noch begegnen?
Eine kühle Nachtbrise zog vom Donez durch die Niederung heran und hob die lauwarme Luft immer höher über die Talmulde. Wanninger trug seine Jacke unter dem Arm, sie würde ihm in der Nacht sicherlich zustatten kommen. Immer wieder war es Solonov, der etwas zu sagen hatte, je mehr sie sich dem im Dämmerlicht bläulich schimmernden Band näherten. Es mußte sich dabei um die Flußau des Donez handeln. Wanninger warf einen Blick zurück: Sie hatten das weite Tal durchschritten, der Kolchos mit dem kleinen Wasserlauf in der Ferne war im Dämmerschein kaum noch zu erkennen.

Solonov hatte ihn indessen fortwährend instruiert. Jenseits des Donez, in unmittelbarer Nähe der Landstraße, die nach Kadijevka führte, sollte Toni im Auwäldchen übernachten. Nach Angabe des Verwalters lag der Fluß gerade sieben Kilometer vom Kolchos entfernt. Es blieb für beide eine abgesprochene Sache, daß Solonov ihn am kommenden Vormittag von der Abbiegung der Landstraße, die hier einen Bogen gegen Südosten schlug, abholen werde. Der Kolchosverwalter mußte morgen einen Weizentransport zur Staatsmühle nach Kadijevka bringen. Wanninger sollte sich – sobald der Lastkraftwagen mit dem roten Fähnlein an der Fahrerkabine sich näherte – unverzüglich an der Straßenkreuzung einfinden. Alles andere war mit Mitja, dem Fahrer bereits abgemacht worden.
Je mehr sich die Männer dem Flußufer näherten, um so unübersichtlicher wurde das Gelände. Die innere Spannung stieg. Von der Uferhöhe, in unmittelbarer Nähe der großen Brücke, die hier über den Donez führte, zeigte Solonov auf den hellen Streifen jenseits des Flusses. Es war die Landstraße, die nach Kadijevka führte. Der gutmütige Solonov wies hierauf auf den dunk-

len Fleck einer Waldecke, deren geschlossener Winkel sich zwischen Fluß und Straße schob: Hier sollte Wanninger die Nacht verbringen!

Der Kolchosnik legte ihm zur Verabschiedung die Hand auf die Schulter: »Spakojnaja notsch, Anton Nikolajwitsch!«
Der Bursche aus dem Banat empfand unendliches Vertrauen aus diesen Worten, eine innere Rührung kam in ihm hoch! Spontan umarmte er Solonov! Für ihn, den Fremden, gab es nichts, das ihn mehr beruhigen hätte können, als dieser Wunsch Solonovs für eine gute Nacht ...!
Solonov machte sich sofort auf den Rückweg und war im Grau verschwunden, bevor er noch das jenseitige Ende der langen Donezbrücke erreicht hatte.

*

So kam es denn, daß der ausgebrochene rumänische Kriegsgefangene Anton Wanninger mit einem Weizentransport des Kolchoses »Budjonnov« in der Staatsmühle von Kadijevka eintraf, die sich gleich neben der Brotfabrik befand, ohne daß ihn auch nur jemand als solchen erkannte. Was nun?
Aber setzt sich schließlich nicht alles, was wir gemeinhin als »Schicksal« bezeichnen, aus kleinsten Mosaiksteinchen zusammen, die sich, von der Flut des Zeitgeschehens bewegt, wie zufällig aneinanderfügen ...?
Der schmächtige Kolchosverwalter Solonov sollte sich als gewandter Vermittler erweisen, der sehr wohl mit den Mühlenarbeitern umzugehen wußte. Wanninger, welcher nach Abladen der Fracht die Vorgänge um ihn mit einiger Sorge betrachtete, hatte rasch den Eindruck gewonnen, daß mit dem Verwalter an seiner Seite nichts schief gehen könne, solange er auch nur das kleinste Quentchen Glück besaß.
Es hieß noch eine ganze Weile warten, bis der Vertreter der Brotfabrik endlich kam. Der hochgewachsene Mann mit der grauen Furaschka auf dem Kopf kam Solonov mit freundlichem Lächeln und vorgestreckter Hand entgegen. Er bestätigte die

Übernahme des Weizentransports mit einem Schriftzug, ohne die Säcke zu zählen oder den Lieferschein einer näheren Betrachtung zu unterziehen. Irgendwie kam dabei das Gefühl auf, daß diese beiden Männer schon manches Ding miteinander gedreht haben müßten!

Wie hätte der besorgte Wanninger auch nur ahnen können, daß Serafim Grigoriewitsch Andrejew – den Namen des Verwaltungsdirektors der Brotfabrik von Kadijevka sollte er freilich erst später erfahren – kein anderer als Solonovs Schwager war! Dieser Mann sollte also in der Lage sein, Solonov aus der Patsche zu helfen, der den in Zivilkleider gesteckten rumänischen Kriegsgefangenen keinesfalls mehr mit sich zurück auf den Kolchos nehmen konnte!

Wanninger, der sich um sein weiteres Schicksal allerlei Gedanken machte, glaubte die heftigen Gesten des Vertreters der Brotfabrik deuten zu können. Dieser schien Solonov soeben über seine Unbedachtsamkeit zu belehren. Schließlich hatte der Kolchosverwalter Kopf und Kragen dabei zu verlieren, wenn er einen Kriegsgefangenen versteckt hielt! Ob Solonov jedoch diesem Manne sein Geheimnis überhaupt verraten hatte? Nichts als abwarten ...

Der Donez lag kilometerweit zurück. Ein Blick in die Runde eröffnete Wanninger das Panorama des Kohlenreviers: Hohe Fördertürme, Abraumhalden, die in den Himmel wuchsen, neuaufgerichtete Schlote, zerstörte Hallen – eine Industrielandschaft kreuz und quer von Strommasten durchzogen und von der Hektik des Neuaufbaues durchwirkt. Der Rudnik, die Bergwerkssiedlung, schmiegte sich an einen leichten Hang. Die Häufung von Baracken weiter drüben, die sich im Morgendunst in einem Karree abzeichnete, mußte ein Arbeitslager sein!

Toni trat zur Seite und besah sich wie von ungefähr das rechte Hinterrad des Lasters, als Solonov ihn anrief. Der Mann von der Brotfabrik musterte ihn im Herankommen mit einem durchdringenden Blick. Wanninger hielt in kurzem Abstand von den beiden Männern seinen Schritt an. Sein »Sdravstwujte!« an den Vertreter der Brotfabrik klang verunsichert. Kein Zweifel – für ihn hatte sich soeben etwas entschieden!

Der Kolchosverwalter, welcher ihn als Anton Nikolajewitsch, den »Internierowannij« empfohlen hatte, sprach angeregt weiter auf den Mann von der Brotfabrik ein. Dieser nickte hin und wieder leicht mit dem Kopfe, wobei die Betonung immer wieder auf »Mekanik« fiel. Jedes weitere Wörtchen, das die beiden nunmehr wechselten, wurde für Toni zur Erleichterung. Solonov wies ihn an, näher zu treten und eröffnete dem Gefangenen seine Abmachung mit dem Natschalnik. Doch es gab da ein Problem!

Er – Anton Nikolajewitsch – habe sich durch seinen Ausbruch aus dem angeblichen Internierungslager von Milerowo strafbar gemacht. Konsequenzen daraus waren wohl nicht abzuwenden – er mußte sie auf jeden Fall auf sich nehmen! Obwohl er angeblich ein guter Mechaniker sei, könne der Natschalnik der Brotfabrik ihn nicht ohne weiteres einstellen. Er sei vielmehr dazu verpflichtet, umgehend Kontakt mit den nächsten Lagerbehörden aufzunehmen.

Es war nun Solonov, der dem Gefangenen riet, sich freiwillig zu stellen, um das Schlimmste zu vermeiden. Der Natschalnik, welcher an seinen Diensten interessiert sei, werde ihn innerhalb der nächsten Stunden dem ihm bekannten Kommandanten des nahe gelegenen Interniertenlagers »Pervomajsk« überstellen und ein Wort für ihn einlegen! Mehr könne er freilich auch nicht tun.

Wanninger hatte gespannt und mit gesenktem Haupte zugehört. Er spürte Solonovs Erwartungen und die stechenden Blicke des Natschalniks buchstäblich auf der Haut. Toni sprach den Männern – so gut er konnte – seinen Dank aus. Für ihn war damit alles klar: Zusagen – was sonst? Dieses Angebot war für einen Ertrinkenden der Ast in der Flut …

Natschalnik Andrejev hatte dank seiner Beziehungen nicht allzu viele Probleme, den aus einem Lager bei Milerowo durchgebrannten »Internierowannij« erneut, diesmal im Lager Perwomajsk, unterzubringen. Die Angelegenheit wurde von seinem Schulfreund Podpolkovnik Pirogov abgewickelt, welcher in der Zentrale der Interniertenlager von Stalino eine bedeutende

Funktion ausübte. Schließlich war er Natschalnik einer Brotfabrik – und Brot bedeutete im Hungerjahr 1947 weit mehr als Geld! Wie sollte er dies alles dem guten Solonov nur danken ...?
Obwohl Serafim Grigoriewitsch Andrejew auch mit dem »Kombat« von Perwomajsk, einem gewissen Igoriev, durch seine Brotlieferungen an das Lager recht gut bekannt war, konnte er es nicht verhindern, daß der Sträfling, den er als Mechaniker angeblich so sehr benötigte, erst einmal zehn Tage lang im Strafbataillon des Lagers schmoren mußte. Igoriev versprach hingegen, den Mann nach Ablauf der Straffrist für die Brotfabrik freizustellen, ohne ihn jedoch – wie Andrejew dies wünschte – rund um die Uhr in der Fabrik zu belassen. Ein ausgebrochener Internierowannij gehört eben – wie er bestimmte – unter Lageraufsicht! Dies gebiete einem verantwortlichen Natschalnik schon die sowjetische Gesetzlichkeit und kommunistische Ethik!
Erst einmal abwarten – dachte Andrejew – und nahm den Nasenstüber mit stoischer Gelassenheit hin.

*

Eine gute Stunde mußte vergangen sein, seit die Abendschicht in den Schacht eingefahren war. Sepp Schneider kauerte mit Gärtner Franz und ein paar anderen Kumpel auf einem Stapel Unterbauholz am Rande des Schienenstranges der Transportstrecke. Die Männer warteten das Ende der Sprengungen am Flöz ab. Aus der »Lawa«, wie die Russen den mehr als hundert Meter langen Abbauflöz nannten, welcher sich von der Strecke in einem dreißiggradigen Steigwinkel bis hinauf zur Ventilationsstrecke wand, wolkte weißer, beizender Rauch. Die Lüftung auf Horizont drei funktionierte miserabel, sie konnte die dichte Rauchmenge der Kettensprengung bei weitem nicht abtreiben. Der beizend-süßliche Gestank wurde durch den Druck der Sprengung teilweise zur Transportstrecke herabgedrückt und blieb den Männern im Halse stecken.
Der dumpfe Knall der letzten Sprengpatrone war verhallt, doch würde es noch eine gute Weile dauern, bis die Häuer in die Lawa

einsteigen und ihre Plätze an den Abbaufronten einnehmen konnten. Schneider stieß seinen Nebenmann an, welcher – den Kopf zwischen den Knien – vor sich hindöste: »Guck mal Franz, da vorne auf der Strecke ist scheinbar etwas heruntergebrochen!«

Gärtner hob langsam den Kopf und suchte mit trüben Augen die Galerie ab. Die Streckenbeleuchtung schnitt eine Lichtschneise durch den Sprengrauch, die vom Lichtkorb quer über die Lorenlinie führte. Es war, als würde die Sonne durch dichten Morgennebel dringen ...

An der rechten Galeriewand zeichnete sich ein meterhoher, rundlicher Schatten ab, der wie ein herabgefallener Felsbrocken aussah. Schneider erhob sich und schritt, die Davis-Lampe vor sich herhaltend, auf die dunkle Stelle zu.

Kein Bruchstein – eine zusammengekauerte Frauengestalt saß wie ein Häufchen Unglück unter der Schalttafel: Es war Resi Wagner, die neue Grubenarbeiterin. Wie von Schüttelfrost gepackt, bewegte die junge Frau ihre Hände und klemmte die Ellbogen fest an die Schachtmontur. Schneider erschrak – ihre dünne Spezovkabluse triefte vor Nässe: »Resi, was tust du hier?«

»Du bist es, Sepp? Mir ist so kalt und speiübel dabei!« Schneider hob die verängstigte Frau mit beiden Händen zu sich auf: »Das darfst du niemals tun, Resi – im Schacht sitzen und einschlafen, das bringt den Tod!« Sepp Schneider machte sich ehrlich Sorgen: Diese zartgebaute Frau hätte nie in den Schacht einfahren dürfen! Mit beiden Armen umschlang er die vor Kälte und Nässe zitternde Gestalt und hielt ihr das wärmende Davis-Lämpchen auf den Rücken. Verdammt noch mal – dieses stolze Schwabenmädel war nur noch ein Schatten seiner selbst!

Schneider gewahrte jemanden an seiner Seite. Franz Gärtner breitete seine Pufaika aus und reichte sie der Frau: »Nimm, Resi, und leg sie dir um – sie wird dich warm halten!«

Die Wagnerin schluchzte heftig auf: »Ich kann nicht mehr! Jaksch und seine Liesl, sie wollten mich zur Hure zwingen! Ich habe mich geweigert und mußte deshalb in den Schacht!«

Schneider spürte, wie ihm bei diesen Worten die Zornesader

schwoll und zischte vor Wut: »Er wird es uns bezahlen, dieser Hund!«
Gärtner wußte sehr wohl was, Schneider damit meinte.
Vom Stollen her kam der Ruf zum Einstieg in das Flöz. Gärtner bewog die junge Frau, seine Pufaika vorläufig zu behalten, worauf die beiden Männer sich entfernten. Sie waren von Obersteiger Svez im untersten Abschnitt eingesetzt worden. Die Sohle glich einem Chaos: Die Sprengung hatte einen Berg Stückkohle aus dem Flöz gerissen und den Unterbau teilweise hinweggefegt, so, daß Träger und Bretter allerseits aus der abgeschmetterten Kohle herausragten. Erst mußten die völlig verstopften Rutschen entlang der Förderlinie freigeschaufelt und der Unterbau vorgenommen werden. Der »Privod«, diese mit Starkstrom betriebene Fördermaschine, vermochte das kohleüberladene Fließband nicht in Bewegung zu bringen. Die Männer schaufelten unentwegt, der Schweiß rann in Strömen über die geschwärzten Gesichter. Angst war freilich mit dabei, glänzte doch über den Köpfen eine freie, einsturzgefährdete Decke. Gärtner vernahm das höllische Fluchen des russischen Obersteigers, als dieser mit der Davis-Lampe am Hals seine Anweisungen im oberen Teil des Stollens herumschrie. Eine halbe Stunde verging, bis die Förderlinie sich ruckartig zu bewegen begann.
Die Häuer im unteren Teil des Stollens standen tiefgebeugt über der Rutsche und schoben – jeder in seinem Abschnitt – die fettglänzende Steinkohlenlast nach unten. Schneider und Gärtner kamen gar nicht dazu, die abgebaute Kohle zu verladen, sie mußten vorerst abwarten, bis eine neue Lorenpartie mit dem Getöse kollidierender Vagonetten auf der Strecke herangeschoben wurde.
Nachdem Steiger Svez den Häuern von der oberen Partie befohlen hatte, mit dem Laden abzubrechen, damit sich die Häuer am unteren Flöz freischaufeln konnten, begann auch Schneider seine Arme im mechanischen Gleichtakt zu bewegen.

Am Nachmittag des folgenden Tages gab es einiges Aufsehen im Lager Proletarsk: Post war angekommen – Post von daheim, aus

dem lieben Banat, nach langer, langer Zeit. Auch aus Wiesenbrunn waren ein Brief und eine Rot-Kreuz-Karte mit dabei. Leni Vollmers Vater schrieb, daß die Kleine wohlauf sei und er ihr abends vor dem Schlafengehen immer recht viel von ihrer Mutter erzählen müsse. Viele Häuser in Wiesenbrunn seien von fremden Kolonisten besetzt, denen alle Rechte zukämen. Lenis Eltern machten sich große Sorgen um sie, zumal sie seit ihrem Fortgang keinerlei Nachricht mehr von ihr erhalten hätten. Für Leni war es ein Rätsel, daß dieser Brief überhaupt ausgehändigt worden war? So ein ausführlich, langer Brief!
Vater schrieb zudem, daß bisher eine einzige Postkarte aus Rußland in Wiesenbrunn eingetroffen sei – und das schon vor Monaten! Ansonsten würde man sich schlecht und recht durch das Leben schlagen. Für die Alten sei es besonders an den langen Abenden schlimm, wenn Sorge und Sehnsucht an ihren Herzen nagten! Jeden Abend die gleiche Frage: Wann dürfen unsere Kinder endlich wieder heim? Aus Österreich seien vor kurzem wieder Flüchtlinge heimgekehrt. Darunter auch Lenis Freundin Helli Dorn mit ihren Eltern, Egner Stef und Vetter Gusti Stein mit den Seinen. Der Brief enthielt die Namen der Verstorbenen der letzten Zeit. Am 19. August hatten sie Großvater Dreyer zu Grabe getragen. Der Siebzigjährige starb an Gram und Herzeleid um seine Kinder.
Resi Wagner erfuhr davon erst gegen Mitternacht, als sie aus dem Schacht zurückgekehrt war. Leni Vollmer selber war gekommen, um ihr die traurige Nachricht zu überbringen. Sie erzählte der Freundin zuerst, daß sie von schwierigen Verhältnissen daheim in Wiesenbrunn erfahren habe und zog den Brief erst hervor, als Resi konkrete Fragen zu stellen begann.
Leni Vollmer hatte überlegt, daß es doch wohl am besten wäre, ihr den Brief langsam vorzulesen. Die Freundin war übermüdet, sie machte einen sichtlich angegriffenen Eindruck und blickte teilnahmslos auf das nachtblaue Fenster der Baracke, in dem sich ein fahler Lichtschein aus der Ferne spiegelte.
Mit einiger Beklemmnis näherte sich Leni der Briefstelle mit der Nachricht über Großvater Dreyers Tod. Resi starrte wie unberührt weiter auf den Lichtschein im Fenster. Sie sprach

kein Wort. Eine dicke Träne nur löste sich und rollte über ihre bleichen Wangen.

Sie würde ihr sicherlich Erleichterung bringen, dachte Leni Vollmer, die beide Hände der Freundin ergriff und tröstlich auf sie einsprach: »Er war siebzig, der gute Alte und hatte ein erfülltes, aufopferungsvolles Leben. Gott hab ihn selig, deinen guten Großvater!«

Resi Wagner gab keine Antwort darauf – ihre Worte zerflossen in Tränen. Die Hände der Frauen lösten sich voneinander. Leni Vollmer verließ mit einem beruhigenden »Gute Nacht« die vom spärlichen Licht einer schwachen Glühbirne beleuchtete Baracke.

Es schien, als habe die Wagnerin ihren Abgang kaum wahrgenommen. Namen und Menschen aus Lenis Brief zogen an ihrem geistigen Auge vorüber. Allein das Bild des großen alten Mannes mit dem schneeweißen Haar wollte nicht mehr wegrücken: Wir werden uns also niemals mehr sehen, lieber, gütiger Dreyer-Großvater? Hab Dank für alles! Die junge Frau verfiel in herzerweichendes Schluchzen, ihr Kopf fiel herab auf die vor Erschütterung bebende Brust.

Wie viele Wiesenbrunner waren allein in diesem Lager Proletarsk bereits gestorben? Zweiunddreißig – davon einundzwanzig Männer! Wie seltsam, dachte Resi, daß so viele Männer sterben müssen! Wir Frauen sind nun mal genügsamer und anspruchsloser überhaupt. Wir können uns zudem auch unser Stückchen Brot besser einteilen! Wie hatte doch Willy Sattler einmal bemerkt: Frauen – sie sind geschmeidig und zäh wie die Katzen! Fünf Leute aus Wiesenbrunn nur konnten zum Beispiel Josef Bach, den Vater dreier Kinder, auf seinem letzten Gang begleiten. Auch er wäre am Leben geblieben, hätte es doch nur ein bißchen mehr Brot gegeben! In diesem gottverlassenen Proletarsk gab es zudem weder Seife noch Salz oder Petroleum, um sich wenigstens zu reinigen und die Lausnissen vertilgen zu können! Die Männer rieben sich winters ihre verlausten Wollkragen von daheim im Schnee ab und im Sommer mit Sand. Als letzte Frau aus Wiesenbrunn war die fünfunddreißigjährige Rückert Annl gestorben. An Diphtherie. Sie war erstickt, ohne

daß ihr jemand auch nur hätte helfen können! Wäre doch wenigstens ein Desinfektionsmittel oder etwas zum Gurgeln vorhanden gewesen!
So aber würde es bereits im nächsten Frühjahr schon kein Zeichen mehr von ihr geben.
Selbst das armselige Astkreuz auf dem kleinen Grabhügel würde der russische Schneesturm auseinandergerissen haben! Was dem großen Lagersterben vorerst noch widerstand, das waren die unterernährten Gestalten mit tiefen Augenhöhlen, die ihren ewigem Hunger vom Schacht und Steinbruch von Proletarsk zum Internierowannij-Lager herumschleppten, von Sulski und dem Einsatz-Jaksch erbarmungslos zur Arbeit getrieben!
Auch würde Schwester Anneliese, die Siebenbürger Sächsin, gemeinsam mit dem jüdischen Feldscher Steiner unter Quarantäne weiterhin jeden Tag und jede gottverlassene Stunde gegen Typhus und Ruhr um das bißchen Leben eines ausgelaugten Menschen kämpfen müssen! Vielleicht war der eine oder andere Isolator-Insasse doch noch vor Fedja Prigorski und seinem Einspänner zu retten! Daß Gott erbarm'!
Resi Wagners trübe Gedanken verloren sich immer mehr in der abgrundtiefen Müdigkeit, bis die Augen ihr zufielen und das Haupt auf das kleine Federkissen von daheim herabsank, das ihr noch geblieben war. Ihr müdes Herz brauchte Ruhe, nichts als Ruhe – sie war das lebenserhaltende Brot der Nacht. Morgen früh, da würde der krumme Pawlov sowieso wieder vor dem Lagertor stehen, um sie zur Schachtarbeit abzuholen. Er war kein schlechter Mensch, der Pawlov. Doch auch er mußte zählen! Jeder, den er übernahm, repräsentierte eine Nummer – weiter nichts!
Gestern hatte der alte Pawlov Resi Wagner wieder eine Brotkante mit einer gekochten Kartoffel zugesteckt. Pawlov mochte sie. Er und Vorhäuerin Valja Schestirikowa, die man zur Abendschicht versetzt hatte, waren für Resi Wagner in der bittersten Zeit ihrer Not zu Gönnern und Freunden geworden.

*

Der Oktober war bald vorbei. Weit und breit war in dieser kahlen Ölberglandschaft des Donezbeckens nichts von der Farbenpracht des goldenen Herbstes zu sehen. Kein buntschillernder Baum, keine Traube und schon gar nichts vom aromatischen Ruch der Äpfel und Birnen von daheim zu spüren. Im Banat füllte der Herbst Speicher und Keller für ein ganzes Jahr voraus – hier überwucherten Not und Elend in diesem gräßlichen Hungerherbst 1947 das Donezbecken, mit ungezählten Arbeitslagern der »Sakliutschonnije«, »Voiennij-plennij« und »Internierovannij«, wie ein mit Disteln und Unkraut übersäter Gottesacker, der die letzte Hoffnung der Lagerinsassen zu ersticken drohte.
Seit Wochen brachten Wanninger und der schlaksige Kleinrusse Vanya Schortakin, sein Beifahrer und Gehilfe, mit dem grauen, fensterlosen Bus zur gleichen Nachmittagsstunde das Brot für den kommenden Tag in das Interniertenlager Perwomajsk: Tausendsechshundertvierzig in viereckigen Pfannen halbgebackene Brote, anderthalb Spannen lang und von nahezu dreitausend ausgehungerten Männern und Frauen wie ein Elixier des Lebens erwartet! Daß dieses spelzige Schwarzbrot den gesundheitlich herabgekommenen Lagerinsassen die nötige Kraft zur Erfüllung ihrer Arbeitsnorm nicht zu spenden vermochte, wußten sicherlich auch Stalins Emissäre, die in gewissen Zeitabständen die Lager besuchten.
Doch was bedeutete es schon, wenn dabei einige Zehntausend mehr von diesen Internierten und Geächteten draufgingen – wesentlich blieb, daß diese Donbaßsklaven genügend Kohle für den Wiederaufbau der glorreichen Sowjetunion abbauten! Wer würde später einmal in Rumänien danach fragen, wie viele der zur Wiedergutmachungsarbeit verschleppten Deutschen schließlich noch zurückgekommen waren – wurden doch schon seit mehr als zwei Jahren sämtliche Krankentransporte in die deutsche Ostzone dirigiert! Keiner würde sich mehr in diesem Durcheinander zurechtfinden, kein Hahn mehr nach irgendeinem Vermißten krähen!
Die Grubenarbeiter erhielten mehr Brot, die vom Steinbruch, Bau und Transport weniger und die verdammten Widersacher

in den Strafnoi-Bataillons mußten den Tag eben mit einem Schnitt Brot durchhungern. Eine wunderbare Brotvermehrung gab es im gottlosen, vom Krieg zerstörten Sowjetland nicht. Kartoffeln hatten die Lagerinsassen von Perwomajsk schon lange keine mehr gesehen.

»Padaschdi, Anton!« hielt Vanya den Fahrer an, als ihr Brotauto das Gelände der Ziegelei umfahren und den kleinen Marktplatz des Rudniks erreicht hatte. Perwomajsk lag zwischen Kadijevka und Artjomovsk. Viel war an diesem Spätnachmittag auf dem Bazar hier nicht mehr los. Einige Russenweiber suchten ihre restliche Hriaschinka – eine Art gegorenes Milchgetränk – und das bißchen Rübenmalai, das ihnen noch übriggeblieben war, an den Mann zu bringen. Die von Vanya so sehr erhofften »Piroschki« gab es leider nicht mehr. So mußte der hungrige Bursche seine fünf Rubel eben für den krustigen Malai ausgeben, der mit rotweißen Futterrüben gefüllt war.

Wanninger, der keine Rubel besaß, war im Brotauto sitzen geblieben. Er träufelte sich einige Tropfen Sonnenblumenöl auf das spelzige Schwarzbrot. Sein Ölfläschchen hatte er gestern nachgefüllt, nachdem vom Kolchos frisches Sonnenblumenöl eingetroffen war. Damit wurden die Backpfannen in der Brotfabrik geölt. Das backfrische Brot schmeckte auch ohne Salz. Toni war in den wenigen Wochen, die er als Mechaniker und Fahrer in der Brotfabrik arbeitete, wieder zu Kräften gekommen.

Plötzlich hielt er mit dem Essen inne: Die beiden Männer, die quer über den Platz kamen, unterhielten sich laut und in einem unverkennbaren Banater Schwäbisch miteinander! Toni Wanninger spürte, wie es ihm beim Vernehmen solcher Worte warm ums Herz wurde. Wie von selbst stieg er vom Fahrersitz herab. Die Männer mußten an seiner Haltestelle vorbeikommen, doch trieb ihn die Ungeduld den Leuten einige Schritte entgegen. Bauarbeiter – folgerte er – beide trugen zerfetzte, vom Ziegelstaub gerötete »Spetzovkas«.

Die Männer hielten ihre Schritte an und teilten sich das Stück Rübenmalai vom Russenbasar.

»Grüß Gott euch, ihr Schwoweleut'! Von wo schickt euch der

Himmel her?« Vorerst verdutzt über den unerwarteten Anruf, blickten die Ziegelverlader erst auf Wanninger, dann auf das Auto mit der vielsagenden Aufschrift »Chleb«, das dieser soeben verlassen hatte: Ein Banater Schwabe, der im Hungerjahr 1947 in Rußland Brot ausfuhr? Das gab den beiden eine Menge Fragen auf! Alles jedoch hatte sich innerhalb weniger Minuten mit einer Ungezwungenheit geklärt, wie sie unter Landsleuten auch in dieser Lage selbstverständlich schien.
Die Männer transportierten Ziegel für eine große Stroj-Zech-Baustelle bei Artjomowsk. Sie gehörten zum Interniertenlager Proletarsk. Als Wanninger erzählte, daß er ein Wiesenbrunner sei, sahen die Männer ihn fragend an: Im Lager Proletarsk – fielen sie sich einander ins Wort – gäbe es eine ganze Menge Leute aus Wiesenbrunn!
Vergeblich fragte Wanninger in seiner Überraschung nach dem einen oder anderen Namen – eine entsprechende Antwort konnte er nicht bekommen. Die Ziegelfahrer verrieten ihm lediglich, fast täglich hierher zu kommen, und dies gewöhnlich in der Nachmittagszeit, wie heute auch! Einer von beiden hatte vorher in der Lugoscher Ziegelei gearbeitet, der andere stammte aus einer Heckengemeinde bei Lugosch. Sie meinten, daß eine erneute Begegnung nicht ausgeschlossen sei, sobald auch er die Möglichkeit hatte! Er solle ihnen nur den einen oder anderen Namen seiner Verwandten nennen – man würde sich im Lager Proletarsk gerne ein wenig unter seinen Landsleuten umhören.
Wanninger war es nicht entgangen, daß die Männer immer wieder an ihm vorbeisahen. Er wandte sich einen Augenblick um – doch da war niemand ... außer dem Brotauto! Und von diesem ging der Geruch frischen Brotes aus ...
Wanninger begriff sofort: »Kommt mit mir!« Ein paar Schritte nur und er schwang sich auf den Fahrersitz, während die beiden sich nach allen Seiten umsahen.
Dankbar schüttelten die Männer Wanninger die Hände für das große Stück Brot, das er ihnen zu gleichen Teilen gereicht hatte. Mayer, wie der ältere der beiden hieß, raunte sichtlich bewegt: »So weit sind wir also gekommen!« Sein Begleiter, der etwas jüngere Rotschopf, blickte verstohlen um sich, als könne der

Brotmann es sich vielleicht anders überlegen oder ihm sonst jemand sein Stück Brot entreißen.
»Schon in Ordnung, Landsleute! Im Lager Perwomajsk nennen sie mich sowieso schon ›Chleba-Toni‹, weil ich den Leuten immer wieder mal ein Stückchen Brot zustecke!«
»Dawajte, pojedim klopzy!« rief der russische Fahrer vom Ziegelauto seinen beiden Verladern zu. Wanninger bat die beiden erneut, in ihrem Lager doch mal nach einer Wagner Resi aus Wiesenbrunn nachzufragen. Er selber werde alles daransetzen, sie in den nächsten Tagen wieder hier anzutreffen. Irgend etwas hatte der Rotschopf noch geantwortet, doch waren seine Worte im einsetzenden Autolärm völlig untergegangen.

Der Platz vor der Lagerstalowaja war längst zur Begegnungsstelle der Männer und Frauen aus Wiesenbrunn geworden. Zu Mittag und besonders nach dem Nachtessen wartete man darauf, jemanden aus der anderen Arbeitsschicht anzutreffen, den man vielleicht seit Tagen nicht mehr gesehen hatte. Vielleicht war auch jemand krank geworden und lag im Isolator? Möglich war alles in einer Zeit, in der jeder einzelne um sein Überleben ringen mußte! Wo anders hätten die Landsleute sich sonst auch über ihre Sorgen und Nöte vertrösten und ein paar Worte über Begebenheiten austauschen können, die vielleicht wieder ein bißchen Hoffnung aufkommen ließen? Der Platz vor der Stalowaja war – wie der Kirchplatz in Wiesenbrunn – zum Treffpunkt geworden! Und geheiligt war er auch ... bei dieser Hun gersnot!
Die Männer wollten soeben ihren Weg von der Stalowaja zu ihrer Baracke einschlagen, als der Rotschopf von den Ziegelfahrern seinen Bekannten Nicki Wolf bemerkte. Dieser stand inmitten einer Gruppe Kohlenhäuer. Es schien lebhaft zuzugehen.
»Das dort drüben sind zumeist Wiesenbrunner!« wandte er sich an Georg Mayer, seinen Begleiter. »Sie sollten unseren Brotmann von gestern eigentlich kennen!«
Mayer drückte sich den Zeigefinger in die Wange, ohne sich vom Fleck zu rühren: »Jessas!« – er hatte den Namen des Wohl-

täters vergessen, der ihnen am Basar von Perwomajsk Brot geschenkt hatte ... es half nichts, sein lapsus memoriae war perfekt!
»Verdammt noch mal – auch mir fällt sein Name momentan nicht ein!« ärgerte sich der Rotschopf. »Hingehen müssen wir, haben es dem Mann doch versprochen! Wagner oder so – wird uns schon wieder einfallen.«
Doch es half nichts – der Name des Brotfahrers aus Wiesenbrunn blieb ein Rätsel, so sehr sie sich auch mühten, daraufzukommen ...

»Ein junger Mann aus Wiesenbrunn im Lager Perwomajsk ... ein gewisser Wagner? Nicht, daß ich wüßte!« entgegnete nun auch Nicki Wolf dem Rotschopf mit Skepsis. Auch Holzner Franz und Amschlinger wußten keine Antwort auf diese Mitteilung, selbst als der Stroj-Zech-Mann meinte, der Landsmann könne auch »Wegener« geheißen haben. Man habe seinen Namen eben nicht so genau im Gedächtnis behalten!
»Wegener? Diesen Namen gibt es nicht bei uns im Dorf!« entgegnete Bogner mit aller Bestimmtheit und befragte die beiden Stroj-Zech-Leute nach dem Aussehen oder sonstigen Anzeichen und Bemerkungen des Mannes, die vielleicht Aufschluß geben könnten. Dabei kam unwillkürlich der Verdacht auf, daß es sich vielleicht um jemanden handeln könnte, der sich in einem jener Waggons befand, die bei Dnjepropetrowsk von ihrem Transportzug abgekoppelt worden waren.
Da kam Mayer der Einfall wieder, daß die Leute von Perwomajsk den Mann einfach »Chleba-Toni« nannten, weil dieser ihnen immer wieder Brot zugesteckt hätte! Auch diese Feststellung brachte wenig – keiner der Männer aus Wiesenbrunn ahnte auch nur, wer dieser rätselhafte Brotspender sein könnte! An Anton Wanninger dachte sowieso keiner – war er doch als Frontsoldat der rumänischen Armee bereits 1942 für vermißt erklärt worden!

Morgen hatten die Russen ihren größten Feiertag: »Dreißig Jahre seit der Großen Sozialistischen Oktoberrevolution!«

Überall an den Fassaden und sogar auf den Zäunen stand diese Losung im Rudnik Proletarsk quer über die roten Fahnen geschrieben. Doch nicht die Russen – die Bolschewiken feierten morgen ihren Sauf- und Siegestag! Sagte Oberhäuer Plesnikov nicht seit zwei Wochen schon: »Wanya, budit prasnik – podiom vipitj!« Plesnikov freute sich mit diesem Worten bereits auf das Saufgelage zum Feiertag. Er soff seinen Wodka aus dem Bierstutzen! Genug bekam er niemals davon.
Benklers leerer Magen knurrte: Es lebe die Oktoberrevolution ...in der Stalowaja! dachte Hans, und der Hunger stieg ihm zum Halse dabei.
Von der Transportstrecke her trug die Ventilationsluft Stimmen herauf. Lichter sammelten sich beim Einstieg in den Abbaustollen, die zweite Schicht war da! In aller Eile schlug er den letzten Stutzen fest, als ein Gesicht im spärlichen Schein der Davis-Lampe erschien. Es war Bruckler, der Mann von der Ablöse.
»Was gibt es zu essen, Sepp?«
Der Mann von der zweiten Schicht keuchte sich heran, er verstand scheinbar seine Frage nicht. Für Benkler sollte es diesmal jedoch eine Feiertagsfrage sein: In ihrem Heißhunger sah seine junge Seele zwei fingerdicke Schweinefleischstücke mit einem Löffel brauner Soße auf seinem Kaschateller ...
Der herankriechende Bruckler Sepp tat, als habe er die Frage überhört. Sein Atem ging heftig, als er dem Kumpel ins Gesicht schrie: »Sie sind weg, Hans, hundertsiebenundzwanzig Leute sind nach Hause gefahren!«
Hans starrte den Mann an, als sei er ein Heiliger, sagen konnte er im Augenblick gar nichts dazu.
»Um acht Uhr war Appell im Lager – um elf waren sie weg! Auch dein Onkel Christof ist bei diesem Krankentransport mit dabei. Leutnant Stepanko ließ verkünden, es sei der letzte Heimattransport, bevor das Lager aufgelöst wird!«
Erst jetzt regte Benkler sich aus seiner Beklommenheit: »Ist es denn möglich? Von einem Transport war doch in letzter Zeit keine Rede mehr!« Irgendwie verstand Hans dies alles nicht. Er hatte von Onkel Christof, dem Bruder seines im Lager verstorbenen Vaters, nicht einmal Abschied nehmen können.

»Doch, doch Hans, sie sind weg!« bestätigte nun auch Antoni die Nachricht: »... Acht Wiesenbrunner sind mit dabei, nicht aber Resi Wagner, obwohl sie nun schon seit mehr als einer Woche im Isolator liegt!«
Als sei auch dies noch nötig, ergänzte Sattler Willy: »Du wirst es nicht glauben wollen – dieser Menschenschinder von einem Wirth Jakob ist hingegen mitgefahren! Er sollte als Dolmetscher den Transport angeblich nur bis zur Grenze begleiten. Ich fresse jedoch meinen Abuschok samt Pickel, wenn wir in diesem Lager noch mal einen Schwanz von einem Einsatz-Jaksch zu sehen bekommen!«

*

Durch seinen Fleiß und sein gewinnendes Wesen war es Toni Wanninger in kurzer Zeit gelungen, das Vertrauen der Leitung der Brotfabrik zu rechtfertigen. Serafim Grigoriewitsch Andrejew, der Natschalnik über die Verwaltung und Brotzuteilung, zeigte sich mit der Leistung seines Günstlings vollauf zufrieden. Der vortreffliche Mechaniker war in letzter Zeit zu einer Selbstverständlichkeit im Betrieb geworden, dem man alles anvertrauen konnte. Selbst der »große Natschalnik« Trebnikov, wie der Fabrikdirektor genannt wurde, hatte Wanninger bereits am frühen Morgen bei der Reinigung des Geländes angetroffen, als er in den Fabrikhof einfuhr. Am späten Nachmittag, als der Natschalnik den Betrieb verließ, war Wanninger immer noch mit dem Brotauto auf Achse. Als dieser dann auch noch seinen Pobeda-Wagen zur vollsten Zufriedenheit Trebnikovs überholte, setzte der Natschalnik es bei der Lagerleitung Perwomajsk durch, daß der »rumunskij mekanik« vorläufig bis zum Jahresende einen »Propusk«, als Freizügigkeitsausweis innerhalb eines Umkreises von hundert Kilometern und zur Übernachtung in der Fabrik erhielt. Damit wurden Überwachung und Kontrolle des externierten Wanninger vorläufig auf den Natschalnik der Brotfabrik übertragen.
Somit teilte Wanninger mit dem Kleinrussen Vanya nun schon seit Novemberbeginn den kleinen Anliegeraum in unmittelba-

rer Nähe des Backofens Nr. 2 als Schlafstätte, sobald dieser nicht zu seiner Familie nach Kadijevka gefahren war. Seitens des Lagers Perwomajsk war Toni eine monatliche Meldepflicht auferlegt worden.
Bis auf die Knochen durchgefroren kehrte Wanninger an diesem Novemberabend in seine Unterkunft zurück. Er hatte sich vor Müdigkeit kurzerhand auf die Pritsche niedergelegt. Die Trennwand zur Brothalle war angenehm warm. Die Gedanken des Mannes gerieten in den Bannkreis der Mitteilungen, die Mayer und der Rotschopf ihm auch heute wieder auf dem Basar von Perwomajsk überbracht hatten.
Seine Landsleute aus Wiesenbrunn sollten sich also in großer Anzahl im zivilen Arbeitslager von Proletarsk befinden, das keine zwanzig Kilometer entfernt war. Es sollten sehr viele sein, hatte der Rotschopf behauptet, darunter auch Resi Wagner, für die er sich so sehr interessiert hatte. Daß die Schwaben aus dem Banat bereits Anfang 1945 verschleppt worden waren, hatte Toni Wanninger vor einiger Zeit schon erfahren. Daß man nach Kriegsende unschuldige Bauersleute einfach nach Rußland verschleppt hatte, nein – das konnte Toni sich beim besten Willen immer noch nicht vorstellen! Was mußte in der unmittelbaren Nachkriegszeit in seiner Banater Heimat nicht alles vorgefallen sein? Wie ein heißer Blitz durchzuckte ihn plötzlich der Gedanke: Nein, um Gottes willen, nein! Man konnte doch nicht auch noch die alten Menschen verschleppt haben? Wieso hatte er den Rotschopf nicht nach seinen Eltern fragen lassen?
Toni Wanninger erhob sich von seinem Lager – seine Ruhe war weg. Gedankenverloren trat er an das Fenster. Draußen hatte starker Schneeregen eingesetzt. Die Dämmerung legte sich wie eine von lichtumspielten Punkten und Strichen bemalte Schiefertafel vor das kleine Fenster. Sollten auch seine Hoffnungen durchgestrichen werden …?
Für den Brotfahrer Wanninger war die Zeit auf einmal zu lang geworden. Andrejew hatte versprochen, ihm Samstag seinen Ruhetag zu gewähren. Bis dahin waren es noch ganze zwei Tage. Unbändige Sehnsucht erfaßte den einsamen Mann am Fenster: Er mußte Resi Wagner und seine Landsleute schnellstens wie-

dersehen, mit ihnen sprechen! Mehr als fünf Jahre waren vergangen, seit er jemandem von daheim gegenübergestanden hatte!
Der Rotschopf aus Lugosch, der heute allein mit dem Fahrer des Ziegelautos gekommen war, konnte ihm – trotz aller Insistenz – nicht viel mehr vermelden. Schließlich war auch er den Menschen aus Wiesenbrunn gegenüber ein Unbekannter. Das Vertrauen der Leute zueinander war geschwunden, dazu hatten die furchtbaren Ereignisse der Kriegs- und Nachkriegsjahre das ihre beigetragen. Was Wanninger indessen durch den Rotschopf erfahren hatte: Seiner angeblichen Wagner-Kusine sollte es gesundheitlich nicht sehr gut gehen!
Wieder hatte Toni dem Manne Brot gereicht – zwei ganze Wecken, in Sackleinen gehüllt. Der Ziegelfahrer versicherte, Zettel und Brot auch diesmal an Bogner oder diesen Gärtner Franz weiterzugeben. Diese hätten erst gezweifelt, als er ihnen mitteilte, das Brot komme von einem gewissen »Chleba-Toni«. Auch gestern hatte man ihm wieder Fragen nach dem geheimnisvollen Brotgeber gestellt! Doch was hätte er Tonis Dorfleuten schon erzählen können …
Es war der vielsagende Blick des Rotschopfs, der Wanninger stutzig machte. Sollte dieser vielleicht etwas über seine Kriegsgefangenschaft in Erfahrung gebracht haben? Oder wollte der Ziegelfahrer ihm damit bedeuten, daß er mehr wußte, als er sagen wollte?
Seit Toni an diesem Spätnachmittag den Marktplatz des Rudniks Perwomajsk verlassen hatte, war ein fester Entschluß in ihm gereift: Er mußte seine Landsleute am kommenden Samstag um jeden Preis wiedersehen! Und wo ein Wille ist – da ist auch ein Weg.

Die beiden ausgezehrten und kohleverschmutzten Schachtarbeiter hielten ihre Schritte wie auf Kommando an, als sie den schmalen Gang des Wächterhäuschens verlassen hatten und das Lagergelände betraten. Ungeahnte Überraschung malte sich auf dem Gesicht des Gärtner Franz, und auch Willy Sattler fand keine Worte über das, was zu dieser Abendstunde im Lagerhof von Proletarsk vor sich ging.
Von oben, von der Stalowaja her bis nahe zum Ausfahrtstor des Lagers standen Hunderte von Mädchen und Frauen in gestaffelten Reihen hinter ihrem Gepäck! Hier und da war ein Männergesicht auf der spärlich erleuchteten Hauptallee des Lagers zwischen den vielen Weibsleuten zu sehen. Ein paar elektrische Glühlämpchen, deren armselige Leuchtkraft vom Nebel geschluckt wurde, streuten von den Masten der Hauptallee ihre fahlen Lichtkreise in die Runde. Ein fremder Offizier, auf den alle Augen gerichtet waren, rief die Namen der Neuangekommenen lautstark in die anbrechende Novembernacht. Soeben war ein Molotov-Laster beim Tor mit einer Ladung Bettgestelle vorgefahren. Vom kleinen Wächterfenster her rief Saltikov den Schichtarbeitern erzürnt und fluchend zu, den Durchgang nicht weiter zu versperren.
Gärtner blieb vor Erstaunen der Mund offen: »Mensch Willi, wo kommen die vielen Fremden bloß her? Hör dir nur die Namen an – das sind doch alles Reichsdeutsche!«
»Sieht so aus – Schwaben aus dem Banat sind das sicherlich keine! Sollte man nun auch noch die Menschen aus Deutschland hierher verschleppt haben? Eigentlich war es ja ihr Hitler ...«
Die beiden Kohlenhäuer waren keine zwanzig Schritte vorangekommen, als Gärtner erneut stehenblieb. Er starrte wie gebannt auf die lange Reihe der Neuangekommenen. Das Bild, das sich ihnen bot, paßte einfach nicht in die Lagerszene. Es schien den ausgezehrten Kohlenhäuern mit den geschwärzten

Gelbgesichtern in seiner Frische und Verklärung so aufregend heimatlich!
»Schau dir die große Blondine an! Die drüben dort unter dem Mast, die ihre Hände im Mantelärmel hält. Und neben ihr die Brünette mit dem roten Pulloverkragen – ein richtiger Weihnachtsengel, könnte man meinen!«

Ihr Vorname war Anja, genau wie der des wolgadeutschen Küchenmädchens, das vor einigen Monaten mit seinen Landsleuten aus der Stalowaja des Lagers Proletarsk nach Sibirien gebracht worden war. Liesl Frank hatte vor kurzem einen ersten Brief von Anja erhalten. Er trug den Poststempel der mittelsibirischen Stadt Tomsk, am Oberlauf des großen Obi-Stromes. Es war ein trauriger Brief, mit einem bläulichen Flecken mitten auf dem Blatt ...
Anja Steinke aus dem Warthegau mußte ähnliches erlebt haben, auf der Flucht vor der Sowjetarmee und danach in den vordersibirischen Wäldern. Zu erwarten hatte das hilflose Mädchen allem Anschein nach auch hier wenig Gutes!
Das Mädchen aus der Taiga hatte die erste Nacht im Donbaß wie eine Tote geschlafen. Anja erschrak, als sie kurz nach sechs die Augen öffnete: Alles um sie war fremd und unbehaglich. Schweißgebadet kauerte sie am Pritschenrand in diesem überheizten Raum und mußte sich fragen, wie sie die Nacht hier ohne Sauerstoff hatte überleben können? Wo war bloß die wohlige, harzgetränkte Luft der holzgeheizten Blockhäuser, an die Anja und die Taigamädchen gewohnt waren, sobald sie sich morgens die Filzstiefel über die Füße zogen? Im Traum noch sah sie sich im Gänsemarsch durch den hochverschneiten Wald waten ...
Verschlafen suchte Anja sich auf der harten Pritsche umzudrehen und blickte dabei in zwei braune, freundliche Augen. Das Mädchen, mit dem sie unter einer Decke lag, wünschte ihr flüsternd einen guten Morgen. Anja erwiderte und rieb sich dabei den Schlaf aus dem Gesicht: »Wie gut, daß du da bist, Käthe!«
Käthe Lindner lag bereits seit mehr als einer Stunde wach. Heute war Sonntag und am Voskresenja hatten auch die Bauar-

beiterinnen vom Stroj-Zech ihren Ruhetag. Sie hatte das fremde Mädchen eine ganze Weile im Schlaf beobachtet. Anjas langgezogene Atemzüge verrieten nicht allein körperliche Müdigkeit – ihre Seufzer kamen aus der Tiefe eines Gemüts, wie es so junge Menschen eigentlich noch gar nicht besitzen sollten! Die Wartheländerin hatte ihr am gestrigen Abend einiges aus ihrem Erleben angedeutet ...

Der neue Tag brachte für die Fremde zweifelsohne ein beklemmendes Erwachen. Die abgrundtiefe Angst des Mädchens vor der Kohlengrube, von der sie in der ersten Stunde ihrer Begegnung gesprochen hatte, stand ihr immer noch mitten ins Gesicht geschrieben!

Käthe Lindner hatte Anja gestern abend noch hundert Fragen beantworten müssen: Wie es auf der Baustelle zugehe, wieviel Brot man bekäme, ob es in der Kohlengrube wirklich so gefährlich sei und ...und ... Auch wollte sie von Käthe wissen, was es mit diesem »Horizont 3« auf sich habe, von dem die Leute in der Stalowaja gesprochen hätten? Sie habe in ihrem Leben bislang immer nur Horizonte mit Wolken, Himmel und Erde zu Gesicht bekommen, über welchen sich morgens die Sonne erhob und abends dahinter verschwand.

Jede neue Frage, die Anja dem Mädchen aus dem Banat gestellt hatte, verriet ihre Furcht vor diesem Horizont der Nacht in der Erdentiefe! Noch am späten Abend hatte Käthe ihre Freundin Luise Konrad, die als »Holztreiberin« im Schacht Nr. 5 arbeitete, herbeigerufen, um auf Anjas Fragen einigermaßen Auskunft geben zu können.

Luise kam und erzählte ihr von den langen Stollengängen, die zu den einzelnen Abbaustellen führten und von den Grubenarbeitern »Galerien« genannt wurden. Meist seien es Weibsleute wie auch sie, die das Holz für den Unterbau heranschafften und die mit Steinkohle beladenen Loren zur Sammelstelle schoben. Sie mußten zugleich auch die leeren Lorenpartien zur Abbaustelle heranführen, sobald die Sprengungen am Steinkohlenflöz vorgenommen worden waren. Nein, nein ... – beschwichtigte sie Anjas Frage – die Felsmassen stürzten nicht zusammen, zumal die Wucht der Sprengung sich ja tief im glasharten Koh-

leflöz auswirke. Auch seien die Galerien übermannshoch und der Unterbau dicht mit Baumstämmen gesichert.
Mein Gott – dachte Käthe – wird sie ihr wenigstens ein bißchen von ihrer Angst nehmen können? Das Mädchen aus dem Warthegau hatte seine Hand während des Gesprächs in die ihre gelegt, ohne es richtig gemerkt zu haben. Anja las der Schachtarbeiterin die Worte von den Lippen. Sie glaubte auf jede Gefahr, die sie aus der Schilderung der Schachtarbeiterin herauszuhören dachte, nach einem Ausweg suchen zu müssen: »Und wo geht dieser Horizont 3 schließlich zu Ende – gelangt man durch die endlosen Galerien auch wieder ans Tageslicht?«
Käthe Lindner mußte ihr vor dem Einschlafen noch einiges vom Banat, ihrer Heimat und ihrem Leben auf dem Wiesenbrunner Bauernhof erzählen. Kaum, daß sie damit begonnen hatte, das gottgesegnete Heideland mit seinen blühenden Dörfern zu beschreiben, als Anjas Blondschopf an ihre Schulter niedersank – das fremde Mädchen war eingeschlafen. Behutsam bettete Käthe sie auf das große Federkissen von daheim und hob die Decke über ihre Schultern.
Von draußen war Stimmenlärm zu hören, Schatten huschten am Barackenfenster vorbei. Ein Männertrupp strebte dem Hauptweg zu. Wieder trieb man die Leute von der Tagesschicht zum nächtlichen Verladebahnhof, um neuangekommenes Holz für den Unterbau der Schachtstollen auszuladen. Oder waren es die Schattengestalten vom Strafnoi-Bataillon, die man in die Nacht hinaustrieb? Käthe mußte an die Not dieser Leute denken, die so manchen jungen Menschen schon zur Verzweiflung getrieben hatte. War nicht auch Bieber Loisl, der Nachbar von Ballinger Joschka aus Wiesenbrunn an der verdammten salzgesättigten Mahorkabrühe elend zugrunde gegangen? Keiner konnte Antwort darauf geben, ob es bloße Sucht war oder vage Hoffnung, mit dem nächsten Krankentransport loszukommen, die nun auch Hattinger Fredi und ein paar andere Burschen von der Steinbruch-Kompanie dazu trieben, sich auf diese Weise dem Hasardspiel »Freiheit oder Tod« preizugeben?
Mahorka, das grüngetrocknete Teufelskraut, hatte im Lager Proletarsk schon manches junge Leben ausgelöscht. Die Mei-

nung, damit ihr Hungergefühl tilgen zu können, ließ die Schachtleute das Zeug bei der Einfahrt in die Grube unter der Wölbung ihrer Davis-Lampen verstecken, um es auf diese Art vor der Kontrolle verbergen zu können.
Wieso sollten gerade unsere Burschen aus dem Banat den russischen Natschalniks Glauben schenken, daß Rauchen in der Grube zu einer Methangasexplosion, dem sogenannten »Schlagenden Wetter«, führen könne? Hatten diese Höllenhunde des Hades sie nicht ständig belogen und bedroht, ihnen mit dem vorgetäuschten »skoro damoj!« nicht schon hundertmal die Heimfahrt versprochen, nur um sie zu bewegen, noch mehr Kohle aus dem kräftezehrenden Flöz herauszuwühlen?
Hatten sie nicht zuletzt auch Resi Wagner in den Schacht gesteckt, obwohl es für jeden erkennbar gewesen sein mußte, daß die gesundheitlich zusammengebrochene Frau der schweren Untertagearbeit keinen einzigen Monat würde standhalten können? Und nun auch noch Anja ... Gott sei uns allen gnädig!
Mit diesem Heilsspruch war Käthe Lindner am Samstagabend eingeschlafen und am frühen Morgen erwacht. Der helle Sonntag klopfte an das Lagerfenster.

*

»Nur nicht weinen, junge Frau, es wird schon alles wieder gut! Wer schnell gesund werden will, muß Körper und Seele aufrichten ...!«
Wie von fernher schien die treuherzige Stimme für Resi Wagner zu kommen. Die schwerkranke Frau lag in sich versunken auf einem schmalen Eisenbett in der Ecke des winzigen Dreibettenzimmers im Isolator des Lagers Proletarsk. Resis Bewußtsein hob sich wie aus einem tiefen See heraus an die Oberfläche einer trostlosen Wirklichkeit, von der sie sich bereits abgewandt hatte. Die Gestalt im weißen Kittel kam Resi riesengroß vor. Langsam nur kletterte ihr Blick zu ihr empor. Die weiche Hand der Schwester Anneliese fuhr leicht über das ungeordnete Haar der Kranken, der es nun schon seit Tagen gar nicht gutging. Die bläulichen Ringe um ihre Augen waren größer geworden, ihre

Stimme immer schwächer. Die Lungen der Frau waren angegriffen, sie hustete immer wieder. Vor zwei Tagen hatte Feldscher Steiner einen furchtbaren Verdacht ausgesprochen: galoppierende Tuberkulose. Zum Glück war der jüdische Feldscher ein Mann von Gemüt, der half, wo er nur helfen konnte. Die Krankenschwester hatte es ihm von den Augen abgelesen: Dieser jungen Frau hier war kaum noch zu helfen ...!
Schwester Anneliese ging zum Arzneikasten – er war nahezu leer. Was konnten Feldscher und Schwester mit Hypermangan und diesem weißen Pulver als Universalmedizin gegen die Lungenschwindsucht ausrichten? Bei Gott – nichts, aber auch gar nichts!
Die Kranke verfolgte jede ihrer Bewegungen mit wehem Blick. Selten nur fand die Schwester ein bißchen Zeit für ein Gespräch mit einem Kranken. Besuche im Isolator waren seit der letzten Quarantäne strengstens verboten worden. Wer einmal hier landete, kam nur selten noch von hier heraus. Das Elend war viel zu groß, viel zu viele waren es, die dringender Hilfe bedurften! Zum Glück war nach langer Zeit wieder mal ein Krankentransport abgegangen. Wie viele der kranken und völlig unterernährten Menschen jedoch ihre Heimat erreicht hatten, war eine andere Frage. »Wehe den Besiegten« – Rechenschaft darüber mußte niemand in dieser Welt geben!

Langsam nur lösten sich die Worte von den Lippen der kranken Frau, so als hätte jede Silbe ihr Eigengewicht: »Warum nur, Schwester, hat man mich nicht auch mit dem Krankentransport nach Hause geschickt?« Die Frage brachte Schwester Anneliese in Verlegenheit. Sie hatte sich diese Frage damals selber gestellt und später erst erfahren, daß es sich dabei um einen Racheakt des Starschina Wirth wegen angeblicher »Unbotmäßigkeit« der schönen Wagnerin gehandelt haben sollte. Vielleicht suchte die Todgeweihte nach einer Bestätigung für diese Schandtat ihres Landsmannes? Die aber konnte sie, die Siebenbürger Sächsin, ihr beileibe nicht geben.
»Es ist nun einmal so, liebe Resi, daß du noch keine zehn Tage im Isolator warst, als der Heimattransport abging. Du weißt doch

sicher auch, daß nur hoffnungslose Fälle berücksichtigt worden sind! Mach dir also deswegen keine allzu großen Sorgen – wir werden dich schon wieder gesund kriegen und zur Grub...«
Die Krankenschwester brach mitten im Satz ab, versuchte jedoch sofort einzulenken: »Ich meine natürlich, daß man eine zumutbare Arbeit für dich finden wird, sobald du wieder ganz gesund bist, liebe Resi!«
Die Kranke schwieg. Ihre Augen folgten dem Lichtspiel, das durch die einfallenden Sonnenstrahlen auf die Wand über ihrem Bett gezaubert wurde. Auch die Schwester wußte nicht, womit sie die junge Wagnerin noch hätte trösten können.
Es klopfte zaghaft an die Tür. Kein Russe, der auf diese Art Eintritt verlangte – es mußte jemand sein, der irgendwie ...
»Herein!« rief Schwester Anneliese, als es erneut klopfte und wandte der Kranken einen fragenden Blick zu.
Der Türspalt öffnete sich wie verstohlen aus dem Spitzwinkel immer weiter, als wisse der Eintretende sehr wohl über das Verbot jedwelchen Besuches dieser Todesstation!
Es war jedoch eine »Sie«, die in der Türöffnung erschien. Marie Neys zierliche Gestalt löste sich aus dem Türrahmen und betrat mit einem zaghaften Lächeln das Krankenzimmer: »Nur für fünf Minuten, Schwester, bitte ...! Ich möchte bloß sehen, wie es unserer Resi geht!«
»Aber das ist doch ...!«
»Ich weiß, ich weiß ...! Nur hat mein Chef, Oberkoch Aljoscha, freilich eine Erlaubnis beim Lagerkommandanten für meinen Besuch eingeholt!« Die hübsche Marie rechtfertigte sich mit einem Selbstbewußtsein, das Schwester Anneliese, die freilich von einem Verhältnis der dunkelhaarigen Schönheit zu »Kombat« Afanasiev wußte, immerhin erstaunen ließ.
»Ich hab' dir etwas Genießbares mitgebracht, Resi! Vielleicht hast du doch schon ein bißchen mehr Appetit?«
Ohne weitere Fragen zu stellen, trat Marie Ney an das Krankenbett. Schwester Anneliese ließ sie gewähren. Sie zog sich mit betonter Distanz zurück: »Aber bitte nur kurz, die Kranke benötigt viel Ruhe!« Damit verließ sie das Krankenzimmer.
Resi Wagner gab sich einige Mühe zu lächeln, als Marie nach

ihrem Befinden fragte: »Es geht mir gar nicht gut, ich fühle mich so entsetzlich schwach, Marie!«
Die Besucherin, von der furchtbaren Diagnose ahnungslos, die der Kranken gestellt worden war, versuchte ihre Enttäuschung über den Zustand der Wagnerin zu verbergen, die ihr mit aschgrauem Gesicht entgegensah: »Eben, du mußt dich aufraffen, Resi, und mehr Nahrung zu dir nehmen, damit du wieder zu Kräften kommst! Ich werde dir in der nächsten Zeit immer etwas zukommen lassen!«
Mit diesem Zuspruch wollte Marie das mitgebrachte Essen auf dem Krankenbett ausbreiten und versuchte, die Kranke zum Sitzen zu bringen.
Resi Wagner wehrte ab: »Nein Marie, ich kann nicht essen ... Vielleicht später!«
Da half auch der wohlige Geruch von Schweinefleisch nichts, der sich in dem kleinen Krankenzimmer ausbreitete und die Lebensgeister der zwei anderen todkranken Frauen zu wecken schien, die bislang reglos auf ihren Betten lagen. Marie Ney dachte jedoch nicht daran, die Essenschale an diese Bedürftigen weiter zu reichen – das Lagerleben war unerbittlich, es hatte auch sie mitleidloser werden lassen.
Mit einiger Anstrengung versuchte die Kranke ihre Besucherin zu bewegen, doch zu erzählen, was im Lager vorging. Sie kannte Marie und wußte sehr wohl, daß sich so mancher in diesem anscheinend schweigsamen Mädchen täuschen konnte. Die Ney war unter Bekannten vielmehr ein richtiges Plappermäulchen, das mehr zu erzählen wußte, als man ihr glauben durfte.
»Kannst du es begreifen«, begann Marie, »aus der Ostzone ist gestern eine Postkarte eingetroffen. Der Krankentransport ist in Frankfurt am Main eingetroffen und somit gar nicht ins Banat gelangt! Die kleine Blonde aus der Batschka, mit der Wirth Jakob sich verbandelte, hat es einer Freundin im Lager geschrieben! Also kommt auch der Einsatz-Jaksch nicht mehr zurück! Erst konnte auch ich es nicht glauben, bis ich es mit eigenen Augen gelesen hab!
Und noch etwas, das ich dir erzählen sollte: Unsere Frank Liesl ist total außer sich, seit sie nun weiß, daß Jaksch sie alleingelas-

sen hat! Sie hat es mir verraten – sie ist im zweiten Monat schwanger von ihm!«
Resi Wagner, die teilnahmslos zugehört hatte, stieß einen Seufzer aus.
»Aber was geht das alles schließlich uns an, Resi? Wir werden bestimmt bald nach Hause fahren. Alle. Aljoscha, mein Chefkoch, sagte letzthin immer wieder: ›Mariuschka – skoro damoj!‹ Er will es diesmal sogar mit Bestimmtheit erfahren haben!«
»Und daheim?« wandte die Kranke sich mit müdem Blick an ihre redselige Besucherin.
»Hab' ich noch gar nicht gesagt: Die Mutter vom Bernhard hat geschrieben! Unser Wiesenbrunn steckt angeblich voller Kolonisten. Mazedonier aus der Süddobrudscha und Beigelaufene aus Hunedoara sollen es sein. Sie haben die besten Zimmer in unseren Häusern und Feld vom rumänischen Staat bekommen! Dazu haben sie auch noch alle Rechte im Dorf. Berenz Andres – du weißt doch, der aus der Kreuzgasse – soll gestern Abend in der Stroj-Zech-Baracke bitterlich geweint haben: Seine einzige Tochter Heidi hat mit siebzehn Jahren einen mazedonischen Kolonisten geheiratet! Einen ganz üblen Raufbold, der das ganze Dorf verunsichert. Dabei soll sie – wie Frau Bernhard schreibt – die Schönste im Dorf gewesen sein! Die Nachricht hat dem guten Vetter Andres das Herz gebrochen. Der arme Mann hatte auch so noch kaum seine Wegsteuer!«
Die kleine Marie war so richtig in ihrem Element. Sie hätte wahrscheinlich so schnell nicht ans Gehen gedacht. Da ging die Tür in einem Zug auf, und Krankenschwester Anneliese forderte die Besucherin energisch auf, den Isolator schleunigst zu verlassen: Der Feldscher sei mit einem fremden Militärarzt auf dem Weg hierher!
»Aber sicher doch, Schwester!« Marie, die sich sofort von ihrem Stuhl erhoben hatte, winkte der Kranken im Gehen noch zu: »Ich komme in zwei Tagen wieder! Ich will mal nachsehen, ob du auch wirklich ißt und dich erholt hast, Resi!«

*

An diesem Samstag befand sich Toni Wanninger mit dem Lastkraftwagen der Brotfabrik auf dem Weg in den Regionsvorort Stalino. Sein sehnlichster Wunsch, an diesem Wochenende, seine Wiesenbrunner Landsleute nach langen und bitteren Jahren im Arbeitslager Proletarsk besuchen zu können, war also doch nicht in Erfüllung gegangen. Als Mechaniker und Fahrer hatte er Natschalnik Serafim Grigoriewitsch Andrejew begleiten müssen, als dieser sich in Stalino die neuen Elektro-Backöfen ansehen wollte. Zudem sollte einiges Zubehör für den Backbetrieb beschafft werden.
Von Kadijevka nach Stalino war es eigentlich kein allzu weiter Weg. Allein die dafür benötigte Fahrzeit wurde durch die miserable Straßenlage verdoppelt. Auch trug das monotone Landschaftsbild des Donbaß mit seinen ärmlichen und grauen Katen, den hoch aufragenden Abbauhalden von taubem Gestein, das seit Jahrzehnten aus der Erdentiefe zutage gefördert und abgelagert worden war, dazu bei, daß der gute Serafim Grigoriewitsch auf dem Beifahrersitz bereits nach der ersten halben Wegstunde eingenickt war. Wanninger bedrückte dieses trostlose Panorama um so mehr. Sowjetherrschaft und Krieg hatten der Umwelt des Donzebeckens jede Naturfrische und Anschaulichkeit geraubt – alles ringsum lag grau-in-grau im Dunstschleier. Der Boden war durchsetzt von Schlacke, Draht und Eisen; Schwefel- und Teergestank vergifteten das bißchen Sauerstoff in der Atemluft.
Wanninger mußte den alten Kraftwagen aufmerksam lenken, um wenigstens den größten Schlaglöchern ausweichen zu können. Auch durfte er die spärliche Straßenbeschilderung keinesfalls aus dem Auge verlieren. Artjomowsk, Konstantinovka, Gorlovka ... für den ehemaligen Kämpfer der Südfront alles schicksalsträchtige Ortsbezeichnungen!
Irgendwo hier hatten die vielen Russenfrauen am Bahngeleise gearbeitet und ihre Hände nach einem Stückchen Brot ausgestreckt. Sie waren sicherlich längst wieder in ihren Katen verschwunden und brieten ihren aus dem »Großen Vaterländischen Krieg« heimgekehrten Männern und Söhnen die so begehrten »Kartotschki«. Wann werde auch ich endlich wieder

zu Hause sein und einen Teller mit Bratkartoffeln vor mir stehen haben?
Die schmale Straße führte dicht an einer Schachtanlage vorüber. Eine Gruppe Bergarbeiter war soeben hochgekommen und schritt auf die Grubenhalle zu. Das Gelände um die Bergbausiedlung steckte voller Ruinen. Hier und dort wurde aufgebaut. Die Menschen dieser Region hatten das Gewehr beiseite gelegt, sie befanden sich im zweiten Krieg – im Kampf gegen den Hunger. Heiliges Brot – endlich ist die Zeit friedlicher geworden!
Wie gut, daß auch er – der verkappte rumänische Kriegsgefangene Anton Wanninger – seinen Landsleuten aus dem zivilen Arbeitslager immer wieder ein bißchen Brot zukommen lassen konnte. Es schien Wanninger, als seien diese Lager noch vernachlässigter als die Kriegsgefangenenlager. Zum Glück hatte bislang kein einziger Lageroffizier danach gefragt, weshalb man ihn in Perwomajsk »Chleba-Toni« nannte!
Gerade in diesen Tagen hatte Wanninger den Gedanken erwogen, sich zu seinen Landsleuten in das Lager Proletarsk versetzen zu lassen, nach reiflicher Überlegung jedoch diese Möglichkeit wieder verworfen. Wie der Rotschopf ihm erzählt hatte, waren die Zustände in Proletarsk schlimm. Vielleicht würde auch ihn eine »Hündin« – wie die Russen die verräterischen Sträflingsweiber in den Lagern nannten – als ehemaligen Kriegsgefangenen verraten. Dann wäre er freilich geliefert! Auch schien es ihm zweifelhaft, daß Andrejew und Trebnikov, der große Natschalnik der Brotfabrik, ihn so einfach ziehen lassen würden.

Das große Sterben war in den beiden Hungerjahren 1946/47 auch in den Arbeitslagern des ukrainischen Kohlenreviers Donbaß umgegangen. Die Bolschewiken schoben die übriggebliebenen Insassen im Frühjahr in Sammellagern zusammen, so, daß schließlich keine Kommission sich mehr auskannte, woher sie kamen und wohin sie zurückgeführt werden mußten – nach Rumänien, Ungarn, Polen oder Jugoslawien! Was zählte schon ein Mensch, zumal ein Geächteter im riesigen Land der Sowjets? Menschen – sie waren zu willenlosen Mechanismen der Sowjetmacht geworden, die sich mit einem Stückchen Brot und einer Gurkensuppe im Fang eines Kreislaufs bewegten: Aufstehen, Augen auswischen, Gurkenwasser löffeln, zum Arbeitsappell antreten, in die Grubenlöcher kriechen, die letzten Kräfte verrackern und verschaufeln, das Häuflein Hirsegrütze mit den Augen verschlingen, weiterhungern und schlafen! Nichts als schlafen und die Welt vergessen, bevor der Treiber zur Nachtarbeit im Türrahmen erschien! Irgendwie war es dem rumänischen Kriegsgefangenen Wanninger gelungen, einen großen Bogen um dieses tödliche Lagerregime zu schlagen!

Serafim Grigoriewitsch Andrejew, der russische Natschalnik, schien unberührt von alledem, er schlief auf dem Beifahrersitz den Schlaf des Gerechten. Sein traumverlorenes Gesicht widerspiegelte mit jedem Atemzug die Gleichgültigkeit und Genügsamkeit des Sowjetmenschen, der sich als Eigentum der Gesellschaft um nichts zu sorgen braucht. Väterchen Stalin denkt und lenkt – man mußte nur zu folgen wissen und nehmen, wo etwas zu nehmen war. Darauf verstand sich Serafim Grigoriewitsch freilich – sonst wäre er niemals Natschalnik geworden!

Toni Wanninger indessen zerbrach sich auf der ganzen Fahrt schon den Kopf, wie er es anstellen sollte, etwas mehr Brot verschwinden und seinen hungergequälten Landsleuten zukommen zu lassen. Er hatte sich dazu verschworen, wie riskant es für ihn auch immer werden sollte. Der brave Soldat Anton Wanninger wußte eines: Hier ging es darum, Leben vor dem gräßlichen Hungertod zu retten und zu erhalten! Dieser Serafim Grigoriewitsch hatte schon immer ein Auge zugedrückt, er würde auch diesmal sein Wort halten und ihn, seinen Haus- und Hofmeister, für drei Tage ziehen lassen …

*

Vor dem Hoffenster des Kranken-Isolators von Proletarsk fegte ein heftiger Schneesturm vorbei. Innerhalb einer knappen Stunde war das gesamte Lagergelände an diesem Morgen des 17. Dezember schneeverweht. Das schreckliche Jahr 1947 ging zur Neige.

Viel zu langsam, dachte die kleine Marie Ney, die am Krankenbett ihrer Freundin Resi Wagner verweilte. Zweihunderteinundachtzig Menschen hatten in diesem gottverlassenen Hungerjahr im Lager Proletarsk sterben müssen!
Der alte Sorokin, welcher die Arbeiterinnen des Stroj-Zech jeden Tag beim Lagertor übernahm, hatte es Rosl Ringer in seinem Überdruß zugeflüstert, daß die Bolschewiken die Deutschen in den Lagern alle hinmachen wollten. Sorokin war ein ruhiger und guter Mensch, wie die meisten Russen der älteren Generation es waren. Im Rudnik Proletarsk, wo er wohnte, gab es viele, die während des Krieges als Fremdarbeiter in Deutschland gearbeitet hatten. Auch Nadja, Sorokins Tochter, war eine davon. Zweieinhalb Jahre hatte sie in einem oberbayrischen Handwerksbetrieb gearbeitet. Sie war – wie sie vertraulich erzählte – als Familienmitglied angesehen und behandelt worden. Zuhause wäre es ihr weit schlimmer ergangen in diesen Kriegsjahren. Käthe Lindner kam nahezu täglich mit ihrem Holzbündel auf dem Rücken zu den Sorokins. Nadja hatte ihr in ihrem gebrochenen Deutsch davon erzählt. Zwischen den beiden Mädchen hatte sich seither ein ausgesprochen freundschaftliches Verhältnis entwickelt. Mit wem hätte Nadja auch sonst über ihre in Deutschland verbrachte Zeit sprechen können? Reden war in Sowjetrußland gefährlich! Den Heimgekehrten wurde ohnehin Mißtrauen entgegengebracht. Bei der kleinsten Ungereimtheit gegenüber der sowjetischen Wirklichkeit wurde ihnen die Beschimpfung »Verräter« ins Gesicht geschleudert. Und das war bestimmt das wenigste … Von Käthe hatte sie hingegen kaum etwas zu befürchten.
Marie betrachtete das eingefallene Gesicht der Todgeweihten mit besorgten Blicken. Die junge Frau, die vor ihr lag, hatte nur noch wenig mit der einstmals bildhübschen und lebensfrohen Wagnerin zu tun! Resi war nur noch ein Schatten ihrer selbst. Ihre Wangen hatten jede natürliche Röte verloren, sie waren aschgrau.
Schwester Anneliese hatte Marie vorhin das tragische Wort zugeflüstert: galoppante Tuberkulose! Der Blechnapf mit dem mitgebrachten Essen stand unberührt auf dem Schemel neben Resis Bett. Einige Male nur hatte die Todkranke ihre Augen auf-

geschlagen und geklagt, daß sie furchtbar müde sei. Auch hatte die Krankenschwester Marie erzählt, daß Resi in ihrem Lungenfieber halblaut und mit gefalteten Händen gebetet habe – für ihr Kind. Dabei käme der Name Toni von ihren Lippen. Manchmal zittere sie am ganzen Körper und versinke danach in völlige Teilnahmslosigkeit. Resi spürte wahrscheinlich, daß ihre Kräfte sie von Tag zu Tag verließen. Gegen Morgen – sagte die Schwester – hatte sie sich aufgebäumt und wollte – wie aus einem bösen Traum erwacht – auf und davon. Der folgende Schwächeanfall warf sie jedoch auf das Lager zurück.

»Schwester Anneliese ...!« Von draußen war eine Männerstimme vernehmbar. Die Türklinke bewegte sich leicht. Marie Ney hatte sich erhoben, um nachzusehen, als die Tür sich auftat: »Ist was passiert ...?« Der hagere Mann, an den Marie ihre Frage richtete, schien ihr im Augenblick ein Fremder zu sein. Als er den Mund auftat, erkannte sie ihn sofort: Es war der Heizer aus der Banya.

»Saltikov vom Wächterhaus hat mich hergeschickt! Da ist jemand beim Tor, der nach einer Theresia Wagner fragt. Saltikov meinte, daß er einem Fremden nur Einlaß ins Lager gewähren darf, wenn eine Begleitperson ihn abholt!«

Die kleine Marie war stutzig geworden: Es war sicherlich Resi Wagner, die gesucht wurde. Der alte Gurkin konnte ihren Namen bloß nicht richtig aussprechen! Wer aber sollte Resi suchen und dabei selber das Lager nicht betreten dürfen – doch nur ein wirklich Bekannter!

»Ich komme mit! Der Besucher scheint aus einem anderen Lager zu kommen! Oder ...?«

Gurkin wußte nicht, was er darauf antworten sollte: »Vielleicht hat der Mann keinen »Propusk« und ohne gültigen Passierschein läßt Saltikov keine Maus ins Lager!«

Marie warf einen flüchtigen Blick auf die Schlafende und verschwand mit dem Heizer aus dem Krankenzimmer.

Im Durchgang des Wächterhauses stand eine hochgewachsene Männergestalt und gestikulierte mit dem Wächter durch das kleine Schiebefenster. Der Ankömmling wandte sich ihr sofort zu, als sie den Gang betrat. Marie blickte in ein energisches Gesicht, das einen Ausdruck des Staunens offenbarte. Sie hatte Wanninger sofort erkannt, obwohl Jahre dazwischenlagen: »Nein, das kann doch gar nicht sein ... Toni Wanninger hier vor meinen Augen?«

Die schlanke Mädchengestalt flog die letzten drei Schritte auf den großen Mann zu, der sichtlich Schwierigkeiten hatte, sie im Halbdunkel des Durchgangs zu erkennen. Marie nannte unverzüglich ihren Namen.

»Unsere Schneidermarie aus Wiesenbrunn!« kam es bewegt von Tonis Lippen. Es war die Freude des Wiedersehens, die Tonis Verlegenheit wegfegte – er umarmte die zierliche Mädchengestalt.

Wächter Saltikov hatte keine Probleme: Geschwister ... oder Mann und Frau! Ähnliches war ihm schon öfter begegnet. Zudem war ihm auch das Verhältnis der hübschen Internirowannije mit Kombat Afanasiev nicht ganz unbekannt. Nur keine unnötigen Schwierigkeiten – dieser Afanasiev konnte verdammt ungemütlich werden, sobald man ihn vor den Kopf stieß! »Dawaj, dawaj ...!« stieß der Wächter störrisch hervor und wollte sich der beiden raschestens entledigen. Seine Hand zeigte nach der Straße ...

Marie hatte sich sofort aus Tonis Umarmung gelöst und sprach kurz auf Saltikov ein. Wanninger blieb erstaunt über die Sofortwirkung dieses Zwei-Sätze-Gesprächs. Der Wächter bot ihm im Augenblick mit seiner Rechten Einlaß in das Lager: »Dawajte, prochoditi!«

Marie Ney wußte sehr wohl Bescheid über Wanninger. Man hatte ihn in Wiesenbrunn als Vermißten der rumänischen Armee längst abgeschrieben! Nun stand dieser verlorene Sohn auf einmal in Lebensgröße vor ihr und suchte nach seinem Mädchen! Er war wer weiß von woher gekommen. Ganz Wiesenbrunn wußte seinerzeit um die große Liebe der beiden jungen Leute. Sie selber hatte das schöne Paar damals bewundert. Im Herzen der sechzehnjährigen Marie waren schon damals heimliche Wünsche erwacht!

Und nun diese Tragik. Eine lähmende Verlegenheit hielt Marie von jeder Antwort zurück, als der Mann den Namen Resi Wagners aussprach. Er war unbewußt zu ihrer letzten Stunde eingetroffen! Aus dem Unterton seiner Frage war die geballte Sehnsucht eines immer noch liebenden Herzens herauszuhören.
Marie Ney, welche die große Liebe ihres Lebens bislang nicht gefunden hatte, war gerührt ob solcher Herzenstreue. Doch was sollte sie Wanninger sagen? Nein, sie durfte ihn nicht gleich schon erschrecken!
»Laß uns vorerst zu mir gehen, Toni – Resi befindet sich zur Zeit nicht in ihrer Baracke!«
Wanninger fand Bewunderung für soviel Selbstbewußtsein der zierlichen Gestalt, die ihm voranschritt. Marie blieb mitten auf dem Weg stehn: »Ich möchte, daß du vorher etwas ißt, wir werden Resi sicherlich in einer Stunde sprechen können!«
Wanninger stellte keine weitere Frage, er dachte wohl, daß sein Mädchen sich in der Arbeit befände. Auch hatte Marie gar nicht so unrecht – Resi Wagner war nicht in ihrer Baracke.
Mit ungewöhnlich schnellen Schritten kamen die beiden jungen Menschen auf die Baracke des Lagerpersonals zu. Marie wollte verhindern, daß der Besucher zu schnell von jemanden erkannt und angehalten wurde. Behende schritt sie voran.
Das Vierbettenzimmer stand leer, als Marie die Eingangstür öffnete. Wohlige Wärme schlug den Eintretenden entgegen. Die Küchenmädchen hatten sich wohnlich hier eingerichtet. Unter dem Fenster stand ein grob zugehauener Tisch mit zwei Hockern. Marie hieß Toni seine Wattejacke abzulegen und bei Tisch Platz zu nehmen. Sie warf zwei Holzstücke und einen Klumpen Kohle auf das schwelende Feuer des kleinen Trommelofens. Der Gedanke, wie sie Toni am besten beibringen könne, daß Resi todkrank darnieder lag, brachte einige Unsicherheit in ihre Bewegungen. Sie schritt zum Fenster, um das kaltgestellte Essen – Gerstengrütze mit einem Butterhäubchen darauf – auf der Ofenplatte anzuwärmen. Ihr Gast wehrte jedoch ab: »Dank dir, Marie! Ich möchte jedoch nichts essen – jetzt nicht!«

Wanninger hatte sich erstaunt umgesehen. Ein warmes Vierbettenzimmer in einem Lager voller Elend und Not ...? Die kleine Marie hatte sofort erfaßt, was in dem Manne vorging. Auch eine unausgesprochene Frage verdient eine Antwort:
»Ich habe zweieinhalb Jahre auf der Stroj-Zech-Baustelle gearbeitet, nun bin ich seit einiger Zeit schon in der Stalowaja als Küchenhelferin angestellt. Weil ich so klein und schwächlich bin! Wie du sicherlich gemerkt hast, Toni, habe ich mich seither gründlich erholen können. Was dies für mich bedeutet, kannst du dir vorstellen, Toni, wenn ich dir nun auch noch verraten muß, daß bisher zweiunddreißig Wiesenbrunner Landsleute in diesem Lager zugrunde gegangen sind!«
Wanninger wechselte die Gesichtsfarbe. »Daß Gott erbarm: zweiunddreißig Tote allein aus unserem Dorf?«
Marie Ney mußte dem Manne dabei helfen, Brücken über verlorene Jahre zu schlagen. Er stellte immer neue Fragen, die von Marie, so gut sie konnte, beantwortet wurden. Die Vorgänge, die ihm seit dem Verlassen seiner Heimat geschildert wurden, erschütterten ihn zutiefst. Toni wollte von Marie Näheres über Mordtaten, Plünderungen und Vergewaltigungen in seinem Heimatdorf in den schrecklichen Herbsttagen des Jahres 1944 erfahren, die von ihr angedeutet worden waren! Auch wie die unglaubliche Rußlandverschleppung vor sich gegangen war, wollte er hören!
Toni saß mit gestütztem Haupt am kleinen Tisch, und Marie erzählte und erzählte ... Dabei war es dem jungen Manne anzumerken, wie schwer es ihm fiel, dies alles zu verarbeiten.
Als Marie Ney über die von Altrichter Friedrich in die Wege geleiteten Selbstschutz- und Wachmannschaften und schließlich über den schändlichen Verrat an Michael Holzinger zu sprechen kam, wurde Wanninger hellhörig. Er brachte Namen wie Jakob Wirth, Ortsleiter Helmer, Albrecht und Altenbach ins Gespräch und befragte das Mädchen nach deren Verhaltensweise. Marie zeigte sich verlegen und überfordert, doch brachten erneute Fragen des Besuchers das Mädchen dazu, ihm zu erzählen, was sie darüber wußte.
Wanningers Gesichtsausdruck verhärtete sich, als er von den

Untaten des Einsatz-Jaksch daheim in Wiesenbrunn und dessen ruchlosem Vorgehen als Starschina gegen seine eigenen im Lagerelend von Proletarsk heruntergekommenen Landsleute erfuhr. »Dieser elende Hundsfott ist also mit dem Krankentransport aus dem Lager entwischt?« Empört ballte der ehemalige Frontsoldat die Faust, der Mann war völlig entrüstet. Dabei hatte Marie ihm längst nicht alles verraten, um nicht auch noch das Unrecht an Resi Wagner ins Gespräch zu bringen.
Langsam hob Toni seinen Kopf und sah dem Mädchen geradewegs in die Augen: »Ich danke dir, Marie! Ich weiß auch, daß es nicht gut um Resi Wagner steht – du hast mir wohl einiges verschwiegen? Laß uns zu ihr gehen – ich möchte Resi nach so langer Zeit endlich wiedersehen!«
Wieder versuchte Marie ihren Landsmann zum Essen zu bewegen, doch winkte Toni erneut ab und griff nach seinem Watterock: »Ich möchte zu Resi! Ich bin innerlich viel zu aufgewühlt, als daß ich auch nur einen einzigen Brocken herunterschlucken könnte! Und, daß ich es nicht vergesse, Marie: Ich bin mit dem alten Auto der Brotfabrik hier und habe sechs Wecken Frischbrot und eine ganze Flasche Sonnenblumenöl mit dabei. Das Auto steht neben der Banya. Vielleicht kannst du mir am Abend dabei helfen, die Sachen in das Lager zu schaffen und zu verteilen?«
Während sie ihren Mantel über die Schultern warf, entgegnete Marie Ney mit verschmitztem Lächeln: »Wir werden es bestimmt schaffen, Toni! Selbst wenn man mich morgen schon im Lager »Chleba-Marie« nennen sollte! Dieser seltsame Ruf ist nämlich dir, lieber Toni, nach Proletarsk vorausgeeilt! Da ist so ein Rotschopf bei uns im Lager, der seit einiger Zeit heimlich hinter der Banya Brot verteilt. Er selber will es – wie er immer wieder behauptet – regelmäßig vom Donbaß-Nikolo aus einer Brotfabrik geschenkt bekommen haben. Der unbekannte Brotspender versucht, wie der Rotschopf sagte, den Hungergeplagten in den umliegenden Lagern zu helfen. Jetzt erst hat es geblitzt bei mir: Dieser gute Geist kannst nur du sein, Toni.«
Wanninger bestätigte die Annahme des Mädchens mit keinem Wort. Sie war sicherlich weit übertrieben. Überlegt bemerkte er

jedoch dazu: »Es ist unendlich bitter, Marie, zusehen zu müssen, wie der Lebensfaden eines Menschen an einem Stückchen Brote hängt! Du sagtest doch, daß du in der Stalowaja arbeitest? Hilf unseren notgeplagten Landsleuten! Viele sind im Elend verkommen und können sich aus eigener Kraft kaum noch bewegen.«

In der Annahme, daß Marie Ney sicherlich auch den einen oder anderen Lageroffizier näher kennen müsse, bewog er das Küchenmädchen, nach Möglichkeit mehr für ihre Landsleute zu tun: »Klage gegen die ehr- und ruchlosen Menschenschinder, Dolmetscher und Starschinas aus den eigenen Reihen! Setzt euch zur Wehr gegen sie und hilf, wo du nur helfen kannst! Der Herrgott sieht in solchen Augenblicken auf dich, Marie!«

Maries dunkle Augen weiteten sich – sie sah Wanninger verständnisvoll an: »Ich versuche es manchmal, Toni. Es ist jedoch bei dieser Not nicht leicht, auch nur eine Portion zu schmälern, um jemanden einen halben Löffel Kascha mehr zu verabreichen! Ich weiß nicht, ob du mich richtig verstehen kannst ...«

Bei alldem, was sie gesagt hatte, war es Marie jedoch nicht gerade wohl zumute, mußte sie dabei doch unwillkürlich an die deftigen Portionen Bratkartoffeln mit Büchsenfleisch denken, welche die Starschinas vorgesetzt bekamen.

Wanninger wandte sich der Ausgangstür zu, doch hielt Marie ihn spontan am Arm zurück. Sie wollte vorerst einen Blick in die Runde werfen, bevor sie den Hauptweg zum Isolator betraten.

*

Feldscher Steiner und Schwester Anneliese hatten alle Hände voll zu tun. Das ärmlich eingerichtete, vollbesetzte Krankenzimmer des Lager-Isolators verlangte zu dieser Morgenstunde dem wenigen Personal die gesamte Arbeitskraft ab. Man verhinderte, was man verhindern konnte, obwohl weder Wundsalben noch Medikamente vorhanden waren, abgesehen von diesem scheußlichen Hypermangan und dem weißen Für-Alles-Pulver.

Die Krankenschwester hatte Marie Ney einen Augenblick zugehört und dem Fremden die Hand gereicht, seinem Besuch jedoch nicht ohne Bedenken zugestimmt. Keiner wußte besser als Schwester Anneliese, daß das Leben der Wagnerin nur noch an einem Faden hing! Schließlich gab sie dem Ersuchen statt, nachdem die kleine Ney ihr eindringlich über das enge Verhältnis des Mannes zu der Kranken berichtet hatte.
Kurz vor der Eingangstür in das winzige Dreibettenzimmer neben dem großen Krankenraum hielt die energische Frau im weißen Kittel Marie jedoch zurück: »Du bleibst am besten im Vorraum – der Besuch wird für die Schwerkranke auch so schon eine schwere Belastung sein!«
Der gebieterische Blick der Krankenschwester, die zur Tür vorausging, gestattete keinerlei Widerrede. Vielleicht war es wirklich besser, im Vorraum auf Toni zu warten!
Beim Eintritt in den kleinen Raum blickte Wanninger geradewegs in ein fremdes, wachsbleiches Frauengesicht. Auch die andere Frau im Krankenbett daneben konnte unmöglich Resi Wagner sein!
Toni spürte den sanften Griff an seinem Arm: Schwester Anneliese wies auf das Krankenbett in der Zimmerecke: »Sie schläft immer noch – seit nunmehr zwei Stunden schon!« Die Schwester legte den Finger an die Lippen: »Frau Wagner ist sehr, sehr krank – verhalten Sie sich ruhig, bis sie von selbst aufwacht! Da steht ein Sessel am Bett – Sie dürfen so lange bei ihr bleiben! Ich komme dann später wieder!«
Schwester Anneliese sah den großen Mann an, als wolle sie ihn um Verständnis bitten und verließ umgehend den kleinen Raum.
Der Anblick der geliebten Kranken ließ Tonis Herzblut stocken. Da lag das geliebte Mädchen hilflos vor ihm, mit aschfahlem Gesicht und Ärmchen so dünn wie die eines Kindes. Behutsam setzte er einen Schritt vor den anderen und ließ sich auf dem Sessel neben dem Bett nieder. Wanninger begann in dem eingefallenen, von der Krankheit gezeichneten Gesicht mit den unterhöhlten Augen zu lesen. Behutsam führte er seine Hand zu ihrem Mund: Kaum spürbare Atemzüge verrieten, daß

Resi Wagner lebte! Bittere Gewißheit stieg in dem großen Manne auf: Die Frau vor ihm war bereits vom Tode gezeichnet! Wieso war er nicht vor einer Woche schon gekommen? Brennendes Weh befiel seine Brust, er mußte sich gewaltsam zurückhalten, um nicht loszuheulen und das geliebte Wesen an sich zu reißen! Die Rechte des Mannes hob sich – er wollte Resis Gesicht, die weiße Stirne und das dunkle, einstmals so lockige Haar berühren! Doch nein, das durfte er nicht: »Verhalten Sie sich ruhig!« hatte die Schwester ihn gemahnt. Seine Hand wich wie von selbst wieder zurück.
So saß er nun schon eine Weile unbewegt auf dem Sessel neben dem Krankenbett. Hin und wieder suchte sein besorgter Blick die Schlafende zu rühren, als könne er ihr neue Lebenskraft einflößen.
An der Wand gegenüber bewegte sich ein Schatten – jemand war beim Fenster vorbeigegangen. Der Seufzer einer der kranken Frauen durchwebte das winzige Zimmer. Ein Herzklopfen entfernt nur lag Resi an seiner Seite und war dennoch so weit von ihm! Vielleicht träumte sie jetzt von Wiesenbrunn und von ihren schönsten Stunden? Bei diesem Gedanken glaubte Toni den Schein eines Lächelns auf Resis bleichen Wangen erkannt zu haben.
Wanningers hartes Gesicht begann zu arbeiten: Erinnerungen und Jahre, Begebenheiten und Sehnsüchte wurden wach und ließen den Glanz seiner Augen feuchter werden.
Da war plötzlich etwas: Die bleiche Hand auf der Bettdecke hatte sich leicht bewegt! Unbändigkeit drängte sich in ihm auf, das schmale Händchen zu ergreifen und Resi in die Wirklichkeit zu rufen!
Berühren, ganz leicht berühren durfte er sie doch. Vielleicht könnte der Wärmestrom, der von ihm ausging, ihre bleichen Wangen ein bißchen zum Erröten bringen? Leicht und zärtlich glitten seine Finger über die schmale Handfläche der Schlafenden, wieder und immer wieder, bis er selber davor zurückschrak: Resi rührte sich, wandte ihm im Zeitlupentempo ihr Gesicht zu. Die Augen der Kranken verrieten unendliches Staunen. Sie schloß sie sofort wieder. Es war, als könne ihr Verstand nicht

begreifen, was der Blick soeben wahrgenommen hatte. Vielleicht auch hatte sie ihn gar nicht erkannt, sondern bloß einen Schatten festgestellt?
Erneut öffnete Resi Wagner die Augen. Toni glaubte erst, das Bewußtsein der Schwerkranken sei auf der Schwelle der Ungläubigkeit stehengeblieben, so durchdringend heftete sich ihr Blick an seine Gestalt. Fremd, wie von fernher ließ sich Resis schwache Stimme vernehmen: »Mein Gott ... du, Toni ...!«
Sie hatte ihn erkannt! Wie ein Jubel wollte es aus ihm hervorbrechen! »Endlich bist du da, Toni! Ich habe es gefühlt, daß du kommen wirst!« Jedoch schon die nächsten Worte des geliebten Mädchens fielen wie ein vernichtendes Unheil über den großen Mann: »Und doch bist du zu spät gekommen!«
Wanninger empfand in diesem Augenblick, wie sich die Eiseskälte gleich einer Panzerplatte um sein Herz legte. Der große Mann mußte nach Fassung ringen: »Bleibe ruhig, mein Kleines – ich bin bei dir, und es wird alles wieder gut ...!«
Toni sah, wie sich die dünnen Finger der Kranken in die Decke krallten und schob ihr behutsam seinen Arm unter das Haupt. Dabei beugte er sich zu ihr herab und küßte in einer Anwallung von Herzweh die kalkweiße Stirne der geliebten Frau. Resis Oberkörper bäumte sich bei der Berührung auf und fiel sofort wieder zurück. Toni wehrte ab:
»Nicht doch, Resi – du benötigst Ruhe, um schnell wieder zu Kraft zu gelangen!«
Wie sehr sich sein ganzes Wesen auch dagegen sträubte, Wanninger mußte sehr schnell erkennen, daß das Schicksal es anders wollte: Resi Wagner, sein geliebtes Mädchen, lag im Sterben! Toni konnte die Klage an das Schicksal aus ihren wehen Blicken lesen. Resis müde Augen schienen von Minute zu Minute zu brechen. Das einstmals so schöne Gesicht war von Leid und Krankheit verzerrt, hager und kindhaft klein geworden. Es war furchtbar für ihn, mitansehen zu müssen, wie tapfer diese Frau gegen die Todesschwäche anzukämpfen suchte. Resi Wagner wollte sprechen, sie hatte ihm etwas mitzuteilen!
Wanninger hob das todkranke Mädchen in seinem Arm leicht auf und versuchte ihr zuzulächeln, als er sich sagen hörte: »Du

bist nur sehr geschwächt, Resi, es wird sicher alles wieder gut! Ich habe dir einen Becher Hriaschinka und ein großes Stück frischgebackenen Rübenmalai vom Russenbasar gebracht. Vielleicht solltest du auch nur ein bißchen davon essen …?«
Ein unendlich weher und müder Blick war die Antwort darauf. Die Kranke bewegte ihr Haupt verneinend in seinem Arm, und Toni ließ davon ab, sie weiter aufzurichten. Erneut hatte sie die Augen geschlossen.
Durch die Wand des anliegenden Krankenzimmers war ein fortwährendes Rumoren zu vernehmen. Das Elend war hier zu Hause, es ging von Stunde zu Stunde durch die Tür. Allein hier, in diesem winzigen Dreibettenzimmer, herrschte eine beunruhigende Stille.
Als habe sie neue Kräfte gesammelt, öffnete Resi die Augen wieder. Ihr Gesicht war eine einzige Frage.
Ausdruckslos und mit ruhiger Stimme setzte Toni Wanninger zu erzählen an: »Ich arbeite seit kurzer Zeit in einer Brotfabrik. Etwa zwanzig Kilometer von hier entfernt. Ganz zufällig habe ich von zwei Männern erfahren, daß unsere Wiesenbrunner Landsleute sich in Proletarsk befinden! Es war wie ein Hoffnungsstrahl für mich, vielleicht auch dich hier anzutreffen! Die Tage brannten mir unter den Fußsohlen, bis ich endlich kommen konnte. Indessen konnte ich euch durch die beiden Männer vom Stroj-Zech wenigstens ein bißchen Brot zukommen lassen! Ich habe meine beiden Bekannten dringlichst ersucht, zu erfahren ob du wirklich in diesem Lager bist und wie es dir geht
Die ganze Wahrheit darüber habe ich erst heute morgen von Marie Ney erfahren. Es tut mir so leid, daß ich dir nicht schon früher habe helfen können, Resi!«
Noch während er sprach, spürte Wanninger die leichten Zuckungen des ausgezehrten Körpers in seinen Armen. Der trübe Blick des Mädchens suchte sich an seinem Gesicht festzuklammern. Resi bewegte ihre Lippen, ohne auch nur ein Wörtchen freigeben zu können. Doch dann formten sich auseinandergezogene Silben zu Worten, die Wanninger gespannt aufhorchen ließen: »Hilf' unserm Kind, Toni! Ich kann es … nicht mehr!«

Der flehende Blick der Kranken erschütterte den großen Mann zutiefst.
»Unserem Kind sagtest du, Resi?« Die Frage brach ungestüm aus ihm heraus.
Es war in diesem Augenblick, als sammle die Todgeweihte alle Kräfte, um dem geliebten Manne eine Antwort geben zu können, die ihr selber seit Jahren schon auf der Seele brannte. Langhingezogen wie die Uhrenschläge vom Wiesenbrunner Kirchturm fielen ihre Worte:
»Er heißt Toni, unser Bub! ... Am siebenten Januar ist er drei Jahre alt geworden! Du bist stark ... und du kommst wieder heim! ... Versprich mir, daß du unserem Kind beistehen und ein guter Vater sein wirst ...!«
Ein tiefer Schmerz durchfurchte Resi Wagners Gesicht. Ihr Kinn bewegte sich, ohne, daß sich auch nur eine einzige Träne aus ihren Augen löste. Wanninger war es, als habe sich auf einmal alle Spannung aus dem Frauenkörper in seinen Armen gelöst.
Verwirrung und Verzweiflung zugleich ergriffen ihn, als er Resi Wagner auf ihr Kissen niederließ. Ergriffen, wie ein heiliger Schwur kam Tonis Bekenntnis über seine Lippen: »Gott ist mein Zeuge, Resi! Ich werde dasein und sorgen für unser Kind, solange ich leben werde! ... Wir wollen beide wieder heimkommen und endlich zusammenbleiben dürfen ...«
Als habe sie nur noch auf dieses Bekenntnis gewartet, das sich wie eine Erlösung auswirkte, erstarrte plötzlich jede Bewegung ihres gequälten Körpers. Ihr Kopf fiel zu Seite: Resi Wagner war nicht mehr – sie starb an der Seite des Mannes, dem alle Hoffnungen ihres jungen Lebens gegolten hatten!
Kalter Schauer erstickte den Aufschrei Wanningers, aus dessen Innerstem es wie ein Vulkan hervorbrach: »Schwester An-nelies'!«
Die Tür des kleinen Krankenzimmers wurde aufgerissen. In ihrem Rahmen erschien eine zierliche Frauengestalt, die Toni Wanninger ganz vergessen hatte: Marie Ney ...

*

An diesem Spätnachmittag des 13. Dezember herrschte in der Baracke der Bauarbeiterinnen vom Stroj-Zech tiefe Niedergeschlagenheit. Die letzte Arbeitsgruppe war aus dem Lagerbad direkt zur Stalowaja gegangen. Dort hatte man erfahren, daß Resi Wagner vor einigen Stunden gestorben sei. Sie war keine zweiundzwanzig Jahre alt geworden.

Als die Rollingerin zusammen mit Renard Nanschi und Marie Ney das kleine Krankenzimmer betrat, war der Feldscher gerade dabei, der soeben Verstorbenen die Schnur mit der Kennmarke um den Hals zu legen. Auf dem runden Aluminiumschildchen war die Nummer 67854 eingestanzt. Als Steiner die Frau mit den Kleidungsstücken auf dem Arm hereinkommen sah, trat er mit wunderlicher Miene zur Seite. Irgendwie kam es dem Manne seltsam vor, daß das zweihundertsiebenundachtzigste Todesopfer des Jahres 1947 auf einmal angekleidet zu Grabe gebracht werden sollte? So viel Pietät war man im Lager Proletarsk einfach nicht gewohnt! Vor einer Stunde erst war der Leichnam des Polendeutschen in sein Hemd gehüllt aus dem großen Krankensaal in den Leichenschuppen gebracht worden. Steiner war sich dessen mehr als sicher – auch das Hemd würde Fedja Prigorski ihm auf dem Todesacker von Schachtiorsk noch wegnehmen!

Der gutmütige Feldscher wollte jedoch die Frauen nicht daran hindern, ihrer dahingeschiedenen Leidensschwester das Sterbekleid anzulegen und verließ das kleine Zimmer.

Im Vorraum standen zwei Männer und vertraten sich wartend die Füße. Sie entboten dem heraustretenden Feldscher mit einem Kopfnicken ihren stummen Gruß. Schwester Anneliese, welche die Frauen durch das Hoffenster kommen sah, hatte veranlaßt, daß Franz Eckert und Neubauer den Leichnam von Resi Wagner auf der Tragbahre hinaus in den Schuppen bringen sollten.

»Mein Gott, Franz, wie gut, daß dieses entsetzliche Jahr bald um ist!«

»Das Jahr geht – wie du meinst –, doch der Hunger wird bleiben!« Beiläufig und doch bestimmt ließ Eckert diese Feststellung vom Stapel. Vetter Franz tat einen letzten Zug an seiner

selbstgedrehten Bumaschka-Zigarette aus Zeitungspapier, das er von seinem Desiatnik erhalten hatte und hüstelte sich das Kratzen aus dem Halse. Dabei zertrat er den stinkenden Mahorkastummel mit der Spitze seiner Gummigalosche.
Kurz darauf trat die Rollingerin aus dem Krankenzimmer: »Es ist soweit, Franz – ihr könnt sie nehmen!«
Die Frauen hatten der Verstorbenen ihre Mädchenfrisur gekämmt und ihr einen Rosenkranz mit feinen, bläulich schimmernden Glasperlen, wie sie in Wiesenbrunn in den dreißiger Jahren beim Kirchgang getragen worden waren, zwischen die gefalteten Hände gelegt. Die saubere Baumwollbluse hob sich in einem feierlichen Weiß vom dunkelbraunen Kleid ab, hatte man die unglückliche Schachtarbeiterin doch seit Jahr und Tag nur noch in ihrem ewigen Arbeitsgrau gesehen.
Nanschi Renard stand an der Bettseite, als die beiden Männer das Krankenzimmer betraten und betete aus dem »Himmelsschlüssel« mit dem plüschbezogenen Deckel in der Hand halblaut das Libera für Verstorbene. Sie hatte das Gebetbuch aus dem Jahre 1887 mit dem butterfarbenen Elfenbeinkreuzchen in Resis Koffer gefunden. Auf der ersten Innenseite waren in gotischer Handschrift eine Reihe von Geburts- und Sterbetage von Angehörigen der Familien Dreyer und Wagner verzeichnet. Nanschi wollte es der jungen Frau zusammen mit dem Rosenkranz, der ihrer Mutter Anna gehört haben mußte, als Grabbeigabe mitgeben, ohne zu wissen, daß Großvater Dreyer seiner über alles geliebten Enkelin das Gebetbüchlein in letzter Minute vor dem Abtransport nach Rußland zugesteckt hatte.
Die Frau unterbrach das Beten und trat einen Schritt zurück, während die Rollingerin das mitgebrachte Leinentuch über die hölzerne Tragbahre breitete, damit die Männer die leblose Resi Wagner bergen konnten.
»Wenigstens ihr von der Nachtschicht könnt sie doch auf ihrem letzten Weg noch begleiten!« schluchzte sie dabei. »Wenn sie schon keinen Sarg bekommen kann, so laßt es wenigstens nicht zu, daß Fedja sie auf dem Lagerfriedhof auch noch ihrer Kleider beraubt!«
»Sei unbesorgt, das wird Wanninger sicherlich verhindern. Und

wenn es sein letzter Kampf sein sollte! Auch werden sicherlich noch ein paar Wiesenbrunner mit dabei sein, wenn wir sie am Nachmittag nach Schachtiorsk bringen!«

Die beiden Frauen gaben sich mit dieser Versicherung Eckerts zufrieden, als die Krankenschwester das Zimmer betrat und den Männern gebot, die Tote hinauszutragen. Schwester Anneliese wollte die beiden anderen Patientinnen im Zimmer möglichst schnell von dieser seelischen Belastung befreien.

Draußen, auf dem Flur wandte die siebenbürgische Schwester sich Nanschi Renard zu: »Wie geduldig sie doch alles ertragen hat! Ich glaube fast, daß es nur noch die Hoffnung war, den Mann wiederzusehen, der heute morgen eingetroffen ist, welche Resi Wagner noch am Leben hielt!« Als keine der beiden Frauen darauf eine Antwort gab, schritt die Krankenschwester den Männern mit der Tragbahre voran. Der Leichenschuppen befand sich auf ganzer Breite des Hintergebäudes unter einem Hängedach. An der linken Seitenwand lag eine lange Holzleiter. Daneben bohrte sich die abgebrochene Deichsel einer längst ausgedienten Kalesche in den verstaubten Boden. Der Lehnsitz zeigte noch Spuren von Farbe, während die Radspeichen brüchig und voller Rillen, zum Teil schon ausgefallen waren.

Am oberen Schuppenende, entlang der Gebäudewand, gab es eine podestartige Erhöhung, die sich von der Mitte aus bis zum rechten Ende hinzog. Am Gemäuer waren die Umrisse einer zugemauerten Tür erkennbar. Es durfte einmal ein Freigang gewesen sein. Hier wurden die Toten aus dem Isolator kurzfristig bis zur Bestattung aufbewahrt.

*

Der zutiefst erschütterte Toni Wanninger hatte nur mit Mühe seine Fassung wiedererlangt, als er kurz vorher, beim Verlassen des Lagers mit Marie Ney Einzelheiten in Verbindung mit der Bestattung des geliebten Mädchens besprochen hatte. Er mußte an diesem Nachmittag noch nach Neu-Gorlovka gelangen, um die Besorgungen in der chemischen Fabrik zu erledigen. Morgen, um die Mittagszeit, wollte Wanninger wieder in Proletarsk sein.

»Ich brauche deine Hilfe, Marie, und ich weiß – du wirst mir in dieser bitteren Stunde gewiß auch beistehen!«

»Ach, Toni, es tut mir unendlich leid, daß ich nicht viel eher schon erfahren konnte, wie schlimm es um Resi stand! Vielleicht hätte ich ihr mehr helfen können! Du kannst mir vertrauen – ich werde alles dafür tun, daß wir sie würdig zur letzten Ruhe bestatten!«

Mit diesen Worten, die wie ein bedauerlicher Vorwurf an sich selbst klangen, legte Marie Ney ihre kleine Hand in die des großen Mannes, der darauf in aller Eile das Lager verließ.

Gerade erst hatte er die Straße überschritten, als eine unbeachtete Männergestalt, die vom Basar her kam, kurz vor ihm stehenblieb. Der verhältnismäßig junge Mann mit dem dunklen Überzieher, wie man sie winters in Wiesenbrunn trug, war ihm buchstäblich in den Weg getreten. Sein Blondschopf ragte aus der russischen Furaschka hervor, wobei seine blaugrauen Augen Wanninger wie einen Geist anstarrten: »Mein Gott, Toni Wanninger! Daß ich dir an diesem Tag hier begegne!« Und schon lagen sich die beiden Männer in den Armen.

Als Kampfgefährten und alte Kameraden hatten Anton Wanninger und Nikolaus Ehling nach froherlebten Jugendtagen in Wiesenbrunn die ganze Misere der rumänischen Armeekasernen und Truppenübungen von Botosani bis zu den schlimmsten Tagen der hartnäckigen Kämpfe an der Tschirskaja-Front gemeinsam durchstanden! Klaus hatte den Rückzug und Zusammenbruch der Rumänen im Herbst 1944 erlebt und sich über die Ostkarpaten und Siebenbürgen nach Hause durchschlagen können, während Wanninger in russische Gefangenschaft geraten war. Doch hatte der unerbittliche Opfergang auch ihn sehr bald schon erreicht: Ehling war mit seinen Wiesenbrunner Landsleuten zur »Wiedergutmachungsarbeit« nach Rußland verschleppt worden.

Der Jugendfreund zeigte sich bestürzt über die Nachricht von Resi Wagners Tod. Klaus versprach, morgen früh mit zwei Schichtkollegen zum Lagerfriedhof Schachtiorsk hinauszugehen, um für die verstorbene Jugendfreundin ein anständiges Grab auszuheben. Die hartgefrorene, von Schlacke und Draht

durchsetzte Erde konnte bei dieser Kälte nur noch mit dem Pickelhammer aufgebrochen werden. Erst bei dreißig, vierzig Zentimeter Tiefe stieß man auf weicheren Boden. Allzu gerne hätte Ehling mit dem verloren geglaubten Wanninger noch weitergeplaudert, doch blieb beileibe keine Zeit dazu, alte Erinnerungen wachzurufen. Wanninger mußte dringlichst weg, doch würde er morgen wieder da sein ...
Einige Männer, die das Lagerbad soeben verließen, sahen dem Davoneilenden mit erstaunten Gesichtern nach.

Am frühen Nachmittag des folgenden Tages – es war der 14. Dezember – sollte Resi Wagner zu Grabe gebracht werden. Feldscher Steiner hatte Fedja Prigorski mit seinem Gefährt für die Zeit zum Mittagsschichtwechsel bestellt. Eigentlich nichts Neues für den Leichenfahrer – er kam zumindest zweimal in der Woche mit seinem Einspänner vor das Lagertor, um seine Mission zu erfüllen und die Erlösten nach der Friedhofshöhe von Schachtiorsk zu bringen.
Fedja und sein Einspänner waren das pünktlichste »Zweigespann« im weiten Umkreis von Proletarsk. Für jeden, der ihn ob seiner Pünktlichkeit lobte, hatte der vollbärtige Prigorski seinen Spruch parat: Der Tod duldet keine Verspätung!
Um vierzehn Uhr, als die Schachtsirenen vom »Fünfer« die Grubeneinfahrt der zweiten Schicht anzeigten, setzte sich Prigorskis Leichenwagen vom Lagertor aus in Bewegung. Er fuhr eine erschreckend nüchterne, jedes Gefühl von Pietät verletzende Siebenbretter-Karre: Drei Bretter Ladefläche und je zwei Bretter übereinander auf jeder Seite. Das ganze Gefährt wie das ausgehauchte Leben – kahl und leer. Vorne, auf der schmalen Holzkiste, die als Fahrersitz diente und nach jedem Begräbnis die erbeuteten Totenkleider barg, saß Prigorski und blickte – wie ein Kutusov im Beresina-Winter – erhaben und unberührt von allen Vorgängen mit versteinertem Gesicht in die Runde.
Gezählte siebzehn Leute schritten an diesem Nachmittag mit gesenkten Köpfen hinter Prigorskis Einspänner einher. Ein ungewohnt großes Begräbnis für eine Lagerinsassin! Wozu auch das noch – dachte Fedja, dem die ganze Prozedur gegen

den Plan lief: Ein Begräbnis war in Sowjetrußland schon immer – genau wie das Sterben – die einfachste Sache der Welt.
Der hagere Blondkopf, welcher vorhin die Begräbnisteilnehmer gezählt hatte, blickte wie gebannt auf die graue Wolldecke, auf der seine tote Jugendfreundin lag. Sichtlich beunruhigt hob er den Kopf in die Richtung der Landstraße, die nach Konstantinovka führte: »Immer noch nichts, kannst du das verstehen?« Doch da richtete Bogner Hans von der Nachtschicht, welcher in der Wegspur neben Klaus einherschritt, auch schon seinen Zeigefinger zur Straße hin. In diesem Augenblick wurde auch Ehling des anschwellenden Autolärms gewahr: »Das könnte er sein!«
Und ob jener Fahrer, welcher das klapprige Fahrzeug querein über holpriges Gelände zur Anhöhe von Schachtiorsk lenkte, Wanninger war!

»... Und erlöse uns von dem Übel. Amen«, beschloß die Vorbeterin ein weiteres Vaterunser und eröffnete fortfahrend das »Gegrüßet seist Du, Maria«, worauf die Frauen und Männer geschlossen »Bitt' für die arme Seele!« nachmurmelten.
Wortlos, mit ausgetrockneten, von der eisigen Luft geplatzten Lippen und wehen Blicken schritten die fünf Mädchen hinter den Frauen her.
»Was für ein Mann ...!« sagte Berenz Vetter Andres zu Bruckler Sepp, der heute seinen Ruhetag hatte, und wies dabei auf den alten Sorokin, welcher einige Schritte vor ihnen von Tochter Nadja am Arm geführt wurde.
»Der Alte hat Resi fast zwei Jahre lang Tag für Tag zur Arbeit abgeholt. Er erweist ihr nun auch die letzte Ehre! Auf seine Art hat Sorokin sie immer gern gehabt und ihr hin und wieder einen Bissen zugesteckt. Besonders seine Tochter Nadja war es, die Resi Wagner gerne mochte ...«
Prigorski hielt den Einspänner im gleichen Augenblick an, als die hochgewachsene Anneliese Reinert halblaut rief: »Da kommt er!«
Wanninger lenkte sein klappriges Auto dicht neben den Wagen Prigorskis und sprach eindringlich auf russisch auf ihn ein. Der bärtige Leichenfahrer ließ sich jedoch nicht weiter bewegen:

»Dawaj vperiod ...!«
Der braune Nonius zog erneut an, während Wanninger von Rosl Ringer zurückgehalten wurde. Diese hatte ihn kurz umarmt und mit dem Kopf auf die rückwärtige Männergruppe gezeigt. Beide kamen sie darauf nach hinten. Der leicht gehbehinderte »Wodschik« Sorokin stieg darauf mit Wanninger ins Auto ein. Die kleine Prozession folgte im Trott.

Auf dem Friedhofsgelände angelangt, zog Prigorski seinen Einspänner auf die linke Rasenspur und hielt gegenüber dem frisch aufgeworfenen Erdhaufen an. Wanninger kam gleichfalls herangefahren und ließ die hintere Bordklappe des Kleinwagens herab. Dabei gab er Klaus Ehling einen Wink. Ein roh gezimmerter Brettersarg kam zum Vorschein. Auf dem Deckel war der Name der Verstorbenen in Blockbuchstaben mit schwarzer Ölfarbe aufgetragen. Schwarz gestrichen war auch das aus Eisenbändern zusammengefügte Kreuz, das Wanninger dem herangekommenen Berenz Vetter Andres reichte. Toni sprach ein paar Worte mit den Männern, worauf diese mit Prigorskis Hilfe den Leichnam der jungen Frau vom Wagen herunterhoben und in würdevoller Behutsamkeit in den Sarg betteten. Bis zum Grabe waren es nur wenige Meter, die von den Sargträgern überwunden werden mußten. Prigorski blieb vorerst mit offenem Mund stehen, als habe er nicht richtig verstanden, was hier eigentlich vor sich ging.
Kein Priester, kein Kirchensegen und keine Blumenkränze mit vergoldeten Schleifbändern, und dennoch durchwirkte eine ergreifende Feierlichkeit die Menschen in ihrer andächtigen Armseligkeit.
Rosl Ringer merkte, daß sich an ihrer Seite etwas bewegte: Eine schmächtige Hand schob sich unter ihren Arm – Marie Ney sah ergriffen und hilflos wie ein Kind zu ihr auf.
Die Vorbeterin sprach mit weicher Stimme weiter: »Lasset uns beten zum Heile der Verstorbenen!«
Erst waren es die Mädchen und Frauen und darauf die vier Männer zu beiden Seiten des offenen Grabes, die mit ihren heiseren Stimmen in das Vaterunser einfielen.

Toni Wanninger hielt ein Seilende in der Hand, als der Sarg langsam herabgelassen wurde, nachdem Fedja Prigorski seine beiden Stangen abgezogen hatte. Jedes Häuflein Erde, das hernach aus den Händen der Frauen und Männer auf den Sarg von Resi Wagner herabfiel, erhielt eine heimatliche Weihe!
Krämer Nanschi hatte das Gebetbuch von Altmutter Sophie mit dem butterfarbenen Elfenbeinkreuzchen in die leblosen Hände der Enkelin gelegt, bevor der Sarg noch geschlossen worden war. Und weil sie selber nicht singen konnte, sprach die Krämerin das »Bewahre mich ...« aus dem Libera einfach vor sich her.
Es war, als sei auch das steinharte Gesicht Toni Wanningers während des Gebets weicher geworden. Gedankenverloren stand der Mann unter seinen wiedergefundenen Wiesenbrunner Landsleuten, als könne er nur schwer begreifen, was er an diesem eiskalten Dezembertag verloren hatte. Sein Kopf war schwer wie Eisen, seine Seele im Augenblick leer und abgestorben wie die Kugeldistel, die sich drei Schritte neben Resis Grab im Wind leicht bewegte. Mit Resi Wagner begrub Toni heute die Liebe seines Lebens und, was noch viel schlimmer war, die Mutter seines Kindes! Den wirklichen Sinn dieser letzten drei Worte suchte er zu verdrängen, als die Vorbeterin beendete: »... Laß leuchten ihnen jenes Licht!«
Toni ergriff eine der beiden Schaufeln aus der Hand des Eckert Franz und hob damit die frische Erde auf das Grab. Von der anderen Seite arbeitete Hans Bogner unentwegt und ohne aufzuschauen, bis der Grabhügel sich vom aufgeworfenen Grund gerundet hatte. Jetzt legte auch Toni seine Schaufel zur Seite und schritt zum Weggestrüpp wo er das schwarz gestrichene Eisenkreuz zurückgelassen hatte. Bevor das schmale Eisenband jedoch feststand, mußte der weiche Grund festgetreten werden.
Jetzt trat auch Marie Ney mit dem vielverzweigten Ästchen eines Schlehdorns mit vertrockneten blauen Kügelchen in der Hand hinzu, das sie am Grabenrand gebrochen hatte. Marie steckte den Zweig auf die Herzseite des Grabes: »Bis zum Frühjahr, gute Seele – dann bringe ich dir frisches Grün!«
Fedja Prigorski, der Totengräber von Proletarsk, stand unbe-

weglich und blickte über die kleine Trauergemeinde hinweg. Er stand Wanninger gegenüber, mit seinen dichten Augenbrauen machte er einen unerbittlichen Eindruck. Die Blicke der Männer trafen sich. Als die Vorbeterin geendet hatte, schlug Fedja Prigorski das große russische Kreuz über Stirne und Brust. Darauf bat auch er mit seinem »Gospodi, pomiluij!« um das Erbarmen des Herrn.

Wanninger ging auf Fedja zu, reichte dem Ukrainer dankend die Hand und trat sofort wieder an das Grab zurück, die Hände ineinanderlegend. Ein laut gesprochener Satz ließ ihn im Gebet aufhorchen: »Unsere Leute vom Fünfer kommen!« Es mußte Bogners Stimme gewesen sein!

Einige Gestalten näherten sich auf dem ausgetretenen Pfad, der von der Kohlengrube über die Friedhofshöhe nach dem zwei Kilometer entfernten Rudnik führte, einer ebenfalls meist von Bergmannsfamilien bewohnten Kleinsiedlung. So hatte man denn auch kaum Notiz von der Gruppe genommen, bis sie zum Friedhof abgezweigt war.

Mit dem untersetzten Holzner Franz an der Spitze, der schwer zu schleppen schien, kam die Reihe nur langsam heran: Ferling, Sattler Willy, Gärtner Franz, Antoni und hinter ihm eine kleine Frauengestalt. Als letzter kam der hagere Amschlinger Konrad! Vordermann Holzner und seine Kumpel von der Tagesschicht schritten wortlos, mit einem kaum merkbaren Kopfnicken an den Trauergästen vorbei, geradewegs auf die Grabstelle zu. Hier ließ Franz Holzner mit leichtem Stöhnen seinen schweren Kohlensack von der Schulter herabgleiten, während seine Begleiter auf den Mann mit dem gesenkten Haupt zugingen, der immer noch unbewegt dastand. Einer nach dem anderen reichten die Landsleute Toni Wanninger die Hand und umarmten diesen verloren geglaubten Sohn ihres Dorfes.

Zur Verwunderung der Anwesenden zog Holzner eine unförmige Steinplatte aus seinem Kohlensack hervor. Mit einiger Mühe legte er die in mattem Glanz schimmernde Porodaplatte, die erst heute vom Kohlenflöz gelöst worden war, auf den frischen Grund unter das Grabkreuz.

An Holzners Seite zündete Sonja Bitovskaja, die Resi immer

sehr gemocht hatte, ihr Grubenlämpchen an und stellte es auf die Platte. Der Kreis der kleinen Trauergesellschaft schloß sich erneut. Wunderlich richteten sich die Augen auf die Steinplatte der Schachtleute: Sie zeigte in gut sichtbarer Einkerbung einen wunderschönen Abdruck im matten, bläulich schimmernden Anthrazitglanz. Wanninger glaubte in diesem versteinerten Fossil den Abdruck eines prächtigen Farnwedels zu erkennen. Welch eine Berührung mit der Ewigkeit – ein von Millionen Jahren geprägtes Grabzeichen für seine verstorbene Resi Wagner!

Ergriffen von diesem Grabgeschenk der Natur kam Toni auf Holzner und die russische Kohlenhäuerin Sonja zu und legte ihnen seine beiden Arme um die Schultern. Die Szene bewegte die Gemüter. Selbst der elendsgehärtete Prigorski, an dessen Bartspitzen winzige Eiskristalle glänzten, starrte mit Bewunderung auf den seltsamen Grabstein herab. Welch sonderbares Begräbnis, das er hier miterlebte ...!

Erst jetzt wurde Toni Wanninger sich dessen gewahr, daß er bislang mit den meisten seiner anwesenden Landsleute kaum mehr als ein Grußwort gewechselt hatte.

»Gott hab sie selig, meine liebe Freundin Resi Wagner!« mit einem abgrundtiefen Seufzer verließ Toni die Grabstelle und näherte sich den Männern, die am Wegrand auf ihn warteten.

*

Anderthalb Jahre waren vergangen, seit Anton Wanninger aus Rußland heimgekehrt war. Er hatte sich als einer der ersten Heimkehrer mit den in Wiesenbrunn bestehenden Verhältnissen zurechtgefunden.

Hier zirkulierten Anfang 1951 allerlei Gerüchte, die zumeist mit vorgehaltener Hand von den Schwabenleuten diskutiert wurden. Was konnte es den notbedrängten Menschen schon nützen abzuwarten, bis – wie manche meinten – die Amerikaner kämen, um Ordnung in diesem Land zu schaffen?

Bei nüchterner Betrachtung der gegebenen Verhältnisse in seinem Heimatdorf hatte Wanninger einsehen müssen, daß das

Leben keinerlei Resignationen erlaubte. Es hieß einfach zupacken, um wenigstens den Behörden und den Dorfrumänen gegenüber das Mißtrauen Schritt für Schritt abbauen zu können, das immer noch gegen die politisch unzuverlässigen Schwaben geschürt wurde. Ohne Eltern und Haus geblieben, mußte er allein sehen, wie es weitergehen sollte. Endlich hatte Wanninger als Mechaniker in der neugegründeten Maschinen- und Traktorenstation Arbeit gefunden. Das gab ihm neuen Auftrieb. Als Charakter- und Geduldsmensch bekannt, kam Toni sehr gut mit seinen neuen Arbeitskollegen und den Leuten seiner Umgebung aus.

Wanninger blieb vorerst im Hause seiner Schwiegermutter Anna wohnen, die den kleinen Toni mit jeder Faser ihres Herzens liebevoll umhegte. Vielmehr hatte Anna Wagner gerade deswegen darauf bestanden, daß er bleiben sollte. Wie hätte ein Mann auch sonst mit dem kleinen Bub an seiner Seite allein zurechtkommen sollen? Freilich hatte Anna mit dem Gespür der lebenserfahrenen Frau längst bemerkt, daß sich zwischen ihrem Schwiegersohn und der hübschen Schneiderstochter Marie Ney etwas angebahnt hatte, was ihr immerhin einige Sorgen zu bereiten schien. Gesprochen wurde darüber bislang kein einziges Wort. Es gab jedoch eine spürbare Spannung im Haus, obwohl beiderseits versucht wurde so zu tun, als sei die Welt völlig in Ordnung. So atmeten denn auch beide – Toni und Anna – auf, als es feststand, daß Wanninger in ihrem Hause bleiben würde. Allein Mutter Anna war sich zusehends darüber klargeworden, eines Tages mit Toni offen darüber reden zu müssen. Doch auch dies brauchte seine Zeit.

Anna Wagner hatte ihr seelisches Gleichgewicht nach dem Tod ihrer einzigen Tochter nur langsam wiedererlangt. Ihren seelischen Halt suchte sie in der Tagesarbeit zu finden. Die tapfere Frau besorgte die gesamte Hauswirtschaft und tätigte zudem noch manche Kleinarbeit an der Nähmaschine für einheimische Rumänen, um ein bißchen Geld zu verdienen.

Ihr quietschlebendiger, wißbegieriger Enkelbub Toni würde im kommenden Herbst die Schule besuchen und somit auch ihren Aufgabenkreis erweitern. An mancher seiner Gesten erinnerte

das Kind Anna immer wieder an ihre Tochter Resi. Sie konnte mit der Entwicklung des kleinen Toni zufrieden sein – seine Erziehung hatte ihrem Leben einen neuen Sinn verliehen.
Resi Wagner lebte weiter – in den Gedanken ihrer Familie, die sie nie vergessen sollte. Es würde nicht einfach werden, doch mußte es schließlich einen Weg geben, der in eine friedvollere Zukunft wies.

Der Wurzelriss

Jahre waren vergangen, lange Jahre, in denen Kinder bei ihren Alten in Wiesenbrunn groß geworden und ihre Väter als Verschleppte in der Trockensteppe des Baragan das Zeitliche gesegnet hatten: Omnia ad majorem patriae gloria! ... Alles zur größeren Ehre des Vaterlandes ...

Der Kampf um ihre Lebensexistenz und Eigenheit hatte die Menschen im Banat von Jahr zu Jahr auf neue Proben gestellt. Der Großteil der Verschleppten war bis 1956 aus der Zwangsarbeit entlassen worden. In ihr Heimatdorf zurückkehren durften diese schwergeprüften Menschen immer noch nicht. Selbst ihren Rücktransport ins Banat mußten sie selbst aus ihrem armseligen Verdienst bezahlen. Hunderte von Verschleppten hatten dennoch den Tag der Heimkehr nicht mehr erlebt. Diese »Sklaven des Baragan« fanden ihre letzte Ruhestätte am Rande der schilfgedeckten Siedlungen, von denen viele schon nach wenigen Jahren von selbst zerfielen oder dem Erdboden gleichgemacht wurden. Was aus Erde war, mußte wieder zu Erde werden – Menschen und Mauern.

Vieles lag im argen: Die einstmals so schönen schwäbischen Bauernhäuser im Banat waren von den Kolonisten zugrunde gerichtet worden. Nationalchauvinistische Gehässigkeit blieb weiterhin das Anzeigeschild fremder Habsucht. Ausschreitungen gegen die deutsche Bevölkerung dauerten fort. Die Zahl der Deutschen war durch Krieg und Verschleppungen, Zwangsumsiedlungen und Arbeitslager beachtlich geringer geworden. Viele Wiesenbrunner Schwaben waren zudem mit Krankentransporten aus der Sowjetunion in die deutsche Ostzone und von dort nach Österreich oder Westdeutschland gelangt. Allein von den Behörden des Verwaltungskreises Niederdonau waren im Herbst 1944 nahezu 13 000 Volksdeutsche aus dem rumänischen Banat registriert worden. Insgesamt waren im Herbst dieses Jahres mehr als 100 000 Schwaben und Sachsen aus Rumä-

nien nach Österreich geflüchtet, wovon freilich ein Teil den Weg über Grenzen und Gefahren wieder nach Hause gefunden hatte.
Toni Wanninger hatte zusammen mit Franz Dorn, welcher mit seiner Familie ebenfalls aus Österreich heimgekehrt war, in einem Heft vermerkt, daß Wiesenbrunn 1961 knappe vierhundert deutsche Einwohner weniger als vor Ausbruch des Krieges zählte. Es gab nahezu keine Familie, die nicht zumindest ein Opfer zu beklagen hatte!
»Wenn du mich fragst«, meinte Dorn resigniert zu seinem Freund Wanninger, »so muß ich gestehen, daß ich – was die Zukunft unserer Dorfgemeinschaft betrifft – mehr Befürchtungen als Hoffnungen habe. Zwar durften die Mazedonier nicht wieder in unser Dorf zurückkehren, doch setzen die hiergebliebenen Kolonisten das Werk der Zerstörung ungehindert fort: Zaunlatten und Dachbalken verglimmen immer noch wie die Glut einer Zigarette. Und was kannst du als ›Volksratsvize‹ schon dagegen tun? Nichts, ohne dir erneut einen blutigen Schädel zu holen! Sobald kein Heizmaterial mehr vorhanden ist – ziehen sie sowieso weiter. Da ist freilich auch nur die verdammte Gesetzlosigkeit schuld daran: ›Alles für die werktätigen Menschen...!‹ Wie kann man denn einem Schweinepriester eine Kirche überantworten? Was soll da noch ein Dekret Nr. 81 zur Rückgabe deutscher Häuser nützen, wenn unsere Heimkehrer nur noch Schutthaufen vorfinden? Wenn nicht bald etwas geschieht, sind wir Schwaben hier endgültig erledigt!«
Wanninger hielt gedankenvoll den Kopf in die Arme gestützt. Doch plötzlich knallte der kräftige Mann die Faust auf den Tisch, so daß seine Marie zu Tode erschrocken die Tür aufriß: »Um Gottes willen Toni, was ist denn nur los mit euch?«
Wanninger hatte nach seiner Heirat trotz schwieriger Verhältnisse ein paar glückliche Jahre mit Marie Ney verlebt. Die kleine Marie war eine herzensgute Seele und stand dem großen Mann täglich mit Rat und Tat zur Seite. Was sie heimlich betrübte, war allein die Tatsache, daß sie keine Kinder bekommen konnte.

»Umsonst, Franz ...«, redete Wanninger nunmehr etwas ruhiger auf Dorn ein, »wir können tun, was wir wollen – es hilft uns wenig, solange nicht jeder vor dem Gesetz geradestehen muß! Die Rumänen haben uns zwar nicht vertrieben, sie haben unsere Strukturen als eigenständige Volksgruppe hingegen zerstört! Solange wir nicht wieder unsere eigene Volkskultur ausüben und unsere deutschen Lieder singen dürfen, bleibt das ganze Minderheitengesetz nichts als Augenwischerei!«
»Daß du das sagen mußt! Dabei reißt du dir selber Tag für Tag den Arsch damit auf, etwas zustande zu bringen! Was bin ich nur ein Ochse, aus Österreich zurückgekommen zu sein?«
»Weil wir dich hier brauchen, Franz! Wir müssen von vorne beginnen, es bleibt uns gar nichts anderes übrig! Langsam bekommen unsere Leute wieder Arbeit: Vierundsechzig Wiesenbrunner Schwaben sind es bereits, die in der Stadt und auf Baustellen beschäftigt sind; dreihundertvierundsechzig Deutsche arbeiten in der Kollektivwirtschaft und auf der Staatsfarm!«
Wanninger beriet mit Franz Dorn die Schwierigkeiten seiner Arbeit beim Volksrat in Wiesenbrunn. Der ungebildete Präses legte ihm ständig Steine in den Weg: Keine Vergrößerung der Gärtnerei, obwohl der intensive Gemüsebau beträchtliche Geldeinnahmen brachte und die Übernahme der Produktion vertraglich abgesichert war. Alles nur wegen der sturen Einhaltung des vorgeschriebenen Anbauplanes. Keine deutsche Vorstellung im Kulturheim, alles nur unter rumänischer Anleitung und Beteiligung. Dabei kamen dorfeigene rumänische Formationen erst gar nicht zustande. Außer ihren festtäglichen Volkstänzen interessierte die rumänische Dorfjugend kaum etwas anderes. Immer wieder wurden Agitbrigaden und Volkstanzgruppen aus der Stadt auf die Dorfbühne gebracht, mußte doch nach jedem politischen Vortrag ein Kulturprogramm geboten werden. Nur so – um die Leute ins Kulturheim zu locken. Wie sollten die unter Druck gesetzten deutschen Lehrer da noch etwas Vernünftiges in die Wege leiten können – für rumänische Lieder waren die deutschen Burschen und Mädchen sowieso nicht zu gewinnen. Und sie hatten recht damit: So lange Mari-

enfeld Teremia-Mare und Hatzfeld Jimbolia heißen mußten, war in Sachen Kulturarbeit auch in Wiesenbrunn nichts zu machen!
Die Verhältnisse im Ceausescu-Staat Rumänien radikalisierten sich in den späten achtziger Jahren bis zur Unerträglichkeit. Niemand konnte dagegen etwas unternehmen, ohne das Schicksal seiner Familie aufs Spiel zu setzen und das bißchen persönliche Freiheit zu verlieren, das ihm noch geblieben war. Die Hoffnungen waren ausgetrocknet wie das dürrgelbe Spätsommergras auf der Hutweide von Wiesenbrunn. Die Wochen und Tage drückten wie eine schwere Walze auf das genötigte Land und seine geplagten Menschen. Selbst die durch wohlgediegene Pflege der Schwabenbauern einstmals so satte Banater Erde war durch den jahrzehntelangen sozialistischen Raubbau ausgemergelt und konnte die schwere Kolchosarbeit kaum noch entlohnen. Der als »geliebtester Sohn des Volkes« hochgepriesene rote Diktator war zum denkbar schlechtesten Ackermann Rumäniens geworden: »Hundertzehntausend Maispflanzen je Hektar!« posaunte er in einer seiner »wertvollen Anleitungsreden« auch in diesem Frühjahr wieder durch den Äther, um im Herbst darauf in maßloser Exportpsychose den Dorfkindern das letzte Stück Brot vom Munde zu reißen.
Der Arbeiterschaft in der Stadt ging es noch weit schlechter. Sie verfing sich von Monat zu Monat immer mehr in den Maschen der Armut und drohte sozial zum »Lumpenproletariat« zu verkommen. Anfang der achtziger Jahre hatten die Mütter ihren Schulkindern kaum noch etwas auf die Jausebrote zu schmieren. Selbst die hundert Gramm monatlich vorgesehener Butterrationen konnten nicht verteilt werden. Die Sonntagshühnchen, in stundenlanger »sozialistischer Wartegemeinschaft« vor den Lebensmittelläden erstanden, glichen Täubchen, und zum Nationalfeiertag des 23. August wurde übelriechendes Rapsöl verteilt. In seiner unglaublichen Geduld höhnte das Straßenvolk darüber: »Nikolaus der Erste, mit Szepter und Band – im Größenwahn regiert er das Land!
Er ist die Wahrheit, der Denker und Hort: 23 Millionen ... und keiner ein Wort!

Panem circensis ... der Lärm ist verstummt, geblieben die Wahrheit – ganz unvermummt:
Ein Fläschchen Rapsöl, braunstinkend pro Kopf – fünf Tropfen aufs Brot, der Rest in den Topf!
Wie lange dies wohl noch reichen mag?
Bis zur Stunde ›Null‹ – dem Großwetterschlag!«
Das Volk murmelte, die Masse begann zu brodeln ... doch traute sich keiner auch nur daran zu denken, daß der gigantische Koloß des Weltkommunismus so bald schon wie ein Kartenhaus zusammenbrechen sollte.

In der vergangenen Woche war Wanninger nach Temeswar gekommen und hatte bei seinem Jugendfreund Bogner übernachtet. Dieser ersuchte ihn in alter Vertraulichkeit am Abend, sich doch zu halber Nacht mit ihm in die »sozialistische Wartegemeinschaft« um Brot und Milch anzustellen.
Brav nebeneinander stehend, wartete man mit rumänischer Duldsamkeit den Ablauf der Stunden ab. Ein paar alte Leute saßen auf brüchigen Lattenkisten, die sie vom Stapel des Gemüseladens heruntergeholt hatten und drückten ihre eingefallenen Gesichter übermüdet zwischen die Knie. Die Bewohner dieser vom Ceausescu-Regime ungeliebten Stadt Westrumäniens hatten das Warten und Dulden bereits vor der großen Versorgungsmisere der achtziger Jahre erlernt; man mußte fast glauben, es läge ihnen im Blut.
Ganz vorne unter den ersten erkannte Georg den Fischer Franz aus seinem Nachbardorf. Vom großen Bauernhof seines Vaters war ihm nach der Agrarreform nicht einmal ein rostiger Pflug oder eine Holzegge mehr geblieben. Seit 1959 war Franz nunmehr Industriearbeiter und kam manchmal direkt von der Abendschicht in die Milchreihe. Der große Mann neben ihm hieß Schröder oder so ähnlich und wohnte im Plattenbau gleich um die Ecke. Franz mußte ihm fortwährend ins rechte Ohr reden, im Linken war er stocktaub. Der Mann war drei Tage und drei Nächte in der Grube von Stalino unter dem Steingeröll verschüttet worden und seither taub geblieben. Die meisten der Leute waren ehrenwerte Menschen, mit »zig« Arbeitsjahren auf

dem Rücken – Rentner, Fabrikarbeiter, Beamte, ausgediente Armeeoffiziere und verschlafene Jugendliche, die sich immer noch gequält den Schlaf aus den Augen rieben. Georg erkannte sogar den alten Universitätsdozenten, der sich mit seinen Milchflaschen im Netz regungslos an das Mauerwerk lehnte.
An der Gebäudeecke tuschelten einige Männer im letzten Nachtschatten und drehten ihre Köpfe dabei nach allen Seiten um. Georg Bogner trat ein paar Schritte näher heran, er wußte – hier wurde mal wieder gewitzelt: »Nach den Überschwemmungen von 1975 und dem fürchterlichen Erdbeben von 1977 hatte das westliche Ausland massive Hilfslieferungen nach Rumänien getätigt. Wir Betroffenen sahen bekanntlich jedoch wenig davon – das meiste wurde in den staatlichen Geschäften verkauft. Man erhielt auf einmal Klopapier, Waschmittel und Konserven in rauhen Mengen. Innerhalb weniger Tage waren die Warenständer wieder leer. Als der Genosse Handelsminister darauf meldete, daß es in den Städten erneut große Versorgungslücken gab, da rügte ihn Staatspräsident Ceausescu: »Sieh doch mal nach, wo man wenigstens einen Großbrand legen könnte, wenn schon kein Erdbeben und keine Überschwemmung mehr zu machen sind!«
Als habe er nur auf die Reihe gewartet, platzte der lange Haidu mit dem Straßenbahnwitz von gestern dazwischen: »Ein Journalist von der ›Washington Post‹ soll den Genossen Ceausescu angeblich in der vergangenen Woche beim Interview gefragt haben, wieso er das rumänische Fernsehprogramm auf nur noch vier Stunden täglich herabsetzen ließ. Mit bauernschlauem Lächeln hat der ›geliebteste Sohn des Volkes‹ darauf geantwortet: ›Leider werde auch ich immer älter. Niemand kann von mir verlangen, daß ich mehr als vier Stunden am Tag rede!‹«
»Zum Kotzen, von diesem Stotterer – soll er doch lieber seine Elena mit den jungen Leuten die Hora von Scornicesti tanzen lassen!« krächzte Tuscha Avram, die alte Tratschbase des Buchdrucker-Viertels dazwischen.
Mann, o Mann ... dachte Georg Bogner sich dabei: Ein bewundernswertes Volk, diese Rumänen! Sie verstehen es wie kein anderes, sich über die eigene Misere mit Humor hinwegzusetzen!

Das Reihestehen war nunmehr auch in Temeswar Regel geworden. Im Wohnblock vis-à-vis hatte das Licht die ganze Nacht hindurch bei der Damenschneiderin Hartmann gebrannt. Niemand wußte, wann diese Frau eigentlich schlief. Seit langen Monaten pflegte die Ärmste ihren todkranken Mann, der beim Herrgott immer noch keine Erlösung fand.
Frau Hartmann erschien Punkt halb sechs – sie hatte ihren anerkannten Platz in der Milchreihe beim kleinen Komplex des Tipografilor-Viertels sozusagen »reserviert«. Statt ihrer selbst stand ihre abgewetzte blaue Tragetasche mit den beiden leeren Milchflaschen am Fuße der Nachbarin in der Reihe. Solche Lücken gab es stellenweise immer wieder, bis die Lichter in den umliegenden Wohnblocks wie auf Kommando aufblitzten. Als die schlaftrunkenen Frauen herbeischlichen, um wenigstens eine Stehstunde zu absolvieren, wußte jeder: jetzt ist fünf Uhr vorbei!
In diesem Arbeiterviertel Temeswars kannte jeder jeden. Man wußte, woher er kam, womit er sich beschäftigte, ja sogar, was er dachte und wie es in seinem Innersten aussah. Wie viele der intimsten Geheimnisse wurden in der Reihe gelüftet?
Bogner spürte einen leichten Griff am Arm: Es war der alte Ehrlich-Schuster, der sich von der Holzkiste erhoben hatte und mit dem Stock in der Rechten zurück zu seinem Platz trottete. Sein Augenlicht schien ihn von Tag zu Tag immer mehr zu verlassen. Wie alt der kleine Mann mit dem schwarzen, speckigen Hut war, wußte kaum einer. Der Greis hatte seine beiden Kinder durch Krieg und Verschleppung verloren. Seit in diesem Sommer nun auch seine Frau dahingeschieden war, kam er kaum noch mit dem Leben zurecht.
Ganz gleich, ob es Rumänen, Deutsche, Ungarn oder Serben waren, die hier nebeneinander standen, für sie alle gab es das gleiche Gesetz, das funktionieren mußte, sobald ein Unbekannter sich nähert – das Gesetz des Schweigens! Die Menschen dieser Stadt, in der selbst die die Mauern blanke Unzufriedenheit ausstrahlten, sprachen sich in den Nachtreihen ihre Bekümmernisse von der Seele. Hier in den Brotreihen wurden Geschehnisse ausgeplaudert, Meinungen in Einzelgesprächen

erörtert und bis ins Detail zerbröckelt, Befürchtungen zerpflückt und Hoffnungen geäußert. Kam jemand heran, so vernahm er nur den auf- und abwallenden Wortschwall, ohne auch nur ein einziges Wort zu verstehen.

Die Menschen der Nachtreihe waren irgendwie gestaltlos geworden, zu einer homogenen Masse zusammengewachsen, die – einem elektrischen Kraftfeld gleich – annahm und abstieß und dem einzelnen einen vermeintlichen Schutz vor lauernden Gefahren und eigenen Ängsten bot. Doch das war schon sehr viel in einer Welt, in der es kaum noch etwas Heiliges gab.

Unantastbar blieb der Standplatz eines jeden in der Reihe. Selbst die Tragetasche der achtzigjährigen Mutter Ruxandra, die erst kurz vor sechs mühsam das hohe Treppenhaus herabstieg, galt in der wartenden Menge als unantastbares Recht der Greisin auf ihre zwei Flaschen bläulich gewässerte Milch! Und weil das so war, konnte man in den langen Winternächten zu jeder Zeit auch aus der Reihe treten, sich die halberfrorenen Füße vertreten oder einer Gruppe Plauscher zuzugesellen, um wenigstens die Zeit schneller totzuschlagen.

Doch auch jetzt in den Sommernächten fiel das stundenlange Herumstehen schwer. Selbst der junge Bogner spürte ein leichtes Kribbeln in den Waden, als sein Reihennachbar Androne ihn von rückwärts ansprach: »Ihr Deutschen habt es einfacher, George: Ihr verschwindet über Nacht nach Germania und seid diese Misere los! Was aber können wir Rumänen tun?«

Andrones Fragestellung verriet die stete Besorgnis der Menschen um ihre nackte Existenz.

Georg tat, als habe er Andrones Bemerkung überhört. Er war viel zu sehr mit sich selbst beschäftigt. Vor einem Monat hatte Georg Bogner nämlich schon die großen Ausreiseformulare ausgefüllt und dem Agenten Doru übergeben, ohne daß seither etwas geschehen war.

Zwölftausend deutsche Mark hatten diese Kojoten allein von ihm kassiert. Das Geld war von Mutters Verwandtschaft von einer Bank in Bayern gegen hohe Zinszahlung kreditiert worden. Die Zeit verging nunmehr auf seine Rechnung …

Lange würde es nicht mehr dauern, bis er seinen Ausreisepaß

bekäme, hatte Doru versprochen. Wirklich glauben durfte man diesen Agenten nicht – sie waren allzusehr aufs Geld bedacht. Georg hatte dem Capitan ohnehin mehr Geld versprochen, wenn seine Ausreiseerlaubnis rascher eintreffen würde. Genauer festlegen wollte er sich freilich nicht. Immerhin hielt Georg noch weitere dreitausend Mark versteckt. Keinesfalls wollte er diesen Halsabschneidern die gesamte Summe aushändigen. Alles drehte sich tagein und tagaus nur noch um das Überleben und um die Hoffnung der Leute auf einen Sozialismus mit menschlichem Gesicht, den der neue Morgen vielleicht aus dem Osten Gorbatschows bringen könnte. Zwischendurch tauchten immer wieder verhaltene Fragen auf. Wie lange wird der »geliebteste Sohn des Volkes« wohl noch am Leben bleiben? Würde er eines natürlichen Todes sterben? Und wieder erzählte jemand den bösen Witz von dem Mann am Zeitungskiosk, welcher jeden Morgen auf die bestimmte Todesanzeige auf der Stirnseite der Zeitungen wartete ...

Es war schon ein Ding, das sich da ausgerechnet vor der breit angelegten Fassade des Miliz- und Securitate-Palastes in Temeswar allabendlich abspielte. Und nicht nur abends: Hinter Hecken und Zäunen, zwischen Baumalleen und Eingängen sah man zu jeder Tages- und Nachtzeit Gestalten herumgehen und -stehen. Sie warteten auf die Menschenhändler des verruchten Regimes, um ihnen das Geheimste ihrer gefährlichen Geheimnisse zu offenbaren und diesen Halunken Unsummen von Dollars und Deutscher Mark auszuhändigen, ohne auch nur die geringste Garantie oder Bestätigung zu erhalten. Wie auch? Wer auf eigene Faust den Weg in die Freiheit zu erzwingen suchte, für den gab es kein Pardon. Niemand wußte, wie viele Schwabensöhne ihr Leben in den Maisfeldern an der Westgrenze Rumäniens ausgehaucht, wie viele leblos aus der unteren Donau gefischt worden waren! Das Regime hütete sich vor der Wahrheit wie der Teufel vor dem Weihwasser. Wer auch nur ein paar Worte mit einem Ausländer wechselte, mußte darüber schriftlich berichten, jeder, der eine Schreibmaschine besaß, eine Schriftprobe davon abliefern. Damit standen Wort und Buchstabe unter Kontrolle.

Nicolae Ceausescu hatte sein Versprechen, das Land zum »sozialistischen Wohlstand und in eine glückliche Zukunft zu führen«, durch eine wahnwitzige und desaströse Wirtschaftspolitik verspielt und sich der Lächerlichkeit preisgegeben – Rumänien stand in den achtziger Jahren vor dem Ruin. Während die Menschen um ihr Stückchen Brot bangten, verkündete der heuchlerische Conducator im April 1989 in seiner großspurigen Ansprache an das Volk die völlige Quittierung der Auslandsschulden Rumäniens. Die Geduld der Volksmassen war am Ende, der »Genius der Karpaten« überwachte das Volk nur noch mit Hilfe einer Privatarmee von gutbezahlten Geheimagenten.

*

Kurz vor zehn Uhr stiegen Georg Bogner und sein Vater Hans am 27. März 1988 die breiten Treppen auf der linken Seite des Milizpalastes von Temeswar hoch. Auf der rechten Seite hatte die Securitate ihren Sitz.

Die beiden Männer mußten warten, obwohl der Milizmann den diensthabenden Offizier per Interphon sofort über ihr Eintreffen informiert hatte. Warten – es gehörte einfach zur »Weichmachermethode«! Man wartete überall in diesem Lande.

Die beiden Schwaben standen in der Vorhalle der Höhle des Löwen und sprachen kaum das Nötigste miteinander. Beide wußten sie genau: Hier hatten selbst die Wände Ohren! Georgs Blick fiel hin und wieder auf das schmiedeeiserne Tor, das den Treppenaufgang zu den Arbeitsräumen der »Volksmiliz« versperrte. An diesem Sonntagmorgen herrschte hier absolute Stille. Kein Laut war zu hören. Hin und wieder fuhr ein Auto draußen auf dem Boulevard vorbei. Selbst die beiden Unteroffiziere, die ihren Dienst hinter der Glaswand der Wachstube schoben, sprachen kaum ein Wort miteinander.

Der junge Bogner wurde langsam ungeduldig: Was ging hier vor – wieso kam niemand? Aber hier in dieser Machtzentrale zählten nur noch Grade und Funktionen – sonst nichts. Wieso sollte sich gerade um ihn jemand kümmern?

Georg schmunzelte bei diesem Gedanken: Vielleicht war das bald schon anders, wenn er erst mal bundesdeutscher Staatsbürger geworden war! Ausländer wurden in diesem verarmten Balkanland letzthin als Halbgötter angesehen.
Vater Bogner trat auf seinen Sohn zu, und ermahnte ihn, auf alle Fälle ruhig Blut und einen kühlen Kopf zu bewahren. Georg drückte unwillkürlich die Handfläche auf seine Brusttasche und warf seinem Vater einen verständnisvollen Blick zu.
Georg trug insgesamt dreitausend Deutsche Mark bei sich; jeweils einen Tausender in einem separaten Briefumschlag in verschiedenen Taschen.
Im Treppenhaus hinter dem schmiedeeisernen Tor wurden Schritte hörbar. Die dunkelhäutige Bärengestalt des Milizhauptmanns kam herab und schloß das Gittertor auf. »Domnii Bogner, kommen mir nach!«
Georg warf seinem Vater einen vielsagenden Blick zu: »Domnii« hatte der Milizhauptmann gesagt! Dieser stampfte zum zweiten Stockwerk hinauf, ohne ein weiteres Wort zu verlieren. Vater Bogner war mehr erregt als erstaunt darüber, daß er die gefürchtete Bastei der Häscher betreten durfte. Er blickte sich um. So schlimm konnte es hier nicht sein – er sah weder Blut an den Wänden, noch waren Schreie vernehmbar.
Der Arbeitsraum des Milizhauptmannes lag im zweiten Stockwerk. Georg erkannte den untersetzten Mann im Gegenlicht vorerst nicht. Er saß mit dem Rücken am gegenüberliegenden Fenster, sein Gesicht lag im Schatten. Es war Doru, der für Bogners »Angelegenheit« zuständige Agent des Capitans. Dieser bot Georg einen Sitzplatz an seiner Seite an. Hans Bogner nahm auf einem weiteren Stuhl Platz.
Die folgenden Minuten verliefen wie nach einem eingespielten Szenario: »Ihr Paß ist also hier, wie Sie haben gehört!« Die Einleitung des Milizhauptmanns kam wie von ungefähr, ohne daß dieser dabei auch nur mit dem Ohr wackelte. Er machte keinerlei Anstalt, den erwünschten Paß auch nur ans Licht zu heben. Wollte man Georg gezielt auf die Folter spannen? Der junge Bogner erwog den Gedanken sofort, hatte doch beim ›Geschäft‹ dieser Häscher alles seinen Preis.

»Zufrieden also?« Der Tonfall der Milizhauptmanns klang mehr nach einer Aufforderung, als nach einer Frage. Georg Bogner hütete sich, darauf hereinzufallen.
»Sie meinen also, Herr Capitan, daß mir der Paß jetzt mit dem nötigen Visum ausgehändigt werden kann?«
»Genau das meine ich«, bestätigte der Mann mit ausdruckslosem Gesicht, hob dabei den dunkelblauen »Paßport« im Sekundenzeigertempo aus seiner Schublade und legte ihn behutsam, wie ein zerbrechliches Ei, vor sich auf die Tischplatte.
Für Georg Bogner waren in diesem Moment die Würfel gefallen. Er mußte in Sachen »Auslösegeld« Farbe bekennen, obwohl er befürchtete, dieser Halsabschneider könnte ihm letztendlich eine Schmiergeldsumme abverlangen, über die er keinesfalls verfügte.
Doch da gewährte die Zwischenfrage seines Vaters ihm einige Sekunden Aufschub: »Ab welchem Datum könnte mein Sohn also ausreisen, Herr Capitan?«
Die Antwort kam wie ein Schuß aus der Kalaschnikov: »Sofort! Ist doch einiges wert, oder?«
Da war sie also, die Herausforderung.
»Wir sind Ihnen zu Dank dafür verpflichtet. Sie sollten uns jetzt sagen, was wir Ihnen dafür noch bezahlen müssen, Herr Capitan!«
Georg blieb buchstäblich die Spucke weg, als der Capitan seine perfekte Scheinheiligkeit auf gut Rumänisch demonstrierte: »Ich verstehe nicht ganz? Das hier ist kein Geschäft, sondern eine staatliche Amtshandlung; die sicherlich eine staatsbürgerrechtliche Aberkennung zur Folge haben wird! Für George Bogner ist doch eine entsprechende Abfindung an unseren sozialistischen Staat geleistet worden? Oder?« Letzte Frage war an den Agenten Doru gerichtet, der auch sofort reagierte:
»Es waren sechzehntausend Deutsche Mark, Genosse Capitan!«
»Ich habe nach dem Faktum und nicht nach der Summe gefragt«, entgegnete der Chef verärgert, »also bitte doch sehr! Aber vielleicht haben Sie mit unserem Agenten noch einiges zu begleichen? Ich kann einfach nicht alles wissen!«
Die Falle war perfekt aufgebaut, allein der Speck fehlte noch am

Haken. Der Milizhauptmann hielt seine fetten Finger verspielt auf dem vor ihm liegenden Reisepaß. Seine Blicke wanderten von einem zum anderen.

Dem Agenten Doru zugewandt, faßte der junge Bogner sich kurz: »Wir haben versprochen, daß wir bei rascher Erledigung meiner Paßangelegenheit unsere Erkenntlichkeit unter Beweis stellen würden. Was sind wir Ihnen also für Ihr weiteres Bemühen schuldig?«

Die Antwort des Agenten kam prompt und für Georg ziemlich überraschend: »Es liegt Ihnen frei, dies zu bestimmen!«

Als Georg Bogner den weißen Briefumschlag aus der Innentasche zog, spürte er, wie ein Stein ihm vom Herzen fiel: »Ich habe hier noch weitere tausend Deutsche Mark für Sie beschaffen können! Könnte Ihnen – falls Ihnen dies lieber wäre – bis morgen auch 60 000 Lei besorgen!« Der junge Mann war erstaunt, wie gelassen seine Stimme dabei klang.

»Schon in Ordnung«, entgegnete Doru nach einem Blickwechsel mit seinem Chef, »ich nehme besser die Deutsche Mark! Muß ohnehin nächste Woche nach München reisen ...«

Georg überreichte dem Agenten das Kuvert mit dem Geld, als der Capitan ungehalten dazwischenfunkte: »Seid ihr endlich fertig damit?«

Hoffentlich – überlegte Georg – und dachte dabei an die beiden anderen Kuverts mit den jeweils tausend Mark, die er in den Seitentaschen trug ...

Mit einladender Geste überreichte der Milizhauptmann dem jungen Bogner das langersehnte Ausreisedokument und wies mit der Hand auf die vor ihm liegende Liste: »Hier unterschreiben!«

Georg setzte seinen Namenszug an die entsprechende Stelle. Auch Vater Bogner hatte sich von seinem Stuhl erhoben. Verständlich, daß die beiden Männer die Höhle des Löwen so schnell als möglich verlassen wollten. So rasch ging das nun aber nicht.

»Setzen Sie sich!« Die drei Worte kamen gebieterisch. Was nunmehr folgte, versetzte die beiden Schwabenleute nur noch mehr in Staunen.

Mit geheimnisvollem Gesichtsausdruck entnahm der Milizhauptmann seiner Aktentasche ein prall gefülltes, hellgraues Leinensäckchen mit der Aufschrift »Banca Nationala a Republicii Socialiste Romania«, das er mit aller Gelassenheit öffnete und seinen klingenden, glänzenden Inhalt vor sich ausschüttete: Ein Berg puren Goldes ergoß sich auf den Schreibtisch des Capitans, welcher lächelnd zu den beiden aufsah: »Das hier, Herr Bogner, sind ihre sechzehntausend Deutsche Mark! Zählen sie bitte die Einzelstücke!«
In seiner Verblüffung hatte sich Georg eines gemerkt: Zum dritten Male sprach der beleibte Capitan ihn nun bereits mit »Herr Bogner« an! Wer zahlte, blieb also auch im kommunistischen Rumänien ein Herr!
Als er den Haufen Goldschmuck immer noch ungläubig betrachtete, wiederholte der Hauptmann seine Aufforderung. Georg verstand genausowenig wie sein Vater, was es damit auf sich hatte, begann aber damit, die Einzelstücke – zumeist dicke Goldringe – aneinanderzureihen. Die Prozedur erforderte einige Zeit, obwohl der junge Mann sich alle Mühe gab.
Vater Hans Bogner beobachtete indessen gespannt die Gesichter der beiden Agenten. Was wohl in ihren Köpfen vor sich ging? Wie von fernher vernahm Bogner das Sonntagsgeläute vom Domplatz, als der Milizhauptmann sich erhob und ihm ein winziges Gehänge aus glänzendem Rotgold überreichte: »Als Souvenir, Domnu Bogner!«
Staunen überzog sekundenlang sein Gesicht. Was er in Händen hielt, war ein zierliches Ohrgehänge mit einem winzigen vierblättrigen Kleeblatt. Vater Bogner bedankte sich dafür, während sein Sohn die letzten Reihen zählte. Er wollte ihm das kleine Schmuckstück als Talisman mit auf den Weg geben.
287 ... Georg hatte sämtliche Schmuckstücke abgezählt. Woher die einzelnen Dinger wohl stammten? Aus dem ausgehobenen Versteck irgendeines Juweliers von damals, oder aus dem Sammelsurium eines nomadisierenden Zigeunertrecks, dessen gesamte Wagenreihe von der Securitate aufgebracht und wie so oft schon im Innenhof des Milizpalastes von Temeschburg bis zur letzten Radnabe auseinandergenommen worden war?

Als hätte Agent Doru seine Gedankengänge vernommen, hörte er dessen Stimme an seinem Ohr: »Das alles ist deutsches Gold, wir haben es in der vergangenen Woche in München gekauft! Gold ist nämlich viel billiger in Deutschland als bei uns!«
Der Capitan hatte sich an seinem Safe zu schaffen gemacht. Er bedachte seinen Agenten mit mißbilligendem Blick, obwohl er dessen Eröffnung an Georg Bogner kaum verstanden haben konnte. Sein ohnehin dunkelhäutiges Gesicht hatte sich noch um einen Schattenzug verfinstert, als er zurück an seinen Schreibtisch trat.
»Das wär's also, Doru! 287 Stück hat er gezählt? Und jetzt das Säckchen her!« befahl der Hauptmann seinem Agenten in einem nicht ganz sauberen Rumänisch und formte seine fettgepolsterten Pranken zu Handschaufeln. In wenigen Zugriffen waren sämtliche Schmuckstücke wieder im Leinensäckchen der Staatsbank verschwunden.
»Montag auf die Grammwaage, abplombieren und weg damit!« Mit dieser Bemerkung verschloß der allgewaltige Chefagent das Gold in seinem Safe.
Als wäre ihm plötzlich noch etwas Wichtiges eingefallen, wandte der Milizhauptmann sich an Georg: »Wir benötigen natürlich auch Ihre Erklärung für die Bank! Das müssen wir gleich erledigen und damit Ihre Ausreise aus Rumänien perfektionieren! Nehmen Sie also Platz am Tisch!« – Noch während er sprach, entnahm der Capitan seinem Schreibtisch einen Bogen Papier und drückte dem jungen Bogner seinen Kugelschreiber in die Hand: »Ich werde Ihnen alles vordiktieren, so ist es nämlich besser und Sie brauchen nur zu schreiben!«
Georg Bogner zauderte einen Augenblick, der Milizhauptmann hatte ihm jedoch gleich schon einen ganzen Satz vorgespuckt: »Unterzeichneter Georghe Bogner ... – schreiben Sie Ihren Vornamen rumänisch und gleich danach Ihr Geburtsdatum und Ihren Wohnort!«
Georg, der hin und wieder seinem Vater einen forschenden Blick zuwarf, bemühte sich redlich, das Diktat in aller Deutlichkeit rumänisch niederzuschreiben, während der fettleibige Capitan abwartete, bis Georg das letzte Wort verzeichnet hatte.

Darauf holte der Capitan Luft, und Georg setzte erneut zu schreiben an. »Ich erkläre hiermit folgendes: Vor drei Tagen, am 24. März 1988, besuchte uns – schreiben sie jetzt irgendeinen deutschen Vor- und Nachnamen!«
Georg hielt inne, doch der Capitan gab keine Ruhe: »... irgendeinen deutschen Namen, hab' ich gesagt!«
Und Bogner schrieb weiter: »... ein Herr Erich Schmalhuber« und hielt erneut inne, bis der Dicke weiter diktierte: »... aus Deutschland und übergab mir ein Geschenkpäckchen von unseren Verwandten aus ... (Georg schrieb dazu) Reichertshofen. Persönlich kennen weder ich noch meine Eltern diesen Herrn Schmalhuber. Wir haben auch keinerlei politische oder sonstige Gespräche mit dem westdeutschen Besucher geführt.«
Wieder schaltete der Capitan eine kurze Denkpause ein, warf einen Blick in seine offenstehende Schublade und diktierte weiter: »Als jedoch dieser Herr Schampkuba (Georg schmunzelte und schrieb Schmalhuber) gegangen war, bemerkte ich, daß er seine Handtasche zurückgelassen hatte. Sie stand neben einem Stuhl, auf dem Fußboden. Wir hatten keinerlei Ahnung, wo der Mann aus Reikinnof (Georg fast mit einem Auflacher losgeplatzt, fing sich jedoch augenblicklich und schrieb Reichertshofen) sich befinden könnte und ob er nicht bereits schon abgefahren war. Ich hoffte, wenigstens in der Tasche irgendeinen Anhaltspunkt dafür zu finden und öffnete sie. Zu meinem Erstaunen fand ich außer einem schwarzen Nylonbeutel überhaupt nichts in der Tasche des ausländischen Besuchers. Das Nylonpäckchen hatte hingegen ein erstaunliches Gewicht. Als ich es anhob, vernahm ich ein metallisches Klicken und warf die Tragetasche im ersten Schreck in den Hof hinaus. Erst als weiter nichts geschah, näherte ich mich ihr vorsichtig und schob den Reißverschluß zurück. Was ich sah konnte ich kaum glauben: Der Nylonbeutel war geplatzt, und eine ganze Menge Goldschmuck hatte sich in der Tasche freigemacht: Ringe, Gehänge, Figürchen und allerlei anderer Goldschmuck!
In bewußter Kenntnis der Gesetze der Sozialistischen Republik Rumänien übergab ich den gesamten Inhalt des Päckchens am

26. März 1988 an die Finanzabteilung der Volksmiliz des Verwaltungskreises Temesch.«
Georg Bogner hielt mit dem Schreiben ein und warf einen Seitenblick auf seinen ratlos dreinschauenden Vater.
Der vermaledeite Milizhauptmann gab jedoch keine Ruhe: »Schon richtig – jetzt nur noch Ihren Namen darunter setzen! Sozusagen in letzter Ausübung Ihrer Bürgerpflicht als rumänischer Staatsbürger!«
Georg Bogner unterschrieb.
Was wäre ihm auch anderes übriggeblieben, als dieses Lügenmärchen, das eine weitere Machenschaft der Menschenhandels-Agentur Ceausescus in der Banater Metropole Temeswar auf vermeintlich raffinierte Weise decken sollte, mit seiner Unterschrift zu sanktionieren? Fürwahr kein Märchen vom Goldesel und Knüppel aus dem Sack! So geschehen zu Temeswar am 27. März 1988.
Am folgenden Morgen hatte der junge Bogner mit einem rotgoldenen Glücksklee die Westgrenze der Sozialistischen Republik Rumänien hinter sich gelassen. Was er mit sich in den goldenen Westen brachte, war sein Reisekoffer mit dem Allernötigsten.

*

Zu Pfingsten, nach erfolgreichem Abschluß seines Studiums an der Tiermedizinischen Fakultät von Temeswar, wollte Wanninger junior die bildhübsche Apothekerstochter Elly Schreiber aus dem Nachbardorf heiraten. Ein Arbeitsplatz wurde dem Sohn des Vizerichters Wanninger auf der Tierfarm des Staatlichen Landwirtschaftsbetriebes von Wiesenbrunn in Aussicht gestellt, deren Erweiterung im kommenden Jahr geplant war. Eine Wohnung war dem jungen Paar bei Altmutter Anna auch gewiß, so daß ihrem Glück eigentlich nichts mehr im Wege stand!

Doch dann kam es völlig unerwartet zur Trennung. Nachdem keiner mehr daran geglaubt hatte, erhielt Ellys Familie die Aus-

reisebewilligung in die Bundesrepublik Deutschland. Vor acht Jahren hatte ihr Vater darum angesucht, nachdem ihm wegen politischer Tätigkeit in der Volksgruppe die Arbeitserlaubnis als Apotheker entzogen worden war. Anderthalb Jahre lang mußte der Apotheker Georg Schreiber – so schwer es ihm auch fiel – das Brot für seine Familie bei der Baubrigade der Staatsfarm verdienen, bis sein Problem auf »landesübliche Art« erledigt wurde. Erst jetzt durfte er seinen Platz in der nunmehr staatlichen Apotheke wieder einnehmen.
Die Mitteilung über ihre bevorstehende Ausreise traf die Apothekerstochter wie ein Stich ins Herz. Das Mädchen weigerte sich vorerst mitzukommen, obwohl ihre besorgten Eltern ihr hoch und heilig versprachen, ihren Verlobten schnellstens loszueisen – koste es, was es wolle! Wie aber sollte ein vages Versprechen ein verliebtes Mädchenherz beruhigen können? Erst als Toni auf eindringliche Bitte der Apothekerfamilie seiner Braut Mut zusprach und ihr dabei vor Augen führte, daß sie als junge Menschen in der Freiheit des Westens eine ganz andere Zukunft erwarte, konnte Elly sich mit dem Gedanken einer vorübergehenden Trennung abfinden. Am darauffolgenden Wochenende vollzog Pfarrer Palmer zu früher Morgenstunde in der Sakristei der Kirche von Wiesenbrunn die heimliche Trauung des jungen Paares. Elly verließ kurz darauf mit Eltern und ihrem jüngeren Bruder Horst als »Frau Wanninger« das Banat. Es wurde ein Abschied zwischen Tränen und Hoffnungen. Der Agent vom Plevnei-Platz in Temeswar, den sie wenige Tage vor ihrer Ausreise mit ihrem Vater aufsuchten, hatte ihnen »in die Hand hinein« versprochen, auch für den Tierarzt Toni Wanninger die Ausreise zu erwirken. Vorausgesetzt das »akademische Lösegeld« werde zur Gänze hinterlegt! Und dabei handelte es sich um einen dicken Brocken: Achtzehntausend Deutsche Mark forderte dieser Saukerl von einem Agenten für die Beschaffung eines Ausreisepasses für den Tierarzt Wanninger! Zwei lange Monate danach, als Toni ihn persönlich aufsuchte, vertröstete der Agent ihn auf eine längere Wartezeit und meinte nebenbei, daß ihm bislang denn doch zu wenig »in die eigene Hand« geflossen sei!

Nahezu zwei Jahre sollte er auf seine Ausreiseerlaubnis zu seiner jungen Frau warten müssen!

Hans Bogner hatte eines Tages eine wenig erfreuliche Nachricht aus Temeswar ins Dorf gebracht: Die rumänischen Behörden hatten wieder einmal eine Sperre eingelegt, worauf es Monate hindurch keine Ausreisebewilligungen mehr geben sollte! Anscheinend hatte der bauernschlaue Ceausescu einen neuen Schachzug vorgenommen. Er wollte sich dem Anschein nach seinen Kritikern im Ausland gegenüber der Bezichtigung des »Menschenhandels« entziehen – andererseits einen höheren Kopfpreis für die Freigabe rumänischer Staatsbürger erwirken. Zudem hatte die Stoppaktion in diesem Sommer eine beachtliche Besucherwelle aus der Bundesrepublik Deutschland ausgelöst, die der verrotteten rumänischen Wirtschaft »touristisches« Westgeld einbrachte.
Als der junge Tierarzt Wanninger auf Ellys Hinweis einen der serbischen »Pfadfinder« aus einer grenznahen Ortschaft aufsuchte, welcher bereits mehrere Leute über die jugoslawische Grenze gelotst hatte, mußte er erfahren, daß die Warteliste des Schleusers bereits bis Jahresende ausgefüllt war. Zudem meinte der Serbe, die Grenzkontrolle sei auf beiden Seiten letzthin beträchtlich schärfer geworden. Daß dies etwas mit Titos Erkrankung zu tun habe, könne er freilich nicht bestätigen.
Was die Serben bloß tun würden – meinte Wanninger – wenn ihr Tito sterben sollte? Dann wird ihr »freiheitlicher Kommunismus« wohl am Ende sein!
Frag doch lieber, was ihr Schwaben tun werdet, wenn euer »Nicolae« so alt wie Tito werden sollte? Ihr würdet dann wohl weitere dreißig Jahre lang im »Schwabenhof« von Temeswar und in der Bukarester Jorga-Straße auf eure Pässe warten müssen!

*

Das Frühjahr 1982 brachte wenig Hoffnungsvolles. Die Not machte sich selbst in den Banater Dörfern bemerkbar, nachdem das Ceausescu-Regime die Erträge der Feldwirtschaft und Viehzucht rücksichtslos exportierte. Viele Schwaben brachten ihr Brot aus der Stadt, wo die Notlage sich durch immer länger werdende »Sozialistische Wartegemeinschaften« vor den Lebensmittelläden von Tag zu Tag deutlicher abzeichnete. Ganze Familien verschwanden über Nacht, niemand jedoch verriet dem anderen das »Loch im Zaun«. Selbst Brüder und Nachbarn schwiegen sich über dieses tabu gewordene Thema aus. Das einst so lebensfrohe und aufgeschlossene Banater Schwabenvölkchen stand vor den Scherben seiner Vergangenheit. Von Monat zu Monat schwanden die Aussichten auf eine Zukunft im geliebten Banat, das im Schweiße der Väter urbar gemacht worden war. Man war zu Stiefkindern der Heimat geworden und auf bestem Wege, das Vertrauen in Gott und die Welt, ja selbst in den Bruder und Nachbarn zu verlieren. Das Mißtrauen wuchs, als wären die Menschen von jenem Banne des Schweigens betroffen, der vor zweitausend Jahren an der Wiege der Demokratie vom Scherbengericht des hellenischen Ostrakismus den Ausgewiesenen aus der Heimat auferlegt worden war.

Nur war das kommunistische Rumänien kein Mutterland der Demokratie, das seinen Bürgern durch Ausweisung die allerhöchste Strafe erteilt hätte. Das Umgekehrte galt: Schwaben und Sachsen wären zuhauf nach Deutschland aufgebrochen, hätte sich der Eiserne Vorhang auch nur für drei Tage gelüftet! Doch nichts dergleichen geschah! Für die Menschen hinter den eisernen Grenzen des Ostblocks drehte sich die Welt in der verkehrten Richtung – die Sonne ihrer Hoffnungen ging im Westen auf und im Osten unter!

Zwei Generationen Banater Schwaben suchten vergeblich nach Auswegen in eine lebenswerte Zukunft. Doch sie schwiegen und warteten beharrlich weiter. Keiner verriet dem anderen auch nur ein Sterbenswörtchen über seine Vorhaben und Aussichten, der Unerträglichkeit dieser Misere zu entkommen! Man begegnete sich unverhofft im Dämmerlicht der heranbrechenden Nacht unter der Baumreihe vor dem Gebäude der Regionalmiliz in Temeswar, wartete stundenlang auf einen Agenten und starrte auf die hohen, vergitterten Fenster des

Paßamtes. Nur keine Indiskretionen – man ging sich wissentlich aus dem Wege.
Um schwere Schulden-Valuta bestellte Kühltruhen und Fernsehgeräte wurden zu den Menschenhändlern nach Temeswar geschleppt, als Vorschußgeschenke für eine raschere Ausreisebewilligung. Dabei wurde der eigene Schwager mit krasser Scheinheiligkeit belogen. Als dieser danach fragte, wieso man plötzlich und mitten im Frühjahr das einzige Schwein geschlachtet habe: »Notschlacht. Das arme Vieh hat sich den Fuß gebrochen ...!« Doch der Zufall strafte Lügen: Am gleichen Abend noch wurde das Auto des berüchtigten »Gärtners« aus Fratelia vor dem Hause erkannt.
Und wenn schon? Jeder müsse in diesem verdammten Leben schließlich seine eigenen Wege gehen! Die Zusammengehörigkeit unterlag der Knute der Unfreiheit, einem Knistern und Bröckeln, das für die nahe Zukunft auf einen Zerfall der Volks- und Dorfgemeinschaft schließen ließ.
Immer wieder kamen Besucher aus Deutschland ins Dorf. Sie kamen mit chromblitzenden Autos für ganze zwei Urlaubswochen zu den lieben Verwandten, brachten ihnen »Dreipfenniggeschenke« aus dem Wirtschaftswunderland und nahmen den vorletzten Räucherschinken mit auf die Heimreise. Nur nicht weinen – man wird im nächsten Jahr sicherlich wiederkommen! Glückliche Leute, die ungehindert in die Freiheit ziehen durften! Nur um Gottes willen keinen Neid aufkommen lassen: Neider sind wie die Mäuse – sie zernagen das letzte Kleid der Zufriedenheit.
»Was aber blieb uns noch zu hoffen?« fragten die Zurückgebliebenen sich einander, als die lieben Gäste abgereist waren. Die Kälte und Unruhe über dem winterlichen Land drangen in diesen Vorweihnachtstagen 1989 bis in die Zimmer der verhärmten Menschen. Ausgerechnet am 16. Dezember war der alte Wanninger wieder nach Temeswar gekommen. Sein Sohn Toni hatte ihn dazu bewogen. Er sollte von Bogner erfahren, wie dem Paßagenten beizukommen war.
Als Wanninger eintraf, fand er Hans Bogner nicht zu Hause. »Lang wird er nicht mehr bleiben, ist bereits seit mehr als einer

halben Stunde weg!« sagte Lisbeth Bogner und fragte neugierig nach den Begebenheiten von Wiesenbrunn.

*

Bogners Handuhr zeigte 17 Uhr 25, als er auf dem Heimweg stehenblieb. Der 16. Dezember ging zur Neige, ein trüber naßkalter Wintertag, der bis auf die Knochen ging und jeden Frohmut aus den Gemütern der Menschen verdrängte.

»Großer Krawall in der Innenstadt«, hörte er jemand rufen: »... Studenten raufen mit der Miliz!«

Hans Bogner ging weiter.

Als Bogner die Haustür auftat, sah er Wanninger und begegnete Lisbeths fragendem Blick:

»Was war los in der Stadt?« Bogner begrüßte seinen alten Freund, ließ sich auf der Tischbank nieder und begann zu erzählen:

In der Josefstadt, bei der »Maria«, hatte es einen großen Menschenauflauf gegeben, als die Miliz in das Pfarrhaus eingedrungen war. Sie wollten den Pastor und seine hochschwangere Frau angeblich gewaltsam fortschleppen. Die meist ungarischen Gläubigen der reformierten Kirche an der Ecke der Cipariu-Straße hatten nämlich seit Tagen schon eine Art Wache aus Arbeitern und Studenten aufgestellt, um die vom regimehörigen Bischof verordnete Versetzung ihres Pastors Laszlo Tökes zu verhindern.

Als dann auch noch ein ganzer Zug Studenten vom Universitätskomplex mit einer Trikolore mit kreisrundem Loch heranmarschierte, aus der sie das Wappen des Sozialismus herausgeschnitten hatten, war der Teufel los. Das Gassenfenster tat sich langsam auf und der Pastor forderte die aufgebrachten Leute notgedrungen auf, nach Hause zu gehen, nachdem – wie er sichtlich verängstigt mitteilte – »...alles in Ordnung sei!« Einige der Leute wollten jedoch die dicht hinter dem Pastor stehenden Uniformierten von der Straße aus bemerkt haben. Sofort kamen Rufe aus der Menschenmasse, die sich angesammelt hatte: »Freiheit! Wir sind das Volk, wir verlassen euch nicht!«

Gegen 20 Uhr drängte sich die aufgebrachte Menschenmenge zur großen Begabrücke in Richtung Innenstadt. Hier war eine wilde Schlägerei mit gestaffelten Reihen der Milizen in Gang gekommen, die mit Schlagstöcken und Schutzschildern zum Angriff auf die Demonstranten übergegangen waren. Die voranmarschierenden Studenten schrien: »Nur keine Angst! Voran! Wir wollen Freiheit!«
Die jungen Demonstranten setzten sich mit allem Greifbaren zur Wehr: Steine, Äste und Flaschen wurden zu Notwaffen gegen die blaue Milizenphalanx. Splitternd barsten die Windschutzscheiben der beiden mitten auf der Brücke stehenden Milizwagen auseinander, als sich plötzlich Motorenlärm aus der Innenstadt näherte.
Militär im Anzug! Die Menge brauste auf. Kampfschreie der Studenten und Arbeiter ertönten in einem wilden Stakkato: »Nieder mit dem Diktator! Freiheit! Heute Temeswar – morgen das Land!«
»Wie du hörst, Lisbeth, scheint die Lage in der Stadt sich bereits von Stunde zu Stunde immer mehr zuzuspitzen! Verlaß also bitte morgen keinesfalls die Wohnung!«
Was Bogner freilich noch nicht wissen konnte, geschah nur wenige Stunden danach.
Wanninger war zutiefst beunruhigt. Fast überstürzt trug er dem alten Freund sein Anliegen vor und wollte mit dem Abendzug zurück nach Wiesenbrunn: »Wer weiß ...«, meinte er, »was da noch alles passieren kann ...!« Und er tat gut daran ...
Um die achte Abendstunde wimmelte es auf dem breiten Boulevard an der »Maria« nur so von Menschen. Immer wieder gab es Plänkeleien mit den Ordnungshütern, ertönten Schmährufe, obwohl sich die Lage leicht beruhigt zu haben schien.
Die schlimme Überraschung verbreitete sich erst danach: Aus Bukarest waren Spezialtruppen (USLA) eingeflogen worden, die das Pfarrhaus der reformierten Kirche gegen die Menschenmassen abgeriegelt hatten. Man blieb jedoch zuversichtlich, daß der Pastor am kommenden Sonntagmorgen seine Predigt in der Kirche werde halten können.
Am folgenden Morgen des 17. Dezember – dem Tag des heiligen

Lazarus – verbreitete sich auf den Straßen Temeswars die alarmierende Nachricht, daß am gestrigen späten Abend eine Depesche seitens der Justizministerin Maria Bobu eingetroffen sei. Diese enthielt angeblich die strikte Anweisung, den reformierten Pastor unter allen Umständen zur Tag- oder Nachtzeit zu entfernen! Es sollte also eine Nacht- und Nebelaktion werden!

Frühzeitig am Sonntagmorgen saß Bogner am Küchentisch und starrte ein Loch in die Wand. Ob es die lauwarme Witterung war, die dieses Gefühl von Bedrückung in ihm aufkommen ließ? Die Unruhe lag auf der Straße, sie war wohl schuld daran, daß dieser Morgen keinen Anfang hatte – er ging aus einer bewegten Nacht in ein ungewisses Tagesgrau über. Das Rumoren von gestern war immer noch da. Bogner blickte auf die Straße und wußte sofort: Über dieser Stadt braute sich ein Wintergewitter zusammen!

Mit der Eile eines Sturzbaches ergossen sich zu früher Stunde schon Gruppen junger Leute mit entschlossenen Gesichtern und durchlöcherten Fahnen aus allen Seitengassen in Richtung Große Post, auf den Boulevard zu. Keiner schrie und keiner johlte – ein ausgesprochen ruhiger Protestmarsch. Jetzt bemerkte Bogner auch die Soldaten in den khakigrünen Uniformen, die auf dem Zaunsockel gegenüber herumlungerten. Sie sahen müde und übernächtigt aus. Einige der Demonstranten sprachen kurz mit ihnen und zogen weiter. Verstehen konnte Bogner nichts – der Gestik nach wurden sie aufgefordert, abzuziehen.

Hans Bogner hatte das Gassenfenster geöffnet. Auch die Nachbarsleute beobachteten den ganzen Morgenspuk verstohlen von ihren Fenstern aus. Mit einiger Skepsis hörte Bogner die Bemerkung eines älteren Mannes: »Was hilft uns das alles schon, wenn dieser Hund nicht endlich krepiert!«

Die Nachtschwärmer aus der Milchreihe vom Eck nebenan standen mit den Gesichtern den Demonstranten zugewendet. Auch sie waren einer Lethargie verfallen, die kaum noch Hoffnung zuließ, aus dieser Bettelarmut und dem erbärmlichen Trott des Alltagslebens herauszukommen!

»Warte Bruder«, hob einer seine Hand, »ist nicht gerade heute, am 17. Dezember, der Tag des heiligen Lazarus ...?«
»Jetzt oder nie!« – der Schwall heiserer Stimmen kam vom Boulevard her. Immer mehr Jugendkolonnen zogen zur Demonstration auf. Ihre geballte Entschlossenheit wollte dem verpfuschten Leben ein jähes Ende bereiten! Nie gekanntes Leuchten spiegelte sich in den Augen der jungen Leute, der Demonstrationszug wuchs und wuchs, und die Zuversicht sprang wie ein elektrischer Funke vom einen zum anderen über: Es mußte gelingen, koste es, was es wolle!

Bogner betrat am Nachmittag die Terrasse des Innenhofs, er konnte im Haus einfach keine Ruhe mehr finden. Ein Tosen und Rumoren, vom Kampfschrei der Menschenmassen überlagert, kam von der Stadtmitte her. Er lief zurück und griff nach seinem Mantel.
Die Buftea-Straße wimmelte von Menschen, und der heiße Atem des Aufruhrs schlug ihm beim Lehrlingsheim entgegen. Ein Zerrbild des Gegensatzes von Macht und elementarem Volksrecht, spontanrevolutionärem Enthusiasmus und feiger Angst prägte das Straßenbild. Fast ruckweise schoben sich die Menschenmassen in Richtung Kreispalast voran. Angestauter Haß und Freiheitsbegeisterung durchbrachen im ungestümen Wellengang die Absperrkordons der zaghaften jungen Soldaten und kampfgerüsteten Milizen, zerrissen die warme Frühlingsluft dieses ungewöhnlichen Dezembersonntags. Es kostete Bogner im Gewühl der Massen einige Mühe, voranzukommen.
Beim großen Platz vor der Banatia, der einmal den Namen Hitlers, einmal jenen Stalins getragen hatte, gab es kein Vorwärtskommen mehr. Vor der Neptunbrücke stand ein entgleister Straßenbahnwaggon quer, dahinter ein völlig ausgebrannter Autobus.
Allerseits über den Köpfen der großen Masse sah man Karikaturen des Diktators und seiner Pseudo-Akademikerin Elena, Trikoloren mit klaffenden Löchern, wo sich vormals noch das Wappen des »siegreichen Sozialismus« befunden hatte.

Beim jenseitigen Steinpfeiler der Neptunbrücke hörte Bogner wildes Geschrei. Ein Bersten von brechendem Holz, gellende Schreie, Flüche und Kommandorufe. Hier war es soeben zu einem heftigen Zusammenstoß der Demonstranten mit dem Militär und den Milizen gekommen. Soldaten in Khakiuniformen strömten über die Brücke und schwärmten vor dem Kreispalast aus, wo sich angeblich bereits Generäle aus Bukarest befinden sollten. Menschen und Menschen überall auf den Hausbalkons, Dächern, Mauern und Bäumen. Zu dieser Stunde war Temeswar bereits eine belagerte Stadt. Ein junger Soldat hatte soeben verraten, daß es noch keinen Schießbefehl gäbe!
Zehn Schritte von Bogner entfernt fiel ein Mann buchstäblich vom kahlen Lindenbaum. Es war kein Platz auf dem Asphalt für ihn – er fiel den Demonstranten direkt auf die Köpfe.
An diesem Nachmittag des 17. Dezember war die Kampfdemonstration von der »Maria« zum Stadtzentrum vorgerückt. Armeesoldaten, Milizen und Zivilagenten, denen man an ihren unvertraut-düsteren Gesichtern ansah, welchem »Verein« sie angehörten, versuchten die Straßeneingänge gegen anströmende Demonstrantengruppen zu blockieren. Ein Trupp Soldaten füllte gerade eine Kordonlücke beim Zugang zur mittelalterlich engen Alba-Julia-Straße. Die Menge aus den anrückenden Kolonnen stimmte ein wirres Pfeifkonzert an. Der befehlshabende Leutnant konterte jemandem gegenüber: »Was soll's, wenn wir die Uniform tragen müssen?« Keine Minute – schon standen zwei »Herren« in Lederjacken mit bedrohlichen Fratzen hinter dem jungen Offizier.
Am Freiheitsplatz war um 16 Uhr der Teufel los: Schwerbewaffnete Soldaten und auf die Randsteine aufgefahrene Panzerfahrzeuge bedrohten jeden, der sich zu nähern versuchte. Demonstrantengruppen drangen jählings und ungestüm mit lauten Schmährufen aus der engen Gasse neben der Sparkasse auf den Freiheitsplatz, andere von der Mehala her, ja von allen Seiten kamen sie plötzlich heran. Ein Sturmhagel von Steinen und Flaschen prasselte auf die Militärfahrzeuge nieder. Die erboste Menge schrie aus vollen Kehlen: »Freiheit! Nieder mit dem Diktator!« Eine große Kolonne Demonstranten drängte

vom Domplatz heran, geriet plötzlich ins Stocken: Feuersalven prasselten urplötzlich vom Überbau des Militärkasinos – der Schießbefehl war gegeben! Scheiben zersplitterten, von drüben schrie ein rasender Offizier erneut: »Feuer!« Ganze Salven aus Maschinenpistolen zischten über die Köpfe der auseinanderstiebenden Demonstranten hinweg.
Jetzt blitzte und knallte es auch beim Eingang zur Alba-Julia-Straße heftig auf. Bogner sah im Lauf gerade noch zwei Soldaten hintereinander zusammenbrechen. Sie waren beide von rückwärts angeschossen worden, nachdem sie sich geweigert hatten, in die Menge zu schießen!
Schlimmer noch ging es am Opernplatz her, und auch von der Kathedrale kam unbeschreiblicher Lärm. Peitschender Knall erstickte im gewaltigen Aufwall der Hurra-Rufe. Ein Benzinkanister war explodiert. Jetzt setzte auch hier das berstende Geratter automatischer Waffen ein. Hans Bogner vernahm nur noch das Wehgeschrei von Getroffenen, als er in Richtung des Festungsparks davonrannte.
Ein Himmelsbrand hatte sich in diesen Nachmittagsstunden über der Stadt an der Bega entzündet. Das Orangefeuer der untergehenden Sonne brach zwischen den Dächern hervor, umgab Gebäude, Baumreihen und Buchsbaumkegel vor dem kantigen Operngebäude, ja selbst die drohenden Geschütztürme der Panzerfahrzeuge mit einer schier unwirklichen Flammenaureole: Brennender Himmel – blutender Asphalt. Nur jetzt nicht sterben müssen!
Kaum, daß eine halbe Stunde vergangen war, als der Abendhimmel über Temeswar an diesem 17. Dezember ein einmaliges, furchterregendes Schauspiel bot: Schwarze, windgepeitschte Wolkenhaufen fielen wie ein Vorhang des Weltuntergangs über die Himmelsbühne. Irrsinniger Lärm zischte wie ein gewaltiger Springbrunnen auf, als ein plötzliches Gewitter mit schwerem Donner und einem Regenguß einsetzte, der in Minutenschnelle Staub und Blut davonspülte und der Gewalt die Waffe aus den Händen schlug.
Wann war jemals mitten im Dezember über der Stadt an der Bega ein solcher Sommerregen niedergegangen?

Es folgte die Nacht der Unsicherheit und lauernden Gefahren, gefolgt von kalten Winternächten des Grauens, der Infrarot-Zielfernrohre, der Dachschützen und Racheengel einer blutigen Weihnachtszeit, in der die Menschen dieser Stadt in dunklen Zimmerecken kauerten, und die Aussichtslosigkeit anstatt des Schnees vom bedeckten Himmel fiel.
Doch auch die anhaltenden Gewehrsalven, und aller Terror der Securitate und USLA-Spezialverbände konnten den Freiheitswillen der Menschen dieser Stadt nicht mehr brechen. Unbezwingbar und heldenhaft widerstand die zehntausendfache lebendige Mauer der Jugend, die Phalanx der zu allem entschlossenen Männer und Frauen dieser Stadt eine ganze Woche hindurch, auf sich allein gestellt, dem blutigen Terror des volksfeindlichen Ceausescu-Regimes.
Aus den Megaphonen auf dem Opernbalkon, vom Platz des Alten Rathauses, von allen Ecken und Enden her, wo die Gefahr des Überwältigtwerdens drohte, brach der Verzweiflungsruf übernächtigter Stimmen nach dem uralten Heldensang hervor: »Erwachet Rumänen, aus eurem Todesschlaf!«
»Jetzt oder nie!« dröhnte es in den menschenüberfüllten Straßenzügen. Jetzt, wo ein ganzes Land unberührter Zuschauer dieses blutigen Schauspiels zu bleiben schien, das in Temeswar alle Verbitterung von Millionen Unterdrückten zum Ausbruch kommen ließ! Über Tage und Nächte hinaus, in welchen das Schicksal des Freiheitskampfes hin und her wogte, riefen entschlossene Männer von Stunde zu Stunde durch die Megaphone des Opernbalkons vom Hauptquartier des Volksaufruhrs die Menschen zu neuem Mut und Ausdauer auf. Jugendliche aus den Kampfgruppen der Studenten und Arbeiterjugend stellten sich nach fünf Tagen des Entsetzens immer noch mit dem Mut der Verzweiflung und mit nackter Brust den automatischen Waffen und Panzern der militärischen Unterdrückungsverbände entgegen. Warteten mit hohlen Augen vergeblich und bitter enttäuscht auf die immer noch ausstehenden Signale des Freiheitsaufbruchs aus der Landeshauptstadt und anderen Zentren Rumäniens.
»Was wird unser Georg sich nur Sorgen machen!« Lisbeth

Bogner sah ihrem soeben nach Hause gekommenen Mann mit dieser Frage in das übernächtigte Gesicht: »Er mußte doch schon längst telefonisch daheim angerufen haben, doch sicherlich sind alle Leitungen nach Rumänien unterbrochen.«
Bogner teilte die Sorgen seiner Frau. Es ging ihm immer noch nicht in den Kopf, was der Nachbar ihm vorhin erzählt hatte: Ministerpräsident Dascalescu, der sich in Temeswar aufhielt, sollte vor seinem Abflug nach Bukarest gesagt haben, daß man diese aufständische Stadt mit Bomben und Granaten dem Erdboden gleichmachen wolle!
In der ehemaligen Kapelle des Armenfriedhofs an der Arader Straße sollte die Securitate Demonstranten bis zum Tode gequält und zwischen den Büschen verscharrt haben! Die Entsetzensschreie der Menschen, die wie ein sterbender Christus mit Peitschen, Stacheldraht und heißem Wasser zu Tode gepeinigt worden waren, hatte man in den nahen Wohnblocks gehört. Laut Nachbar Petrica sei in der vergangenen Nacht ein Transportzug mit knüppelbewaffneten Arbeitergarden aus der Oltenia in Temeswar eingetroffen.
Fröhliche Weihnachten – was sonst noch alles? Sollten diese Nichtstuer etwa die Demonstranten in Temeswar niederknüppeln?
Immer wieder brachen Menschen im Kugelhagel zusammen, in dieser Stadt des einst so friedlichen Zusammenlebens verschiedenster Nationalitäten. Am Nachmittag des 19. Dezember wurde die auf dem Heimweg von der Arbeit befindliche Uhrmacherstochter Edith Reiter unweit der Josefstädter katholischen Kirche von einer gezielten Maschinengewehrsalve niedergestreckt. Für die junge Technikerin vom Forschungsinstitut für Schweißtechnik kam jede Hilfe zu spät. Passanten brachten die tödlich Verletzte in einen Hauseingang und nahmen einige Ausweise der Frau zu sich, um die Verwischung der Spuren dieser Mordtat durch die Terroristen zu verhindern. Wochen danach noch brannte in der Fensternische neben dem Eingang zum Ungarischen Lyzeum – dem Ort der Mordtat – ununterbrochen eine Kerze. Temeswar blutete – Hilfe kam vorerst von nirgends her, aus diesem unterdrückten Land.

Hans Bogner drehte den Radioapparat auf: Aus Bukarest lief gerade eine Reportage über neue Produktionserfolge beim Aufbau des Sozialismus.
Verdammt noch mal – fluchte Bogner vor sich hin: Alles in bester Ordnung in diesem großartigen Land – allein in Temeswar blutet der Asphalt!
Doch dann kam sie endlich, die Nachricht über den Äther, welche die Uhr sekundenlang anhielt: Diktator Nicolae Ceausescu war völlig überstürzt aus Bukarest geflüchtet! Die Hauptstadt des Landes stand in hellem Aufruhr, Zehntausende hatten sich zum Freiheitskampf erhoben!
Bogner wich nicht mehr vom Radioapparat. Wenige Stunden danach erfuhr er, daß die Losung »Timisoara« auch in Hermannstadt und Klausenburg, in Großwardein, Kronstadt, Neumarkt, Craiova und einigen Moldaustädten zum Kampfruf geworden war! Das Bukarester Fernsehzentrum wurde nunmehr zum Operationsstab des allgemeinen Volksaufstandes in Rumänien.

Ceausescu und seine Elena waren schon seit Tagen tot, als die Angst vor ihnen immer noch durch die Straßen Temeswars geisterte. Die Schock-Einheiten der Armata hatten umgeschlagen und richteten ihre Waffen nunmehr gegen die Securitate-Terroristen, die immer noch abends und in der Nacht feige aus dem Hinterhalt aktionierten. Menschen wurden hinterrücks auf der Straße erstochen, beim Fahrradfahren niedergeknallt. Niemand sollte sich mehr aus seiner Wohnung getrauen!
Bogners Freund Peter Ebner war als pflichtbewußter Vorarbeiter eines Temeswarer Wohnungsbauunternehmens selbst am Weihnachtstag zur Arbeit gekommen. (Hatte man doch den Leuten, die nicht zum Dienst kämen, mit der sofortigen Entlassung gedroht!)
In der Nähe der Kaserne, wo er bei einem Neubau beschäftigt war, wurde heftig geschossen. Ebner tat einen Sprung auf die Straße, um die Abstellkammer seiner Arbeitsgruppe schnell noch abzusperren. Er wollte zur Verlobungsfeier seiner Tochter zurückkehren.

Im Stockwerk über ihm hatten sich Terroristen eingenistet, gegenüber – in der Oituz-Straße – lag Militär auf der Lauer. Kaum, daß er die offene Straße erreichte, war er auch schon tot: Achtzehn Schüsse hatten seinen Körper durchsiebt. Kein Rettungswagen, der sich herantraute.
Wochen danach standen überall auf dem Stadtgebiet Temeswars immer noch gemischte Suchtrupps von Armeesoldaten und Zivilisten im Einsatz gegen die Terroristen. Ihre Widerstandsnester mußten entdeckt und niedergekämpft werden – eine schwierige und zugleich äußerst gefährliche Aufgabe! Freiwillige Jugendliche wie Sorin Marta und Herbert Preisach mit seinem großen Spürhund Rex leisteten mit Hilfe der Bevölkerung ganze Arbeit. Herberts Kamerad Georgian Baran erwischte es, als die Suchtruppe dabei war, drei Terroristen aus der Kabine eines Turmkranes herunterzuholen. Immer noch beherrschte die Angst in Temeswar die Herzen und Straßen …
Armselige Weihnacht auch im Hause Bogner. Was konnten die Menschen anderes tun als warten und beten. Lisbeth blickte verstohlen in das von Kerzenschein spärlich erleuchtete Nachbarzimmer des anliegenden Wohnblocks. Die kleinen Kinder saßen mit unerfüllten Erwartungen in der Zimmerecke, ihre Mutter trug einen Teller mit Kuchen herein.
Andere Familien hatten es schlimmer: Sie suchten tage-, ja wochenlang nach ihren toten Angehörigen. Auf dem Heldenfriedhof an der Lippaer Straße hatte man ein Massengrab entdeckt. Die einzelnen Leichen trugen Heftpflaster mit Vermerken. »Eingeliefert am 19.12.!«
Die Leichen zeigten Prellungen und Wundmale. Die Eltern des jungen Chemikers Sorin David identifizierten die Leiche ihres Sohnes. Maria Simiciu erkannte ihren toten Mann nur schwer, den sie am Sonntag während der Demonstration an der Lippaer Straße aus den Augen verloren hatte. Die Leiche einer jungen Frau mit der Nummer 6/1063 war verstümmelt. Sie mußte bestialischen Henkersknechten in die Hände gefallen sein!
Für manche Familie blieb alles Suchen vergeblich. Am 16. Februar, einem Freitagvormittag um elf Uhr, fand im Buka-

rester Krematorium eine Gedenkmesse für die Toten des Volksaufstandes statt, die auf Befehl der »Landesmutter« Elena Ceausescu aus dem Temeswarer Kreisspital bei Nacht und Nebel heimlich in die Landeshauptstadt gebracht worden waren.
An vielen Straßenecken und Freiplätzen Temeswars flackerte abends Kerzenschein. Die nackte Wirklichkeit verdrängte in brutaler Weise letzte Hoffnungen: Immer noch suchten Mütter und Väter nach ihren verlorenen Söhnen! Sie seien über die Grenzen geflüchtet, suchte man sie zu beschwichtigen.
In der Olimpiadei-Straße kam Bogner am Abend an einem senkrecht, dicht am Zaun des alten Druckereigebäudes aufgestellten Straßenrandstein mit brennenden Kerzen vorbei. Rings um den Stein lagen verstreute Tannenzweige. Bogner hielt seine Schritte an und las die mit schwarzer Ölfarbe aufgetragenen Worte: »An dieser Stelle wurde das 18jährige Leben unseres Sohnes ausgelöscht!«
Irgendwo hatte Bogner in diesen Tagen die Verse gelesen: »Freiheit, geheiliget werde dein Name – wir beten unter dem Himmelsdom ...!«
Das verruchte und volksverhaßte System des orthodoxen rumänischen Kommunismus war wie ein Kartenhaus zusammengebrochen. Am 29. Dezember 1989 war in Temeswar der »Kreisrat der Front der Nationalen Rettung« gegründet worden. Die Vorsitzenden dieses neuen Organs der Volksmacht wechselten einander ab wie die Arbeiter ihre verschwitzten Hemden. Es waren zu viele da, die auf ihre Verdienste pochten. Dem einen wurde unmoralisches Verhalten gegen Jugendliche, dem anderen Verbindungen zum Geheimdienst vorgeworfen. Die alten Gesichter gingen ... und alte Gesichter kamen ...

Wie ein Korn im Wind

Die Banater Schwaben wurden von einer sich von Tag zu Tag steigernden Ungeduld erfaßt. Verständlich – nachdem Hunderte von Schwabenfamilien seit langen Monaten schon auf ihren Reisekoffern saßen.

Ein neuer Sturm setzte im Januar 1990 in der Metropole des Banates ein – der Sturm auf das Paßamt! Hunderte, ja Tausende Schwabenleute sammelten sich Tag für Tag und warteten nächtelang vor dem berüchtigten Milizpalast von Temeswar auf ihre Ausreisepapiere.

Mehr als hundertzehntausend Volksdeutsche sollten in diesem schicksalsträchtigen Jahr Rumänien für immer verlassen! Sie hatten wohl allen Grund dazu.

Die Vorgänge in Temeswar hatten bereits in den ersten drei Tagen die Menschen im ganzen Banat aufgerüttelt, bevor es noch in der Hauptstadt und in den übrigen Landesteilen zum Volksaufstand gekommen war. Besonders bei den Schwabenleuten, die jeder Nachricht aus der Stadt mit gespannter Erwartung entgegensahen, hatte sich eine allgemeine Aufbruchsstimmung breit gemacht. Meist waren es junge Leute, die schleunigst erfahren wollten, wie es an der nahen Grenze aussah. Ob die Grenzwache gelockert, und es nunmehr Gelegenheiten gab, nach Serbien zu gelangen, oder ob man eher über die Marosch nach Ungarn durchkommen konnte. Mit einem Ausreise- oder Besuchsvisum für Deutschland war in diesem Durcheinander sowieso nicht zu rechnen. Die Nachricht von der totalen Grenzsperre, die ein Schweinekäufer aus Ulmbach nach Wiesenbrunn gebracht hatte, setzte den hoffnungsvollen Erwartungen der Ungeduldigen einen ersten Dämpfer auf.

Das vorläufige Hauptproblem waren die alten Leute, die jede Hals-über-Kopf-Ausreise von vornherein ablehnten. Viele der älteren Menschen, die den Krieg und die Verschleppung durchgestanden hatten, meinten ohnehin, daß man vorerst abwarten müsse, was die neue Ordnung nach dem Sieg der Volksrevolution zu bringen vermochte. Diesen Standpunkt vertrat auch der zweiundsiebzigjährige Wanninger seinem Sohn Toni gegenüber, nachdem dieser so schnell als möglich nach Bayern gelangen wollte.

Der Dammbruch jedoch ließ nicht lange auf sich warten. Als Ende Februar 1990 die Nachricht Wiesenbrunn erreichte, daß all jene Familien, die ihre großen Ausreiseformulare bis Neujahr eingereicht hatten, innerhalb von zwei Wochen das Land verlassen dürften, setzte im Dorf ein nicht mehr abzusehendes Kommen und Gehen ein.

Die ungeduldig gewordenen Schwabenleute zogen scharenweise zur Stadt, standen tagelang Schlange vor dem Notariat, dem Aktenausfertigungsbüros und nicht zuletzt vor dem Paßamt, wo sie sich zu Hunderten zusammendrängten, als der Milizoffizier die schier unendlich lange Namensliste der Genehmigungen vom Bürofenster herunterschrie. Zu dieser Nachmittagsstunde wurde das postrevolutionäre Chaos vor dem Milizpalast perfekt. Rücksichtsloses Gedränge, eingeschlagene Fenster, Freudenschreie und wüstes Fluchen kennzeichneten das emotionsgeladene Stimmungsbild über Tage, Wochen und Monate hinaus. Die Leute konnten es nicht erwarten, über die breite Aufstiegstreppe zu den Innenräumen zu gelangen, um endlich ihren Ausreisepaß zu erhalten oder die noch fehlenden Personalakten schleunigst abgeben zu können. Die schwäbische Menschenflut über die Westgrenze hielt das ganze Jahr 1990 hindurch an.

*

Zwei Jahre waren durch das völlig verarmte Land gegangen. Die zurückgebliebenen, von unerfüllten Hoffnungen zermürbten Menschen im einstmals so reichen Banat mit seinen wogenden Getreidefeldern warteten immer noch auf Hilfsmittel, die mit Lastwagenkonvois aus dem Westen, vor allem aus dem wiedervereinigten Deutschland, kamen.

Wiesenbrunn glich in den Sommertagen 1992 einer verlassenen

Ortschaft. Wo waren bloß die vielen Fuhrwerke und Erntewagen, das monotone Summen der Mähmaschinen und Dreschgarnituren geblieben, wo die schweißgebadeten, verstaubten Gesichter und die blitzsauber angezogenen Mädchen, die das Mittagessen sonst immer zur Tenne gebracht hatten? Sie waren fortgezogen, die guten Schwabenleute, nicht wie all die Jahre vorher – womöglich unauffällig einer nach dem anderen –, sondern überstürzt und aus Angst davor, das große Tor der Freiheit könnte sich über Nacht wieder zutun wie damals, als der große Krieg zu Ende gegangen war. Wer wollte schon daran glauben, daß es in diesem, von der Aussichtslosigkeit gezeichneten Lande eine echte Volksrevolution gegeben hatte, die auch dem kleinen Mann die langersehnte Freiheit bringen könnte? Schon gar nicht die Schwabenleute, sie hatten, nach allem, was sie durchstehen mußten, fürwahr keinen Grund dazu.
So waren denn auch die älteren Leute mit ihren Kindern und Enkelkindern zu Zehntausenden im Jahr 1990 nach Deutschland gezogen. Die meisten hatten Haus und Gerechtigkeit, die nunmehr wieder ihnen gehörten, in Eile und Unbedachtsamkeit an Käufer und Spekulanten um einen Verkaufspreis überlassen, um den sie sich in Deutschland nicht einmal einen guten Hausdackel hätten kaufen können! Fort, nichts als fort, aus diesem Land in dem selbst die Revolution manipuliert und die alten Geister wieder an die Macht gelangt waren! Woher sollten gerade die Schwaben aus Wiesenbrunn nach zwei Verschleppungen auch noch das Vertrauen für einen dritten Neuanfang hernehmen?
In den goldenen Westen gelangt, verloren Nachbarn und Freunde einander aus den Augen, zerstreuten sich wie ein Korn im Wind: nach Landshut, Reichertshofen und Waldkraiburg, nach Franken und in die Oberpfalz, ins Schwäbische und Württembergische, sogar nach Hessen und Hamburg, überallhin, wo sich ihre Väter und Verwandten nach dem großen Krieg niedergelassen hatten. Das beste, was sie in ihren Kisten und Koffern mitbrachten, war die Hoffnung auf einen Neubeginn auf dem festen Grund der Freiheit.
Der deutsche Staat nahm seine verlorenen Söhne und Töchter

von der unteren Donau in einer vor aller Welt mustergültigen Manier auf. Und dennoch stand man auf Schritt und Tritt fremden Menschen und ungewohnten Verhältnissen gegenüber.
Wer von all den Leuten die der Unfreiheit entronnen waren, hatte in seiner überschwenglichen Freude den Faktor »Zeit« in Betracht gezogen, der immer schon teilte und trennte, Herzenswärme erkalten und Freundschaften vergessen ließ?
Viele, sehr viele Söhne und Töchter des Banates hatten ihren Erzeuger niemals noch zu Gesicht bekommen. Aus Mutters und Großmutters Erzählungen und Antworten auf Kinderfragen hatten sie sich das Bild eines Mannes und Kriegers mit wetterharten Gesichtszügen zusammengereimt, der seine Familie in ihrer Not zurückgelassen, sie vergessen, ja sogar verleugnet hatte. Wer konnte nunmehr ihr Empfinden ermessen, als dieser Mann seinen erwachsenen Söhnen und Töchtern im Aufnahmelager Nürnberg auf einmal gegenüberstand?
Beiläufige Worte, zage Fragen wechselten hin und her in der Nürnberger Lagerluft, die mehr Peinlichkeit als echte Begegnungsfreude zwischen Vätern und Söhnen aufkommen ließ. Vielleicht bewunderte Mutter Erna aus verdecktem Fensterwinkel gerade auch die elegant gekleidete, sprachgewandte Frau, die ihr gewesener Ehemann ihrem gemeinsamen Sohn Fredi als seine Halbschwester vorgestellt hatte? Nur gut, dachte der Sohn, daß Mutter nicht erschienen ist. Wiedersehensfreude hätte sie ohnehin nicht empfinden können – so aber waren ihr wenigstens Peinlichkeiten erspart geblieben.
Wie es denn zur Zeit im Banat aussähe und ob man reibungslos angereist sei, fragte der elegant gekleidete alte Mann seinen Sohn, der damals, als er in den Krieg zog, noch nicht einmal geboren war.
Nach einer halben Stunde Beisammensein fand die Halbschwester endlich das für alle erlösende Wort, als sie ihren Vater fragte, ob es nicht Zeit wäre, wieder ins Auto zu steigen?
Darauf ließ der hochgewachsene Mann mit den silbergrauen Schläfen seinen aus dem Banat gekommenen Sohn wie beiläufig noch wissen, daß es außer Edeltraut noch zwei Halbbrüder für ihn gab. Diese lebten in Karlsruhe, und es werde sich sicherlich

Gelegenheit finden, auch sie einmal kennenzulernen! Und dann hatte der Alte seinem Sohn durch das offene Autofenster wie von ungefähr noch einmal die Hand gereicht.
Das war's also – dachte Fredi, als der schwere Wagen sich in Bewegung setzte. Bedächtigen Schrittes kam er darauf wieder auf den Turmblock zu: Fremde unter Fremden also, weiter nichts!

Vor dem Grundig-Gebäude nebenan waren Aussiedler gerade dabei, die drei vorgefahrenen Busse mit ihren Koffern und anderen Siebensachen zu besteigen. Andere standen noch da und schienen sich nicht mehr von ihren Verwandten und Freunden trennen zu können, obwohl der Beamte mit der Liste in der Hand bereits zum dritten Male »Abfahrt Bramsche!« geschrien hatte.
Bei weitem nicht allen jungen Leuten war das Glück so hold wie dem Tierarzt Anton Wanninger aus Wiesenbrunn, der im Haus des Apothekers Schreiber in Reichertshofen mit offenen Armen erwartet wurde. Tochter Elly hatte es sich natürlich nicht nehmen lassen, ihren geliebten Toni vom Übergangslager Nürnberg mit dem neuen Audi persönlich abzuholen, den Vater ihr zum Geburtstag geschenkt hatte.
Der junge Mann konnte sein Glück an diesem Morgen noch gar nicht recht fassen. Angespannt betrachtete der Ankömmling aus der Banater Heide die herrliche Waldlandschaft Bayerns mit ihren dicht aufeinanderfolgenden Ortschaften, Neubausiedlungen und Industrieanlagen, die seine stille Bewunderung hervorriefen. Gleich den am Wagenfenster vorüberflitzenden Büschen und Feldblumen am Rand der Autobahn, eilten seine Gedanken in das zurückgelassene Wiesenbrunn.
»Zieh mit Gott, Toni, deinem Glück entgegen!« Die Worte seines Vaters klangen ihm immer noch nach. Er hatte es ihm beim Abschiednehmen am Bahnsteig von Wiesenbrunn angesehen: Sein Vater war in diesen Augenblicken um Jahre älter geworden. Es hatte den alten Wanninger einige Tropfen Herzblut gekostet, seinen Einzigen in die Fremde ziehen zu lassen! Marie Ney war ihm zwar eine gute Frau geblieben, doch Kinder hatte

sie ihm keine mehr schenken können. So waren sie beide allein zurückgeblieben – mitkommen wollte sein Vater ohnehin nicht. Und das konnte Toni verstehen: Dieser sein ganzes Leben lang selbständige Mann wollte niemanden zur Last fallen! Marie wäre schon lieber mit nach Deutschland gekommen, doch hatte sie erst gar nicht versucht, ihren Mann umzustimmen. Dazu kannte sie ihn viel zu gut.
In Wiesenbrunn waren nur noch ganz wenige Schwabenleute zurückgeblieben. Sie mußten bereits einander suchen. Und genau das tat Tonis alter Vater in diesen Sommertagen des Jahres 1992.

*

Der nunmehr 72jährige Wanninger war von Haus zu Haus gegangen, um sich mit seinen Leuten zu beraten, was nunmehr zu tun sei. Das Feld hatte man jetzt vom Staat teilweise wieder zurückbekommen. Womit jedoch sollte man es bebauen – kein Pflug und kein Pferd, kein Wagen und keine Sämaschine war vorhanden! Mit der Hacke in der Hand konnte man höchstens das kleine Stückchen Hausgarten bearbeiten, soweit man noch die Kraft dazu hatte ...
Was half's: Das Leben mußte trotz aller Armut auch im guten alten Banat weitergehen!
Wenn bloß die verdammte »sozialistische Arbeitsgewohnheit« nicht auch schon den Vierzigjährigen so tief in den Knochen gesteckt hätte, hätte man sicherlich mit den einheimischen Rumänen noch leichter etwas beginnen können! So aber wollten sie arbeiten wie bislang im Kolchos – leben und besitzen aber wie die Bauern im Westen, die mit ihren Autos auf ihre Felder fuhren und die Landmaschinen arbeiten ließen. Und das ging nun einmal nicht im Banat. Hier wollte einfach jeder herbeigelaufene Kolonist Geschäftsmann werden und verkaufen, ohne selbst etwas produziert zu haben: eine Schnapsbude, eine Kondi oder Cafébar, zumindest aber einen Verkaufsstand eröffnen! Spekulanten schossen wie Pilze aus dem Boden. Alle wollten sie mit irgendeiner Ramschware aus dem Westen das schnel-

le Geld machen. Richtig zupacken und arbeiten – nein, das wollte keiner der jüngeren Leute im Dorf.
Dabei fiel der Wert des rumänischen Leu von Tag zu Tag ins Bodenlose. Einige Landbewohner waren aus Wiesenbrunn in die Stadt gezogen, zumal es sowieso nichts mehr zu verdienen gab. Das vom Staat erhaltene Feld hatten sie an die Arbeitsgemeinschaft abgegeben, die ihnen dafür Landwirtschaftserzeugnisse lieferte. So einfach war das geworden: Durch den revolutionären Knüppelschlag von Temeswar sah man sich über Nacht sozusagen vom Proleten zum Bodenbesitzer aufgestiegen! Warum sollte man da auch noch wie ein Dummer arbeiten?

Am Peter-und-Paulstag betrat der alte Wanninger das große Bauernhaus des Wirth Franz. Der dreiundachtzigjährige Onkel des Einsatz-Jaksch lag in seinem Liegestuhl auf dem Hausgang. Es ging ihm schlecht, dem schwer herzkranken Vetter Franz, vor allen seit Nachbarin Kuhn Kati, die ihn bislang gepflegt hatte, nach Deutschland ausgewandert war. Niemand mehr da, der sich um ihn kümmerte, kein Geld vorhanden, die Speisekammer leer! So lag Vetter Franz verwahrlost im Liegestuhl mit der altersgrauen Sackleinwand und warf Wanninger einen trostlosen Blick entgegen: »Du bist's, Toni? S' is Zeit zum Sterwe for mich!« Der altersschwache Mann beklagte heftige Schmerzen, er konnte seinen Rücken kaum noch gerade machen. Was ihm am meisten fehlte, waren Medikamente und seine so begehrte Schale Milch. Auf dem Fensterbrett stand eine offene Schüssel mit kalten Kartoffeln und Knoblauchsoße, die ihm Gartennachbarin Ileana Nanu gestern gebracht hatte.
Als Wanninger fragte, ob sein Neffe ihm denn – wie versprochen – Medikamente für sein krankes Herz zugeschickt hätte, winkte der Alte ab: »Jaksch ... und mir Medikamente schicken? Das wär' doch das erste Mal, daß er sein Wort gehalten hätt'! Wozu auch? Je eher die Uhr austickt, um so besser!«
Der vergrämte Alte konnte es immer noch nicht begreifen, daß die Schwaben von Wiesenbrunn alles stehen- und liegengelassen und sich wie ein Bienenschwarm davongemacht hatten: »Wer wird ihnen dort draußen schon etwas geben, etwa ihre Ver-

wandten? Daß Gott erbarm'! Die Meinen haben mir – so lang sie zu Hause waren – nicht einmal eine Hand gereicht, als noch etwas zu holen war!«

Wanninger sah sich in der großen Wirthschen Gerechtigkeit um: Kein einziges Huhn mehr in diesem Bauernhof, allein die graugestreifte Katze schmiegte sich mit hungrigem Miauen an sein Hosenbein. Von der Hauswand bröckelte Mörtel ab, dahinter gähnte die Gartenleere. Kein Zaun stand mehr, seit die mazedonischen Kolonisten abgezogen waren. Um das große Schwabenhaus lauerte Unsicherheit, winkte die graue Not. Nebenan in das Schimmersche Haus war Zigeuner-Jiga mit seinen sechs »Puradei« eingezogen und hatte alles platt gemacht. In seinem Blechkessel war auch das letzte Huhn des Vetter Franz Wirth verschwunden, nachdem sein Hauskeller bereits vorher geleert worden war. Am Dach des gegenüberliegenden Nachbarhauses, das seit anderthalb Jahren leer stand, hatte der durch eine Dachlücke sickernde Regen einen breiten, schmutziggrauen Streifen auf die Wand gemalt.

Wohin Wanningers Blick auch fiel, ringsum war alles trostlos und leer geworden. Der große Mann empfand mit einem Male, daß er selber alt geworden war und hilflos zusehen mußte! Und für einen Wanninger war das einfach zu viel ...

Doch nein – er durfte Wirth Vetter Franz auf keinen Fall sich selbst überlassen. Der Mann benötigte zumindest eine warme Suppe am Tag. Und Arznei mußte ebenfalls her!

Das würde Marie doch sicher übernehmen – die Fremden ringsum hatten selber nichts zum knabbern. Bevor er ging, versicherte er dem todkranken Mann, Abhilfe zu schaffen.

Wanninger kannte den alten Wirth allzugut: Lieber als jemanden um ein Stückchen Brot anzusprechen, würde dieser in seinem Liegestuhl verhungern. Ein Wirthscher Dickschädel, der sein Banat auch bei besserer körperlicher Verfassung niemals verlassen hätte. Wo sollte ein alter Mann wie er in dieser Welt auch noch ein besseres Zuhause finden?

Am folgenden Tag hatte Vetter Franz sich erneut mit aller Kraft zu seinem Liegestuhl auf dem Hausgang geschleppt, wo er vor sich hin sinnierte: »Was wird von unserer deutschen Vergangenheit im Banat wohl noch bleiben? Überhaupt jetzt, wo Zigeuner und fremde Nichtstuer scharenweise in die deutschen Dörfer schleichen?«

Schon jetzt las der weißköpfige Pfarrer Palmer seine Sonntagsmesse nur noch für drei alte Weiber. Er, Franz Wirth, einstmals der dritte Bauer im Dorf, wird den Herrn Pfarrer sowieso nicht mehr predigen hören. Vielleicht wenn er ihm – zufällig – noch die Wegzehrung für die ewige Heimat reichen sollte. Aber war er nicht seit Lebzeiten schon immer nur ein starrköpfiger, trotziger Bauer geblieben, der nicht allzuviel vom kirchlichen Hokuspokus gehalten hatte?

Dem alten Dorfpfarrer war nicht mehr zu helfen. Als alle davonliefen, behauptete Palmer immer noch: »Bleibt und werdet nicht heimatlos, sonst straft der Herrgott euch allesamt! Denn entweder wird die Menschheit im nächsten Jahrhundert religiös werden oder es wird sie überhaupt nicht mehr geben!«

Alles Humbug: Wer hat den lieben Herrgott schließlich schon gesehen? Und wieviel Heimat braucht der Mensch?

Für Franz Wirth war die Zeit stehengeblieben. Stand nicht auch die Kirchturmuhr in Wiesenbrunn immer noch auf zehn, seit die Schwabenleute ihr Dorf verlassen, und hergelaufener Pöbel selbst die Passionsbilder vom Leidensweg Christi von der Kirchenwand gestohlen hatte?

Sie gerät immer mehr ins Wanken, unsere gute alte Welt ...!

Denken konnte Wirth Vetter Franz trotz seines hohen Alters immer noch klar, obwohl sein müdes Herz machmal aussetzte und ihm den Atem raubte.

Ileana hatte es Vetter Franz selbst erzählt, wie schwer Nachbarin Kathi Kuhn ihr Haus verlassen hatte! Als sie am Tag der Abreise zusammen den Hausgarten betraten, hatte die Schwäbin sich plötzlich auf den festgetretenen Gartenweg niedergekniet und die fruchtbare Erde geküßt! Das seltsame Zeremoniell war der Rumänin richtig nahegegangen, sie offenbarte immer noch eine merkliche Nostalgie, sobald im Dorf die Rede auf die Schwaben kam: »Fürwahr eine Schande«, beteuerte Ileana, »daß wir ehrlichen Dorfrumänen nicht imstande gewesen sind, sie hier neben uns zu halten, wo unsere Großväter doch schon seit

uralten Zeiten friedlich nebeneinander gelebt hatten! Wir Rumänen sind ärmer geworden seither, obwohl die Schwaben uns ihre schönen Ziegelhäuser und das meiste Hab und Gut zurückgelassen haben!«
Genau so hat sie gesagt, die Ileana – raunte der Alte vor sich hin. Dabei haben die Walachen uns Schwaben schon immer ein bißchen beneidet! Es war dies jedoch ein sonderbarer Neid, der sie uns nachstreben ließ und sie selber auch immer ein Stückchen vorwärts gebracht hat …!
Mitten in die nostalgische Gedankenwelt des Vetter Franz trat eine kleine Frauengestalt. Ungläubig starrte der Alte sie an. Es war Wanningers Marie, die ihm auf Geheiß ihres Mannes eine kräftige Hühnersuppe brachte. Marie half dem alten Manne zu Tische zu gelangen, wo sie ihm das warme Essen vorsetzte.
»Doch noch eine Seele im Dorf, die sich um mich Alten kümmert …?« Dem Dreiundachtzigjährigen war es warm ums Herz geworden, als Marie ihm auch noch erzählte, ihr Mann sei am Morgen in die Stadt gefahren, um für ihn die nötigen Arzneien zu besorgen.
Einen vollen Teller Griesknödelsuppe mit etwas Hühnerfleisch hatte der Alte verzehrt: Ein wahres Festessen – dankte er Marie, die ihn, bevor sie wegging, wieder zu seinem Liegestuhl bringen mußte. Die Welt schien sich für Vetter Franz Wirth wieder der Sonne zugewendet zu haben. Wie neu beseelt brachen die Worte aus seinem Innersten hervor: »Man kümmert sich um mich! Was Schwabenleute versprechen, das halten sie auch!«
Mit Gott und der Welt zufrieden schlummerte Vetter Franz in seinem Liegestuhl ein.

Zweifelsohne hatten auch die Rotarius, Andreescus und die vielen anderen Bewohner aus dem rumänischen Teil von Wiesenbrunn keine allzu große Freude am Abzug der Deutschen gefunden. Vor allem Agronom Boldea nicht, welcher den Fleiß der Schwabenleute in all den Kolchosjahren zu schätzen gelernt hatte. Doch was half das schon – es war zu spät. Man konnte nunmehr die nostalgische Geographie des uralten Schwabenliedes nur noch in umgekehrtem Sinne deuten: »Die Donau fließt

und wieder fließt, wohl Tag und Nacht zum Meer; doch die nach Deutschland zogen sind – die kommen nimmermehr!«
Was sollte da auch noch ein Rückruf-Appell der neuen rumänischen Regierung an ihre ausgewanderten Banater Schwaben und Siebenbürger Sachsen bewirken?

Nachdem er mit dem Nachmittagszug aus Temeswar zurückgekehrt war, betrat Anton Wanninger den Wirthschen Bauernhof. Der freundliche Professor Stanciu von der Innerstädtischen Klinik gegenüber der »Banatia« hatte ihm kostenlos ein Kardiakum für den herzkranken Patienten überreicht. Keine Frage: Das Präparat entstammte einer Hilfslieferung aus Deutschland.
Ein seltsames Gefühl bewegte Wanninger, als er sich dem Wirthschen Hause näherte. Er hatte in seinem notgeprüften Leben das eine gelernt: Der Himmel gehörte schon immer den Engeln und den Spatzen. Allein was ein Mensch auf dieser Welt an Gutem oder Bösem getan – es kam aufs eigene Haupt zurück! Als »Chleba-Toni«, wie die Lagerinsassen von Proletarsk ihn damals nannten, hatte er so manchem Hungerleider mit einem Stückchen schwarzem Brot neue Lebenskraft spenden können. Und das tat dem Vetter Toni heute noch wohl unter dem Herzen.
Diesmal jedoch kam auch er zu spät: Der Greis lag mit einem gelösten Lächeln auf dem zerfurchten Gesicht in seinem Liegestuhl auf dem Hausgang. Vetter Franz Wirth benötigte keine Herztropfen mehr – er war tot.

*

Im zentralen Übergangslager von Nürnberg hatten sich auch an diesem Tag wieder viele Aussiedler aus Rumänien eingefunden. Das Ringen der Aussiedlerbehörden mit den Aussiedlern aus dem Banat, die allesamt in ihre Stammländer Bayern und Baden-Württemberg wollten, ging ununterbrochen weiter. Die Beamten zeigten größtmöglichstes Verständnis dafür.
Der Ruf »Bramsche« oder »Osnabrück« ging Lisbeth Bogner

aus Wiesenbrunn durch Mark und Bein. Sie wollte doch zu ihrem Sohn in den Raum Landshut, vielleicht auch nach Moosburg in die Nähe, wie Georg es ihr aufgetragen hatte! Wer aber wußte schon, wie es mit der Einteilung weitergehen und in welchem Zwischenlager man eine vorläufige Unterkunft finden würde.

Lager … – schon allein der Ausdruck war für ihren Mann Hans ein Greuel – er mußte dabei unwillkürlich an »Proletarsk« denken. Aber das hier war schließlich doch etwas ganz anderes. Die deutschen Behörden vermieden bewußt die Bezeichnung »Lager«, sie nannten es »Übergangswohnheim«. Vielleicht gerade deswegen?

Bogner, der das Glück hatte, mit Philipp Schank und dessen Frau ein gemeinsames Zimmer zu erhalten, war gestern dreiundsechzig geworden. Zur »Nachholfeier« hatte Hans einen ganzen Kasten vortreffliches fränkisches Bier herbeigeschafft, das von einigen Wiesenbrunner Männern mit hinzugekommenen Bekannten in einer Bankecke im Hinterhof des Übergangslagers »gelöscht« wurde. Sein Sohn Georg hatte ihm gestern, bevor er nach Landshut zurückfuhr, zweihundert Deutsche Mark zugesteckt.

Eine zweite Bierrunde spendierte Halmer Franz zusammen mit Christian Ludwig, die beide ebenfalls aus Wiesenbrunn stammten. Halmer war nach dem Krieg in Deutschland geblieben und hatte im nahen Neumarkt in der Oberpfalz eine Frau und ein Zuhause gefunden. Ludwig war in den siebziger Jahren ausgewandert. Für beide war es ein großartiges Erlebnis, ihre Landsleute aus dem Banat nach so vielen Jahren wiederzusehen.

Als Kompliment empfand Bogner die Bemerkung Halmers jedoch gerade nicht, daß er – Bogner – mit seinen dreiundsechzig Jahren nunmehr zu den Rentnern gehören sollte!

»Seid ihr denn nicht froh darüber, Leute, endlich in Deutschland zu sein?« Halmers Frage richtete sich vor allem an Bogner, dem er geradewegs ins Gesicht blickte.

»Froh sein …? Eigentlich müßten wir das. Aber weiß ich: Können Leute unserer Generation denn überhaupt noch froh sein? Wurden wir nicht allzuoft schon enttäuscht im Leben? Wenn du

mich fragst, Franz – es ist wirklich lange her, seit ich mich von ganzem Herzen freuen konnte! Richtige Freude will auch jetzt nicht aufkommen, irgendwie spüre ich immer noch einen Druck in der Herzgegend.«
»Kann ich verstehen, Hans!« Halmers Augen kreisten über die zahlreichen Aussiedlergruppen, die allerseits auf dem geräumigen Lagergelände beisammen standen oder sich auf die Busse zu bewegten: »Alles fremd für das Häuflein Banater Schwaben hier. Ein Kommen und zugleich auch ein Abschiednehmen. Dabei werden Verwandte und Freunde in alle Winde verstreut. Das ist es – glaube ich – was weh tut!«
»Tja, leicht ist das alles freilich nicht für euch!« meinte nun auch Ludwig bedenklich. »Ihr solltet aber verstehen: Wir haben's in Deutschland wieder mit der Arbeitslosigkeit zu tun! Wer da mal über vierzig ist, findet nur noch schwer einen Arbeitsplatz!«
»Ich bin doch aber ein ausgebildeter Facharbeiter, Christian, mit mehr als zehn Arbeitsjahren an der Drehbank! Wie sollte ich in diesem ausgesprochenen Industrieland keine Arbeit finden?«
»Reg dich ab, Hans: Mich hat man vor anderthalb Jahren in den Vorruhestand versetzt. Wie du siehst, lebe ich auch so! Du wirst nach dem Fremdrentengesetz eine – wenn auch kleine – Rente erhalten und immer noch einen zusätzlichen 560-Mark-Job finden, damit du deine Bierchen bezahlen kannst! Wie viele Jahre hast du eigentlich insgesamt gearbeitet in Rumänien?«
Hans Bogner dachte kurz nach. »Da wären einmal meine sechsundzwanzig Jahre auf dem Kolchos ... und volle zwölf in den Mechanischen Werken – zusammen also achtunddreißig!« Und dann noch die Rußlandjahre ...
»Kolchos ...? Den kannst du glatt vergessen – da kommt nicht viel raus für die Rente!«
»Versteh' ich aber nicht? Ihr habt doch hier in Deutschland auch viele Bauern. Wovon leben die denn, wenn sie alt geworden sind? Ganz Bayern war doch vor dem Krieg ein Bauernland!«
Franz Halmer räusperte sich: »... Ist aber doch etwas ganz anderes. Die Bauern hier haben für ihr Alter vorgesorgt. Da hat

jeder seinen Hof mit Wirtschaft und Feldbesitz, wie in den dreißiger Jahren auch bei uns im Banat. Übernimmt der Sohn die Bauernwirtschaft, muß er natürlich für den Altenteil aufkommen. Das ist genau das, was unsere Banater Schwabenbauern ihren »Vorbehalt« nannten! Die tausend Mark die der Altbauer heutzutage etwa in Bayern als Rente erhält, sind schon mehr das Kleingeld für seine Sonntagskasse – wenn du mich verstehen willst, Bogner?«
»Versteh' ich – aber nur von deiner – nicht von meiner Seite, Christian! Die deutschen Bundeskanzler Brandt, Schmidt und Kohl wie auch der bayrische Strauß sind doch der Reihe nach zu Ceausescu gekommen, um uns Volksdeutsche freizukaufen. Dabei hat man uns hoch und heilig versprochen, daß wir in Deutschland die gleichen Rechte erhalten würden wie alle anderen Bürger der Bundesrepublik!«
»Kriegt ihr doch auch: Einrichtungsdarlehen, Arbeitsrecht, Rente, sogar nach den in der alten Heimat geleisteten Arbeitsjahren. Und das, obwohl ihr für diese Zeit nichts in die deutsche Rentenkasse eingezahlt habt.«
»Aber sicherlich in die rumänische!« legte sich nunmehr auch Schank Philipp in die Quere: »Da liegt ja gerade das Unrecht: Wir waren daheim Kolchosarbeiter und keine Freibauern, nachdem man uns Bauernwirtschaft und Feld, ja sogar das Wohnhaus enteignet und uns zweimal verschleppt hatte, um für Deutschlands Schuld zu sühnen! In Rußland waren wir Grubenarbeiter und auf dem Kolchos mußten wir jede Drecksarbeit leisten, zu der wir angewiesen wurden. Die können uns doch jetzt nicht einfach mit einer Hungerrente abspeisen, wie sie ein bayrischer Bauer als ›Sonntagsgeld‹ erhält. Dabei gibt es allein aus meiner Familie sieben junge Leute, die in die Rentenkasse einzahlen! Womit sollen wir denn unsere Wohnmiete bezahlen, wenn ich für meine vierzig Arbeitsjahre bloß 600 Mark Rente erhalte? Verdammt noch mal – will man uns etwa im gepriesenen Deutschland weiter bescheißen, weil wir es ein Leben lang sowieso schon gewohnt sind?«
Philipp Schank hatte sich heiß geredet, der Schweiß stand ihm in dicken Tropfen auf der hohen Stirn. Christian Ludwig

bemühte sich, seinen erregten Landsmann mit wahrhaft apologetischem Zuspruch zu beschwichtigen: »Hör mal gut her, Philipp! Dieses Deutschland, in das ihr gekommen seid, wird euch sehr bald schon zur Heimat werden! Denn: Heimat kann nur dort sein, wo es auch die Freiheit gibt! Macht euch also keine allzu großen Sorgen, Leute! Nirgends auf der Welt wird wie in Deutschland dafür gesorgt, daß jeder Mensch leben kann! Man unternimmt einfach alles, um euch Spätaussiedlern die Eingliederung leichter zu machen: Der deutsche Staat gewährt Einrichtungsdarlehen, Mietzuschuß für alle, die ihre Wohnung nicht bezahlen können; man wird euch unter die Arme greifen, bis ihr selber auf eigenen Füßen stehen könnt. Zum Glück sind die meisten unserer Banater fleißige, gut ausgebildete junge Leute, um bald eine Arbeit zu finden. Wozu also die Aufregung?«

»Meine ich auch!« Der ebenfalls in Nürnberg lebende Peter Rieser, selber erst vor acht Jahren nach Franken gekommen, pflichtete ihm bei: »Ein richtiger Banater Schwab' läßt sich nirgends unterkriegen. Im russischen Hungerschacht habt ihr euch durch Steinkohle gebissen, wie solltet ihr euch da im weltoffenen Deutschland nicht zurechtfinden?«

Jeder stirbt für sich allein

Nach dem großen Aufbruch von 1990 hatten die Wiesenbrunner in Deutschland einander aus den Augen verloren. Die vielen Sorgen und Belastungen wie auch die Kümmernisse des monatelangen Wartens in den überfüllten Zwischenlagern und Wohnheimen ließen existentielles Bemühen um die allernächste Zukunft absolut vordergründig erscheinen. Kaum, daß noch einer wußte, ob der andere im Trubel der Aktenbesorgungen, Bestandsaufnahmen und laufenden Abtransporte nach Osnabrück oder nach Döbersing im Bayrischen Wald gelangt war. Dazu kamen die täglich neuen Fragen und Erkenntnisse angesichts ungewohnter Gegebenheiten, welche die Aussiedler immer wieder aufhorchen ließen.

Während die jüngeren Leute sich mit ihrem naturgemäßen Optimismus viel leichter über Schwierigkeiten hinwegsetzen konnten, war es besonders für Bejahrte schwierig genug, sich den neuen Verhältnissen richtig anzupassen. Vor allem waren es die eigenen Lebensgewohnheiten die ihnen wie ein eisernes Hemd am Leibe hingen, so wie das bedrückende Gefühl, auf die paar Mark angewiesen zu sein, die Mutter Deutschland ihnen zur Bewältigung ihrer Anfangsschwierigkeiten zukommen lassen konnte.

Dieses wunderbare Land hatte sie mit einer Wärme aufgenommen, so als hätte es erkannt, daß ihnen allen der Wunsch nach einer wahren Heimat auf der Seele brannte! Durch Jahrzehnte der Unfreiheit gegeißelt, hatte sich jeder von ihnen tausendmal geschworen: Heimat kann nur dort sein, wo auch die Freiheit zu Hause ist!

Große Erwartungen erfüllen sich niemals. Die ältere Aussiedlergeneration hatte im deutschen Mutterlande Geborgenheit und freie Entfaltungsmöglichkeiten erwartet, wurde hingegen sehr bald schon ernüchtert. Die freie, moderne und technisch hochstehende Marktwirtschaft bot Bauersleuten aus dem Osten nur

ein schmales Betätigungsfeld. Harnischfeger, Bogner, Schank und all die anderen Männer der Erlebnisgeneration waren selbst für Handlangerdienste zu alt geworden. Die Furcht vor der Einsamkeit kam hoch; sie schlich ihnen nach wie der lange Schatten der Akazienbäume in der Hauptgasse von Wiesenbrunn vor Sonnenuntergang. Wie sollte man sich zurechtfinden, wenn man niemanden sagen konnte wo einem der Schuh drückte. Irgendwie mußte jeder dem verurteilten Nichtstun entweichen ...
Spazierengehen ... Nein, das war nichts für einen immer noch rührigen Heideschwaben, das taten die »Herrischen« aus der Stadt. Aber war man nicht selber nunmehr eine Art »Herrischer« mit – wie man im Banat so sagte – »leeren Taschen« geworden, ohne, daß man dies gewollt hätte? Arbeit mußte her, Bewegung bedeutete Gesundheit und Leben!
Jeder von ihnen wollte noch ein paar Jährchen in Ruhe und Freiheit verbringen und dem Jungvolk dabei helfen, schneller Wurzel zu fassen!
Niemals hatten die älteren Schwabenleute den Verlust ihrer Gemeinschaft so vermißt als gerade nach der Aussiedlung aus dem heimatlichen Banat. Man hoffte einen Landsmann im Kaufhaus, beim Kirchgang oder auf dem Flohmarkt zu begegnen und erfuhr dabei, daß einige Sachsenfamilien nach Siebenbürgen zurückgekehrt seien und der brave Wanninger – als Spätaussiedler kaum erst nach Bayern gekommen – nach einem schweren Unfall in Reichertshofen todkrank darniederlag. Schank Philipp war es, der von seinem Sohn Toni auf dem Nürnberger Hauptbahnhof zufällig die schlimme Nachricht erfahren hatte.

*

Behutsam und lautlos öffnete die schmächtige Frau an diesem Nachmittag die Tür des durch eine Stoffgardine abgeblendeten Schlafzimmers. Sie tat vorerst nur ein paar Schritte in den Raum, ihr sorgenvoller Blick richtete sich dabei auf das Krankenbett. Marie trat näher, doch der hagere Mann vor ihr rührte sich nicht. Allein sein Atem schien unruhig zu gehen.

Vor einigen Tagen schon war der 76jährige Anton Wanninger aus dem städtischen Klinikum von Ingolstadt entlassen worden. Dr. Sachert hatte Marie gegenüber kein Hehl daraus gemacht, daß es nicht besonders gut um den Zustand ihres Mannes stand, obwohl man alles versucht hatte, ihn wieder auf die Füße zu stellen: »Sein weiteres Befinden liegt in Gottes Hand!« Diese wenig tröstlichen Worte des Arztes, der ihr beim Verlassen der Krankenstation noch einige Pflegehinweise gegeben hatte, bereiteten Marie Wanninger beträchtliche Sorgen.
Seit gestern Mittag hatte der große Mann mit dem hageren Gesicht keinerlei Speise oder Trank mehr zu sich genommen und kaum noch ein Wort mit ihr gesprochen. Teilnahmslos war sein Blick auch am Abend immer noch an die Zimmerdecke geheftet. Selbst sein Sohn Toni, der aus Reichertshofen gekommen war, erhielt keine Antwort auf seine Fragen. Der Kranke schien kaum noch Kenntnis von seiner Umgebung zu nehmen.
An das Krankenbett tretend, legte Marie ihre Hand behutsam auf die hagere Stirn ihres Mannes: Nein, Fieber hatte er keines. Der Kranke blieb ruhig, allein seine Lippen bewegten sich, ohne daß jedoch auch nur ein Laut oder Wort zustande kam. Die Frau mit dem einstmals pechschwarzen Haar, das durch die Sorgen der Jahre grau geworden war, konnte auch diesmal nicht feststellen, ob ihr Mann, der mit halboffenen Augen dalag, im Halbschlaf faselte oder um sein Bewußtsein rang. Jede kleinste Aufregung von ihm fernhalten – hatte der Arzt verordnet. So schob Marie den dunklen Vorhang leicht zur Seite und entfernte sich mit kleinen Schritten wieder aus dem Raum.
Mit Vater geht es zu Ende – hatte der Sohn mit bewegter Stimme gesagt, als er gestern abend nach Reichertshofen abgereist war.

Anton Wanninger hingegen befand sich in seinen Visionen weitab vom wirklichen Geschehen. Vor seinem geistigen Auge zeichnete sich die riesige Staubschicht eines Spätsommertages ab, die über den Maisfeldern von Wiesenbrunn lagerte und von der hereinbrechenden Kühle der leichten Abendbrise aus dem Aranka-Tal auseinandergezogen wurde. Der Mann im Fahrweg stand noch in jungen Jahren. Er sah sich selbst.

Zu seiner Rechten zeichnete sich in tiefem Schwarzblau die Silhouette eines Heidedorfes vom Abendrot ab, das sich bei Sonnenuntergang an den Wolkenrändern in einem letzten, blendenden Leuchten verlor. Abseits vom Kirchturm, wo die drei Pappelspitzen sich über die Hausdächer hoben, lag sein Elternhaus. Es war auf einmal, als höre er Mutters Stimme, die ihn nach Hause rief!
Anton Wanninger war in sich zurückgekehrt, um Abschied von der Zeit zu nehmen. Vorüberziehenden Wolkenbänken gleich, öffneten sich ihm längst entschwundene Jahrzehnte seines eigenen, kleinen Universums wieder: Da waren die streng duftenden, blütenweißen Akazienbäume vor den Häuserreihen von Wiesenbrunn; schwerbeladene Erntewagen ratterten beim Haustor vorüber, und die Gesichter der Dorfleute begannen die Erwartungen von Traubenlese und Kirchweihfreuden auszustrahlen. Und wie aus dem Boden gewachsen stand plötzlich ein Gesicht mit kastanienbraunen Augen und prächtigem Dunkelhaar vor ihm und wollte nicht mehr weichen: Resi Wagner!
Die trockenen Lippen des Sterbenden versuchten den Namen des geliebten Mädchens mit dem Buchskränzchen in der Hand zu formen, mit dem er an jenem Sonntag erstmals zum Tanz geschritten war.
Und dann sah er die andere Resi Wagner, bleich und hager mit großen, blauunterlaufenen Augen. Hinter ihr ... das eiserne Lagertor von Proletarsk. Erst völlig betroffen tat der Mann, den sie Chleba-Toni genannt hatten, einen Griff in seine Sacktasche und brachte ein Stück frisches, spelziges Schwarzbrot hervor, das er dem ausgehungerten Mädchen reichte, das ihn kaum wiedererkannt hatte. Und wieder lief ihm wie am Fließband die Zeit davon ...
Da stand er nun an ihrem Sterbebett im Lager-Isolator von Proletarsk. Toni Wanninger konnte die Männer wieder sehen, die aus dem Schacht kamen und die große Steinplatte mit dem eingeprägten Riesenfarn auf Resi Wagners Grab niederlegten. Gleich einer Brücke zur Ewigkeit lag das urzeitliche Gestein mit dem Abdruck des Lebenszeichens auf der frisch aufgeworfenen dunklen Erde. War da nicht seine eigene Mutter, die mit

gefalteten Händen mitten unter den Männern und Frauen in Schwarz stand?
Alles war auf einmal so bedeutungslos für ihn geworden, Realität und Ursache verschwanden wie ein Hauch im Nichts.
Ein Seufzer löste sich von der schmalen Brust des Todkranken – es war alles um ihn so viel leichter geworden. Geblieben – nur noch ein unbändiges Fernweh, eine unerklärliche Sehnsucht.
Selbst das Bübchen, das sich von der Hand der Frau mit dem dunklen Kopftuch losgerissen hatte und auf ihn zugelaufen kam, konnte er kaum noch erkennen. Absolute Stille, die ihn umgab. Selbst das metallische Ticken der Weckeruhr tauchte darin unter:
Anton Wanninger aus Wiesenbrunn im Banat benötigte keine Weckeruhr mehr – seine Zeit war abgelaufen: Chleba-Toni, jenen Deutschen mit dem Beinamen des russischen Brotes gab es nicht mehr. Verstand, Körper und Geist verabschiedeten sich wie gute Gesellen und Weggefährten voneinander – die Spiritualität nahm ihren Flug zur kosmischen Gerechtigkeit auf.
Große Wahrheiten bleiben oft bis zum entscheidenden Augenblick verborgen – als später Beweis, daß es sie gibt.

*

Es ging auf die zehnte Morgenstunde zu, als Marie Wanninger vom Aufschrillen der Flurglocke aufgeschreckt wurde. Eiligen Schrittes kam die schmächtige Frau zur Haustür und öffnete sie. Der Mann mit dem schlohweißen Haar warf ihr einen sonderbaren Blick entgegen, als er seinen Gruß über die Lippen brachte. Den Kleineren neben ihm erkannte Marie sofort: »Vetter Hans, na so eine Überraschung!«
Das Faltengesicht des Mannes mit der Adlernase, der zur Seite getreten war, kam der Frau ebenfalls bekannt vor, jedoch wußte sie im Augenblick nicht, wo sie ihn schon gesehen hatte.
»Unsere kleine Marie Ney aus der Stalowaja!« sagte dieser Mann jetzt mit warmer Stimme – und das war mehr als ein Hinweis für Marie. Sein Name tanzte ihr nunmehr buchstäblich auf der Zunge: »Herr Mayer! Aber sicher doch ..., der Ziegelfahrer

vom Stroj-Zech! Herein, nichts als herein mit euch beiden!« Sprach's und gab den Hauseingang frei.
»Hallo, und ich?« Der Zuruf ließ Marie den dritten Ankömmling bereits an der Stimme erkennen, als sie sich ihm zuwendete: Toni Wanninger junior, das Ebenbild seines verstorbenen Vaters, kam von seinem Auto her; er hatte die beiden Männer aus Reichertshofen nach Mainburg gebracht.
Bruckler Hans, welcher mit seiner Amalie immer noch im Banat lebte, war vor Tagen schon zu seinem in Reichertshofen lebenden Bruder zu Besuch gekommen. Hier erst hatte er vom Dahinscheiden Wanningers erfahren.
Es war, als wäge er jedes einzelne Wort erst ab, bevor er es herausbrachte: »Dein Toni war zeitlebens ein guter Mann. Am wenigsten hat er immer an sich selbst gedacht. Trotz allem, was er durchstehen mußte, war mein Freund Wanninger sicherlich auch ein glücklicher Mensch! Er hat es wie kaum ein zweiter zuwege gebracht, in bitterster Not für andere dazusein. Du kannst über seinen Tod hinaus stolz auf ihn sein, Marie!«
Die Witwe schwieg. Sie hatte sich für einen Augenblick abgewandt. Nun aber sah sie Bruckler geradewegs in die Augen: »Du hast recht, Hans – am allerwenigsten hat er an sich gedacht, mein Toni. Und doch gab es Leute in Wiesenbrunn, die an ihm zweifelten und ihn verleumdeten, nur weil er beim Volksrat mitgewirkt hat. Der Herrgott weiß, wie ehrlich und wie streng er dabei mit sich selbst gewesen ist!«
»Sei getrost Marie, wir daheim im Banat wissen es, vor allem die ehemaligen Rußlandverschleppten! Sobald ich nach Wiesenbrunn zurückkomme, wollen wir in unserem Kirchlein ein Requiem für diesen treuen Sohn lesen! Leider bin ich es nun, der die traurige Nachricht überbringen muß ...!«
Ziegel-Mayer war vorerst stummer Zeuge des Gesprächs geblieben. Dabei hatte er Toni Wanninger in Rußland gründlichst kennengelernt: Er war es gewesen, der als erster drei Wecken Brot von Chleba-Toni ins Hungerlager Proletarsk geschmuggelt hatte!
Nun begann auch er damit, die eine und andere Begebenheit aus jenen unglückseligen Jahren wieder in Erinnerung zu bringen.

Stunden vergingen im Flug. Bruckler Hans mußte über die Zustände und das heutige Leben daheim in Wiesenbrunn berichten und ungezählte Fragen beantworten.
Eine denkwürdige Begegnung dreier Teilhaber einer vom Schicksal geprägten Zusammengehörigkeit, das Menschen einander lieben und leider auch hassen gelehrt hatte.
Erst das Mittagläuten vom nahen Mainburger Kirchturm erinnerte Marie daran, ihren Gästen etwas Eßbares vorzusetzen. Daheim im Banat war es doch auch immer so: Zum Mittagsläuten hatte Altmutter Susanne alle Familienmitglieder zu Tische gerufen!
Zum Kochen war Marie heute nicht gekommen – eine »kalte Platte« jedoch war in Deutschland kein Problem – für ein Stückchen Wurst oder Butter brauchte man hier nicht stundenlang in der Reihe zu stehen ...

*

Leichter Regen hatte eingesetzt, als man vor dem Friedhofstor anhielt. Marie Wanninger schritt den Männern auf dem Hauptweg voran, in Richtung Friedhofskapelle. Hinter ihr kamen Bruckler Hans und Ziegel-Mayer mit Kranz und Gebinde. Marie war stehengeblieben: »Da drüben!« zeigte sie auf ein frisches Grab mit einem Holzkreuz und braunverwelkten Blumenkränzen und beschritt den Seitenweg.
Ziegel-Mayer wollte sich dem jungen Wanninger soeben mit einer Frage zuwenden, als er plötzlich innehielt. Der große Mann starrte wie gebannt in die flammende Abendsonne, als Marie bereits auf das Grab zuschritt: »Mein Gott ..., wie ist das nur möglich? Ein riesiger brauner Brotlaib auf dem Grab unseres Chleba-Toni ...!«
Doch es war nur der große welke Kranzbogen, der sich im Gegenlicht der untergehenden Sonne hellbraun abhob. Sekundenlang wurde Ziegel-Mayer von der Erinnerung festgehalten, bis sein Schritt sich löste und auch er den beiden Männern folgte. Der Donauschwabe bezeichnete Stirn und Brust dreimal mit dem kleinen Kreuz und legte den Buchspalmkranz mit den

weißen Nelken liebevoll an das Kopfende des Grabes, vor den verwelkten Blumenkranz. Eines nach dem anderen breitete Ziegel-Mayer hierauf die schwarzen Kranzbänder aus. Die großen silberfarbenen Buchstaben begannen im leicht einsetzenden Regen zu leuchten: »Ehre dem Manne, der uns in bitterer Not das Brot brachte: Die Lagergefährten von Proletarsk!«
Hierauf begann auch Ziegel-Mayer sein Vaterunser zu raunen.